T0243694

AGUAFUERTE

Obra editada en colaboración con Editorial Planeta – Chile

© 2023, Simón Soto A.

Diseño de portada: Isabel de la Fuente
© 2023, Editorial Planeta Chilena S.A– Santiago de Chile, Chile

Derechos reservados

© 2023, Editorial Planeta Mexicana, S.A. de C.V.
Bajo el sello editorial PLANETA M.R.
Avenida Presidente Masarik núm. 111,
Piso 2, Polanco V Sección, Miguel Hidalgo
C.P. 11560, Ciudad de México
www.planetadelibros.com.mx

Primera edición impresa en Chile: agosto de 2023
ISBN: 978-956-408-394-0

Primera edición impresa en México: septiembre de 2023
ISBN: 978-607-39-0601-2

Impreso en los talleres de Impresora Tauro, S.A. de C.V.
Av. Año de Juárez 343, Col. Granjas San Antonio,
Iztapalapa, C.P. 09070, Ciudad de México
Impreso y hecho en México – *Printed in Mexico*

Simón Soto A.

AGUAFUERTE

 Planeta

Para mis hijos, Matilda y Fermín.
Para mi compañera, María Paz.

La guerra es Dios.
CORMAC MCCARTHY

PRELUDIO

Sépase: los días de Jesús el Cristo están obsoletos: Jesús el Cristo cumplió su ciclo de mil novecientos años como heredero de Dios y Su palabra. La cruz ya no se erige sobre el Gólgota. El monte Calvario fue arrasado y quemado. Sus tierras lucen diezmadas, por ellas ya no transitan bestias ni hombres. Sudario sin rostro. Las enseñanzas evangélicas de Cristo, palabra muerta. Tenemos un nuevo mesías. No sabemos con exactitud cuándo llegó al mundo de los hombres, pero está aquí. Esa verdad es concreta porque yo vi la silueta del nuevo mesías cabalgar sobre un potro negro en el horizonte celestial del desierto. La arena, sórdida en el nacimiento de la jornada, ardía con rabia y el calor insoportable elevaba curvas transparentes que al ojo incauto o al sediento moribundo podían confundir: Espejismos, dijo. Pero ¿qué otra cosa ver en ese escenario, si frente a mis ojos Él enarbolaba el puñal de la vida y la muerte? Él era espejismo y verdad, milagro y concreción, verbo y silencio. Su nacimiento contenía su muerte, su muerte prefigura el fin de los tiempos. Desató dolor y riquezas. Guerra y oro trajo para poner a prueba a los hijos de Dios. Los hijos de Dios buscan su propia destrucción a través de la avaricia, la lujuria, los celos contra su hermano, las ansias de placer. Está escrito y debe oírse y propagarse por la faz de la tierra. Escúchenme: el hijo de Dios —ustedes, yo— está destinado al celibato, necesita abandonar su propia reproducción material. Alcanzará, célibe, el hombre, otra forma de multiplicación. No deberá rebajarse al éxtasis de la carne. Considérese, entonces, un examen contra su fortaleza espiritual los obsequios que Dios le dio: guerra, oro, carne. Dijo Dios: "Te pondré a prueba. Sobre tu mesa dispondrás de metales preciosos, un cuchillo de hoja con filo imperecedero, el aroma de una mujer impregnado en una tela. Tomarás las piedras preciosas y, siempre cobijadas por tus manos, las admirarás. Palparás el cuchillo forjado en la fragua del cielo, fuegos eternos que en la magnífica brasa celestial arden bajo el aliento divino; tus dedos se deslizarán con suavidad por la hoja y el filo sentirás en la falange, asirás la empuñadura de roble cubierta con cuero animal y el puñal dejará percibir su peso. Llevarás el pañuelo —tela de mujer con sus aromas profundos— a tus narices e inspirarás con fuerza, hasta que ya no quede aire posible fuera de tus pulmones. Podrás elegir lo que desees. No tendrás castigo. Tus apetitos serán saciados, no vendrá sacerdote ni juez alguno a golpearte las manos. ¿Qué eliges? No respondas todavía. Aquí no hay engaño. No hay treta agazapada como depredador tras la zarza. La elección no descalifica al resto. Puedes elegir todo. No hay aullido contra el hijo de Dios. El hombre está en su libre derecho para saciar hambre y sed de vicios". Eso dice el Padre y lo comunica a través de su nuevo hijo, no el primogénito. El segundo hijo, el que vino a darnos la buena nueva. Siglos de batalla tras batalla, sangre contra sangre. El nuevo mesías es el heredero de Caín. Exige él, entonces, verter sangre del hermano para alimento de la tierra. La tierra hablará y bramará con ese alimento extático. De Caín desciende el mesías segundo que nos visita en la vida terrena. Lleva en su sangre y en su herencia inmaterial el castigo al pater. Nació en la tierra yerma, quemada por los enemigos de sus ancestros. A diferencia de Jesús el Cristo, el nuevo mesías no vino al mundo desde las entrañas de una mujer. Él llegó cobijado en la forma que adquiere Dios cuando entra en contacto con los hombres: una esfera transparente, perfecta en su superficie

—en cuyo centro habitó durante dos mil años—, descendió desde el cielo y fue depositada aquí, en el desierto. Entre la arena, el caliche y las rocas caldeadas, el mesías creció y escuchó la palabra de Dios. Una voz imposible nunca deja de comunicarle cuál es la manera de guiar a los hombres hacia la santidad. La manera de llevarlos por el camino de Dios es, primero, sacarlos del camino del antiguo mesías. Desaprender las escrituras del Evangelio, quemar en la mente de los hombres lo oído y registrado por los discípulos de la santa madre Iglesia. Desenterrar la piedra fundacional, negar al Padre constituyente, blasfemar contra el hijo y contra el Espíritu Santo. Blasfemias contra María, contra los santos de la Iglesia. Templo derrumbado. El peso muerto de Dios. La sangre de Cristo derramada sobre la arena. Plegaria terca, maldiciones proferidas hacia el primero. Bofetadas crueles. Colinas quemadas, diques destruidos, pequeños niños asesinados. Cuerpos atravesados por hierro y acero, dispuestos a matar para siempre. Pócimas ácidas vertidas sobre el barro. Cenizas en la herida ardiente. Sudario incendiado. Pájaros fantasmas surcan los cielos calcinados por el sol. Los creyentes degollados, cabezas exhibidas en lo alto de la lanza astillada. Otro desierto, la tierra prometida a los nuevos pueblos de Dios. Allí el mesías segundo predica la palabra, recorre los suelos muertos montado sobre su bestia negra. Devastar y redimir al mundo: eso es lo que hace el segundo mesías. Azota el rostro de los enemigos con golpe de huasca, cuero contra mejilla, corta veloz la carne mofletuda, sangre de los débiles pecadores a la boca del suelo. Con su violencia exilia al primer hijo. Lo expulsa del mundo terreno, destruye sus ideas, proscribe su palabra. Funda un nuevo credo: la fe de la agresividad. El ministerio de la muerte. La santa Iglesia de la mutilación. Escuchen la palabra. Yo soy su profeta. A mí me ha elegido como emisario de la buena nueva. Me anunció en sueños: "Usted será el pastor de mi rebaño. Usted va a reunir a los apóstoles. Usted buscará a la manada de lobos que constituirá mi iglesia. Esos lobos perforarán las gargantas de las ovejas que siguen a Jesús el Cristo. Cristo Jesús quedará sin súbditos, esa sangre seguirá alimentando la tierra de mi padre". Eso dijo y me advirtió que, como el pastor de sus lobos, no tendré derechos a ojos suyos. Mi sacrificio será mi obra. Yo, profeta, moriré de sed bajo el sol fiero; él vivirá por toda la eternidad de los días. No habrá martirio para el segundo mesías, sí para sus discípulos. Sí para sus fieras. Arrancar el pecado del mundo con fuego y espada. También me dijo: "Construye mi templo, cercena la montaña, abre su entraña para adorarme y propagar mi futuro mensaje". Entonces abrí la montaña para rendirle pleitesía. Con martillo y cincel rompí la piedra. Décadas al servicio del mesías, figurando su casa en la bóveda natural. La misma que vio a Caín deambular por la pampa, al abrigo de árboles raquíticos, sembrando en la arena infértil, sacándose las uñas sanguinolentas para conseguir el mendrugo de pan. Esa fue para el hijo de mi padre, la naturaleza, dijo. No los ríos profundos, no el árbol centenario, no el pasto ni la leche pura de animal. En cambio: sol, caliche, aire caliente, noches frías, hienas hambrientas, rocas y espino. Honrar la memoria de mi padre venerándolo en la piedra. Ceremonia, cáliz con agua. No sangre. No carne, no el pan de la resurrección. Dijo: Agua inmaculada para la eternidad de los cuerpos. Ocho triángulos unidos en el icosaedro. Mi promesa: vida sin fin. Cómo: con el agua subterránea que buscaremos hasta el fin de los días terrenos. De ofrenda a Dios: la guerra. Otra vez la tierra beberá la sangre de los hombres. La beberá hasta el hartazgo. Y Dios hablará otra vez. Ahora, a través de su segundo hijo. Y le dirá: He aquí agua para vivir como yo y los míos.

Esa será su palabra y desatará el caos.

PRIMERA PARTE

La guerra

I

Los gritos ahogados despertaron a Romero. ¡Diablo, fuera, infeliz! La voz de la vigilia comenzó a penetrar en su territorio, imperceptible, torciendo las circunstancias que soñaba. Mi Señor, llévate a este desgraciado de aquí, aullaba la voz desesperada, allá afuera. Romero caminaba entre viejos canelos, húmedos tras horas de lluvia fría. Ayúdeme a rezar, mamita, un credo o un padrenuestro, dicen que son buenos para ahuyentar al Cachudo. Inspiraba profundo el aroma de la hierba mojada, tantas veces como los pulmones se lo permitían, con el deseo de guardar su fragancia.

¡Cómo que no se acuerda del credo, por la cresta! Sus pies se hundían, desnudos, y la piel oscurecida y callosa entraba en contacto con la delgada capa de barro. Rece conmigo, mamá: Creo en Dios Padre Todopoderoso, creador del cielo y de la tierra. Hojas frescas de peumos, agujas secas de pino reblandecidas por el agua. Repita: Y en Jesucristo, su único hijo nuestro Señor. ¿Era día o noche? La espesura del bosque hacía indefinible la hora. Siga, por favor: Que fue concebido por obra y gracia del Espíritu Santo, y nació de la Virgen María. Una bóveda de árboles con techos de ramas gruesas en su arbitrio secreto: lenguaje del firmamento, lengua de cada vegetal. Padeció además bajo el poder de Poncio Pilatos, fue crucificado, muerto y sepultado. La música de la madera, la voz de cada hoja, el brazo del litre agita la madrugada como si batiese el amanecer del sur. Descendió a los infiernos y al tercer día resucitó de entre los muertos, madre mía. A lo lejos, araucarias coronadas con nieve, copos, miles en ascenso. ¿Por qué?, preguntas a viva voz, ¿por qué la nieve sube en lugar de caer? Subió a los cielos y está sentado a la diestra de Dios Padre Todopoderoso, señora, ore con fuerza, por favor. El vapor de agua escapa del caballo, así los relinchos y el trote se apagan sobre la tierra compacta. Desde allí ha de venir a juzgar a los vivos y a los muertos. Hable fuerte, mamá. Corriente de río, de agua cubierta de rocas, de rocas cubiertas de musgo, burbujas, tormentas. Creo en el Espíritu Santo, como usted. Está allí, tendido boca arriba, las palmas de las manos en ofrenda al cielo. La santa Iglesia católica, madre, la comunión de los santos, señora, el perdón de los pecados, mujer, la resurrección de la carne, tú, y la vida eterna, susurró en la absoluta oscuridad de la noche el padre José María Madariaga, sumergido en el sueño, hablándole a su madre, recordándole la oración del Padre, del Hijo, del Santo Espíritu. Como una música, la voz del sacerdote entro al descanso de Romero como una pesadilla: *Pater de coelis Deus, miserere nobis.*

Agnus dei, qui tollis peccata mundi, exaudio nos, Domine. Padre Madariaga, despierte, padre, está soñando, habla en sueños, padre, dijo Romero.

Abrió los ojos. Todavía estaba tendido sobre su improvisado camastro, en el suelo de tablas rugosas, que guardaban olor a especias. Comino, ajo en polvo, laurel, tomillo, charqui de caballo, vinagre, canela. Los mandaron a dormir a la bodega. Los barcos estaban llenos de conscriptos de los diversos regimientos y batallones. No quedaba espacio y sortearon las literas. Los infortunados tendrían que acomodarse entre las barricas de alimentos, aguantar el hedor y la fragancia, inventarse un lugar para echar el cuerpo. La *Magallanes*, pesada y gruesa como cachalote, se mecía lenta sobre las aguas nocturnas. Romero comprendió que las palabras dirigidas al cura fueron pronunciadas en el sueño. Quiso despertarlo, pero su voz sonó nada más que en su propio relato. Se quedó observando la oscuridad, hasta que los ojos comenzaron a distinguir los listones de madera de la improvisada litera superior. Cuando la suerte los mandó a dormir allí, los soldados pidieron materiales y herramientas para construir camarotes en los rincones. El mar no puede ser el lugar de una persona dueña de todos sus sentidos, pensó Romero. Sal de aquí, mierda, balbuceó otra vez el padre Madariaga. Aunque la brisa fría se colaba por las rendijas, la comida y las excrecencias mezclaban sus insistentes olores. Con el torso desnudo y descalzo, Romero se levantó con lentitud y se acercó al sacerdote.

—Tranquilo, padre, despierte.

El cura abrió los ojos. Se quedó observándolo con gesto de terror en la mirada sin parpadeo.

—Soy Romero, padre; Manuel Romero.

—*Filu, Redemptor mundi, Deus, miserere nobis. Spiritus Sancte Deus, miserere nobis. Sancta Trinitas, unus Deus, miserere nobis.*

—¡Despierte, por la cresta! —gritó Romero, a la vez que lo sacudió de los hombros.

El padre Madariaga se incorporó con un profundo ahogo. Romero imaginó a alguien saliendo del mar a la superficie tras largos minutos inmerso. Los silbidos y ronquidos de los hombres se entrecruzaban con los golpes del agua contra el barco.

—Vuelva a dormir, padre, que mañana se viene bravo —le dijo Romero, posando su mano sobre el hombro para procurarle calma.

Tras ajustar la respiración, el cura Madariaga se dio media vuelta, acomodándose sobre el estrecho colchón de paja envuelto en un viejo poncho de Castilla, y continuó durmiendo. Romero volvió a su litera. Se sentó y tanteó sus botas en el piso, cerca de su equipaje. Afuera, el oleaje se intensificó, azotando ambos costados con fuerza. El vaivén de la nave se hizo más pronunciado y sintió un leve mareo, el estómago revuelto, también. Encontró las botas bajo la chaqueta del uniforme. Se calzó el cuero humedecido, frío y áspero. Entre los tablones de las paredes se colaba, a través de las junturas, agua espumante. Las burbujas de múltiples tamaños avanzaban, ganando centímetro a centímetro en las vigas de la estructura de la nave. La tensión de la madera mojada sonaba con vibraciones, transmitidas al casco en su totalidad. Romero salió de la bodega hacia el cuarto de máquinas, donde los granaderos se afanaban en preparar las herramientas y municiones de cañón. Nadie reparó en él, nadie le ofreció aguardiente, que era lo que bebían los hombres para calentar el cuerpo. Caminó hasta el espacio abierto por donde se ascendía a cubierta. Vio cuatro siluetas sentadas alrededor de una mesa cuadrada. El tamaño del mueble los obligaba a inclinarse sobre la cubierta. Una sombra diáfana, de espaldas al muro, llamó primero su atención. Jugaban a las cartas, concentrados, con gesto grave. Dos de ellos eran oficiales y el otro era un gringo raso, cuyos ojos turquesa y pelo anaranjado lo distinguían del resto de la tropa. Durante el entrenamiento, en Antofagasta, lo vio varias veces haciendo los mismos ejercicios que el resto del batallón. ¿Quién era, de dónde venía?, se preguntaba, pero ninguno de sus conocidos siquiera había hablado con el gringo alguna vez. El cuarto hombre, cuya sombra llamó primero la atención de Romero, tenía los cabellos largos y negros. Le cubrían el rostro como una cortina. El chaquetón oscuro se asemejaba a una sotana. El sombrero de ala ancha, negro también, colgaba de una de las puntas del respaldo de la silla. Nadie reparó en Romero, que se quedó mirando el juego, intrigado con la extraña presencia del sujeto. Los hombres cantaron sus apuestas y dejaron sus cartas sobre la mesa, con los números y símbolos al descubierto. Los oficiales y el gringo se llevaron las manos al rostro, frustrados —al parecer otra vez— con el triunfo del hombre extraño. Se pasaron una botella de pisco requisada la tarde anterior a una pequeña embarcación pesquera peruana que encontraron rumbo a Pisagua, junto con abundante captura de pescado fresco. En seguida, los jugadores desembolsaron la suma adeudada por todas las partidas ganadas por el desconocido.

El extraño levantó la vista y, bajo la luz grisácea y sucia de la lámpara de aceite, a Romero le pareció la mirada de un muerto. Creyó ver unos ojos transparentes, y esa impresión lo acompañaría el tiempo transcurrido hasta que volviese a encontrarse con él. Sus manos, lechosas y tersas —como dedos y manos de mujer rica, pensó—, y el rostro anguloso, sin expresión e incluso indefinible, construyeron la percepción visual completa que se quedó en sus recuerdos, apareciendo en sueños y en los pensamientos azarosos de la vigilia.

Rechazó el sorbo de pisco ofrecido por sus contendores, guardó el dinero en una pequeña alforja de cuero que colgaba sobre el muslo izquierdo, protegida por el chaquetón, y se retiró, despidiéndose solo con una leve inclinación de la cabeza, antes de calzarse el sombrero y subir hacia la cubierta.

El gringo —aún no sabía su nombre— se quedó con la botella de pisco e invitó a Romero a fumar. Subieron a cubierta y se desplazaron hacia estribor. Alcanzaron a ver al extraño, protegido por su sombrero y el capote negro, alejarse en un bote en dirección al *Amazonas*, de cuyas calderas se elevaba una delgada línea de humo.

—Federico Graham —dijo el gringo y le dio la mano.

—Manuel Romero —respondió él, a la vez que estrechaba la de Graham.

Guardaron silencio en el frío nocturno. A lo lejos, la espesa camanchaca cubría por completo la bahía y los picos de Pisagua. Graham le pasó la botella a Romero y comenzó a enrolar un cigarro, extrayendo el tabaco de un desgastado estuche de cuero.

—Usted no es de aquí —dijo Romero.

—¿Cómo es eso? —respondió Graham.

—Indio, chileno, de aquí. Usted no es como nosotros.

—Claro que sí. Chileno.

—Pero no parece chileno, amigo, usted parece gringo.

Graham esbozó una sonrisa mientras sus dedos hacían girar el papel transparente con el tabaco, para armar el cilindro largo y delgado del cigarro. Tragando continuos sorbos del pisco amarillento, Romero intentaba vislumbrar la costa gris a través de la bruma. Los vapores sobre el mar parecían rostros.

—¿Está asustado? —preguntó Graham.

Romero no contestó. Volvió a tomar, a tragos largos. Cuando Graham terminó de enrolar el tabaco, se llevó el cigarro a los labios y lo encendió con un fósforo, protegiendo la llama con sus manos ahuecadas. Aspiró con fuerza y quemó la punta, que avanzaba hacia su boca; las cenizas pronto volaron, perdidas. Continuaron sin hablar, escuchando el suave oleaje de la noche y el acarreo de cañones y trastos en el interior del barco. Un par de toninas saltaron a veinte metros, quebrando el movimiento del agua. Graham fumaba con placenteras y prolongadas caladas. Romero seguía tomando pisco puro para calentarse el cuerpo.

Espanto le dicen, pronunció Graham. Romero lo observó sin comprender. ¿Quién? El gallo ese. ¿El buitre que estaba jugando a las cartas? Graham movió la cabeza, afirmando. El humo salió expulsado de su boca en gruesas volutas, que se perdieron en ascendente contacto con el aire de la cubierta. No sé de dónde salió, de dónde es, por qué está aquí, cuál es su nombre verdadero. Se nos dijo: Llámenlo Espanto, señor Espanto, don Espanto, incluso; nada más. Yo conozco esta información porque estuve en contacto con los oficiales y con los técnicos granaderos. No tengo el grado de oficial, pero soy ingeniero y en esa calidad profesional he asesorado al Ejército en la misión; también durante el entrenamiento en Antofagasta.

Observaba Romero a Graham en silencio, poseído por la intriga y el deseo de continuar escuchando el relato del gringo. Bebía pisco también, como si ayudara a escuchar con mayor atención. Para qué voy a contarle los detalles de mi asesoría. Mi colaboración tendrá resultados, buenos o malos, mañana a primera hora, cuando los cañones de este barco disparen contra los fuertes norte y sur del enemigo. Espanto llegó una madrugada a Antofagasta en compañía del general Escala. Se informó a ambos sobre los avances del entrenamiento de las tropas y planes de ataque. La voz de Espanto, que escuché por primera vez esa madrugada, era como el canto de un tenor. Una voz carente de cualquier dulzura. ¿Entiendes lo que quiero decir, Romero? El canto que precede a la muerte.

Quería saber por qué estaba yo allí, si era un simple soldado raso. Le explicaron mi experiencia y conocimientos como ingeniero, mis cálculos y decisiones para optimizar nuestros cañones y armamento. Después los generales presentaron su estrategia para atacar el puesto de Tacna. Se expusieron informes, mapas, cifras, trayectos. Espanto escuchó en silencio y luego revisó el material. Extrajo una pipa desde su morral de cuero, la llenó con un tabaco de potente perfume y fumó con caladas largas y sonoras. Crepitaba la quemazón del tabaco en la cazoleta con pequeños chisporroteos, con gracia, como una mímica o un acto practicado con esmero para provocar gusto y placer en el espectador. Una vez leído el informe, negó con la cabeza. Los generales le preguntaron por qué negaba, qué le parecía mal. Quieren llegar al rey sin eliminar caballos y alfiles, dijo Espanto, contó Graham a Romero. Expuso las razones que nos trajeron aquí, hoy, ahora, a Pisagua. No crea, Romero, que no salieron voces adversas. No será fácil la toma de este territorio. La neblina nos hace imposible la vista de Pisagua, una geografía irregular, de difícil acceso. Para qué voy a repetir lo que todos sabemos, ¿no? Romero siguió callado. Y Graham continuó. Espanto dijo que íbamos a quebrar la ocupación de Pisagua a pura fuerza. Desde el mar, dijo, con todo el poderío naval disponible, aunque pareciese una locura. Eso dijo, mientras exponía su estrategia.

Mañana vamos a ser los títeres de ese hombre, Romero, sentenció Graham y guardó silencio, apoyadas las manos sobre la baranda, mientras terminaba de fumar. Romero le devolvió la botella, cuyo contenido disminuyó a un cuarto. Dormir, a esas horas, no tenía sentido, pero decidieron regresar a sus respectivos espacios de descanso.

Pese al silencio de la noche, Romero percibía la tensión en los preparativos del asalto. En la bodega, los ronquidos de los soldados eran más sonoros y fuertes. El padre Madariaga movía los labios, pronunciando cosas ininteligibles cargadas de angustia. La escasa lumbre del lugar no impidió a Romero advertir la frente perlada de sudor del sacerdote. Una rata gorda y ágil se desplazó por los travesaños que sostenían los techos de la bodega. Un aroma intenso a comino inundó las narices de Romero. Se echó sobre su camastro, acomodando el chal de lana que cubría el improvisado colchón de paja, y entonces vinieron al encuentro aquellas imágenes de los años pretéritos, Manuel, tantas y tan profusas, que removían las cadenas del pasado; a medida que se volvían más vívidas y cobraban mayor fuerza, las cadenas ejercían más presión, tirando hacia el foso interminable de aguas tormentosas anegadas de recuerdos. ¿La ves, la antigua casa donde Clara pujó para traerte a la vida terrena? Sí, estás allí, Manuel, chupando un trozo de cochayuyo reblandecido con agua, mordiendo la superficie blanca y salada, con el culo desnudo sobre el piso de tierra. Tierra fresca que aliviaba la cocedura de carnes vivas producida por el pañal con mierda y orina, fricción de tela sucia. ¿Qué más aparece, Manuel? Las manos de tu padre sobre la mesa, manos de piel marchita, resquebrajadas, azotadas por el sol, la tierra, la lluvia, el frío de madrugada, trabajo de oscuridad a oscuridad. Espaldas encorvadas de hombre y mujer. El riachuelo atravesaba el extenso terreno de don Maximiliano Ortúzar. Por el centro, cruzaba rajando la tierra con agua cristalina y brillante bajo el sol y la luna. ¡El niño, por Dios, José, el niño! A pie pelado, caminabas atraído por el sonido de hipnosis de la corriente. José y Clara corrieron en dirección contraria. Gritaban al aire, alertando a los trabajadores. Peones, gañanes y baquianos escucharon a tus padres. Tú, Manuel, sonreías caminando a saltos hacia el río. ¿Aquella vez te tocaba la muerte? Tantas criaturas sacrificadas por la vida del campo: pisoteadas por animales, devoradas por los chanchos, picadas por la araña del trigo. Y tú, ¿arrastrado por la corriente?, ¿ahogado?, ¿destrozado por piedras y ramas en el caudal? No todavía. Aún no te tocaba. ¿Cuándo, entonces? Solo el Caballero de arriba sabe, dirías años más tarde, Manuel.

Aquella vez comenzaron a torcerse las cosas, pensabas, desde la tragedia interrumpida o postergada. No fueron tus padres quienes te encontraron e impidieron que te perdieras en el agua. ¿Mañunguito? ¿Es usted? ¿Para dónde vas, cabro? El Pirata Quiroz calentaba sobre una pequeña fogata un conejo despellejado, atravesado por una rama gruesa. Lo apodaban Pirata porque perdió un ojo en circunstancias nunca aclaradas, y usaba un parche de cuero sobre la cuenca. Viajaba de fundo en fundo, buscando las temporadas de cosecha para asegurarse mejor sustento. Tu papá decía que el Pirata Quiroz era pirata también en su esencia: no era hombre sedentario, gustaba del movimiento constante, dormía a campo abierto. Nunca tenía problemas con nadie. Era leñador, fuerte y resistente; hacía lo que faltaba: siembra, cosecha, construcción, recolección de frutos. Sus problemas comenzaron justo aquí, en Los Aguilones.

Mauricio Soto, capataz del fundo, acusó a Quiroz —dos años antes de tu frustrado ahogo— de robar animales para venderlos en Santiago. ¿Qué hizo el Pirata para transportar a las bestias? ¿Qué eran? ¿Reses, caballos, gallinas? Soto avisó al patrón y el patrón prohibió la entrada a Quiroz. Al Pirata no le importaba. Pero tampoco se privó de pasar a la tierra de don Maximiliano, todas las veces que quiso. Le gustaba bañarse en el agua tibia del río; según él, donde mejor se daba la temperatura era en Los Aguilones, mejor y más cálida que en los fundos vecinos, producto del sol y el viento. Esa predilección torció los hechos, pensabas. Ibas a lanzarte al río, embelesado por los múltiples brillos del sol en la superficie de la corriente. Luminosidad, llamado de la vida.

No, cabro, no se le ocurra meterse al agua, que se muere, niño. El Pirata Quiroz te alzó en brazos, matando la ilusión del nado refrescante y mortal. Lloraste con rabia. Pataleaste. Te dio de beber agua de su bota de cuero y compartió trozos de la carne rosácea del conejo. Échele el líquido encima para matar la brasa, niño, y tú obedeciste, regando sobre los leños de espino encendidos el agua con el cazo ennegrecido. No se apuró en devolverte. Así era el Pirata Quiroz. Vivía bajo sus propios términos, obedecía sus propias leyes de su mundo invisible. Regresaste al atardecer, de la mano de Quiroz, cargando a sus espaldas el equipaje, desde el cual colgaban sus enseres y herramientas. Clara y José esperaban sentados, afuera de la casa. Huacho estaba tendido a los pies y fue quien primero percibió tu presencia, levantando la cabeza y olisqueando el aire cálido de media tarde. Corrió hacia ustedes; atrás, sorprendidos, tu padre y tu madre siguieron al perro, a tu encuentro.

Sabían Clara y José que el Pirata Quiroz tenía prohibida la entrada al fundo; aun así, lo invitaron a pasar la noche en la casa y Clara cocinó carne a la olla. Tomaron vino y terminaron la jornada con sendas cañas del enguindao que preparaba José.

Reconoció el Pirata que tu padre gustaba de fabricar este licor con alto grado alcohólico, motivo de brindis y felicitaciones. Entonces comieron y bebieron hasta que el sueño los venció. El Pirata durmió sobre el piso de tierra de la habitación que hacía las veces de comedor y cocina, protegido por cueros de vaca seca y abrigado por leños encendidos en la salamandra.

Se marchó a primera hora. Clara le regaló provisiones de pan fresco, queso, charqui, huevos y castañas. José dedicó la mañana a cortar leña, Manuel, y tú lo acompañaste para recoger los trozos que saltaban al impacto de la hoja afilada. Se acercaba el invierno, las viejas anunciaban los últimos días cálidos del otoño como un regalo del Señor previo a las lluvias torrenciales. Oraban, invocaban espíritus de antepasados para protegerlas. Encendían velas gruesas frente a imágenes de san Sebastián y de la Virgen del Carmen. Preparaban infusiones de ruda para los embarazos indeseados, siempre persignándose, manos arrugadas, huesudas y deformes de esfuerzo, recuerdas. Mauricio Soto llegó a tu casa a caballo, lo acompañaban dos hombres de poncho y sombrero. Huacho ladró a las patas de los caballos, Soto lo espantó con la huasca y José se acercó hasta él. Hablaron, pero tú no alcanzaste a escuchar lo que decían. Soto te provocaba temor. Hombre gris, sonrisa ausente, ceño fruncido. El caballo de Soto se acercaba a tu padre. Hocico, patas y herraduras enterradas en la tierra.

Mauricio Soto preguntaba con palabras cortadas, serio, mientras sus dos subordinados recorrían el pedazo de tierra de tu familia, mirando para todas partes. Clara volvía del río cargando sendos baldes de agua. Goteaba el líquido cristalino sobre la tierra, caían chorros desbordados hacia el camino. ¿José, qué pasó? Nadie respondió. Soltándolos sin cuidado, Clara dejó caer los baldes para correr hacia tu padre. Él permanecía con la cabeza gacha, levantando la mirada de medio lado y gesticulando. Soto movía la huasca, nervioso, agitándola en el aire, azotando un cuerpo invisible. ¿Qué pasa, don Mauricio? La voz de tu madre, fuerte, una melodía distinta al susurro grave e ininteligible de los hombres. Nada, no pasa nada, respondió Soto y se dio media vuelta. Llamó a sus hombres con un chiflido. Movieron las riendas y los caballos giraron. Pasaron entre ustedes, mirándolos de reojo, sin apuro, hasta perderse entre los árboles rumbo a las instalaciones de la hacienda, quizás, a cobijar las bestias en las caballerizas o a seguir fisgoneando en las casas de los inquilinos. José se sentó para sacar la pipa y rellenarla con comodidad. Sus manos temblaban, no recordabas cuándo lo habías visto así, con los dedos en imperceptibles tiritones, al igual que los labios que sostenían la boquilla de la pipa, finalmente la cazoleta amplificaba los movimientos irregulares. Una vez que José prendió el tabaco —a chupadas rápidas y profundas—, Clara trajo la tetera y la puso sobre la fogata, que crepitaba persistente en el patio, a escasos metros de la puerta. Preparó mate dulce para ambos y churrascas que se cocieron entre las brasas cenicientas. José no tenía hambre. Agradeció el alimento, pero no tocó bocado. Me preguntaron por Quiroz, dijo tu padre, Manuel. Robaron en la casa del patrón, a medianoche, continuó hablando, contándole a tu madre lo que dijo Mauricio Soto un momento antes. Unas joyas de la señora, una plata del patrón, un par de cuestiones más, no sé qué cosas, pero el patrón se enojó mucho.

Él no fue, dijo Clara, no pudo ser él, José; tu madre, esa tarde de otoño, no estaba asustada, sino extrañada, Manuel. Durmió aquí, no se levantó, el perro habría ladrado, yo fui a echar leña a las brasas, Quiroz seguía durmiendo, hasta roncaba con ahogos. Yo también vine a echar leña y lo vi durmiendo, dijo tu padre, me levanté a avivar el fuego, la noche estaba helada y el cristiano estaba envuelto en los cueros de vaca y en unos chales gruesos. El Pirata Quiroz no salió de la casa, concluyeron tus padres, convencidos, seguros de los hechos ocurridos la noche previa. Diga la verdad, José, le dijo Clara a tu padre. No tenemos para qué mentir. Les contaron a los desgraciados que Quiroz estuvo aquí, pero nosotros sabemos que no hizo nada. José se limitó a asentir, serio, chupando la bombilla del mate humeante, con la pipa encendida entre los dedos de la mano derecha.

Dos días después, ¿recuerdas, verdad, Manuel?, volvieron Soto y sus hombres. Esta vez entraron cabalgando. Clara trabajaba en la tierra, con las rodillas hundidas en el barro fresco. Aromas de ruda, llantén, paico, menta, toronjil, boldo, cedrón, manzanilla. Ayudabas a trasplantar las matas, crecidas ya, desde los maceteros pequeños. Huacho ladró otra vez a las patas de los caballos y Mauricio Soto lo calló con un golpe de huasca. El perro aulló, dolorido, hundió la cola entre las patas traseras y retrocedió. José, delgado —parecía más enjuto que de costumbre— y silente, apareció por la puerta. El patrón te quiere ver, Romero, le dijo a José; rememoras esas palabras a diario desde el entrenamiento en Antofagasta, mientras ayudabas en la construcción de las letrinas para el campamento, junto a las rocas, a metros del mar. ¿Por qué aparecieron las palabras de Soto allí, en ese momento, en ese lugar? Mañunguito, te dijo tu padre, termine de guardar la leña, mijo. Vengo altiro. Tu madre estaba nerviosa, lo notabas pese a su silencio. Se puso de pie, con las manos apretadas, como guardando un gorrión recién nacido, quisiste creer. Esas manos, sucias con barro húmedo, estaban a la altura del vientre de Clara. Allí estuviste tú alguna vez, te decía ella, usted estuvo en la guatita de su madre, mi niño, decía. José puso rápido la montura a uno de sus percherones y salió junto a Soto y sus hombres. Se perdieron a través del bosque, en dirección a la casa del patrón. Te gustaba ir para allá con otros hijos de inquilinos, varios mayores que tú. Era una expedición prohibida, castigada a rebencazos si se descubría. Clara y José te dijeron, con firmeza, que no te metieras nunca a la casa de don Maximiliano, separada del resto del fundo por rejas y rodeada de rosales brillantes y vigorosos. Las rosas le traían calma a la señora, decían las viejas, por eso el caballero procuraba tenerlas de todos colores, grandes y robustas. Los jardineros eran castigados cuando las rosas enfermaban. Esas cosas se decían de los patrones, Manuel.

Clara, esa noche, preparó caldo de ave mientras una suave llovizna caía afuera. El fuego intenso teñía los costados de la olla con una costra negruzca. El líquido hervía, moviendo las presas de la gallina, las papas, las verduras, los granos de arroz. Luego de comer, leyeron en la Biblia el comienzo de Malaquías. Así aprendiste a leer, gracias a tu madre, Manuel, en el viejo volumen de hojas amarillentas, entre las cuales Clara guardaba imágenes de santos, flores secas y ramas de hierbas. Esta *advertena*, comenzaste, esta *advertena* palabra Yavé. Esta advertencia es la palabra que dirigió Yavé a Israel por medio de Malaquías, corrigió Clara tu lectura. Dijo: Leeré yo primero y después usted, hijo. Asentiste y se persignaron, porque se les olvidó hacerlo antes de empezar tu lectura. El hijo honra a su padre; el servido respeta a su patrón. Pero si yo soy padre, leía Clara, ¿dónde está la obra que se me debe? O si yo soy su patrón, ¿dónde el respeto a mi persona?, dijo tu madre, con la voz leve, imperceptible en su temblor, Manuel, esa noche de ventolera irregular que azotaba los muros de adobe de la casa y los techos de paja. Huacho estaba acurrucado bajo la mesa, como si continuara dolido y asustado por el golpe de huasca que Soto le había propinado en la tarde, y el gesto del capataz le provocara una repentina melancolía, espesa y negra, parecida a la que empezaba a inundar tu pecho. ¿Nosotros respetamos al patrón, mamá?, le dijiste a Clara, y ella te miró, guardando silencio durante algunos segundos. ¿Mamita? Sí, nosotros somos obedientes con el patrón, lo somos y lo seremos, dijo tu madre y después continuó con la lectura de Malaquías: profanación, nombre, menosprecio, impuros, desobediencia, sacerdotes, Israel, escuchaste de boca de tu madre. Rebaño, trampa, ley, lágrimas, odio, traición. ¿Dónde estaba tu padre? Querías saber y no entendías por qué demoraba tanto en regresar. Por qué tuvo que ir con Mauricio Soto a ver al patrón, a quien nunca o rara vez visitaba porque él ignoraba la existencia de tu padre y del resto de los inquilinos, salvo cuando cometían un error. Usted no piense en esas cosas, niño, te dijo Clara. Vaya a acostarse, rece el padrenuestro, el credo y la oración de la Virgen, Mañunguito, uno de cada uno, y piense en la obediencia al padre y al patrón, en lo que nos enseñó hoy día la Biblia, mi niño, dijo tu madre, Manuel.

El sueño abrigó tus miembros exhaustos. El sonido de la lluvia y el fuego y sus leños te llevaron por lugares confusos. Observabas la silueta de Clara, recortada contra la penumbra, las lenguas de fuego dibujando formas sobre el poncho. Todo esto a medias, cuando abrías los ojos somnolientos para acomodarte en tu camastro.

Poco después del amanecer apareció el vecino Concha buscando a Clara, Manuel. La lluvia era total, el cielo estaba oscuro, pese a la hora temprana. Los vientos poderosos sacudían las ramas con inusitada violencia, el soplo de un dios maligno. El vecino Concha advirtió a tu madre que no te llevara, pero ella tenía miedo de que fueras a perderte otra vez si te dejaba solo. Salieron raudos y avanzaron más allá de las caballerizas, lejos de los inquilinos y de la casa patronal. El cuerpo de José estaba empapado y el barro alrededor comenzaba a cubrirlo. Boca arriba, con el ojo bueno abierto, mirando al cielo negro en una apertura total, forzada al máximo por el horror. ¿Tiene el sirviente que servir al patrón? Sí. ¿Tiene el hijo del Señor que respetar a Dios? Sí. ¿Fue el pueblo de Israel atrevido con Jehová? Sí. ¿Miraron a una mujer más joven que la propia los hombres del Señor? Sí. ¿Odia Yavé la separación entre marido y mujer? Sí. Montañas desoladas, chacales hambrientos, güiñas ágiles descendiendo hacia el llano, Manuel. ¿Dios se enojó con Israel? Sí. Maldito Israel, dijo Dios a través de las palabras de Malaquías. Las manos estiradas, los dedos quebrados en todas direcciones. ¿Qué más dicen los profetas, mamá? La quijada abierta en un forzado doblez, sin dientes, una sanguinolenta masa irreconocible era la boca, los labios molidos a palos. Traen la palabra del Señor, Mañunguito, para ti, para el vecino Concha, para el Pirata Quiroz. ¿Para el patrón también? ¿Para Mauricio Soto? Parecía un saco de papas, Manuel, pensaste en los sacos que llenaban, cargaban y entregaban en la casa del patrón, cuerpo sin forma, despatarrado, como agua en cantidad caída a piso y con el impacto saltando para todas partes sin ton ni son, carne reblandecida a golpe de coigüe húmedo, cuánto tiempo de golpes seguidos, sin cansancio, para que el infeliz aprenda, carajo.

¿Para ellos es la palabra del Señor, mamá? ¿Para Soto, el patrón y la señora?

Para ellos también, Mañungo, para ellos también.

II

Los cañones atronaron dos veces seguidas. Eran las siete de la mañana y la camanchaca se marchaba desierto adentro, dejando al descubierto los fuertes del enemigo en las dos cumbres más elevadas del roquerío costero de Pisagua.

Desde donde estaban apostadas las naves, no eran visibles a simple vista. Usaban catalejo para mirarlas. Apenas sonaron las granadas, se elevó humo de los fuertes. Sonaron dos respuestas, silenciadas de inmediato por el ataque de los buques chilenos. La *Magallanes* se estremeció con las detonaciones. El fuego enemigo no alcanzó ninguna nave chilena y los hombres gritaron extasiados.

Los soldados recibieron el rancho caliente a las seis de la mañana. A muchos les costó comer. Romero engulló en silencio el café y las raciones de pan. Sabía que el cuerpo necesitaba energía para enfrentar la contienda. Cuántas horas más tarde volverían a probar bocado, se preguntaba. Graham comió junto a él; las manos temblorosas y las lentas masticadas lo delataban.

—Como que usted no quisiera comer, como que demorara el alimento —dijo Romero a Graham.

—Cuesta —respondió Graham.

—Hay que afirmar el vientre.

Los hombres apuraban el café caliente mientras Romero observaba los ojos vacíos de sus compañeros. Hay que tener miedo para pelear, pensó. Los barcos comenzaron el movimiento para situarse sobre Pisagua. El padre Madariaga realizó una breve eucaristía, usando como ostia el pan del rancho y como vino el café.

—No importa qué usemos para consagrarnos al Señor —dijo el cura—. Esto es el cuerpo y la sangre de Dios —pronunció, y acto seguido elevó el trozo de pan hacia los cielos cubiertos del norte.

Los hombres se persignaron y recibieron el trozo de pan mojado en café. Romero se sentó en un rincón de la cubierta y cerró los ojos. Se encomendó a sus muertos mientras disolvía lento la comida en saliva. El movimiento del buque desestabilizaba a los que permanecían en pie. Aparecía el sol, colándose entre la espesa niebla, el viento helado soplaba hacia la costa, despeinando las cabezas y elevando sogas. Graham, notó Romero, no había comulgado ni rezado. Observaba los últimos ajustes de los cañones y la preparación de los botes. Las embarcaciones se distribuían como gigantescos animales marinos que se aproximaban a una gran y difícil presa. La tensión se percibía en el aire, pensó Romero, y esa tensión emanaba de los hombres que se disponían a luchar. Tensión de muerte, horror de mutilación, pensó. El avance de la camanchaca marcaba el contrarreloj para la batalla. El viento y el desplazamiento de la neblina apretaba de angustia y ansiedad los pechos. Pisagua era como un sueño o los arrebatos de la imaginación de los estrategas chilenos, se decía a sí mismo Romero. El sargento Fabián Casas, grueso y chato, subió a cubierta. Dos soldados aún no daban cuenta de sus ranchos calientes.

—¿No les gusta la comida al par de carajos? —dijo Casas.

Los hombres se quedaron en silencio. Miraban a Casas sin atreverse a responder.

—¿No saben hablar, las mierdas?

—Perdone, sargento. No puedo comer —respondió un muchacho delgado, de tez morena.

—¿Cómo se llama usted, soldado? —preguntó Casas.

—Sanhueza —dijo el muchacho.

—¿No tiene nombre, Sanhueza? ¿Usted se llama Sanhueza y nada más?

—¿Cómo, mi sargento?

—¿Es huevón de la cabeza, Sanhueza? ¿No entiende las preguntas? ¡Su nombre, carajo! ¡¿Cómo se llama?!

—Luis, mi sargento.

—¿Cómo le gustaría que estuviera preparado el rancho, Luis? ¿Qué tendría que tener para que usted lo encontrara sabroso?

Sanhueza se quedó en silencio. Romero observaba, junto a Graham, el intercambio entre Casas y los soldados.

—No es que no nos guste el rancho, mi sargento —dijo el otro soldado.

—¡¿Quién le dio permiso para hablar?!

—Nadie, mi sargento.

—¡¿Por qué abre el hocico, entonces?!

Los muchachos bajaron la vista. La marea provocó fuertes movimientos en la *Magallanes*. Los cuerpos se balancearon a babor y estribor. Los tazones metálicos que contenían el café botaron líquido. El sargento Casas hizo duros esfuerzos para mantener el equilibro.

—En un par de horas más van a subirse a los convoyes y nadie puede asegurar cuándo vamos a comer otra vez. Y un soldado que tiene el estómago vacío es un soldado que no tiene fuerza para pelear. Aquí necesitamos chatos con garra y deseos de descabezar cholos —dijo Casas, mientras los jóvenes conscriptos escuchaban cabizbajos.

Sanhueza y el soldado asintieron. Olas elevadas y caóticas saltaron sobre el borde y azotaron la cubierta. Desde el *Amazonas* se escuchó un disparo de rifle. Los alféreces de la *Magallanes*, el *Cochrane*, la *Covadonga* y la *O'Higgins* respondieron al llamado de la misma manera. Los disparos de rifle desde cada una de las naves próximas a combatir se escucharon en el mar abierto. Romero y Graham vieron cómo los granaderos de la *Magallanes* preparaban los cañones. Todos los soldados se acercaron a babor para observar las primeras descargas. El sol se abrió paso entre la camanchaca, que ya se disipaba casi por completo en la costa y entraba hacia Hospicio y el desierto.

Luego de las dos respuestas desde las cumbres de Pisagua, los cañones de los barcos chilenos destruyeron las posiciones de los granaderos enemigos. Romero sintió el penetrante olor de la pólvora en las narices, profundo. Las detonaciones desde el mar sonaron durante diez minutos. La bahía se apreciaba, a primera vista, despejada. También las cuestas de roca que ascendían hacia el pueblo, el cual no se divisaba por encontrarse varios metros adentro. Los barcos empezaron a tomar posición para el descenso de las tropas hacia los botes de acercamiento. Tras las descargas de los cañones chilenos, no hubo más respuestas del enemigo. A través de los avistamientos con catalejo, el capitán Ormazábal corroboró que ambos fuertes habían sido destruidos al observar las densas columnas de humo que se elevaban desde las posiciones quebradas. Los soldados revisaban por última vez sus armas. Sacaban el corvo, lo afilaban, probaban el ensamblaje en la punta del fusil y volvían a guardarlo en la vaina. El muchacho moreno, al que el sargento Casas le había llamado la atención, extrajo un cuchillo de gran tamaño desde una vaina sujeta con correas de cuero a la pantorrilla. La hoja brillaba al contacto con la luz del sol, que se dejaba apreciar en su fuerza total luego de la desaparición de la camanchaca. Sanhueza, recordó su apellido Romero, deslizaba con lentitud un trozo de piedra contra el metal, avanzando y retrocediendo con paciencia, ajeno a los movimientos que ocurrían a su alrededor. Romero no reconoció la procedencia del cuchillo. No pertenecía a las armas que proveía el Ejército a los soldados. ¿De qué regimiento era el muchacho? Romero pasó por varias compañías, recalando al final en el Atacama. ¿Y Graham? ¿De dónde venía el gringo?

Nuevas detonaciones de cañón sacaron a Romero de sus pensamientos.

Los cañones de la *Magallanes* volvieron a disparar contra Punta Pisagua, a la vez que la *O'Higgins* disparó contra el Fuerte Sur. El ánimo de los hombres se tensaba a cada cañonazo. Sus rostros apretaban dientes y sus manos aferraban los fusiles. Otros sacaban y volvían a guardar los sables, en movimientos de tempranas angustias. El frío subía desde el mar, congelando mejillas, narices y manos. Luego de varios minutos de disparos, la *Magallanes* y la *Covadonga* empezaron el movimiento hacia Playa Blanca, cuya pequeña bahía estaba precedida por rocas desperdigadas, y las estribaciones inmediatas a la arena eran empinadas e irregulares. El sargento Casas caminaba a paso rápido entre los soldados.

—¡Formar, carajo! ¡En posición de firmes! —gritaba Casas, poseído por la euforia.

Los soldados se formaron en dos filas, a babor y estribor, enfrentados. El barco seguía moviéndose. Romero estaba lejos de Graham, al que perdió de vista. Sanhueza se encontraba en la fila contraria y parecía tranquilo. El cuchillo lo traía otra vez en la vaina fijada a la pantorrilla, notó Romero, quien estaba formado junto a un muchacho de tez clara que temblaba mientras castañeteaba los dientes.

—¿Qué le pasa, gancho? —preguntó Romero al muchacho.

—Frío —respondió el muchacho, cuya entonación y forma de pronunciar era diferente al resto de la tropa.

—Ahora vamos a entrar en calor. No se preocupe; frío no va a pasar.

El muchacho movió la cabeza, afirmando, sin dejar de morder una y otra vez, rápido.

—¿Cómo se llama? —le preguntó Romero.

—Gilberto Aristía —respondió el muchacho.

—No se asuste. Con los cañonazos deben haber reculado. No va a pasar nada.

—No tengo susto —dijo el muchacho, molesto.

Romero se quedó en silencio. Casas volvía a caminar entre ellos, hasta que subió a cubierta el capitán Roberto Ormazábal. Los hombres se llevaron la mano abierta, perpendicular a la frente. La *Magallanes* se detuvo, al igual que el resto de las embarcaciones. Estaban a cinco kilómetros de Playa Blanca. Un grupo de soldados comenzó de inmediato a asegurar los botes para bajarlos al mar. Aristía seguía temblando mientras se escuchaba el chirriar de las poleas y el sonido grave de los goznes que soportan el descenso de los botes. Ormazábal inspiró profundo. Caminaba con lentitud entre los muchachos. Romero bajó la mirada cuando pasó frente a él. Después pudo observar, a lo lejos, que el resto de las naves también comenzaba a prepararse para la toma del pueblo enemigo.

—Todo lo que este ejército piensa ya se los expresó el general Escala en la carta que fue leída ayer —dijo a viva voz Ormazábal—. No voy a remarcar la opinión que me merecen, porque sería irrespetuoso, señores. Los que estamos aquí sabemos que la muerte está ahí, a un par de kilómetros. Tengo la seguridad de que cada de uno de ustedes va a pelear como el roto chileno que es. ¡Que Dios nos acompañe!

Ormazábal no dijo nada más. A la orden del sargento Fabián Casas, los soldados comenzaron a descender a los botes. Dos bogadores, premunidos de sendos tambores, se dispusieron al centro de cada uno. Veinticinco hombres cabían en los botes; ocho soldados, ubicados de a dos en los extremos de las embarcaciones, tomaron los remos. Los abanderados se dirigieron a las proas, junto con los capitanes, quienes desenvainaron sus sables para guiar el camino hacia el desembarco en la incierta costa. Romero vio, a dos botes de distancia, a Graham con su fusil en la mano. El muchacho Sanhueza estaba en el bote de la derecha. A lo lejos, desde los distintos barcos, los soldados bajaban a los lanchones y se acomodaban, fusiles en ristre. El oleaje hacía entrar el agua salina, formando pozas. Las botas pronto estaban húmedas, al igual que los pantalones. La temperatura se sentía, luchando contra la adrenalina caldeada de los cuerpos. Gilberto Aristía se sentó junto a Romero, el fusil, brillante de tanta limpieza, pegado al pecho. El muchacho apenas podía contener los temblores, que eran evidentes, incluso con el bamboleo del bote. Diecisiete lanchones comenzaron a avanzar para formar dos largas columnas. Los remeros movían los brazos al ritmo que marcaban los bogadores con su percusión. A medida que avanzaban, la mar se comportaba con mayor bravura, elevando la proa y haciéndola bajar de sopetón; las embarcaciones parecían peces desesperados arrancando de un depredador grande y letal. El cura Madariaga estaba de pie entre los soldados, dos lanchones adelante. Romero notó que no llevaba armas, salvo un crucifijo de coigüe, largo como un bastón, y en cuya punta un Cristo agónico, tallado, se disponía a observar el teatro de la batalla. Los detalles del sufriente eran precisos y elegantes. Los días previos, Romero observó por largos periodos, turbado por el carácter de los vaivenes de la madera, la forma del Cristo. Al verlo a la distancia, se persignó murmurando las palabras sagradas con los ojos cerrados. Cuatro disparos de cañón sonaron sobre las cabezas de los navegantes. Las detonaciones provenían desde las embarcaciones chilenas, que apoyaban con fuego el avance marítimo. El joven Aristía se estremeció al sentir los cañonazos.

—¿Usted cree en Dios, compadre? —le preguntó Romero a Aristía.

—Claro que sí, ¿quién es capaz de vivir sin creer? —respondió Aristía, por primera vez sin asomo de temor y con absoluta seguridad.

—Rece, amigo, récele al caballero de arriba para que nos cuide.

Aristía asintió y juntos se persignaron. Los botes avanzaron en formación, intentando conservar el mismo ritmo de tambor, luchando contra los accidentes de la marea y del viento. Al principio no escucharon ni vieron nada salvo el paisaje del mar y el roquerío a la distancia, que se elevaba confuso y pequeño. Los botes se movían cada vez con mayor pronunciamiento, sentían en sus rostros y manos la efervescencia de la espuma marina, que salpicaba hacia el interior en infinitas y mínimas partículas. Romero rezó un credo con los ojos cerrados. Cuando los abrió, vio a sus compañeros afirmándose de los bordes para no perder el equilibrio. El movimiento se hacía más intenso, y los botes perdían formación debido a la intensidad caótica e irregular de la marea, que oleaba para todas partes. ¡Adelante, mierda!, gritaba el capitán. ¡Firmes, prepárense para matar por la patria, carajo! No todos se envalentonaron. Los remeros se esforzaban para conservar el mismo ritmo, pero sus embarcaciones se desordenaban por el subir y bajar de las olas. La bahía empezaba a verse más próxima. La arena y rocas sempiternas enterradas allí eran visibles ya.

Romero sintió el primer proyectil a centímetros de su oreja derecha.

Faltaban quinientos metros para llegar a tierra.

El fuego de una metralleta azotó al bote de la derecha. Los hombres empezaron a caer.

—¡Están disparando! —gritó el capitán Ormazábal—. ¡Firmes, mierda! ¡Mantengan la posición! ¡Aguanten, por Dios y por la patria, conchas de su madre!

Una materia viscosa saltó al rostro de Romero. El soldado que estaba adelante cayó de espaldas, con el cráneo abierto. Romero alcanzó a sostener el peso del cuerpo. Los disparos provocaban burbujas en el agua. Los proyectiles impactaban por todas partes: en el borde del lanchón, en el piso, en los remos, en el fondo. Romero apuntó su fusil hacia la playa y disparó. Sabía que sus intentos eran desesperados e inútiles. Aristía se echó al piso del bote, cubriéndose la cabeza con las manos. La formación de los lanchones estaba quebrada por completo. Cada uno dirigía su ruta lo mejor posible en medio del fuego enemigo. Mezcolanza de sonidos: disparos, viento, el aplauso de las olas, gritos desesperados de los líderes para envalentonar a los suyos. Una bala atravesó el pecho de un joven soldado. La sangre brotaba desde la herida y por la boca. El agua por todas partes se teñía con la sangre. Romero sacó su pañuelo y apretó. Vio a Ormazábal de pie en la proa, con el sable en alto, gritando. ¡Sin miedo, el miedo se los mete el diablo en la cabeza!, apoyó el padre Madariaga al capitán. El abanderado del bote contiguo, a la derecha, soltó el mástil izado y, llevándose la mano a la garganta, se desplomó y cayó a estribor, hundiéndose rápido en la mar. La bandera del bote todavía aguantaba, de pie, atrás de Ormazábal y adelante del cura. Esta imagen observaba Romero mientras intentaba contener la violenta hemorragia en el pecho de su compañero caído. El ruido de las olas, de los disparos y de los gritos se confundía en una amalgama desesperada. El muchacho herido movía la boca sin poder pronunciar. Sus ojos abiertos y saltones seguían fijos en los de Romero. Un disparo cercenó los dedos de un remero, y luego otro hizo estallar su quijada. El cadáver sin mandíbula cayó a los pies de Romero, con los brazos abiertos. La cabeza mutilada y sin vida quedó junto a la de Aristía. Al verlo allí, Romero le dio patadas en las costillas.

—¡Levántate, huevón! ¡No se amaricone! ¡Dispare, carajo! —le gritó Romero.

—¡No puedo! —respondió Aristía, aterrado.

—¡Agarre el fusil y pelee, mierda! —insistió Romero, enfurecido.

La respiración del herido se hizo más difícil. Atorado con la sangre, agarró de los brazos a Romero y luego murió, expulsando a borbotones el líquido espeso y cuasi negro a esa hora del día. Un sargento del Atacama se desplomó con un disparo certero en la frente. El cuerpo inerte cayó a babor, sumergiéndose en el mar. Los soldados intentaban responder los disparos del enemigo, pero la inestabilidad del bote en la turbulencia del mar hacía imposible cualquier defensa.

—¡Los remos! —gritó con desesperación el capitán Ormazábal.

—¡Maricón de mierda, párese! —Romero levantó a Aristía elevándolo de la solapa con violencia. Los ojos del muchacho estaban rojos e hinchados de lágrimas.

La fuerza de las olas aceleró los botes. El padre Madariaga, apoyado en su crucifijo, bendijo a los soldados a viva voz. Romero vio cómo la sotana era atravesada por proyectiles. Los orificios dejaban pasar la luz del sol, las ropas oscuras flameaban y recibían azotes de agua. El cura permanecía de pie, equilibrándose y rezando, a la vez que envalentonaba a los soldados de su lanchón.

—¡Nuestro Señor está aquí, con nosotros, cuidándonos, con su mano sacra revuelve el mar para que llegue este bote a tierra! ¡Resistan, si creen en él y lo aman, aguanten! ¡Por sobre todas las cosas, permanezcan en pie, muchachos! —gritaba el cura. Su voz ronca se abría paso a través de los muchos ruidos de la batalla.

¿Será que existe algo invisible que protege al cura?, se preguntó Romero. Porque el sacerdote permanecía de pie, imperturbable, resistente, proyectando la sombra de su cuerpo sobre el bote. Parecía la estatua de un santo en lo alto de una catedral, y al igual que lo inspiraba a él, estaba convencido de que insuflaba valor, terquedad y arrojo a quienes lo escuchaban y veían.

En ningún momento cejó el ataque enemigo, invisible para los chilenos desde sus posiciones de los botes en el mar. A medida que las embarcaciones se acercaban a Pisagua, el sonido y la intensidad de los disparos se acrecentaban, como si ninguna porción espacial en torno a ellos estuviera libre de asedio. Los soldados que permanecían con vida estaban empapados. Romero se sentía abotagado, como si las aguas salinas que salpicaban por todas partes tuvieran un efecto narcótico. Las balas caían, incansables, sobre el lanchón, astillando la madera y provocando orificios en los costados y el piso. Desesperado, el teniente Ugalde, un pije que gustaba de tomar y jugar a las cartas con los soldados rasos, se puso de pie cerca de la popa y apuntó con su fusil hacia las rocas que estaban enterradas en la arena de la playa. Disparó dos veces antes de recibir un impacto en el hombro izquierdo. Romero estaba cerca de Ugalde, vio la explosión de sangre, telas y carne provocada por la herida. Tambaleándose, el teniente Ugalde se sentó y él mismo cubrió la lesión con su guante. Vio la silueta de Aristía en el piso, en posición fetal. Con el pie, lo removió.

—¿Aristía? ¿Dónde lo hirieron? —preguntó Ugalde.

Aristía temblaba, su uniforme estaba empapado con agua y también con la sangre de los caídos. Ugalde comprendió que no estaba herido.

—¡Párese inmediatamente! ¡¿No le da vergüenza, carajo?! ¡Párese, por el nombre de su padre y de su abuelo, mierda! ¡Aristía, de pie, le dicen! ¡Lo voy a acusar de desacato, maricón! —gritaba Ugalde, furioso.

La proa del bote se elevó varios metros, impulsada por una ola gruesa y alta. Los hombres se aferraron a los extremos de la embarcación como pudieron, sin soltar sus armas. Romero sintió el crujido de la madera bajo su cuerpo. La ola reventó contra las rocas dispersas frente a Playa Blanca, la pequeña bahía de Pisagua. El bote impactó contra una de ellas, puntuda y enorme, despedazándose. Los listones de lingue saltaron en todas direcciones. Sin gobierno sobre su propio cuerpo, Romero intentó salir a flote. Escuchaba los gritos de sus compañeros en sordina. Los proyectiles enemigos entraban al agua y descendían veloces, perdiéndose hacia el fondo. Ahí distinguió la figura de un chileno, más abajo, moviendo los brazos para impulsarse hacia la superficie. Una bala entró al agua, describiendo a su paso una perfecta línea recta a centímetros del rostro de Romero. El proyectil se incrustó en la coronilla del soldado que intentaba emerger. El hombre dejó de moverse y una densa pátina de sangre oscura comenzó a salir por la herida, amplificando una mancha que fue borrada por la turbulencia de una nueva marejada. El cuerpo sanguinolento se perdió en el mar. Romero rodó con fuerza hacia la orilla, impulsado por el oleaje. Se puso de rodillas y tosió agua. Sentía el sabor de la sal y la arena entre los dientes. Intentaba recuperar el aliento, escuchaba los gritos y el incesante ruido de fusiles y metralletas. A izquierda y derecha, los soldados chilenos llegaban a la playa, saltando desde los botes al mar. Eran recibidos por los disparos enemigos, efectuados desde las rocas y por la quebrada ascendente. Los lanchones no podían encallar en la playa, obstruidos por las múltiples rocas. Algunas desaparecían bajo la marea cambiante, y rajaban el fondo de los botes. La playa no eran más de diez metros de arena desierta. La resaca retrocedía con fuerza, rebotando en el pecho de Romero. ¿Dónde estaba?, pensó. ¿Por qué había llegado aquí? ¿Qué era esto? La oscuridad de las rocas, la arena amarilla, brillante a la luz de la mañana. El musgo verdoso en la superficie irregular de las piedras enterradas entre playa y mar. Tuvo el deseo de abandonarse, de que todo terminara en ese momento. Estaba exhausto y aún no entraba en combate directo, cuerpo a cuerpo contra el enemigo. Los disparos seguían escuchándose en todas direcciones. ¿Por qué no caía herido? ¿Dios, acaso, no debería empezar a castigarlo? ¿Qué estaba esperando?

—¡Romero! ¡Muévase, por la cresta!

La voz del capitán Ormazábal lo regresó al presente con violencia. Él y Aristía peleaban contra la resaca, levantando sus fusiles sobre las cabezas. Más atrás, el cura Madariaga ayudaba al teniente Ugalde a salir. Ambos se hundían e intentaban avanzar, azotados por el oleaje que reventaba desde izquierda y derecha. El sacerdote luchaba contra el peso de Ugalde, que estaba a punto de perder el conocimiento. Un bote tripulado por soldados del Regimiento Buin cruzó el roquerío, seguido por dos embarcaciones más. El fuego se concentró en los botes recién llegados. Romero retrocedió hasta donde estaban el padre Madariaga y Ugalde. Las balas impactaban contra los soldados que intentaban salir de los botes. Un joven soldado saltó al mar. Un proyectil entró en el pecho, otro le reventó el ojo izquierdo. El cuerpo cayó sin vida. Más disparos arreciaron sobre los botes. Otros cuerpos eran abatidos, apenas se lanzaban al agua. Rostros, piernas, brazos mutilados. Explosión de dedos, orejas, piel, pelos. Luis Sanhueza permanecía arriba del bote, escudado por los muertos. Romero avanzó hasta él y protegió su descenso disparando hacia la playa. Junto a Sanhueza, saltaron cuatro hombres más. La marea empezó a alejar el bote, en cuyos costados se incrustaban las balas. El cuero cabelludo de un joven soldado saltó sobre el rostro de Romero. Una hendidura que avanzaba desde la frente hasta la coronilla dejaba al descubierto un menjunje de cráneo y carnes sanguinolentas, rosáceas, espesas. El joven soldado continuó avanzando, nervioso, ignorante de la herida. Trastabilló y se llevó la mano a la cabeza. La palma que observó estaba teñida por sangre y sesos. Romero lo agarró con fuerza del tórax para ayudarlo a desembarcar. Un proyectil reventó la rodilla del muchacho, y el choque de dos olas lo hizo desaparecer bajo el agua.

—¡Hay que tomar la playa, carajo! ¡Salga del agua, Romero! ¡Tenemos que llegar a las rocas! —gritó desde la orilla el capitán Ormazábal—. ¡A tomar la playa, mierda!

El fuego los acechaba desde las rocas de la playa y la cuesta ascendente. No veían con claridad dónde estaba parapetado el enemigo. El sol matutino creaba un efecto de brillantez que encandilaba a los chilenos. Las ropas empapadas y algunas prendas rotas les pesaban y dificultaban el movimiento. Más tropas llegaban a la orilla. Cómo vamos a salir de aquí, pensó Romero, nos van a masacrar, vinimos a morir a este roquerío de mierda. Ormazábal estaba refugiado en la última roca antes de la playa. Romero vio, junto a él, a Sanhueza, Aristía y dos soldados más. Avanzó hacia ellos. Aristía se asomó por sobre la roca. Miraba con el ceño fruncido, protegiendo sus ojos del sol con la mano. El sonido de varios disparos se sintieron en el aire, también contra la roca. Eran ruidos sordos. Sumergido en el mar, Romero se asomó por el costado derecho. No fue capaz de reconocer dónde estaban los contrarios.

—Hay siete cholos —dijo Aristía, otra vez refugiado tras la roca.

La marea comenzaba a recogerse. La arena mojada entorpecía el movimiento de los hombres. Las botas se hundían hasta los tobillos, se les enredaban largas y pesadas piezas de cochayuyo viscoso en las piernas. Aristía cargó su fusil Comblain y pasó el cerrojo levadizo.

—Cubran a Aristía —ordenó Ormazábal—. Disparen a mansalva, hacia la roca.

Los soldados prepararon sus armas. Romero volvió a asomarse por el costado. Aristía estaba concentrado. El fuego superior arreciaba. Persignándose y murmurando una oración imposible de escuchar, Aristía cerró los ojos y respiró profundo.

—¡Fuego, carajo! —ordenó el capitán Ormazábal.

Romero, Sanhueza, Ormazábal y los dos soldados dispararon hacia la roca enemiga. Romero pudo vislumbrar el brillo de los fusiles y rifles peruanos. Aristía se incorporó y posó el Comblain sobre la roca áspera y mojada. Balas enemigas caían a centímetros del soldado, rebotando en todas direcciones. Con temple y concentración, cerró el ojo izquierdo y apuntó con una tranquilidad inusitada y aterradora, pensó Romero, quien seguía disparando hacia el enemigo, a la vez que miraba de reojo a su compañero. Aristía realizó tres disparos. Tres fusiles enemigos desaparecieron tras la roca.

—¡Les dio! —dijo Romero.

—¡A la carga! —gritó Ormazábal.

Los seis hombres aseguraron los corvos en la punta de los fusiles y salieron del parapeto. Corrieron con rapidez hacia la roca, concentrados, con las bayonetas en alto. No había gritos de júbilo ni arengas envalentonadas. La pavura era más grande que cualquier otra emoción; los empujaba a no quedarse allí a esperar la muerte, los llenaba de adrenalina, le daba sentido al horror del presente. Escuchaban los disparos que pasaban cerca y que se incrustaban en la arena, a sus pies, a centímetros de las botas. El murmullo de las tropas llegaba a la playa, junto con detonaciones de fusiles y los gritos desgarrados de dolor y agonía. Un soldado chileno cayó, atravesado por una bala en la mejilla izquierda. No fue auxiliado porque todos siguieron la carrera hacia la defensa enemiga. Otro proyectil lo remató en el pecho, mientras el muchacho intentaba, de rodillas, contener la sangre y la piel desgarrada de su rostro deforme. Romero trepó de un salto sobre la roca y se lanzó contra el primer peruano que tuvo al frente, al otro lado. Era solo un adolescente, un muchacho de bozo espeso y fino sobre el labio superior, cuyos ojos aterrados se posaron sobre Romero, quien se impulsó con todo el peso de su cuerpo; la bayoneta atravesó el pecho del joven. Ambos cayeron a la arena y los cuerpos se confundieron en un abrazo involuntario. Los peruanos, sin distancia de tiro, no pudieron responder con fuego. Ormazábal apareció por la derecha, sorprendiendo a los seis enemigos que quedaban vivos. Su bayoneta penetró el costado izquierdo de un soldado grueso y bajo. Intentó desenvainar su sable, pero Ormazábal sacó la bayoneta y volvió a arremeter contra el hombre, esta vez enterrando el corvo en pleno corazón. Sanhueza cargó contra un soldado que iba hacia él con el sable desenvainado y en alto. Con agilidad felina, Sanhueza realizó un movimiento rápido con la bayoneta, de izquierda a derecha, provocándole al soldado enemigo un tajo de oreja a oreja. El peruano, poseído por una energía desbordada e ignorante del dolor, continuó en su lucha contra Sanhueza. Con un movimiento rápido, el chileno sacó su cuchillo de la vaina de cuero amarrada a la pantorrilla y degolló al enemigo. Cuchillo en mano, corrió al auxilio de sus compañeros.

Dos disparos tumbaron a dos soldados peruanos.

Con la rodilla enterrada en la arena, desafiando las balas provenientes de las laderas, Aristía tenía el fusil humeante en las manos, todavía en posición de tiro. Al sentir los disparos enemigos desde la altura, se incorporó y corrió a refugiarse en la roca recién ganada.

De pie otra vez, Romero mató con tres estocadas de bayoneta al último soldado peruano que quedaba tras la roca de la playa. Exhaustos tras el primer enfrentamiento cuerpo a cuerpo con el enemigo, los hombres se quedaron en sus posiciones, recuperando el aliento y masticando en sus mentes y corazones las muertes provocadas por propia mano. La palabra, reemplazada por la acción, por los hechos concretos de la existencia, ya no era real. Las largas peroratas de los sargentos durante las jornadas de entrenamiento se disolvían, volviéndose vacías, ausentes de cualquier atisbo de realidad. La experiencia militar de aquellos hombres gruñones y grises acababa de quedar disminuida a la inexistencia frente a la de estos muchachos que desembarcaron en Pisagua, intentando tomar la pequeña bahía de Playa Blanca, se dijo Romero.

El arribo de los botes chilenos seguía. Las naves no podían encallar en la arena, imposibilitadas por las múltiples rocas que estaban regadas por el mar. Los soldados saltaban al agua intentando proteger sus fusiles en el sector del oleaje irregular y violento. Las balas enemigas llovían desde las alturas. Los chilenos crecían en número, pero las bajas aumentaban, incesantes. Romero levantó la vista y se preguntó cómo iban a trepar por los picos escarpados. Se protegieron tras la roca, aunque no estaban a salvo por completo de los proyectiles.

—¿Cómo se llama, soldado? —le preguntó Ormazábal al soldado que estaba con ellos.

—Molina —respondió el muchacho.

—Hay que subir lo antes posible —ordenó el capitán.

—¿Por dónde, capitán? Mire esa huevada —dijo Molina.

Los chilenos que llegaban a la playa se fondeaban tras las rocas y se hacían más numerosos conforme pasaban los minutos. Parapetados tras escollos, peñas y restos de lanchón, aseguraron sus frágiles posiciones disparando hacia la pendiente.

—Tenemos que aprovechar que nos cubren. ¿Ve de dónde vienen las balas, Aristía? —preguntó Ormazábal.

—No, capitán, el sol no deja mirar bien —respondió Gilberto Aristía. Observaba hacia la subida, haciéndose sombra sobre los ojos con la mano—. Hay que subir nomás, capitán.

—¡Escucharon al compañero! ¡Apretar dientes, mierda, y trepar! —gritó el capitán Ormazábal.

Los hombres guardaron silencio mientras se cubrían de las balas. Un grupo de seis soldados avanzó hacia ellos desde el mar. Ormazábal disparó contra el enemigo, invisible desde su posición en esos momentos, intentando cubrir a los soldados. Cuatro cayeron antes de llegar. Los otros dos avanzaron hasta el grupo de vanguardia. Uno de los sobrevivientes era Graham.

Respiraba con dificultad. Tenía un trozo de madera astillada incrustado en el brazo derecho, cerca del hombro. La sangre teñía la casaca del uniforme, en un manchón circular.

—Yo voy a ir adelante, capitán —dijo Romero.

Ormazábal asintió, se cruzó el fusil hacia la espalda, colgado, y desenvainó el sable. El resto de los hombres seguía con la bayoneta en ristre, salvo Sanhueza, que empuñaba el cuchillo en la derecha. Tomaron la vanguardia del pequeño grupo de asalto Ormazábal y Romero. La inclinación de la ladera los obligó a aferrarse con la mano libre a la roca, que a esa hora comenzaba a calentarse. Las detonaciones de rifle y fusil sonaban cada vez más próximas, aunque el sol, junto con la inclinación del peñasco y la posición en la que ascendían, les dificultaban la visión. La aproximación al enemigo crispó los nervios de Romero. Intensificó el esfuerzo de trepar, forzando al máximo brazos y piernas. Adelantó en algunos metros a Ormazábal y al resto de sus compañeros. Dejaban atrás la arena de la playa con rapidez, sin reflexión alguna, pura tensión y ansiedad en el movimiento ágil y urgente del ascenso. Vio Romero, de reojo, el asedio de las tropas chilenas que se desplegaban en la playa, y a lo lejos, en altamar, las naves, como montañas furiosas y lentas que emergían desde el océano, dispuestas a arremeter contra Pisagua.

—¡Chileno! —escuchó Romero. La voz estaba cerca, pero era invisible todavía.

—¡Vienen chilenos! —otra voz con acento peruano apoyó a la primera.

Romero redobló esfuerzos y llegó a la altura intermedia de la cuesta. Ocho soldados peruanos, tendidos sobre la piedra desnuda, con los fusiles apoyados sobre sus ropas a modo de improvisado soporte, disparaban hacia la playa. Dos se incorporaron con torpeza, alertados por el ascenso de Romero y los chilenos. No alcanzaron a disparar, confundidos por la distancia y la inesperada aparición.

—¡Chilenos! —volvió a repetir la misma voz de antes.

Impulsándose con todo el peso del cuerpo, Romero se fue contra el soldado peruano que alertó al resto. Dirigió la bayoneta hacia el vientre. La punta del corvo salió a la altura del riñón izquierdo. El soldado peruano abrió la boca hacia el cielo, en un grito sordo, confundido con las voces asustadas de sus compañeros y el intenso fuego de fusil proveniente de la cumbre, dirigido hacia el desembarco chileno. Ormazábal y Sanhueza aparecieron a espaldas de Romero y cargaron contra los enemigos. El sable del capitán Ormazábal se elevó contra el segundo soldado que estaba de pie; la hoja descendió veloz sobre el hombro, incrustándose hasta el hueso. El peruano cayó de rodillas, modulando un aullido atroz. Romero lo remató con un poderoso bayonetazo en la cabeza.

Los hechos se precipitaron sin pausa.

Antes de que los enemigos pudieran incorporarse por completo, los chilenos arremetieron contra ellos. Sanhueza saltó sobre uno y lo apuñaló repetidas veces hasta que los borbotones de sangre tiñeron sus manos y el puñal. Graham y Aristía, ágiles y poseídos por una fuerza y ferocidad que sorprendió a sus compañeros, desgarraron piel y carne de los enemigos hasta llegar a los huesos, propinando estocadas irregulares, furibundas. Ninguno advirtió, hasta ese momento, la lucha cuerpo a cuerpo entre el soldado Molina y un cholón maceteado, de gruesa espalda. Forcejeaban a pasos de la orilla, peligrando desbarrancarse. Molina, delgado y más bajo, se esforzaba apretando los dientes para contener a su contrincante.

—¡Aristía! —gritó el capitán Ormazábal.

Comprendió de inmediato Aristía la intención del capitán. Apoyó la rodilla en el suelo y apuntó con seguridad. Durante cuatro o cinco segundos no disparó. Ajustaba el ojo entre los cuerpos móviles y caóticos de los contendientes. Los chilenos quedaron paralizados y por un momento la batalla quedó suspendida.

—¡Dispara, huevón, dispara! —gritó Romero.

La bala impactó en el centro de la espalda del soldado cholón, en la precisa medianía de la columna vertebral. Un impulso eléctrico hizo que levantara las manos y echara la cabeza atrás, en agresivo gesto. Libre del enemigo, Molina trastabilló y se lanzó al piso para evitar la caída. El soldado cholón desapareció en el vacío, tropezando con el cuerpo agazapado de Molina. Los chilenos respiraron agitados, recuperando el aliento y las fuerzas. Aún faltaba la mitad del ascenso. El fuego desde la cima de Pisagua se intensificaba mientras las tropas chilenas luchaban por tomar la playa. Algunos empezaron a trepar, siguiendo los pasos de la vanguardia organizada por el capitán Ormazábal. Romero aprovechó el breve descanso para beber agua de su cantimplora. La temperatura del ambiente comenzaba a elevarse con rapidez. La fiebre de la batalla los dotaba de fuerza y energía. Era una posesión que se alimentaba de sangre y vísceras, un deseo ferviente que ninguno podía evitar. Arremeter contra el enemigo, despedazarlo, destrozar cuerpos, mutilar miembros. Cuatro soldados chilenos llegaron junto a ellos. Diez más ascendían como felinos hambrientos.

—Hay que seguir, muchachos, hay que llegar arriba —dijo Ormazábal.

—Nos van a hacer pedazos, capitán —respondió Molina.

—¿Quiere quedarse aquí, a esperar que baje el enemigo? —lo enfrentó Ormazábal. Las palabras eran pronunciadas con urgencia, a gritos para hacerse escuchar entre la balacera y las descargas de metralla.

Molina bajó la vista en silencio. Sin esperar la orden, Sanhueza comenzó a trepar. Lo siguieron Romero, Graham, Aristía y dos de los cuatro soldados recién llegados. El capitán Ormazábal enfundó el sable para afirmarse en la subida. La ladera rocosa, en esa parte del trayecto, se hacía más escarpada. Ormazábal se aferraba con la mayor fuerza posible. Las botas de los soldados que lo precedían desprendían arenilla y pequeñas piedras. El polvo le irritó los ojos, pero no podía restregárselos. Necesitaba ambas manos para continuar subiendo. Escuchaba quejidos y el roce de botas, uniformes y extremidades contra la superficie del cerro. Con los ojos cerrados y ardorosos, siguió el camino, guiándose por los sonidos de sus compañeros.

Las botas y después las manos del soldado soltaron el camino. Romero intentó asirlo de la chaqueta, pero el movimiento y la fuerza de la caída estuvieron a punto de echarlo abajo a él también. El pesado bulto golpeó contra la ladera a centímetros del capitán Ormazábal, estampando un manchón de sangre y sesos.

—¡¿Qué pasó?! ¡Tengo arena en los ojos, mierda! —dijo desesperado Ormazábal.

—Se desbarrancó un soldado, capitán —respondió Aristía.

—¡Sigan, carajo! —los impelió Ormazábal.

—¡El capitán, Aristía! —gritó Romero.

Los soldados continuaron el ascenso. Aristía tomó del brazo al capitán Ormazábal y lo guio hacia arriba. Los gritos del muchacho caído seguían resonando en la cabeza de Romero. Otra vez volvió a sentir la presencia del enemigo. Más cerca de la cima, escuchaba la manipulación de armas, el murmullo generalizado de los hombres desesperados en acción, la detonación de las balas, pisadas de botas sobre la arenilla. Una tensión subterránea se propagaba en el interior de la piedra. Evitó mirar hacia atrás, temeroso de cualquier movimiento en falso. Los últimos metros avanzó como una hiena, exhibiendo una agilidad y destreza que ignoraba de sí mismo. Apenas su cuerpo entró en contacto con la planicie, agarró la bayoneta y arremetió contra los peruanos. Los soldados chilenos le dieron alcance; los seis se enfrentaron en cruenta lucha al enemigo. El corvo de la bayoneta de Romero entró a través del mentón y salió por el ojo izquierdo de un soldado peruano. Fue atacado con sables, pero se cubrió con el cuerpo desfalleciente del enemigo. Hubo gritos y los chilenos forcejearon con los peruanos, que al verse sorprendidos por la irrupción de sus enemigos, apenas alcanzaron a agarrar sus armas antes de ser apuñalados.

Seis soldados chilenos más consiguieron llegar al auxilio de sus compañeros. Sanhueza usó su cuchillo para cercenar los dedos intrusos que asían la culata de su fusil. El soldado enemigo aulló en dolorido grito de locura; Sanhueza deslizó la hoja del puñal sobre el rostro, reventando el ojo derecho y describiendo una línea hasta la comisura izquierda del labio: la carne abierta exhibió una grasa amarillenta y profusa sangre, espesa y oscura. Paralizado por el dolor, el peruano cayó de rodillas sobre la arena, palpándose la abertura de piel. Sanhueza desenvainó su sable y atravesó el pecho del enemigo.

Los chilenos cargaron contra el resto del pelotón. Los peruanos los superaban en número, pero sorprendidos por la irrupción colérica y sorpresiva, reaccionaron torpes. Vieron enemigos empapados con sangre, sudor y agua, muecas de adrenalina y furor.

Romero atravesó el pecho de un peruano achinado. Percibió el metal afilado rasgando huesos y piel en el interior del enemigo, como si un ente vivo ansiara salir del cuerpo desfalleciente.

El capital Ormazábal dejó caer la hoja de su sable contra el cuello de un enemigo, en un fiero esfuerzo para decapitarlo. La espada entró por el costado izquierdo y avanzó rápido y con aparente facilidad hasta la tráquea. Intentó desencajar el sable, pero la hoja estaba aprisionada en la carne fresca y los músculos divididos con violencia. Dos cholos de baja estatura, ágiles y feroces, se abalanzaron sobre Ormazábal con sable y bayoneta.

Aristía y Graham llegaron al encuentro de los enemigos. Retumbó un sonido seco y opaco al estrellarse los cuerpos. Las bayonetas se acercaron, peligrosas, a los contrarios. Manos desesperadas y torsiones corporales dilataron la conclusión del enfrentamiento. Cayeron a piso, revolcándose. Perdieron los contendores las bayonetas en la confusión del cuerpo a cuerpo. Graham consiguió soltarse y llegar con sus manos a la garganta del enemigo. Presionó con exasperación, empujando hacia abajo con todo el peso de su cuerpo. La cara de tez morena enrojeció en segundos. Los ojos crecieron, desbordando las cuencas, redondos y curvos. Las pupilas, negras y dilatadas, se fijaron en los ojos de Graham, como si algo invisible e indestructible las hubiera adherido a las pupilas contrarias. Graham redobló esfuerzos, mientras observaba de reojo cómo Aristía forcejeaba, luchando para que el puñal enemigo no lo hiriera. Con ambas manos repelía al enemigo, se esforzaba al límite de sus fuerzas y capacidad para desviar la punta de su pecho. Graham sintió cómo los músculos del cuello del peruano cedían en un momento bajo sus pulgares. La lengua gruesa apuntaba hacia él. Recuperando su bayoneta, Graham fue en auxilio de Aristía. Solo fue necesaria una única estocada, que entró por la oreja derecha del soldado peruano y lo derribó, al instante.

Los chilenos coronaron la cumbre de Pisagua.

Por primera vez, Romero veía la amplia planicie que tanta sangre y vida costó. Hacia el este, extenso terreno en elevación que concluía en el pueblo de Hospicio.

Aunque los hombres estaban exhaustos, no tuvieron tiempo para recuperar fuerzas. Tres pelotones del Ejército peruano reforzaron el grupo de choque. Llegaban corriendo desde las trincheras, todas excavadas y dispuestas tras la línea del tren. Imperaba el desorden de ambos ejércitos, como hormigas separadas por un goterón de agua. Las tropas peruanas estaban sorprendidas por el arribo chileno. Nacía desde las vías férreas otro ascenso de montes y pendientes secas, accidentadas. Desde allí, los chilenos tenían vista de Hospicio y dimensionaban la complejidad para tomar el pueblo.

La lucha a pura fuerza bruta continuó en la primera cumbre. Las bayonetas y espadas se elevaban y hacían saltar carne y sangre enemiga. Romero vio en los rostros peruanos a muchachos imberbes, vírgenes, a padres ausentes, a hermanos que habían partido de lejos y que no iban a volver, subyugados por el acero que portaba su mano. Tres, cuatro, cinco cuerpos atravesados por el corvo; la desesperación hacía parecer fácil el uso del arma. Las vísceras de los enemigos ya no succionaban la hoja. Con un sencillo y casi automático movimiento diagonal, Romero extraía con rapidez el corvo y volvía a arremeter contra otro enemigo. Los refuerzos chilenos llegaban trepando por la roca viva y se integraban a la lucha. Muchos se desprendieron del uniforme, que se había vuelto pesado e incómodo con el agua y la arena adherida. Peleaban en ropa interior, a pecho descubierto, y alzaban corvos y sables, cuyas hojas brillaban al sol de la mañana en alternancia caótica.

En la cumbre, la brisa marina y la brisa pampina chocaban y formaban una ventisca helada, agresiva, que desestabilizaba los cuerpos en combate. El sol pegaba fuerte sobre las cabezas y los torsos desnudos de los desvestidos, la piel se tostaba en pocos minutos, pero la adrenalina anestesiaba cualquier dolor.

Las bayonetas chilenas pronto se impusieron a las peruanas. Ormazábal tenía que decidir si atrincherarse allí cerca, en formaciones rocosas, o cargar contra las trincheras con los soldados que tenía. Decidió avanzar hasta las posiciones enemigas, aprovechando el impulso y el fulgor de sus hombres. Los peruanos estaban replegados tras la línea del tren, y varios chilenos seguían llegando a reforzar la vanguardia. Antes de dar la orden, vio a un grupo de diez o doce chilenos acercarse al mástil, ubicado en la punta del acantilado, en cuya parte superior flameaba la bandera del Perú. Dos chilenos empezaron a trepar.

—¿Qué están haciendo? —preguntó el capitán Ormazábal, sin comprender.

—Vamos a poner la bandera —respondió el soldado, que tenía una perfecta barba delineada en torno a la boca.

—¡Déjese de huevadas, hombre! ¡Hay que ir a tomar la trinchera! —gritó Ormazábal—. ¡Se bajan de inmediato de allí, las mierdas! ¡La prioridad es la lucha; cuando aseguremos Pisagua alguien pondrá nuestra bandera!

Los soldados, sorprendidos y extrañados, miraban el intercambio entre Ormazábal y aquel que pretendía izar la bandera de Chile.

—¡Hay que marcar el territorio enemigo! —respondió el soldado, que ya había trepado medio mástil.

—¡Bájese de ahí, se va a hacer matar! —dijo el capitán Ormazábal—. ¡Necesito a todos los hombres disponibles para avanzar al pueblo! ¡Hay que aprovechar de tomar Hospicio, por la concha de su madre!

Se formó un momento de silencio en la tropa chilena. El viento arreciaba, silbando con fuerza. Ormazábal seguía sosteniendo la mirada en los ojos del soldado rebelde. Adelante, la línea de vanguardia se enfrentaba a unos pocos peruanos dispersos. Sonaban disparos y hacia el mar, desde los barcos, salían más lanchones con refuerzos.

—¡Abajo, le dije! ¡Ahora, mierda! —volvió a gritar el capitán, furibundo.

El soldado miró al capitán con frustración. Tras algunos segundos indeciso, se bajó y se incorporó al resto, preparando su bayoneta. Ormazábal buscó a Romero y a los primeros que habían ascendido con él. Se movía con rapidez. Desde el frente enemigo disparaban cada vez con menos frecuencia. El capitán intuía que estaban reorganizando la defensa del pueblo. Decidió actuar rápido, a modo de guerrilla, usar la sorpresa y la inmediatez. Temía que alcanzaran a desplegar la artillería pesada y les impidieran tomar Hospicio.

—Aristía, necesito que nos cubra. Busque a tres hombres que lo apoyen —dijo el capitán Ormazábal—. Usted —indicó a Romero—, vamos a tomar la primera trinchera, tras la línea del tren, hay que caerles ahora.

Todos volvieron a guardar silencio, como si entablaran una tregua tácita no solo con el enemigo, sino entre ellos. Los soldados chilenos engrosaban las filas en la cima de Pisagua. Los que lucharon revisaban sus armas, ajustaban los cinturones, se cercioraban de la carga de fusiles y pistolas. Ormazábal limpió la hoja de su espada de la sangre y algunos diminutos trozos de pelo y piel adheridos, se cruzó la bayoneta en la espalda y se ajustó los broches de las botas. Algunos hombres no solo se quitaron las chaquetas mojadas, también se liberaron del calzado húmedo, demasiado viscoso y pesado para poder ascender con comodidad. Romero desencajó el corvo de la punta del fusil y volvió a ponerlo, asegurándose de que quedaba firme. Notó que tenía sangre ajena en las ropas, en las manos, en el rostro. Eran costras secas, endurecidas por el potente sol de la mañana. Los del cuerpo médico llevaban a los heridos tras las rocas para protegerlos. Romero vio canillas abiertas, huesos astillados, vientres sangrantes, extremidades mutiladas. Los enfermeros aguantaban con sus propias manos las tripas de un joven en shock, la herida dibujaba todo el bajo vientre, en tétrica abertura de carnes. Las imágenes de padecimiento y dolor dejaban de afectarlo, como antes los cuerpos muertos, poco a poco, dejaron de pesarle en la conciencia. Era una anestesia de las emociones, una anulación del sentido que iba creciendo junto a la batalla en desarrollo.

Los hombres estaban preparados para el nuevo ataque.

Aristía y dos soldados más se apostaron en tres rocas, listos para abrir fuego. Ormazábal ordenó la línea de ataque, avanzando a paso rápido entre sus hombres. Dispuso a Romero a la cabeza del flanco izquierdo. Ormazábal levantó su sable y miró a Aristía, quien aguzó la vista.

—¡A la carga, mierda! —ordenó el capitán Ormazábal.

Los chilenos corrieron hacia la trinchera enemiga, que estaba apostada tras la línea férrea. Se asomaron fusiles y rifles, disparos a mansalva hacia la tropa. Varios chilenos cayeron en la estampida, fulminados por los proyectiles que los impactaban en cualquier parte del cuerpo. Aristía y los dos tiradores contestaron, intentando acertar pese a la distancia. Ormazábal y sus hombres saltaron sobre la trinchera. Los peruanos intentaron repelerlos, pero los chilenos los superaban en número. Los aplastaron y destrozaron los cuerpos enemigos con saña.

Recibieron disparos desde otras trincheras. Algunos rebotaban en piedras y maderos. Ormazábal reaccionó con rapidez.

Una vez tomada la primera posición, los hombres se dividieron en tres grupos y asaltaron el resto. Se lanzaron sobre los enemigos con las bayonetas, que a esa altura manejaban con destreza. Sabían cómo apuñalar y cómo manipular el arma para provocar tajos y también cuál era la mejor forma de asestar el golpe para cercenar. La trinchera tomada facilitó el apoyo a los que asaltaban las restantes. La dirección de la defensa enemiga parecía ausente. Muchos arrancaban hacia Hospicio. Los tiradores chilenos bajaron a varios en la huida.

Romero lideraba el grupo de asalto integrado por Federico Graham. En la trinchera que tomaron, había una metralleta con varias cajas de municiones. Reforzaron el golpe chileno con ella. El enemigo dio la orden definitiva para replegarse en Hospicio. A esas alturas, el Ejército chileno tenía completa posesión de la línea del tren, y el segundo convoy desde el mar estaba en tierra.

Los chilenos izaron la bandera en el mástil.

Ormazábal y la vanguardia aprovechaban de ordenarse para avanzar hacia la ciudad. Romero vio fuego a lo lejos, en algunos edificios, que ardían, pensó, con poca fuerza a la luz del día. Entendía que la debilidad del fuego era un efecto provocado por el nulo contraste de las llamas y el cielo límpido, irradiado por la luz del sol. De noche, se dijo, ese incendio iluminaría el pueblo entero y la pampa alrededor. Avanzaba a trote junto a Graham, en fila con el capitán Ormazábal, que iba al centro, y al mismo ritmo que Aristía y Molina, que cerraban la formación de apertura. Iban con el torso inclinado, caminando cuasi agachados, atentos a todo lo que sucedía alrededor. Pasaban sobre cadáveres de enemigos, derribados por la espalda. Un granero ardía y crepitaba, ajeno a la acción que se desarrollaba alrededor. A Romero le pareció una pira fúnebre en honor a una autoridad más antigua que ellos.

Ormazábal le hizo un gesto a Aristía, indicándole el campanario de la iglesia, que estaba emplazada unos trescientos metros adelante. Los chilenos volvieron a sentir la empinada del terreno en los músculos de las piernas. Todavía no los aquejaba el cansancio propio de un esfuerzo como el que estaban haciendo, pero Romero pensaba que pronto iban a agotar las últimas reservas. Recordó las palabras del sargento Fabián Casas, en la cubierta de la *Magallanes*, justo antes de subir a los botes. Comió sin apuro, hasta el último bocado, solo deseaba la bebida más caliente, incluso a riesgo de quemarse el paladar y la lengua. El frío matutino le parecía, en ese momento, otra estación, otro lugar del mundo.

Subían hacia Hospicio a pleno sol, descubiertos. Algunas corrientes de aire repentinas y azarosas elevaban polvillo de tierra y caliche a la altura de los tobillos, y al instante desaparecían por efecto de un nuevo golpe de viento. Después el viento volvía a empujar tierra y esta vez el torbellino los doblaba en altura, atacando los rostros y ellos se cubrían los ojos con temor a descuidar al enemigo. Fantasmas de arena y caliche, pensó Romero, espectros de la pampa que vienen en auxilio del enemigo. A lo lejos, escuchó gritos aislados que daban órdenes de movimiento y reagrupación. Ormazábal les indicó, con un movimiento de mano, refugiarse tras una construcción desprolija; luego descubrirían que funcionaba como bodega. Allí desacoplaron los corvos de las bayonetas y cargaron las recámaras. Aprovecharon para revisar las pistolas y asegurar amarras y vainas. El calor les secó los uniformes y crecía con tanta aceleración, que empezaba a provocar sofoco y agobiante sudor. Romero atisbó un pelotón compuesto por soldados peruanos y bolivianos (eran los primeros que veían desde el desembarco) moviéndose por una calle de tierra, paralela a la que ocuparon los chilenos.

—Capitán —le dijo Romero a Ormazábal—, a las tres en punto.

Ormazábal observó en la dirección que le indicaba Romero, atisbando entre las rejas de madera y las casuchas. Hizo gestos de mano a Aristía y al resto de los soldados que lo acompañaban. Romero se ubicó tras una artesa de madera, todavía con agua sucia, maloliente, en la superficie flotaban trapos y objetos de toda clase. El primero en disparar contra el pelotón aliado fue el propio capitán Ormazábal, sin previo aviso. Apoyaron el fuego todos los soldados chilenos. Los aliados contestaron rápido, pero no entendían bien de dónde venían los disparos. Confundidos, respondieron al azar, disparando en todas direcciones, hasta que se retiraron de vuelta al pueblo.

Desde la subida de Pisagua, llegó un refuerzo de treinta hombres, todos frescos y listos para combatir. Ormazábal quería avanzar sin demora, aprovechando la ventaja del reciente ataque. De rodillas en el piso, dibujó sobre la tierra, con la punta de su puñal, un sencillo esquema del pueblo. Hizo círculos alrededor de un rectángulo.

—Deben haber dos o tres rifles en el campanario. Es probable que refuercen la plaza con cañones portátiles y metralla. Hay que concentrar el fuego aquí arriba, mientras subimos a la iglesia. Si logramos tomar un cañón, se nos va a hacer más fácil.

Los hombres asintieron a las palabras del capitán. En seguida llegó un soldado corriendo, exhausto. Era casi un niño, de piel olivácea y ojos negros y profundos.

—Viene el tercer desembarco, capitán —dijo el soldado niño—. Los soldados ya embarcaron en los botes.

—Entonces no hay que perder tiempo —respondió Ormazábal.

El capitán se incorporó. Los hombres estaban nerviosos, pero la inminencia del nuevo enfrentamiento les daba brío. Ormazábal organizó a la tropa rápido, desplazándose con precipitación entre los soldados. Romero sintió un escozor que le recorrió el espinazo. No era el aire enrarecido de la pampa, ni los abruptos cambios en la temperatura del cuerpo. Pura adrenalina, como un desdoblamiento del cuerpo frente al peligro. Preparó su fusil y se dispuso a seguir a Ormazábal. Se dividieron en dos columnas y avanzaron, intentando cubrirse y camuflarse con las instalaciones que encontraban en el pueblo. El camino de tierra apisonada se introducía hasta el centro de Hospicio, donde se alcanzaban a divisar construcciones de madera, postes del telégrafo, la iglesia, la estación de ferrocarril. Continuaron por cien metros más, hasta que, como predijo Ormazábal, los disparos llegaron desde el campanario. Las primeras balas no dieron contra los chilenos, pero de inmediato el fuego aliado fue reforzado desde diversas dependencias del pueblo. Pronto los soldados se vieron atacados desde varios puntos, con una intensidad que se incrementaba. Romero sentía las detonaciones y detrás escuchaba voces de mando de peruanos y bolivianos, que parecían desplazarse para alcanzar mejores posiciones de disparo.

—¡A la iglesia! —les gritó Ormazábal.

Romero cruzó el camino hacia el capitán. Escuchó y sintió el silbido veloz de las balas a centímetros de la coronilla, cerca del hombro izquierdo, próximo a la rodilla izquierda. Muchos proyectiles levantaron polvo. Llegó al parapeto deslizándose sobre la tierra. Oía, a lo lejos, un murmullo de voces sin forma. Sintió una vibración que se colaba desde abajo, subterránea, un movimiento convulso que lanzaba sus oscilaciones hacia la superficie, penetrando en la piel de los hombres. Pisadas sordas, a distancia, delataban múltiples posiciones y movimiento en el ejército enemigo.

La iglesia estaba a ciento cincuenta metros de distancia, calculó Romero. Aunque desde el parapeto no alcanzaba a divisar qué ocurría en las puertas del templo, suponía que los aliados estarían posicionados allí, defendiendo el último punto estratégico del pueblo. El capitán Ormazábal le hizo un gesto para que se acercara.

—¿Se le ocurre algo para tomar ese campanario? —le preguntó Ormazábal a Romero. Romero se asomó e intentó hacerse una idea de las posiciones. No alcanzaba a ver nada.

—Por el frente va a ser imposible —dijo Romero.

El capitán Ormazábal se quedó pensando, respiraba agitado y mantenía la vista fija en el suelo. La contienda seguía por doquier. Los disparos iban en todas direcciones y sonaban a diversos volúmenes, entre los gritos de hombres y las nubes de polvo en elevación.

—Entrar a choque, nomás. Tendríamos muchas bajas —reflexionó Ormazábal, preocupado.

Romero volvió a asomar la cabeza. Algunos proyectiles fueron disparados hacia él, sin éxito.

—Hay que entrar por atrás, capitán —dijo Romero.

Ormazábal se quedó en silencio, masticando con ansiedad las palabras de Romero.

—Una distracción fuerte, adelante, y el grupo de asalto entra a escondidas —dijo Ormazábal.

—Y tomamos rápido el campanario, capitán —agregó Romero.

Ormazábal observó a los hombres que tenía alrededor: Romero, Aristía, Graham, Molina, Sanhueza, y tres soldados más.

Estaban entierrados y el sudor en el pecho, en la frente y en la barbilla provocaba una suciedad opaca, húmeda, viscosa. Ya no cabía el cansancio en esos cuerpos. La adrenalina insuflaba una fuerza extraordinaria en cada combatiente.

—Yo voy a atacar por el frente; ustedes ocho van a entrar por algún punto muerto de la iglesia. Los va a comandar usted —dijo Ormazábal, observando a Romero—. Tienen que tomar la torre, como sea, cueste lo que cueste.

Los hombres asintieron.

—A moverse, señores —les dijo el capitán Ormazábal y fue andando a paso rápido, agachado, hasta un grupo de soldados que se juntaba más atrás.

Romero miró a sus hombres. Dibujó un cuadrado sobre la arena.

—No sabemos bien cómo es esta iglesia, pero creemos que el enemigo está adelante, en cantidad. Vamos a entrar por atrás. No podemos dejar que nos descubran, ni que avisen que entramos. Después tomamos el campanario, rápido, no les damos tiempo de reacción.

Todos escucharon atentos y nerviosos. Asintieron a las palabras de Romero cuando terminó de hablar. Como antes en la toma de la cumbre, revisaron los fusiles y los cargaron. También desenvainaron puñales y espadas, y revisaron los filos de las hojas. Se pusieron en marcha trotando sigilosamente hacia el noreste, con los fusiles listos para disparar en cualquier momento. Pasaron por viviendas de madera y adobe dispuestas en terrenos arenosos. Se encontraron con algunos intentos por plantar hortalizas. Todo estaba falto de riego y, por ende, seco. En un terreno vacío encontraron cántaros de greda con aguas estancadas, en cuyas superficies revoloteaban moscas y otros bichos diminutos y con apariencia gelatinosa, y esqueletos de arbustos como huesos perdidos en un purgatorio secreto. Los hombres avanzaban procurando hacer mínimo ruido, atentos al entorno. Romero vio la espalda de la iglesia, construida en adobe, salvo el campanario, una torre de apariencia reciente.

Los disparos quebraron el tenso silencio que se mantenía hasta ese momento. Se detuvieron y luego apuraron el paso. El capitán Ormazábal, por el frente, inició el ataque contra el pelotón que resguardaba la fachada. Las detonaciones eran incesantes. Romero y sus hombres entraron a una casa de adobe desde la cual se dominaba la iglesia. Escucharon cómo una granada reventaba desde un cañón cercano. Se miraron, asustados.

—Están usando fuego de artillería —dijo Graham.

Cinco soldados peruanos estaban de guardia en la puerta trasera de la iglesia. Observaban atentos y nerviosos. Uno de ellos, corpulento y de tez oscura, con el fusil en las manos y un cigarro encendido en los labios, paseaba la vista a izquierda y derecha. Aristía se ubicó en la única ventana que tenía la casa. Era una abertura irregular, tallada en el barro seco. Apuntó largos segundos, guiándose por la brasa del cigarro. Antes de disparar, los ojos suyos y los del peruano corpulento se encontraron. La bala atravesó el cráneo y el cuerpo robusto se desplomó de inmediato sobre la tierra.

Los cuatro peruanos restantes se pusieron en guardia, pero los chilenos dispararon a discreción, matándolos a todos en cosa de segundos.

Una nueva detonación de granada sonó en el aire. El fuego, en el frente, se intensificó. Una masa amorfa de sonido de balas llenó el ruido ambiente. La puerta trasera de la iglesia estaba tapiada. Los chilenos intentaron arremeter a patadas contra las tablas, pero no conseguían derribarla. Molina encontró una picota y golpeó incansable, hasta que pudo botar los tablones que clausuraban ese ingreso. Terminaron de descuajar la puerta con la punta de sus botas. Todos entraron, intentando mantener el mayor silencio posible. El lugar estaba en penumbras. Un único vitral con la imagen de la Virgen, con el niño Jesús en brazos, permitía el ingreso de la luz. Tonos azulados y verdes teñían el espacio interior. El aire estaba impregnado de incienso, que comenzaba a mezclarse con el olor de la pólvora. Caminaron por la única nave con la que contaba la iglesia. Desde afuera se escuchaba el poderoso intercambio de fuego, los gritos, las órdenes de maniobras. Romero iba a la cabeza, atento, con el fusil apuntando adelante, listo para disparar. Lo seguían Sanhueza, Aristía, Molina, los dos soldados y, en la retaguardia, Graham. Pese a la bulla del combate exterior, adentro reinaba un silencio pesado, casi solemne. Cada cual sentía su propia respiración, como si esta fuera a delatarlos en cualquier momento. Atrás del altar, junto a un sencillo Cristo crucificado y empotrado en la pared, había una escalera que se elevaba hacia la torre. Una nueva detonación de granada remeció los muros, se desprendió polvillo y pequeñas piedras. Era imposible averiguar qué estaba ocurriendo afuera. Romero trepó por la escalera, ayudándose con la mano izquierda para subir, mientras empuñaba el fusil con la diestra. Hacia la cima del campanario no se distinguía nada, salvo la luz natural que se colaba por las aberturas e iluminaba las tablas desnudas de la cúpula convexa. Desde allí pudo escuchar los disparos de rifle que provenían de arriba, y se vio en la encrucijada de acelerar el paso para desarmar cuanto antes a los francotiradores, o ralentizar el ascenso para no ser descubierto. Al desviar la vista hacia el vacío, pudo distinguir las cabezas y siluetas de sus compañeros; lo seguía el más próximo a dos o tres escalones.

Al ingresar en la cavidad rectangular donde terminaba la escalera y empezaba la cúpula del campanario, lo primero que vio Romero fueron dos cuerpos tendidos en las tablas, asomados hacia el exterior por una ventana, cuya mitad superior estaba cubierta por una persiana que tenía impactos de bala en varias partes. Luego distinguió, de reojo, las dos sombras diminutas, esperando protegidas tras una viga gruesa, que cruzaba de norte a sur la estructura del campanario, y solo fueron descubiertas tras algunos segundos de inspección, Manuel, y te preguntaste no quiénes estaban agazapados en la penumbra de esa elevada construcción, sino por qué no mataste de inmediato a los dos soldados peruanos que disparaban en privilegiada posición contra tus compañeros chilenos. Eso fue lo que hiciste cuando esos segundos inútiles terminaron: disparar contra los tiradores. Una bala en plena espalda, el primero, otra bala a la altura del riñón izquierdo, el segundo. Los cuerpos temblaron y soltaron los rifles, sin alcanzar a girar, porque los remataste. Subieron tus compañeros a tomar posiciones en la torre. Tú te acercaste a los bultos en la semioscuridad, dos formas que temblaban. Creíste distinguir sus pequeños ojos brillantes y apuntaste a uno de ellos. Los niños se quedaron paralizados, con la respiración entrecortada por el miedo, y tras esperar camuflada entre la espesa mata, la pequeña Julia salió de las zarzamoras y corrió, llorando debido a los rasguños en sus brazos, piernas y rostro provocados por las diminutas espinas. La seguiste, pidiéndole que se detuviera, deseabas ante todo darle consuelo. Pero Julia no se detuvo, corrió hasta su casa y tú no quisiste apurar el pique para derribarla, no fuera a ser que empeoraras las cosas. Llegaste antes de la puesta de sol. El cielo estaba cubierto de nubes algodonosas, y la luz anaranjada las teñía, dándoles un tono morado, parecido a las zarzamoras donde Julia estaba escondida poco antes, pensaste. La temperatura, a esa hora, descendía rápido. La piel se erizaba y el viento mecía las ramas de los árboles en un baile irrisorio y secreto.

La silueta elevó el hacha y dejó caer la cabeza metálica contra el tronco. Cada vez que lo veías en esta tarea recordabas a tu padre, Manuel, esas tardes y mañanas de picar tronco con las manos heladas, reventadas a sabañones. Severino Carmona tenía cinco años menos que Clara. Era un hombre taciturno, muy delgado y con una fuerza sorprendente. Los brazos, fibrosos, pero sin excesiva musculatura, levantaban fardos y fardos durante tardes completas. Luego, en casa, tras la jornada de intenso trabajo, llegaba a cortar kilos de leña para precaver la noche de invierno. Al principio Carmona oficiaba como peón gañán en la hacienda para los periodos de trabajo más intenso. Alguna vez compartió con tu padre y Clara, en el patio, sendos jarros de chupilca endiablada con chorros de aguardiente, como gustaba a José. Aparecía en tiempos de siembra y, después, para la cosecha. Celebraba la trilla y también la vendimia. Se quedaba un par de días, acampando junto al río, con otros peones y gañanes, que iban de campo en campo, ofreciendo su trabajo donde hubiera más dinero, mejores trueques.

Siete meses después de la muerte de José Romero, Severino Carmona volvió a Los Aguilones para emplearse en la ampliación de la casa patronal, un ala que el patrón deseaba con amplios ventanales, luminosos y abiertos hacia la vieja alameda. El bamboleo calmo de esos árboles enormes, descubrió don Maximiliano, calmaba a su mujer. Los episodios de descontrol, seguidos del descenso del ánimo, ocurrían con precisión matemática, Manuel. Cuando doña Inés Izurieta estaba bien, la veían trotar a caballo, recorrer el predio, incluso nadar en la laguna que estaba tras los viejos álamos que tanto le gustaban. Dos semanas de júbilo, tres, quizás. Recordabas después, luego del punto más alto de la felicidad, la ausencia de su figura elástica, fina, erguida siempre a lomo del caballo. Larga cabellera castaña, cobriza a la luz del sol, opaca cuando se bañaba en las aguas frías del río o la laguna, tez casi traslúcida, brillante y mejillas sonrosadas que denotaban buena salud. ¿Dónde estaba la señora?, te preguntabas y preguntabas también a tu madre, porque la presencia de Inés era habitual y de pronto desaparecía. La gente descansa, Mañunguito, te decía Clara. La gente descansa en la noche, mamita, respondías tú, convencido, Manuel. A veces la gente necesita más descanso, mi amor, te respondía Clara, y a ti no te hacía sentido porque los inquilinos y los peones apenas dormían de noche, pensabas, los campesinos despiertan antes del sol y se acuestan después del sol, mamita, con eso ya recuperan las fuerzas para volver a trabajar, decías, pero tu madre pasaba a otra cosa.

Fue durante los arreglos de la casa patronal cuando viste a la señora Inés en su periodo de descanso, como lo llamaba Clara. Antes solo desaparecía y luego la volvían a ver, sonriendo y en plena actividad, semanas después de la ausencia. ¿Qué sucedía durante el descanso?, pensabas. ¿Dormía, recibía baños realizados por las empleadas, se dedicaba a leer o a cultivar las plantas en el invernadero cercano a la casa patronal? No lo sabías, porque rara vez te acercabas a la casa de los patrones.

¿Me presta al Mañunguito, Clarita?, le dijo Severino Carmona a tu madre cuando fue contratado por Mauricio Soto para emprender la ampliación de la casa. Severino vino a visitarlos y se quedó toda la tarde con ustedes, tomando mate con Clara, sentados junto al fogón del patio, observándote jugar con Huacho, viejo y casi ciego por aquellos años. Rieron y en algún momento tu madre se enjugó las lágrimas con el delantal. ¿Para qué quiere al Mañungo, Severino?, preguntó tu madre, intrigada. Para que me ayude a hacerle la pega a su patrón, respondió él. Tú comías pichanga con jamón fresco y longaniza ahumada, aquellas que preparaba el vecino Concha a la manera sancarlina, como decía él cada vez que le preguntaban. Ya no estaban sentados en el patio porque afuera ya caía la helada. Clara sirvió vino de un chuico y en pocos minutos preparó la pichanga, regada con aceite y una ramita de romero, dijo, para el aroma. Tomaron y comieron, y Clara se quedó en silencio, nerviosa. ¿Qué pasa, Clarita?, dijo Severino. Nada, no se preocupe, respondió tu madre. El niño es habiloso, no lo voy a obligar a que haga fuerzas, Clarita. No se trata de eso. ¿Qué, entonces? Le voy a pagar. No es la plata tampoco, Severino. A Mañunguito le gusta trabajar, le hace bien. Yo le voy a pagar igual, lo justo es justo, dijo Severino, y luego deslizó su mano sobre la de tu madre, y con dedos torpes, acarició los nudillos de la manchada y huesuda mano de Clara, Manuel. Ella bajó los ojos y su rostro se encendió.

Dele permiso a Mañunguito, Clarita, insistió Severino, mirando a los ojos de Clara.

Trabajaron durante dos meses con descanso solo los domingos, porque Clara no perdonaba que el día del Señor no se respetara, esa fue la única condición que puso, Manuel, y por supuesto Severino Carmona aceptó. Acondicionaron el terreno, botaron el muro que luego uniría la ampliación con la casa, construyeron la estructura con firmes vigas de roble, prepararon herramientas y materiales. Esas más de ocho semanas (porque no fueron dos meses exactos) Severino durmió en la cabaña de ustedes, a pedido de Clara. ¿Para qué va a acampar, si aquí hay espacio?, le dijo tu madre. Severino titubeó, pero, frente a la insistencia, aceptó.

En cosa de días Severino se integró a la cotidianidad de la familia, Manuel. Despertaba al alba y preparaba mate y café. Clara amasaba y cocía churrascas en las brasas débiles que sobrevivían a la madrugada. Subían al caballo de Severino, cabalgaban los kilómetros hasta la casa patronal y pasaban directo a la faena. Trabajaban sin descanso hasta el almuerzo, que realizaban a las doce y media del día, en punto, porque a Severino le gustaba la puntualidad, Manuel, era un hombre ordenado, a veces rozaba la manía con los horarios, recuerdas. Calentaban carne o longanizas al fuego y acompañaban con papas o huevos duros, enviados por Clara día a día. Después de comer, Severino se permitía media hora de siesta, tendido bajo un árbol, y tú, que no estabas acostumbrado a dormir a esa hora, paseabas entre los rosales o te dedicabas a observar el entorno, escuchando sus ronquidos.

Fue durante uno de aquellos descansos cuando, mientras seguías a un gato negro que bajó sigiloso desde el árbol que sombreaba la siesta de Severino, te colaste al interior de la casa de los patrones. Todo estaba en silencio. Un grave silbar de aire pesado que se colaba entre tablones y ventanas a medio abrir. Te pareció extraño que un lugar de ese tamaño, con tantas habitaciones, estuviera vacío. Los techos eran altos como en la capilla, pensaste en ese momento. En los muros, imágenes de paisajes y personas en cuadros. El trazo de la pintura sobre las telas les daba a los rostros y cuerpos una dimensión de irrealidad, de criaturas indefinidas entre la vida y la imaginación. Los muebles eran grandes y las mesas y candelabros estaban con muchas velas a medio quemar, rugosas y deformes. Las cortinas bailaban al viento, y se escuchaba el canto de pájaros venido desde los jardines circundantes. Un canto dulce, pensaste, Manuel, canto suave en un idioma fugaz e ininteligible para los seres humanos, eso más la gracia sencilla del movimiento de las telas. Torciste el rumbo por pasillos largos y oscuros, con olor a encierro, a humedad, a materias en descomposición. ¿Por qué no encontraste a nadie allí, a ninguna empleada, a ningún peón? La puerta del fondo estaba entreabierta. Algo de temor y curiosidad te retraían y empujaban a detenerte y avanzar por partes iguales. Seguiste adelante sin importar lo que encontraras, o justo porque desconocías qué podrías encontrar, avanzaste y empujaste aquella puerta entreabierta. ¿Qué era esa pestilencia que invadía el aire de la habitación? Te provocó arcadas que te revolvieron el estómago. La luz externa luchaba contra persianas y cortinas para entrar allí. Viste una cama con sábanas y colchas desarmadas, coronada por un respaldo metálico, de formas sinuosas. Permiso, dijiste, perdón, dijiste, disculpe. Nadie respondió. Pusiste un pie adentro. La tabla del piso crujió, luego, bajo el otro pie, volvió a chillar. Advertiste la forma de una mano apoyada en el respaldo de un sillón vuelto hacia la ventana. Pero la ventana estaba cerrada, Manuel, ¿quién podía sentarse frente a una ventana cerrada? Había ropa femenina dispersa por el piso. Una bacinica con excrementos frescos y moscas sobrevolando los desperdicios. Media vuelta y de regreso afuera, pensaste. La habitación te provocó pavura; sabías que, antes de dormir, recordarías ese espacio, el cuerpo visto a medias desde la entrada, el desorden, las formas intimidantes que se reflejaban sobre los muebles y los objetos desparramados. Avanzaste junto al cuerpo de la mujer sentada. La piel, oscurecida y arrugada, parecía adherida a los huesos y le daba aspecto cadavérico al rostro de la señora Inés, como una momia. Sus ojos inexpresivos y muertos miraban fijo adelante. ¿Qué observaba con tanto interés, Manuel? La ventana cubierta por la cortina. La tela anaranjada, con pliegos y polvo. El rostro de la muerta se giró hacia ti. Era la misma mujer que cabalgaba y ordenaba la doma de yeguas y potros en los corrales; a la vez, no era la misma mujer, sino el cadáver de aquella en vida. La saliva seca en la comisura de los labios y vestigios de mucosidades bajo las fosas nasales. El respirar era cansino, apenas perceptible. Levantó la mano pero fue incapaz de tocarte. No iba a hacerte daño, pensaste, sino a acariciarte, a descubrir si habitabas el mismo mundo mortuorio que ella, pero no tuvo fuerzas para hacerlo. Una túnica blanca la cubría. Bajo la tela se adivinaban las sinuosidades de su cuerpo enjuto, las aureolas de los pezones, los pechos aún firmes, una oscuridad en la entrepierna. Retrocediste, saliste de la habitación y volviste al campo, donde Severino aún dormía, con aparente placidez, cobijado por la amable temperatura de la tarde y la brisa fresca.

Antes de cumplir tus cinco años Clara parió al primer hijo de Severino Carmona, segundo de ella, tu primer hermano, Manuel, bautizado Severino Segundo Carmona. Esto provocó dos noches de desvelo, dolores intensos y sangramiento profuso en Clara. Todavía recuerdas el intenso aroma que volverías a sentir con el nacimiento de tu segundo hermano. La vieja Lita, partera y antigua inquilina, asistió a tu madre en la llegada del niño; en sendos fondos de metal, preparó cocimientos de aguas para darle a tomar a la parturienta y otros destinados a bullir e impregnar el aire de las habitaciones. Dos años más tarde nació el segundo de tus hermanos, Armando, cuyas facciones y tonos de piel, ojos y cabello distaban del color tuyo, de Severino Segundo, de Clara, de Severino viejo. Apodaron a tu hermano menor Rucio Carmona.

La casita construida por José pronto quedó estrecha. Severino reunió materiales para ampliarla, Manuel. Te ofreciste, entusiasmado, a ayudarlo. Juntos empotraron las vigas en la tierra, entre piedras que parecían, a tus ojos, cabezas de hombres sepultados, cabezas que succionaban hacia abajo la gruesa madera. Montados sobre andamios, levantaron mástiles y travesaños; cubrieron los cielos con tablas, paja y tejas. Fueron ayudados en esta etapa de la ampliación por el vecino Ismael Concha, quien los acompañó de sol a sol el resto de las jornadas.

Al término del agotador trabajo, sacrificaron un cabrito joven y robusto. Por primera vez participaste en la faena de un animal, ayudando a Severino y al vecino Concha en cada etapa. Ataron las patas con cuerda y dispusieron el cuerpo tembloroso del cabrito sobre un banco de madera. Pusiste una jofaina enlozada a los pies de Severino; cuando degolló al cabrito, la sangre fresca llenó el recipiente. La cebolla picada en cuadros minúsculos,

los dientes de ajo enteros, el cilantro, el comino, el romero y la sal gruesa fueron incorporados de inmediato y mezclados con la sangre. La primera cucharada provocó temblores y de inmediato el deseo; era un apetito, una necesidad. Ñachi, así se llamaba ese alimento, te dijeron. La tibieza, su espesor. Más que el agua pura, menos que la leche, el sabor de la unión con el resto de los ingredientes. Como que me endiablé, padrastro, como que me dio un calor fuerte, el cuerpo se me puso vivo, dijiste, y Severino y el vecino Concha se rieron a carcajadas, y te dieron chicha helada para apaciguar al diablo que, aseguraste, se estaba enseñoreando adentro de ti.

Severino desolló al cabrito, introduciendo el cuchillo entre cuero y piel, Manuel, mientras tú observabas hipnotizado el leve y sutil movimiento de la hoja metálica, entrando y saliendo del animal. Una vez aislado el pellejo de la carne, Severino sopló con fuerza a través de una hendidura en la pata. El cabrito se infló y los hombres consiguieron rescatar toda la carne, rosada, fresca y sin vestigios de piel. Luego de poner a secar el cuero al sol, abrieron el animal por el medio, lo dispusieron sobre fierros en cruz y lo colocaron sobre las brasas, desde primera hora de la mañana hasta pasadas las tres de la tarde. Por consejo del vecino Concha, pusieron hojas y ramas de palto entre la leña. Vino la vecina Marta, esposa de don Ismael, junto a las cuatro hijas del matrimonio: Julia, Ismenia, Marta chica y Porfiria. Algunos vegetales y papas cocidas acompañaron la carne adictiva del animal, además de una enorme fuente de pichanga, con toda clase de ajíes en escabeche y longanizas frescas.

Los Concha hicieron amistad con tu madre y Severino. Se visitaban seguido, celebraban festividades, cumpleaños, el santoral; también iban, junto a Clara y tus hermanos, a casa de doña Marta, donde las mujeres tejían ponchos, chalecos y gruesas calcetas para los hombres. Durante los inviernos, las teteras hervían y las sopaipillas se freían en abundante aceite, que burbujeaba en ollas ennegrecidas y abolladas.

Cuando cumplió catorce años, Julia fue mandada a llamar por el patrón. Faltaba gente en la casa grande para atender a la señora Inés, dijo Mauricio Soto a don Ismael y doña Marta. Habló con ellos afuera de la cabaña, bajo la techumbre que sobresalía hacia el patio. No aceptó el mate ni el vino dulce ofrecido por los Concha. ¿Le pasó algo a la señora Inés?, dijo Marta. Mauricio Soto no respondió, o respondió con evasivas, Manuel, los escuchaste porque estabas allí, visitando a Julia, irían a bañarse al río, como cada tarde de primavera. El patrón va a pagar lo que corresponde por los servicios de la Julia, dijo Mauricio Soto, va a tener su pieza, va a poder venir a verlos cuando quiera, la señora no da problemas, usted sabe, Ismael, los patrones son tranquilos. ¿Cuándo tiene que ir para allá?, dijo Ismael, y Soto le respondió mañana, mañana mismo, se le va a pagar el mes completo, es buena plata, Marta, la Julia es buena cabra, es tranquila, le va a ir bien allá.

Te preguntaste por qué Mauricio Soto tenía esa actitud hacia los Concha, como si no quisiera exponerlos al momento amargo de mandar a la casa patronal a Julia, o si, mientras explicaba lo que iba a suceder, se compadeciera del vecino Concha y doña Marta; nunca tenía esa actitud con ustedes ni con nadie más. Soto se fue y don Ismael llamó a Julia, entraron en la casa y estuvieron allí durante quince minutos, Manuel. Salió cabizbaja y nerviosa, vamos al río, te dijo, empezó a caminar acelerada, tú la seguiste, intrigado. Al alcanzarla, notaste los ojos enrojecidos, los párpados hinchados, las pupilas dilatadas. No conversaron, no se detuvieron para sacar membrillos de los árboles atiborrados, no desviaron el camino por puro ocio, como acostumbraban hacer en los paseos de siempre. Aquella vez, la última que compartieron en el río, solos, entre la intimidad que brindaban los arbustos y el pasto en la orilla fluvial, Julia se desprendió del vestido y luego continuó sacándose la ropa hasta quedar desnuda; viste sus pechos blancos, pequeños y firmes, viste su entrepierna tupida de vellos cuando Julia caminó hacia ti y los rayos del sol reflectaron. Temblando, con Julia frente a ti, fuiste, al igual que ella poco antes, desprendiéndote de tu ropa, hasta quedar desnudo también. ¿Qué iba a suceder a continuación, Manuel? Con la palma de la mano abierta sobre tu pecho, Julia te empujó e hizo que te tumbaras de espaldas sobre el pasto helado a la sombra de los árboles. El cambio de temperatura en tu cuerpo no alteró la poderosa erección que, gracias a la luz que atravesaba el follaje irregular de los árboles, hacía exhibir la punta del miembro brillante, como un faro en pleno día, dando lumbre bajo las copas pobladas de hojas. Julia se inclinó sobre tu pene e introdujo con lentitud la carne en su boca, asegurándose de describir las formas con sus labios, dientes, lengua, paladar y al final la garganta, que sentías como un orificio vivo, autónomo, estrecho, el movimiento adelante y atrás, Manuel, adelante y atrás, repetidas veces. Seguiste adelante en esa búsqueda de placer dejándote ir por un camino desconocido. Diafanidad, Manuel. La luz del sol quemando la retina de tus ojos extasiados, la explosión, el flujo de la sustancia ignorada, las risas y luego el final. El horror de ti y de Julia, obscenos, indignos de la piedad y el amor de Dios, la corrupción de los cuerpos, la suciedad y el asco, Manuel, un violento cambio en el sentido de las emociones y los pensamientos hacia esa niña que se transformó, abrupta, en otro ser, niña no más, ¿mujer?, tal vez.

Se bañaron en las aguas del río, Manuel, afirmándose con torpeza de las rocas musgosas, los pies desplazándose con lentitud, buscando equilibrio sobre el fondo resbaloso. Los rayos irregulares de sol impactaban sobre la superficie, transparentando hacia abajo como si fuera una vitrina. A veces pasaban nadando a velocidad acelerada pequeños peces. No hablaron, no volvieron a reír, no comentaron el destino que aguardaba, a partir del día siguiente, a Julia. Regresaron tarde, cansados de tanta agua, de tanto movimiento, de las fuertes brazadas que dieron antes de que cayera el sol; llegaron sudados, víctimas de los últimos destellos de calor del sol de primavera.

Al año siguiente, Severino consiguió que el patrón les cediera más tierra a cambio de parte significativa de las cosechas futuras. Corrieron cercos, desmalezaron, prepararon y separaron campo para siembra y para las bestias. Se unió a las faenas Severino Segundo, muchacho taciturno, poco comunicativo, pero sin asomo de vicios ni conflictos. Se limitaba a hacer lo que mandaban Severino y Clara. Tenías una relación amable y afectuosa con él, Manuel. Salían a pescar, a cazar conejos y codornices. A veces las asaban en fogatas encendidas donde los pillara la caminata; tras devorar los alimentos que ustedes mismos obtuvieron, se cubrían con lo que tuvieran a mano y vivaqueaban a la intemperie. Hablaban poco. Suponían que no hacía falta decirse nada, que las acciones mismas expresaban todo lo necesario. Disfrutaban del silencio y a la vez de la mutua compañía.

Armando Carmona era distinto a ustedes, Manuel. No solo se trataba de los rasgos, tono de piel y cabello, sino las costumbres, el carácter y el temperamento. Ya en la infancia, una vez cumplidos los siete años, Armando no daba señales de docilidad ni expresaba obediencia alguna. Tenía facilidad para los juegos, era diestro y ágil, de movimientos gráciles y veloces.

El Rucio Carmona, como pronto fue apodado y conocido por los campesinos de Los Aguilones, tenía habilidad para muchas cosas, menos para el trabajo. Clara lo adoraba y las pequeñas vecinas gustaban de estar con él, mirándolo con ojos ensoñados.

Tú fuiste el que descubrió al Rucio espiando a las jóvenes madres que daban pecho a sus criaturas. Qué está haciendo este bandido, te preguntaste cuando lo pillaste mirando entre las tablas irregulares de la cabaña de Mario Gallardo, casado con la hija mayor de don Clemencio Valenzuela, la Mercedes. Absorto en la imagen, que vislumbraba entre la madera imperfecta de la pared, Armando atravesaba un trance de sensaciones y emociones expresadas en las gesticulaciones del rostro. Te acercaste, sin que el Rucio notara tu presencia, lo empujaste y después te asomaste a ver qué espiaba. La joven y hermosa Mercedes daba leche a su recién nacido desde el pecho izquierdo, aunque era posible admirar los dos, desnudo el torso, Manuel. Eran tetas grandes y blancas; el niño chupaba con entusiasmo y vigor desde el pezón oscuro, sus ojos fijos en los ojos de la madre. Vida, Manuel, persistencia de la vida, gozoso espectáculo de la edad sagrada, pétalos del cielo.

Te llevaste al Rucio Carmona a golpes de puño y patada, lejos de la cabaña, para que nadie los fuera a descubrir. Tu hermano menor no supo cómo responderte, salvo con onomatopeyas y palabras inconclusas e inconexas. No lo delataste, a condición de abandonar esa costumbre que te parecía inexplicable. Esa es la intimidad de la vecina, carajo, usted no puede andar mirando cuando se le ocurra, hermano, por la cresta madre. El Rucio prometió cambiar, pero lo único que modificó fue la forma de acechar a las mujeres para poder ver sus cuerpos; Armando se volvió precavido, andaba alerta, ya no volviste a descubrirlo, pero no porque dejara de hacerlo.

Presagió aquel acto infantil las acciones y decisiones que tomaría el Rucio a futuro, Manuel.

Veías a Julia regularmente, sin ningún tipo de intimidad. Se cruzaban cuando te tocaba ir a dejar provisiones o a trabajar en la casa patronal; Severino se había convertido en el único al que llamaban para los arreglos y continuas ampliaciones que encargaba el patrón, y tú lo asistías. Julia hacía aseo y también ayudaba en la cocina; los periodos de encierro de doña Inés se dedicaba solo a ella. Refugiadas en aquella extensión de la casa, el mismo espacio que tú y Severino construyeron tantos años antes, podías ver, a través del gran ventanal que daba a la vieja alameda, a doña Inés sentada en una mecedora, la vista perdida al frente, Julia a su lado, cubriéndole piernas y brazos con un chal, dándole sopa a lentas y precavidas cucharadas, ordenando la habitación convertida, gracias a su amplitud, en una vivienda autónoma.

Un año después de la llegada de Julia a la casa de don Maximiliano y doña Inés, con dieciséis recién cumplidos, notaste que los vestidos y delantales de trabajo que usaba comenzaron a pronunciar un bulto en el vientre. Esa pronunciación creció, pero el resto del cuerpo de Julia permanecía igual, Manuel, el mismo rostro, brazos y piernas sin ensanchamiento, salvo la panza. Siete u ocho meses más tarde, Julia parió a un niño sano y fuerte, al que llamó Abraham. El crío pasaba temporadas con ella y otras con don Ismael y Marta, agasajado por sus tías, para quienes fue un hermano menor al que amar y cuidar.

Cumpliste dieciocho años un día de otoño lluvioso y con irregulares ventoleras. Julia estaba recién parida de otra hija. La bautizó Sara Concha y, como antes Abraham, se crio entre la casa de los patrones y la de don Ismael, protegida por sus abuelos y tías. Ese día estuviste tomando desde temprano con tu padrastro y tu hermano Severino Segundo. Al Rucio, Clara le prohibía el consumo de alcohol, pero él tomaba igual, con fiera resistencia, más grande que la tuya y la de Severino Segundo e incluso que Severino grande. Te habías enterado de que el Rucio perdió la virginidad con Ismenia Concha a los doce años, Marta impidió la gestación con aguas de ruda preparadas por la vieja Lita. El tiro al aire, el puta madre, el diablo chico, lo llamabas, tenís que sentar cabeza, cabro huevón, le decías, pero el Rucio seguía seduciendo inquilinas, haciéndole el quite al trabajo, perdiéndose en tomateras solitarias en el bosque, en las inmediaciones del río, en cualquier parte donde nadie lo fuera a molestar.

Doña María Antonia Izurieta, hermana menor de la señora Inés, llegó a vivir a Los Aguilones dos meses después de tu cumpleaños dieciocho, Manuel. Era una mujer delgada y de baja estatura, de carácter duro, pocas palabras y férreo catolicismo. Decían en el fundo que los tiempos de encierro de doña Inés se acrecentaban, meses espesos, comentaban los inquilinos, como un caldo con mucha sémola o con excesiva chuchoca. Aquellas temporadas, Manuel, de la señora recorriendo los campos a caballo, involucrada en la doma y en asuntos del fundo, correspondían a un pasado lejano, añejo, puros recuerdos perdidos en la memoria de los campesinos. Mucho tiempo sin nadie que la viera, ni siquiera los jardineros que cuidaban los rosales se topaban con ella, como cuando salía a caminar lento, agarrada al brazo de Julia. Se rumoreaba que el patrón estaba desesperado, que se negaba a mandarla a la capital o al lejano sanatorio de San José de Maipo, en la precordillera cerca de Santiago. Vinieron médicos, curanderos y brujas, pero nadie lograba sacarla del deterioro espiritual, como decía la vieja Lita. El patrón traía al cura una vez a la semana para que pronunciara misa y le diera la comunión a la familia y bendijera a la señora Inés.

Doña María Antonia trajo a Constanza, su hija de catorce años, cuya presencia en Los Aguilones era la esperanza para la recuperación de la señora Inés. Constanza, muchacha hermosa y esbelta, de larga cabellera azabache, brillante al sol y piel cetrina, tenía una especial relación con doña Inés, quien la adoraba, y en sus periodos de lucidez y buen ánimo, gustaba de ir a visitarla a la capital para sacarla a pasear y a comprar todos los regalos que Constanza quisiera. La señora mandó a criar un caballo en Los Aguilones para la niña, Manuel, un potro negro y vigoroso, todavía sin castrar. Ustedes tenían vagos recuerdos de Constanza. Sus visitas al fundo no eran seguidas ni extensas; además, ya no era una niña flacuchenta sino un prospecto de mujer, bellísima, y en cuyo cuerpo se vislumbraba ya la sinuosidad inminente de la juventud.

Las esperanzas depositadas en Constanza dieron prontos frutos, manifestándose en las primeras salidas de la señora Inés a su jardín de rosas, Manuel, del brazo de la muchacha, seguidas por Julia. La servidumbre de la casa patronal se sorprendió al escuchar las primeras risas de Inés en meses, al ver cómo Constanza perseguía a Káiser, el pastor alemán del patrón. Entusiasmada de repente con los caballos, Constanza quiso aprender a montar directo en su potro, que aún no tenía nombre. Lo llamó Cholo y Mauricio Soto le pidió a Armando que adiestrara a la bestia y procurara que Constanza aprendiera a montar sin contratiempos. Tú intuiste lo que llegaría a suceder, pero al igual que con la crecida de las aguas para las lluvias torrenciales, cuando la inminencia del desborde es inevitable y evidente, no sabías cómo impedir el contacto entre tu hermano menor y la sobrina de los patrones.

El asombro fue grande cuando doña Inés vistió sus prendas de montar y mandó a ensillar a su yegua favorita, Llorona. Quería, dijo, Manuel, salir a trotar junto a Constanza y Cholo, ojalá llegar hasta el río, a ver cómo se les portaban las bestias y cómo resultaba el entrenamiento de su sobrina. Te encargaron acompañar a las mujeres junto a Armando, precaución tomada para enfrentar accidentes o sucesos inesperados. A prudente distancia, seguiste a las mujeres y a tu hermano, quien conversaba con Constanza y la hacía reír por cualquier cosa; apuntaba la rama de un árbol o solo hablaba y Constanza echaba la cabeza atrás, muy divertida.

Los primeros signos del nuevo estado de Constanza no se hicieron esperar. Vómitos, tambaleos producidos por fuertes mareos, malestar que la tumbaba por días en la cama. Los rumores corrían entre el inquilinaje, en la casa patronal imperaba un tenso silencio y la expectación entre los campesinos crecía, como si una maldición estuviera a punto de cernirse sobre todos.

Julia apareció una noche cálida de febrero. Lo inesperado de la visita y su agitación al llegar presagiaron, para ti, lo que venía a anunciarles. A la mesa, se sentaron Severino, Clara y tú. Clara sirvió mate dulce y sopaipillas, suponiendo que la presencia de Julia tenía que ver contigo, Manuel, o tal vez solo quería saludarlos y a conversar.

La niña Constanza, el Rucio, dijo a saltos Julia. Severino y Clara la observaron sin comprender, pero tú entendías todo. Los patrones y la señora María Antonia estaban encerrados con ella, les contó Julia, y aunque la niña Constanza se resistía y lloraba, pronto le iban a sacar al culpable. El patrón ordenó a Mauricio Soto que estuviera preparado, a palos iban a castigar al infeliz, gritaba el patrón, dijo Julia, y Soto, como siempre, estaba a la espera de las órdenes, es decir, del nombre del que desgració a la niña Constanza para salir a buscarlo. ¿Y nosotros qué, Julita?, dijo Severino. Armando pues, padrastro, se mandó la cagada el mocoso, dijiste, Manuel, ¿acaso no escuchó a la Julia, no vio usted al Rucio haciéndose el simpático con la niña Constanza? Cuando terminaste de hablar y te quedaste mirándolos con la garganta apretada de angustia, tu madre y Severino comprendieron la dimensión del horror, la inminencia del peligro, si es que el peligro no estaba ya en camino, cerca como el canto perene de los grillos.

Dónde iban a ir y cuál sería el futuro, nadie podía saberlo ni calcularlo, Manuel, lo único evidente fue la urgencia para partir. Es decir, cuanto antes y en plena noche, decidieron Severino y tú. Se iban a ir los tres hermanos juntos, quizás a la capital o al sur, eso lo decidirían sobre la marcha misma. Julia regresó a casa de los patrones; antes, se despidieron con un abrazo fuerte y persistente. No fueron capaces de contener las lágrimas. Sin palabras —sentiste que no eran necesarias, que la proximidad de los cuerpos unidos era suficiente—.

Nerviosos, Severino y Segundo prepararon los caballos y equipajes. Clara aprovechó de cocer huevos y de amasar y asar tortillas en las brasas. Guardó abundante charqui, galletas y harina en cantidad. Entre el ajetreo, nadie notó que el Rucio no estaba. Salieron a buscarlo en las cercanías. Clara pensó que Soto lo tenía en el granero, donde llevaban a los que incumplían las reglas del patrón. El vecino Concha creyó verlo horas atrás, rumbo al bosque. El Rucio apareció por el camino indicado por don Ismael. Volvió exhausto, sucio de tierra fresca hasta el pelo. Tengo una platita, explicó a todos una vez dentro de la cabaña familiar, y puso sobre la mesa una caja de madera repleta de joyas, monedas y otros objetos finos y costosos. ¿De dónde sacó esta cuestión?, dijo Severino, y el Rucio le respondió que Constanza las robó de la casa grande, a doña Inés, al patrón, a su propia mamá, con la esperanza de venderlas y reunir dinero para arrancarse juntos a la capital. Él las tenía enterradas en el bosque grande, en ningún otro lugar esas piezas y dinero estarían seguros, dijo. ¿O sea que ya sabía que los patrones se enteraron de que la niña Constanza estaba preñada?, dijo Clara. Sí, respondió el Rucio, en cualquier momento se iban a dar cuenta en la casa de don Maximiliano, yo andaba saltón, atento, dijo tu hermano menor, Manuel.

La decisión de partir los tres hermanos juntos fue tuya. Sabías que era imprescindible acompañar a Armando, y llevar con ustedes a Severino Segundo para que no fueran a desquitarse con él. El Rucio escuchó molesto, él tenía planeado arrancarse con la niña Constanza, iba a ser padre, estaba enamorado. ¡Usted ya es padre, carajo!, gritaste furibundo, interrumpiendo los reclamos de tu hermano. ¡A cuánto huacho tiene repartido por el fundo! ¡Padre ya es, si quisiera hacerse cargo, tendría que empezar por rendir cuentas a cada china que ha preñado! Hubo un silencio pesado e incómodo. No me venga con el enamoramiento, continuaste, esa historia es vieja, no sé cuántas veces se la he escuchado ya. Si se lleva a la cabra por su cuenta, Soto los va a encontrar y le va arrancar de cuajo bolas y penca para llevárselas al patrón. Eso se les hace a los cholos de medio pelo como nosotros cuando se hacen los vivos con las niñas de plata. El Rucio ya no tuvo argumentos para seguir la discusión y se concentraron en los improvisados preparativos para el viaje.

Partieron pasada medianoche, a trote rápido, iluminado el camino por la luna creciente, salpicado el cielo de motas de nubes grises, moradas al contacto de la lumbre brillante que emanaba de aquel cuerpo blanquecino que coronaba la oscuridad. Una hora después salieron de Los Aguilones, y pese al peligro que suponía enfilar rumbo a Santiago, tomaron ese camino, siempre mirando de reojo hacia la retaguardia, aguzando el oído también. No decidían si alejarse rápido o ir a trote lento para no agotar a las bestias. Optaron por lo segundo. No podían arriesgarse a perder uno o más caballos, no con la carga de provisiones y equipajes.

Fue Segundo quien escuchó la cabalgata sobre el camino, a lo lejos, como un zumbido vibrante. Se apearon y escondieron a las bestias entre los matorrales y arbustos, al costado del camino. Cargaron los rifles y se tendieron sobre la tierra, Manuel, esperando nerviosos a los persecutores para enfrentarlos.

Mi papi, dijo Segundo, es mi papi, no disparen, mi papá viene ahí, y tú al principio pensaste que estaba equivocado, pero pronto la figura de Severino viejo apareció montado sobre su caballo. Se pusieron de pie y te preguntaste, alarmado y nervioso, por qué vino. El hombre estaba cansado, el caballo bufaba y echaba espumas por el hocico. Segundo y Armando se apuraron en ayudar a Severino a bajar, mientras que este les dijo que la niña Constanza ya delató al Rucio, ahora deben estar en la casa, dijo, Manuel, a mí me avisó el vecino Concha, que estaba esperando la noticia cerca de la casa patronal. No sé cuántos gallos van a venir con Soto, dijo Severino, preocupado. Aquí les vamos a dar la sorpresa, cabros, yo no me vuelvo hasta que se solucione esta cuestión, dijo Severino, convencido de la decisión tomada y sordo a los argumentos en contra, esgrimidos por ustedes para no exponerlo a un enfrentamiento que de seguro iba a cobrar vidas.

Apresurados por la inminencia de los beligerantes, prepararon la emboscada con soga y palos, en cuyos extremos tallaron puntas astilladas. Cuando Soto y cuatro hombres más aparecieron cabalgando, Armando y Segundo levantaron con todas sus fuerzas uno de los extremos de la cuerda; el extremo contrario estaba amarrado al tronco de un grueso y viejo ceibo. La cuerda, tensada al impacto de las bestias, botó a dos jinetes y arrastró a tus hermanos varios metros, entre maleza, piedra y tierra.

Escondidos entre los arbustos, tú y Severino dispararon a mansalva; la poca visibilidad les impidió apuntar con precisión. Los caballos se encabritaron y botaron a Soto y a los dos jinetes restantes. Armando y Segundo, que ya se habían incorporado tras el violento impacto, arremetieron con las improvisadas lanzas. Empalaron a los hombres, quienes no alcanzaron a defenderse. Dos siluetas intentaron escapar a través del bosque, pero Severino los mató disparándoles por la espalda. Se apresuraron en reconocer los cuatro cadáveres que estaban tendidos; ninguno era Mauricio Soto. Hay que encontrar a ese concha de su madre, dijiste. Prendieron antorchas y se dividieron para buscarlo, Manuel, hasta que el cielo negro comenzó a clarear, teñido por el sol que emergía con cierta timidez deslavada a esas tempranas horas. La temperatura descendió, abrupta, sobre el campo y los árboles, cubriendo todas las superficies con el rocío del amanecer.

Encontraste a Mauricio Soto, en posición fetal, en el forado de un castaño carcomido, escondido entre el tronco y las gruesas raíces. No me hagas nada, Mañungo, te dijo, le voy a decir al patrón que los maté, que los dejé a guata abierta para que los buitres y los perros huachos se los comieran, por favor, Mañungo, te dijo, Manuel, y salió del escondite de un salto, con el puñal en la mano izquierda. Alcanzaste a detener el arma que buscaba tu garganta, rodaron por la tierra húmeda de rocío matutino, forcejeando, hasta que conseguiste, con un mordisco profundo y persistente, desgarrar un trozo de la mano de Soto. Parece carne de chancho, pensaste, saboreando la pequeña porción irregular, que escupiste al instante. Soto se revolcaba, mientras la sangre manaba de la herida con minúsculas hilachas de carne fresca y mutilada. Con su propio cuchillo, famoso en Los Aguilones por las leyendas sobre los enemigos e inocentes (muchos) que se cobró con él, apuñalaste a Mauricio Soto, repetidas veces, aprovechando la posición en la que los dejó el enfrentamiento. No recuerdas cuántas veces fueron. Nunca olvidaste la hoja con sangre y materia viscosa extraída con cada puñalada, Manuel. Alertados por los gritos de agónico dolor, tus hermanos y padrastro llegaron corriendo, sin aliento, cuando amanecía y el sol se enseñoreaba a través de las copas irregulares de los árboles.

Tenían los músculos agarrotados y el sueño les cerraba los ojos, pero decidieron no descansar hasta enterrar los cuerpos, aprovechando el impulso de la lucha y la adrenalina recientes. Fuiste tú quien notó que Mauricio Soto todavía respiraba, pese a las muchas heridas. Cuando te agachaste para rebanarle el pescuezo, Severino te detuvo. Enterremos así nomás a este desgraciado, dijo. Observaste el rostro sucio de Soto, sus labios entreabiertos, escuchaste sus estertores y quejidos. Para que pague lo que le hicieron a su padre, Mañungo, el finado José era buena gente, no se merecía morir así, lo apalearon hasta que se cansaron, que pague este maricón, dijo Severino, mientras tus hermanos escuchaban en silencio, cabizbajos. Obedecieron, Manuel, empujaron a Soto hacia la fosa recién cavada y lo cubrieron con paladas de tierra fresca y pesada. Levantó una mano y no fue capaz de nada más. Te miró con los ojos abiertos, ojos que sigues viendo en la oscuridad, en sueños, en las sombras. Se quedaron, terminado el entierro de los cuerpos, en reposo, de pie frente a las tumbas, las cabezas gachas, cansados y adoloridos.

Usted, Mañunguito, ahora le toca a usted, hijo. Usted ya sabe leer, lee bien, mi niño, te decía Clara, y tú no querías fallarle, menos frente a la Biblia, la palabra sagrada se lee con respeto, te preguntabas por qué tú, por qué ustedes, si casi nadie en Los Aguilones sabía leer y escribir, salvo los patrones, por supuesto, por qué la obstinación de tu madre para aprender algo que no necesitaban. El que hiera de muerte a un animal pagará con otro, vida por vida, dijiste, Manuel. El que cause alguna lesión a su prójimo, como él hizo, pronunciaste, así se le hará: fractura por fractura, ojo por ojo, diente por diente; se hará la misma lesión que él ha causado al otro. No se apure, hijo, nadie viene detrás de usted, nadie se está demorando por culpa suya, Mañungo, no hay ninguna necesidad de leer tan rápido, ¿no ve que se le trapican las palabras? El que mate a un animal, dará otro por él, pero el que mate a una persona humana, morirá.

Bien, Manuel, bien leído, se le entendió todo, hijo.

La ley será la misma para el forastero y para el nativo, porque yo soy Yavé, su Dios, leíste, Manuel, y después bajaste la cabeza y cerraste los ojos.

El canto de los pájaros en la fría mañana del campo, Manuel, la sangre tibia haciéndose costra en tus manos, la muerte en todo momento, como un símbolo, Manuel.

III

La información fue pasando de boca en boca, hasta llegar al general Erasmo Escala y, a través de él, al ministro de Guerra.

Escala fue conducido a la iglesia donde estaban apresados los prisioneros de la reciente batalla de Pisagua. A pasos de la puerta de madera —agujereada y astillada en varias partes por efecto de los proyectiles—, Romero y el capitán Ormazábal descansaban sentados en la tierra misma, tomando agua fresca en cuencos, sin botas ni chaquetas, inservibles ya, cubiertas de sangre y agua marina, y desgarradas en varias partes. Al ver acercarse al general Escala, Ormazábal se puso de pie y se formó, rígido y serio, con la mirada al frente, sin pestañear. Romero lo observaba desde el suelo, extrañado frente al gesto repentino del capitán.

—Párate, huevón —le dijo Ormazábal, mirándolo de reojo.

—¿Qué pasa, capitán? —respondió Romero, quien aún no había visto al comandante en jefe.

—Mi general Escala, el comandante en jefe —dijo Ormazábal, cuidando la rigidez de su postura.

Romero reaccionó ágil, de un salto se puso de pie y realizó el saludo marcial, con la vista fija al frente. Las tropas que no alcanzaron a combatir —porque llegaron a tierra en el tercer convoy, con Pisagua tomada y las vanguardias avanzando hacia

Hospicio— trasladaban armas, cañones y cajas de municiones que el enemigo abandonó en la retirada. Revisaban también las dependencias del pueblo, para encontrar alojamiento al numeroso ejército, dónde ubicar las letrinas, qué espacios destinarían para bodegas, cocinas y oficinas del alto mando. Escala llegó hasta ellos, acompañado por su edecán, un sujeto delgado y de baja estatura, quien le habló en voz baja, muy cerca del oído. Escala se dirigió a Ormazábal.

—¿Usted es el capitán Roberto Ormazábal?

—Sí, mi general. A sus órdenes, mi general —respondió Ormazábal, serio y nervioso también, pudo percibir Romero.

—Me dicen que usted capturó a los soldados que están detenidos en la iglesia —dijo Escala.

—No a todos, mi general.

—Pero usted agarró al teniente que informó lo de Buendía, ¿no?

—Sí, mi general. Encontramos documentación sobre la visita, mi general.

Escala asintió, con gesto grave. Se secó la transpiración que perlaba su frente con un pañuelo de tono azul deslavado y procedió a entrar en la iglesia, seguido por su edecán, Ormazábal y Romero. Fueron guiados por dos soldados que estaban en la puerta. Los hombres caminaron entre los peruanos y algunos pocos bolivianos, todos atados de manos y pies, sentados en el suelo. Los escaños estaban dispuestos contra los muros, y allí descansaban los chilenos. El general Escala observaba para todas partes, intentando hacerse una idea de la cantidad de prisioneros. Cuando llegaron hasta el teniente en cuestión, Escala se quedó observándolo, sorprendido. Era un hombre delgado, de facciones finas alteradas por una nariz aguileña que apuntaba hacia el piso, bigote negro delineado sobre el labio superior, el pelo negro y algo crecido. Tenía los pómulos hinchados, hematomas teñidos rosáceos y púrpuras; la nariz, pese a conservar su forma, estaba fracturada y el arco presentaba una protuberancia a la altura de los ojos; ambos labios estaban reventados, y la sangre en orejas y fosas nasales fresca, aunque comenzaba a coagularse. Era custodiado por tres soldados, entre ellos Molina. Se cuadraron frente al general Escala.

—¿Quién le pegó a este hombre? —dijo Escala, con evidente aire de molestia.

Los soldados guardaron silencio. Ninguno se atrevió a responder. Ormazábal miró a Molina, quien bajó la cabeza, nervioso.

—¡Respóndanle a mi general, carajo! —gritó Ormazábal.

—Degolló a cinco soldados nuestros, mi general, los arrinconaron en una rancha, los muchachos se rindieron, mi general, entregaron sus fusiles, y este infeliz les cortó el cuello.

—¡Nosotros no torturamos prisioneros! —respondió furioso Escala, mientras miraba de cerca a Molina.

Molina guardó silencio. Todos observaban lo que sucedía entre Escala, el prisionero y los custodios.

—Estoy esperando que me digan quién le pegó a este fulano —dijo, con voz estentórea, Escala.

Otra vez los soldados guardaron silencio, intercambiando nerviosas miradas entre sí.

—¡Respóndale al general, Molina, ahora mismo, mierda! —Ormazábal miraba directo a Molina.

—Yo, fui yo, mi general —respondió Molina, mirando al frente.

—¿Le pegó usted solo, soldado? —dijo Escala, mirando de reojo a los otros dos soldados.

—No, mi general, yo también le pegué —respondió otro de los soldados. Era robusto y tenía el pelo cortísimo.

—Yo también, mi general —agregó el tercero, delgado y alto.

Los tres hombres seguían firmes frente a Escala, quien ordenó a Molina y al soldado robusto que levantaran al teniente peruano.

—¿Cómo se llama? —dijo Escala.

—Neyra —respondió el peruano—, Alejandro Neyra.

—¿Es verdad que estuvo aquí el general Buendía?

El teniente Neyra asintió, moviendo la cabeza.

—¿Qué estaba haciendo aquí Buendía? —preguntó Escala.

—Vino a inaugurar los fuertes de las puntas norte y sur, señor —respondió Neyra.

Escala guardó silencio durante un par de segundos.

—¿Se quedó a la defensa del pueblo? —dijo el general.

El teniente Neyra intercambió una fugaz mirada con otro prisionero peruano.

—Contesta, concha de tu madre —lo apuró Molina.

—Salió a Iquique cuando ustedes dispararon contra los fuertes —respondió Neyra, bajando la mirada.

—¡Traidor, hijo de su puta madre! —gritó el soldado peruano que antes miró a Neyra.

Un soldado chileno que estaba cerca del prisionero le pegó con la culata del fusil. El peruano quedó sin aire, llevándose las manos a la boca del estómago. El general Escala dio media vuelta y caminó a paso rápido hacia la puerta. Lo siguieron Ormazábal y Romero, este último siempre manteniendo las distancias que consideraba apropiadas con el alto mando. Molina y sus compañeros, los confesos agresores del prisionero Neyra, esperaron en posición de firmes, sin pestañear siquiera, hasta que vieron la figura del general trasponer la puerta de la iglesia.

Afuera, Escala, su edecán y Ormazábal se reunieron, sentados bajo el zaguán de la iglesia, tratando de protegerse del sol inclemente que a esa hora azotaba Hospicio. Dos soldados llevaron rápidamente ajadas sillas de madera. Una vez sacudidas las sillas, los militares tomaron asiento. Ormazábal tomó la palabra.

—No debe ir lejos, mi general. Tuvo que parar, sin duda, para dar de beber a las bestias, para que descansen los hombres. Yo puedo llevar una partida de jinetes, mi general —dijo, poseído por la ansiedad y la ambición, el capitán Ormazábal.

Escala no respondió. Serio y en silencio, se dedicó a preparar su pipa. Llenó la cazoleta con tabaco mantenido en humedad con una cáscara de naranja, que se alcanzaba a distinguir dentro de la tabaquera de cuero.

—Nuestra caballería va a llegar a tierra mañana —dijo Escala.

—En el pueblo hay caballos, mi general —respondió Ormazábal—. Tenemos posibilidades verdaderas de capturar a Buendía —No podía esconder su ansioso deseo por salir cuanto antes.

—Usted acaba de estar en combate durante más de tres horas, capitán. ¿Cómo se le ocurre que lo voy a mandar a perseguir al enemigo en estas condiciones?

—Estoy bien, mi general. Deme a cinco zapadores; yo creo que tenemos altas probabilidades de encontrar a Buendía, mi general.

Usando el dedo meñique, el general Erasmo Escala empujó el tabaco desordenado hacia el interior de la cazoleta. Con lentitud y el dominio perfeccionado tras muchos años de uso, fue haciendo de las pequeñas virutas de tabaco una superficie plana, compacta, no demasiado apretada como para dificultar la combustión. Encendió un fósforo y llevó la llama al borde de madera, liso y curtido. Dio rápidas y fuertes caladas para prenderla. Romero, de pie, apoyado en el muro, a pocos pasos de los hombres sentados —no sabía bien qué hacer; supuso que podrían necesitarlo para algún mandado, y decidió quedarse cerca—, sintió de inmediato el perfume espeso del humo, expulsado por boca y narices de Escala.

—No, capitán. No tiene sentido. Mire este sol, el calor, la hora, capitán. Con este clima, no aguantarían media hora de marcha; los hombres quedarían exhaustos, sacrificaríamos a las bestias por las puras. Sabemos que Buendía va a Iquique, anticipamos sus movimientos, les ganamos el sitio de Pisagua, tenemos los pozos de Hospicio. Es suficiente. No desafiemos al Señor ni a la madre naturaleza, capitán.

La cazoleta se encendió en un poderoso resplandor de brasas de nuevo. Escala soltó una bocanada de humo espesa y robusta como camanchaca. Frustrado, Ormazábal asintió en silencio, moviendo la cabeza. Romero, que seguía de espaldas, apoyado en el muro de adobe de la iglesia, sintió alivio al escuchar las palabras de Escala. Ormazábal golpeaba la tierra con el pie izquierdo, empuñaba los dedos de la mano derecha, a continuación los abría y luego los volvía a empuñar. Escala seguía fumando, en aparente tranquilidad, mientras observaba el despliegue del Ejército chileno.

Los hombres comenzaban a cavar, en el margen oriental del pueblo, las fosas para las letrinas. Requisaron diez vacunos, cuatro cabritos, seis chanchos y treinta gallinas para faenar y alimentar a la tropa. El propio Escala autorizó la búsqueda de alcohol y su libre consumo una vez terminados los trabajos para la implementación del campamento. La pesquisa fue exitosa. Los soldados chilenos encontraron una destilería de pisco, cuya producción ascendía a sesenta barriles de roble, repletos del líquido. Luego de expulsar tres volutas de humo tan grandes como las previas, Escala se retiró junto a su edecán. Romero aprovechó para excusarse frente al capitán Ormazábal, quien lo liberó de cualquier obligación para el resto de la jornada. Se despidió con el saludo marcial y fue a buscar su equipaje, arrumado junto al resto de las pertenencias de la patrulla de vanguardia, en la parte trasera de la iglesia, la misma por la que entraron para tomar el campanario. Con la mochila al hombro, Romero caminó hacia el norte, a través de las letrinas en construcción, y se alejó dos kilómetros. El desierto era una imagen constante, imperada por un vibrante tono mostaza, color quebrado solo por las rocas grises, de diversos tamaños, incrustadas en la tierra. A lo lejos, el paisaje se modificaba con sutileza, con cumbres y montañas que se distinguían como una pintura distante. Caminó sin descanso hasta encontrar un cerro empedrado. Subió a trancos por la superficie de piedrillas resbaladizas y caliche. Llegó hasta la mitad, y allí, en un espacio plano, se desprendió de toda su ropa, salvo los calzoncillos, estiró la chaqueta sobre el suelo y se tendió de cara al sol. Cerró los ojos e inspiró profundo, llenándose de aire los pulmones. Sintió la espalda dolorida en muchos sectores, y luego percibió, con una mezcla de aflicción y placer, los músculos de todas las extremidades agarrotados y exhaustos. Tenía heridas superficiales de cortes, golpes y rasguños en manos, antebrazos, rodillas y un tajo que ya estaba cicatrizando —no supo cuándo se lo hicieron, la poca profundidad de la herida explicaba por qué pasó desapercibido durante el fragor de la lucha— en el sector derecho de la nuca. También comenzaban a aparecer hematomas rosáceos, que crecían silenciosamente

El sol pegaba con intensidad sobre su cuerpo semidesnudo, la temperatura pronto se hizo insoportable, pero a esas alturas Manuel Romero era incapaz de moverse. Los rayos solares empezaron a quemar su piel, incluidos los pliegues ínfimos, como las junturas entre los dedos de pies y manos. Sintió olor a pólvora, a cenizas, a madera quemada. Las imágenes recientes llegaban a él, acechándolo como un perro hambriento. Los rostros enemigos bajo el filo de su bayoneta, miembros cercenados, la piel abierta y desgarrada bajo el acero implacable de su arma o las de sus compañeros, la mandíbula deforme del muchacho caído en el bote, nada más empezar el desembarco, antes de entrar a combatir. La grasa amarillenta bajo la piel abierta de compañeros y enemigos. Todos se asemejaban en el dolor, en el padecimiento, en la mutilación, en la muerte. El fin de los hombres los equiparaba, igualaba el estertor a los enemigos, pensó. Se dejó ir, cobijado por el cansancio de cuerpo y cabeza, y por el calor que abrasaba su carne, hasta perderse en el sueño.

Despertó cuando el sol comenzaba a descender, acercándose al mar para sumergirse en sus aguas calmas. La piel le ardía y percibía la elevada temperatura por todas partes: en el aire, desde el suelo, también emanaba desde su cuerpo escaldado. Agudas punzadas de dolor persistían en huesos y músculos. Se miró los antebrazos y vio picoteos de ave, pero no distinguía pájaros alrededor, salvo el vuelo alto y lejano de jotes desierto adentro, o el graznido de gaviotas desde el mar. Vislumbró, entrecerrando los ojos —incluso los párpados estaban caldeados por efecto del sol—, el vuelo solitario de una gaviota perdida en las inmediaciones del desierto, proyectando su sombra amplificada alrededor suyo. Desechó el ataque artero de las aves, se inclinó por la erosión propia del sol y de la cualidad salina del océano. Pensó que no sería capaz de levantarse, que, pese a haber salido ileso del combate, la extenuación era tan grande, que ya no tenía fuerzas y nunca las recuperaría. Recordaba solo una vez estar poseído por semejante agotamiento, aquellos días y noches interminables en la Araucanía, avanzando entre bosques gélidos, sin parar, descansando por breves periodos, subido en las ramas altas de los árboles.

Romero se puso de pie; deseaba en ese momento volver a sentir el aire frío del sur, entumecer los miembros y el pecho ardiente con las brisas aceleradas, que aparecían en cualquier momento. Abrió su cantimplora y, empapando un trozo del pantalón de uniforme peruano que había tomado cuando salía de Hospicio, se humectó el cuello, la frente, la nuca y el vientre. Estiraba el cuerpo extendiendo los brazos hacia el cielo, cuando escuchó unos sonidos que no fue capaz de identificar. Pensó que podía ser un animal, los estertores de un moribundo o el simple ruido del desierto; quizás movimiento de tierras subterráneas, imperceptibles aunque posibles de asimilar a través del oído, pensó Romero. El sonido provenía, comprendió, de abajo, desde una curvatura accidentada, a los pies del pequeño cerro; quizás se trataba de una formación interna donde se refugiaban zorros o perros salvajes.

Tras vestirse y recoger su equipaje, comenzó el descenso a saltos ágiles, pese al cansancio que aún persistía. El sueño fue reparador, pero no suficiente. A medida que bajaba, los ruidos se escuchaban más claros: Ah, ahí, sí, oh, uf; también: aj, suh, puf, hum, ich, ej, ham, ayai, fu.

Supuso enemigos que lograron llegar hasta aquí, heridos y aterrados con la presencia chilena. Aguzando la vista, notó bultos arrimados sobre una piedra. Aquella formación intuida era la entrada a una gruta. Romero se detuvo y se tiró a piso, intentando camuflarse entre las formas sinuosas de las faldas del cerro. Los bultos correspondían a dos chaquetas del Ejército chileno, además de dos morrales. Comprendió, por el abrupto cese del ruido, que los soldados ocultos iban a aparecer en cualquier momento. Romero se preguntó por qué se escondió si los desconocidos que aún no veía no eran enemigos sino compañeros. Una reacción inconsciente, refleja, respuesta a una pregunta imposible. Los hombres salieron comentando detalles del reciente desembarco, con absoluta tranquilidad, como si hablaran no sobre una batalla, sino sobre un amable encuentro fortuito en la capital o se confidenciaran detalles privados sobre sus respectivos pasados. Romero identificó, a través del tono y timbre de la voz, a Federico Graham, quien se sentó con las piernas cruzadas y comenzó a enrolar un cigarro. El otro soldado, Romero no tenía recuerdos de haberlo visto, era parte de la enorme masa de reclutas con los que compartía a diario; la lozanía del rostro, la piel lechosa del torso, lampiña, brillante por efecto del sol y el sudor que exhibía en pecho y espalda. Fumando a largas y placenteras caladas, Graham y el muchacho continuaron hablando del combate, de la fortuna que ambos tuvieron para capear la muerte y la mutilación. El muchacho lampiño se sentó, todavía a torso desnudo, junto a Graham y, hurgando en su morral, extrajo papel y tabaco, con los cuales armó un cigarrillo que luego encendió y fumó —a diferencia de Graham— con caladas rápidas y ansiosas. Estuvieron en silencio, fumando con placidez, observados —sin saber ni llegar siquiera a intuirlo— por Romero, quien estaba allí, tendido, inmóvil. Durante diez minutos siguieron así, fumando, sin pronunciar palabra alguna, mirando hacia la inmensidad grisácea y amarillenta.

Romero se esforzó para no provocar ruido, paralizado en su posición, pese a una araña, casi mimetizada con el tono ocre de la arena que cubría el cerro, que se acercó a su mano, acechando a milímetros del dedo anular; pensó Romero que iba a trepar para desplazarse por el brazo, y sus gritos lo pondrían en evidencia frente a los espiados, pero la araña, del tamaño de una nuez y cuyas patas parecían flotar —por efecto de la luz y la posición de Romero— a escasos milímetros del suelo, se alejó rápido, como espantada por un depredador más peligroso que ella, hasta confundirse con el terreno.

No hubo más palabras entre Graham y el joven lampiño, salvo las necesarias y precisas para acordar que ya era hora del regreso. Caminaron rodeando el cerro, enfilaron después directo rumbo a Hospicio. Romero se quedó tendido veinte minutos más, temeroso de un posible regreso, o de ser avizorado si se levantaba antes de tiempo, aunque era casi imposible, pensó, por la posición en la cual se encontraba. Pasados los minutos que consideró prudentes, Romero descendió y entró en el sitio oscuro del cual emergieron sus compañeros. Intentó aguzar la vista en la densidad irreconocible y negra, valiéndose del débil reflejo de luminosidad externa que se colaba por la boca rocosa. Era inútil esforzar la mirada, no percibía ninguna forma con claridad. Tampoco supo identificar el olor penetrante que predominaba en el interior de la gruta. Humedad, encierro, pestilencia irreconocible. Salió de allí preguntándose por la actividad que llevó hasta aquella lejanía al gringo Graham con el muchacho, y no pudiendo encontrar una respuesta satisfactoria al enigma, regresó a paso lento, respirando profundo el aire límpido y fresco de la pampa.

El crepúsculo teñía el cielo de sangre y naranja cuando Romero regresó al campamento en Hospicio. Hizo el camino con lentitud, deseoso por demorar la llegada, ansioso de aprovechar la soledad y el silencio del desierto. La helada comenzó a caer antes de que la oscuridad absoluta cubriera todo alrededor. Corría una brisa que cortaba las carnes, y Romero tuvo que taparse el rostro con los jirones del pantalón del Ejército del

Perú que encontró cuando salía del pueblo. A un kilómetro de Hospicio, ya podía vislumbrar la luminosidad que reflectaba el pueblo contra el ocaso, aquel resplandor cálido que emanaba de fogatas y antorchas. A menos de cien metros escuchó el murmullo generalizado de los hombres y vio el aura rojiza con muchísima mayor intensidad. Sintió el olor de la carne asada cuando estaba menos de veinte metros del límite nororiente de Hospicio, y comprendió que aquella lumbre se mezclaba con la humareda que despedía la carne sobre las parrillas. Eran piezas de animales de gran tamaño, vacunos trozados en cuatro partes, cabritos partidos por la mitad, chanchos completos adobados con ajo y dispuestos sobre las brasas como si estuvieran durmiendo un último plácido sueño antes de alimentar al Ejército. Al primero de la patrulla de vanguardia que encontró fue a Luis Sanhueza, quien lideraba el sacrificio de las bestias. Aún quedaban tres reses, seis cabritos, cuatro chanchos y veinte gallinas por faenar. Romero se acercó al corral donde Sanhueza dirigía la operación. Seis soldados sacaban fuerzas para contener a la vaca; intentaba moverse a izquierda y derecha, sus mugidos graves asustaban a los muchachos, que tensaban con la máxima capacidad de sus brazos las cuerdas atadas al cuello. Sanhueza, con arrojo y seriedad, parecía en control de la situación, pensó Romero; notó además que ya no llevaba el cuchillo guardado en la vaina de la pantorrilla, sino desnudo, sujetado al cinturón, al costado izquierdo. Sostenía, en la mano derecha, un grueso mazo y en la izquierda una estaca metálica, parecida a la que utilizaban para fijar las tiendas en campaña, aunque más larga y ancha, tal vez una herramienta de herrero, supuso Romero.

—Quieta, huachita —dijo Sanhueza, mirando a la res directo a los ojos—. Mi huacha linda, tranquila, no va a sufrir, niña, déjese ir.

Los jóvenes soldados reforzaron las cuerdas, observó Romero. Identificaba el esfuerzo a través de los rostros compungidos, los brazos firmes, la posición de los cuerpos, inclinados hacia atrás y los pies inmóviles. Sanhueza puso con rapidez y precisión la estaca entre los ojos del animal y dejó caer con fuerza el mazo. La bestia describió un breve movimiento hacia el piso, luego se quedó paralizada, trastabilló y las cuatro patas se abrieron hasta que cayó con un sonido cerrado y fuerte como disparo de cañón. Temblaba el cuerpo de la res con sus últimos estertores. Acelerado y poseído por una energía desbordada tras el sacrificio, Sanhueza continuó dando órdenes. Pidió un cuenco de greda profundo y ancho, lo puso bajo la garganta del animal y luego, con su cuchillo, realizó un corte largo y recto, siguiendo la curvatura del cogote. La sangre empezó a manar, profusa, a la vez que los ayudantes de Sanhueza cortaban las extremidades con sendas hachas para leña. Había otros soldados despostando y extrayendo interiores. La técnica y el uso del mazo, estaca y cuchillo por parte de Sanhueza no eran habilidades de principiante, pensó Romero. Sanhueza extrajo sangre y la vertió en una jofaina abollada, luego la mezcló con cebolla y ajo picado, preparados antes, y por último dejó caer un chorro de aguardiente pura. Revolvió el contenido con seguridad y sin apuro, usando un trozo de palo.

—Ñachi endiablao —dijo Romero.

—Andaba perdido usted —comentó Sanhueza, mirándolo de reojo y sin dejar de revolver.

—No me acuerdo de cuándo fue la última vez que tomé sangre de vacuno.

—Varios se perdieron aquí. Usted, unos ñatos del Atacama, el gringo amigo suyo.

—Me fui a pegar una dormida al sol, para allá, desierto adentro.

—Yo también dormí. Nos pasaron una casucha para echar el cuerpo.

Sanhueza dejó de revolver e introdujo un tazón metálico en el ñachi. Lo extrajo colmado y se lo entregó a Romero.

—Entero sí —dijo Sanhueza, serio.

Romero acercó el tazón a sus labios e inclinó la cabeza hacia atrás. Bebió a grandes sorbos, tragando casi sin respiro. En pocos segundos acabó el contenido. Sanhueza le palmeó la espalda.

—Mi padrastro sabía preparar cabrito. Hacía un ñachi muy bueno también. Con aguardiente, como el suyo —le comentó Romero a Sanhueza.

—Buen animal el cabrito. Cumplidor, sabroso —respondió Sanhueza.

—Usted sabe de esto.

—¿De qué? —pronunció Sanhueza.

—De sacrificar bestias. Sabe usted. Se nota altiro —dijo Romero, convencido.

—El beneficio, le llamamos nosotros en el Matadero —respondió Sanhueza, mientras llenaba hasta rebasar el tazón de metal.

A continuación bebió con sorprendente rapidez para alguien de esa contextura, pensó Romero al ver cómo Sanhueza apuraba el líquido que empezó a chorrear por la comisura de los labios, deslizándose a través de las mejillas y luego hacia el cuello. Volvió a llenar Sanhueza el tazón metálico y se lo entregó a Romero. Los efectos del ñachi fueron instantáneos. Corazón agitado en desenfrenadas pulsaciones, sudor excesivo, luces y formas grotescas, colores y sonidos deformes, incluso la sensación de pisar la tierra árida, todo había crecido, amplificada la experiencia en cada uno de los sentidos.

Con renovados bríos, Sanhueza le propuso a Romero llevar al hombro un cuarto de res cada uno, para abastecer a la tropa del capitán Ormazábal. Ayudados por los mismos soldados que antes lacearon a la bestia que sacrificó Sanhueza, se echaron sobre las espaldas sus respectivos trozos de animal.

El campamento era puras risas desatadas y voces roncas y estentóreas, multitud de cuerpos agotados pero extasiados por el triunfo. Combatían el frío en torno a las fogatas y ayudándose con el alcohol, que abundaba en el pueblo. Romero avanzó a tranco seguro, siguiendo los pasos firmes de Sanhueza; la pieza de carne fresca aún despedía sangre, humedeciéndole la espalda. Una vez que llegaron donde sus compañeros de la vanguardia en la batalla, el propio Ormazábal los ayudó a descargar, secundado por Molina, Aristía, Graham y tres soldados que Romero no recordaba haber visto antes. Aristía caminaba blandiendo un cacho de toro, tomaba pisco puro, rellenando directo desde una pipa una vez acabado el contenido; metía, con un gesto agresivo, la mano completa, hasta la muñeca, y extraía el cacho rebalsando. Se lo llevaba ansioso a la boca, con afán de no perder una gota de destilado, aclaró más tarde.

—¡Concha de tu madre! —gritó Aristía, extático.

Llenando otra vez el cacho, volvió a tomar, ahora un sorbo breve, y extendió el cacho a Romero.

—¡Este huevón es macho; demuéstrame que vas a seguir matando cholos! —le dijo Aristía, casi exagerando el volumen de la voz—. ¿Cómo te llamas, negro?

—Romero.

—¿Me vas a dejar con la mano estirada, Romero? —dijo Aristía que bizqueaba, producto de la borrachera.

Nadie alrededor pudo sustraerse de la situación, que se tensaba todavía más debido a la insistencia de Aristía.

—Contesta, negro —dijo Aristía, acercándose más de lo prudente a Romero; lo miraba fijo, todo lo que su estrabismo alcohólico le permitía.

—¿Aristía me dijo, verdad? ¿Así se llama usted, compadre? —dijo con absoluta tranquilidad Romero.

Aristía asintió.

—No me acuerdo si me dijo su nombre antes de subirse al bote, o cuando estábamos arriba, yendo a ese matadero que fue esta playa, allá abajo, y usted se escondió entre los muertos para que no le llegaran las balas, compadre. ¿Ahí me dijo su nombre, no cierto? —dijo Romero con voz firme y clara, para que todos pudieran oírlo.

Se formó un abrupto silencio. Aristía hizo esfuerzos por aguzar la vista, espantando el bizqueo, y por mantenerse firme frente a Romero. El capitán Ormazábal los observaba preocupado, preguntándose cuándo intervenir. Las risas y murmullos del grupo pararon y solo se escuchaba el alboroto general producido en el resto del campamento. Romero recibió el cacho y bebió de un trago largo y sostenido todo el contenido, hasta la más mínima gota de pisco. El gesto de Romero fue la válvula que permitió aliviar los ánimos y la presión reciente; los hombres volvieron a tomar, a reír, a conversar cualquier cosa. Sanhueza y Molina troceaban costillas y carne, salaban las piezas con gruesos granos de sal bruta y las disponían sobre la parrilla. Romero se acercó a Aristía y le pasó un jarro repleto de chicha, advirtiéndole que venía directo de Valparaíso, destilada en los subterráneos de un bar clandestino, para luego ser transportada en la *Magallanes*, en cuyas bodegas Romero durmió, mientras el licor continuaba madurando en las barricas, expeliendo el fuerte aroma de la levadura producida por las uvas en descomposición, y dejándole una herrumbre persistente pese a recién haberla probado. Aristía empinó la jarra de metal enlozado llena de abolladuras salpicadas entre la pintura blanca. La chicha se derramaba a través del cuello hacia el pecho descubierto y velludo. Fue esa noche cuando Romero convirtió a Gilberto Aristía en "el pije", apodo que lo acompañaría hasta el final de su paso por la guerra. Una hora más tarde, tras varias jarras de chicha mezclada con pisco, Aristía se puso de pie, eufórico.

—¡Vamos a ver a los heridos, carajo! —gritó.

Empujados por el entusiasmo de la ebriedad y premunidos de botellas y jarras llenas, Romero, Aristía y Graham se dirigieron hasta el hospital de campaña, instalado en la administración municipal de Hospicio, una construcción de adobe y madera, más amplia que el resto de las viviendas del pueblo. Entraron cantando a todo pulmón un improvisado himno en honor de los heridos. Las palabras iban superponiéndose a medida que eran pronunciadas, no coincidían y se cruzaban, dotando de una extraña coherencia a la canción. Graham y Romero terminaron siguiendo los versos de Aristía, adivinando qué vendría a conti- nuación con las primeras entonaciones. Al primero que dieron de beber fue al teniente Alberto Ugalde, primo en segundo grado de Aristía, herido en el hombro segundos antes de que el mismo bote abordado por Romero y Aristía se despedazara contra una de las rocas que precedían Playa Blanca. Ugalde, de treinta y cinco años aproximados —calculó Romero—, al comienzo se negó a tomar, pero tras la insistencia de Aristía, bebió dos tragos de pisco y luego prolongados sorbos de chi- cha. Romero recorrió el hospital dándole sorbos directo de la botella al resto de los hombres inmovilizados en los estrechos catres, construidos sobre la marcha para la recuperación de los heridos. Algunos yacían inconscientes, pero Romero no quería que quedara soldado chileno sin tomar. Introdujo el gollete de

111

la botella en esos labios inertes, y siguió, aunque el destilado cayera por las comisuras.

Cuando regresaron a la fogata del capitán Ormazábal se encontraron con los músicos de la banda del Ejército. Usaban cornos, trompetas, flautas, clarinetes, platillos, bombos y tambores para interpretar marchas militares y canciones marciales. La música animaba a los hombres, quienes seguían el ritmo, gritando los tonos y melodías. A esas alturas, incluso Ormazábal estaba borracho y cantaba abrazado a Sanhueza y Molina. La ebriedad de sus compañeros no fue lo que captó la atención de Romero, sino la presencia del muchacho lampiño con quien Graham se escapó en la tarde hacia la solitaria cueva del desierto. Tocaba la caja de acero, colgada al cuello con una correa de cuero y apoyada en forma perpendicular al vientre, con particular brío y un sentido del ritmo preciso. Al ver llegar a Graham, el muchacho esbozó una sonrisa que persistió por varios segundos; en una acción refleja, Romero observó de reojo al gringo Graham, descubriendo cómo este respondía a la sonrisa del muchacho con otra. Cuando los músicos terminaron de tocar y dejaron sus instrumentos sobre la tierra, Graham se apresuró en saludarlos uno a uno, para estrecharse en un largo abrazo final con el muchacho.

La hora avanzaba a la par del descenso de la temperatura y de la lenta emergencia de la camanchaca proveniente desde el océano. Los soldados combatían el frío y la humedad con alcohol y carne asada, que devoraban con entusiasmo y fruición a medida que salía de las parrillas. Graham comió junto a su joven amigo, ambos sentados en la tierra, sosteniendo las costillas de chancho solo con las manos mientras arrancaban sendos trozos a mascadas ansiosas; Romero observó que comentaban con la boca llena y reían, mostrándose los dientes atestados de alimento. Soldados achispados por el pisco se paseaban entre sus compañeros, rellenando los jarros hasta desbordarlos. Graham, tras terminar de comer, se puso de pie y fue a sentarse junto a Romero, que enrolaba un cigarro que se disponía a prender. Se lo entregó a Graham.

—¿Qué va a fumar usted, Romero? —preguntó Graham.

—Este es suyo. Yo me voy a fabricar otro —respondió Romero—. Lo estaba esperando.

Graham esbozó una sonrisa en señal de agradecimiento y lo prendió.

—¿Por qué me estaba esperando? ¿Para darme un tabaco? —dijo Graham.

Romero no contestó. Enroló con rapidez otro cigarro.

—¿Es familiar suyo? —dijo Romero luego de encender el cigarro recién fabricado.

—¿Quién? —preguntó Graham, sorprendido.

—El cabro ese —dijo Romero, indicando con un movimiento del mentón hacia el muchacho lampiño.

Graham observó a su amigo.

—Felipe —respondió Graham luego de aspirar una larga bocanada de humo—. Felipe Arrate se llama. Nos conocimos en Antofagasta. Buen muchacho.

Los hombres fumaron en silencio. Las carcajadas alrededor se escuchaban fuerte, como truenos en la noche gélida y turbulenta. El poderoso resplandor de la fogata crecía en chispas caóticas y el cielo estrellado se difuminaba en la opacidad de la espesa neblina. Las figuras de los hombres, recortadas contra la fogata, parecían personajes de papel en un teatro imposible. También podrían ser ánimas en pena sobre el campo de batalla, pensó Romero al mirarlos a lo lejos.

—Dijo que me estaba esperando, Romero —rompió el silencio Graham.

—Usted entiende de minas, ¿verdad?

Graham lo observó extrañado, sin comprender el motivo de la pregunta.

—¿Se refiere a la minería, a la extracción de minerales?

—Sí —respondió Romero.

—¿Por qué voy a saber yo de minería? —respondió Graham, divertido.

—Por lo que me contó. Me dijo que era ingeniero.

Graham asintió con lentitud; fumaba profundo, después expulsó el humo en una gran bocanada.

—Los ingenieros saben meterse en la tierra. Entienden cómo llegar, dónde hay que llegar, y no abrir por abrir para allá abajo —dijo Romero.

—No todos, Manuel —respondió Graham.

—¿Entonces usted no sabe de minería?

La ansiedad de Romero seguía divirtiendo a Graham.

—Alguna vez trabajé en minas. Pero lo que más he hecho es construir caminos, abrir paso donde usted piense que nadie puede, y permitir que entre lo que sea por ahí. Puentes, vías de tren, Romero.

Un par de soldados del Regimiento Atacama cargaron una nueva pieza de res hasta la parrilla. Al entrar la carne en contacto con el metal, las brasas se avivaron, alimentándose de grasas, nervios y sangre fresca. Una humareda compacta y deforme salió despedida hacia el cielo, hasta mimetizarse con la neblina. Los hombres, entusiasmados por el fuego voraz que tenían frente a ellos, brindaron por la patria, por los caídos y por las futuras victorias. "¡Conquista del desierto!", se escuchó por ahí, en boca de un soldado anónimo. Otras voces luchaban por hacerse oír, el trago seguía corriendo a destajo para elevar los ánimos.

Romero continuaba en silencio, intentando calibrar las palabras que se disponía a pronunciar frente a Graham. Dio una última calada al cigarro antes de hablar.

—Yo no vine a esta guerra por la misma razón que estos muchachos —dijo Romero—. No crea que estoy inventando todo esto porque estoy curado, aunque lo estoy, Graham, estoy borracho, pero lo que le estoy diciendo se lo estoy diciendo desde mi lucidez, desde mi verdad, a pesar de todo el trago que he tomado. No estoy mintiendo, le quiero decir, no estoy inventando cosas por efecto del pisco, Graham, ¿me entiende? Hace algunos años pasaron cosas raras en mi vida, compadre. Usted tiene que haber oído hablar del destino. Yo no sé si uno busca o no busca el destino; si el destino llega y uno sigue, o si el destino uno lo va haciendo, como me imagino que usted hacía esos caminos y los puentes que me dijo. Aplanar la tierra, poner piedras, hacer que pasen las carretas por allí. O el camino está hecho y uno lo sigue nomás. Para qué voy a hablarle hasta el cansancio, Graham, usted ya está tomado y yo también y no quiero que se duerma porque dormido no me va a escuchar lo que tengo que pedirle. No crea que no soy cristiano, lo soy, amigo, creo que el Señor nos pone aquí y nos deja que nos movamos, como dicen los curitas, el famoso libre albedrío. Es igual, de todas formas: Dios lo pone a uno al comienzo de un camino hecho o le pasa pala y picota para hacer el propio.

En ese momento, Romero hizo una pausa para volver a fumar y echarse un trago de pisco en la garganta.

—A ochenta kilómetros de aquí, más menos —continuó—, hay un campamento del cual nadie sabe su existencia. Lo sé yo y lo saben quienes viven ahí, lo sabe otro fulano, pero le aseguro que nadie más, Graham, ningún soldado, ningún oficial, nadie del Ejército. Esos gallos que viven allá no eligieron por las puras ese lugar del desierto. Llegaron allá cobrando sangre. Usaron una información importante que no era de ellos. Encontraron algo parecido a un tesoro, pero ese bien del que sacan provecho no les corresponde. Yo tengo que ir a ajustar cuentas con esta gente. Capaz que tenga que ensuciarme las manos, amigo; quizás tenga que matar, y después de matar tengo que meter la mano en la tierra, en la tierra y en la roca profunda, extraer o terminar de extraer lo que está allí, amigo Graham.

Romero guardó silencio y se quedó con la vista fija al frente, como escudriñando a una persona invisible o una aparición intrigante. La brasa del cigarro le llegó a los dedos y Romero lo soltó. Graham lo miró con gesto serio.

—¿Va a desertar? —le preguntó, preocupado.

—Tengo una deuda, y tengo que pagarla para poder morir tranquilo, amigo —respondió Romero.

—Le pregunté si va a desertar —insistió Graham.

Romero se mantuvo en silencio.

—¿Se va ir ahora? —preguntó Graham.

Romero asintió, serio, siempre con la vista al frente. Graham lo observó en silencio. No se puso de pie para alejarse, no hizo más preguntas a Romero, solo se quedó a su lado, fumando y sorbiendo de manera intermitente la botella. Se disponía a hacer otro cigarro cuando los gritos y el movimiento caótico hacia el poniente del campamento quebraron la calma en la que estaban tras comer y cantar. Desde su posición no se veía nada salvo el ajetreo de los hombres que se ponían de pie, agrupándose. No pudieron entender qué estaba pasando. Al igual que el resto de sus compañeros, Romero y Graham se pusieron de pie y, siguiendo a la masa, se dirigieron, intrigados, hacia el origen del acontecimiento.

Y ahí Romero los vio: caminaban firmes y rectos, elevando la pierna izquierda y luego la derecha, el brazo izquierdo pegado al costado del cuerpo, con los dedos estirados en dirección al suelo, y el derecho describiendo el saludo marcial. Nadie entendía aún qué estaba pasando. Romero pensó en un sueño o en una inesperada alucinación colectiva, efecto del cansancio y el exceso de alcohol consumido. No tuvo consciencia de la hora, aunque por el espesor de la camanchaca, intuyó que la noche se adentraba en la madrugada. En la tesitura nocturna, parecían un ejército de resucitados o espíritus, cuerpos blancos y fantasmales de carne fresca, cuya diafanidad contrastaba con la negrura imperante en rededor. Los prisioneros avanzaban en precisa formación, desnudos, arriados por Aristía, Molina, Sanhueza y varios soldados más, que se iban uniendo al escarnio con huascas, palos, cinturones e incluso vainas de espada, con las cuales golpeaban nalgas, espaldas, pechos, vientres, hombros, muslos, genitales e incluso axilas de los soldados peruanos. Romero vio lágrimas en los ojos del teniente Alejandro Neyra, cuya verga colgaba entre sus piernas como una cola lacia, oscilando en todas direcciones. Ningún oficial de mayor rango intervino para detener lo que estaba ocurriendo. El capitán Ormazábal y otros mandos superiores al principio no entendieron, pero una vez vieron el desfile en su totalidad, rieron a carcajadas y participaron también. Un teniente gordo y calvo pasó entre los prisioneros pegándoles con una fusta en los testículos. Ninguna otra parte del cuerpo de los humillados le interesaba, salvo los huevos cubiertos de pelos hirsutos, bamboleantes, que al contacto del cuero erizaba a los hombres, que se estremecían en una genuflexión violenta e inevitable. Algunos caían a piso, retorciéndose, víctimas de un dolor que no aguantaban, pero nuevos golpes en la espalda empujaban a esos soldados a volver a marchar. Los que no eran capaces de pararse, recibían patadas y azotes en el suelo. Esos caídos se arrastraban, en un intento por salir del desfile, pero eran devueltos a la posición con golpe de látigo. Felipe Arrate se acercó por la espalda de un prisionero y le introdujo una baqueta por el ano. Era la misma vara de madera que utilizaba para tocar el tambor. El soldado peruano, bajo y grueso, dio un salto eléctrico y giró al intentar quitársela del recto. Los chilenos lo obligaron a volver a la formación marcial a punta de golpes de porra y rebenque, y así el prisionero tuvo que continuar marchando, con la baqueta asomándole entre las nalgas, y tú fuiste parte de la humillación, Manuel, con escupos y golpes con la palma abierta contra los rostros aterrados de los enemigos, también lanzaste restos de comida y huesos hacia los cuerpos desnudos, y alguien —pero no recuerdas cuál de tus compañeros— les arrojó trozos de carbón y leña ardientes, todavía crepitando, las llamas se elevaban y calentaban el cazo con caldo de verduras, el mango envuelto en trapos húmedos para no quemarte las manos, al igual que tus compañeros, quienes también calentaban sus alimentos en la fogata que encendían en un rincón del terreno, a la sombra de un enorme y viejo nogal que el arquitecto luchó para conservar, contra el deseo de los dueños, quienes deseaban importar palmeras desde el Brasil, a tono, suponían, con las casonas de las urbes modernas, Manuel. Te parecía irrisorio y una coincidencia absurda que la casa estuviera ubicada en la calle Brasil y que los Cotapos Albornoz quisieran palmeras brasileras para los patios. El nogal, pensabas, sobrevivía a los cambios del entorno y esa persistencia pasiva lo dotaba de un aire respetable, además de regalar sus frutos, protegidos por cáscaras grandes y robustas. ¿Podía un árbol inspirar respeto a un hombre? Te parecía una idea absurda, pero la sostenías con firmeza. Cuando llegabas antes que el resto a la faena, saludabas a viva voz al nogal, además de preguntarle cómo se sentía y qué planes tenía para el resto del día. Nunca antes se te pasó por la cabeza establecer relación con plantas o árboles. Eran objetos inanimados, en nada diferentes a un muro o al polvo, piedras y agua que mezclabas para obtener el cemento. No entraba en tus preocupaciones la naturaleza; que botaran ese árbol o cualquier otro te daba lo mismo, pero el arquitecto, un hombre delgado, de perfecta barba delineada en torno a la boca y en punta hacia el mentón, expuso con vehemencia, frente a los dueños, las virtudes del antiguo nogal. Es un anciano que ha visto el mundo como ninguno de nosotros se lo imagina, les dijo, convencido y al borde de la euforia.

Los argumentos del arquitecto salvaron de la tala al árbol, testigo silente de las faenas que realizaban día a día tú y el resto de los trabajadores para erigir la casona de los Cotapos Albornos, Manuel. Las jornadas comenzaban temprano, cuando aún no salía el sol. Frías madrugadas en la habitación sin ventanas que arrendabas junto a Nadia, levantarte y salir afuera, en pleno conventillo, a lavarte con agua, en cuya superficie se formaba una capa de hielo fina, quebrada por tu mano callosa, Manuel, tu mano sumergida para extraerla fría, directo a tu rostro de piel resquebrajada. Sentías punzadas de dolor, pero el choque gélido era imprescindible para abrir los ojos y despertar. El aire matutino, también frío y empujado por ráfagas breves, no era suficiente para llevarse la pestilencia de la acequia que cruzaba el conventillo. Las inmundicias se anegaban y tenían que ser arrastradas con escobas y palas, solo para permitir un nuevo anegamiento de mierda, orina y comida en descomposición. Zumbido de moscas y ratones entre los desechos. Luego del rostro, lavabas pecho y sobacos, frotando con vigor tu carne desnuda. Un leve estremecimiento al contacto del agua y jabón. A esa hora, Nadia ya estaba en pie, calentando el café en un jarrón sobre el brasero; adentro, en las brasas, las tortillas se cocían gracias al rescoldo ardiente. Desayunaban sentados a la mesa fabricada por ti con los restos de pino que sobraron en la construcción de una casa hacía varios años, cuando todavía no te especializabas en la albañilería y saltabas de oficio en oficio. En aquel tiempo pretérito vivías con tus hermanos. Cambiaban de alojamiento seguido, habitaban las periferias de la ciudad, dormían en catres roñosos, amontonadas pertenencias y muebles, buscaban cualquier trabajo que les permitiera subsistir. La Chimba, Mapocho, Bandera, Independencia, el barrio Matadero, todos esos lugares conocieron y habitaron, Manuel. Tenían que moverse por motivos diversos: abruptas subidas en el precio de los arriendos; brotes de enfermedad en los conventillos, viruela, la mayoría de las veces —niños y jóvenes mujeres devorados por la peste—, tifus, tuberculosis, cuerpos con sarna; problemas con los vecinos, peleas a combos o a cuchilladas y palos; mujeres que cometían infidelidad con tu hermano Armando, y tenían que arrancar de noche, con el mínimo ruido posible, abandonando ropa y muebles.

Fue el Rucio Carmona, como exculpando sus continuos errores, el primero que encontró trabajo en la construcción de casas. Pronto consiguió que tú y Segundo se desempeñaran en cualquier labor disponible. Te propusiste cuidar a tus hermanos en la capital, por eso seguías junto a ellos. Así fue durante los primeros años en Santiago. Soportabas las borracheras y desórdenes del Rucio por cariño y por lealtad a Clara y Severino. Segundo, al contrario, era tranquilo y silencioso. Pasaba el tiempo leyendo la Biblia, gustaba de salir a caminar en los tiempos libres de trabajo, cocinaba para los tres, velaba por la salud del Rucio en las resacas tras los días y noches de fiesta interminable. Muchas veces, tú y Segundo recorrieron chinganas y restoranes de mala muerte buscando al Rucio. Nunca los necesitaba. Estaba rodeado de compinches y mujeres, animaba las conversaciones, practicaba el canto a lo humano y lo divino, improvisando versos para narrar los hechos del momento. Tú sentías lealtad hacia él y Segundo, el deber de mantenerte cerca de ellos y de esa forma persistir en los vínculos nacidos en Los Aguilones.

Viajabas cada cuatro o seis meses a visitar a tus padres, Manuel. Te acompañaba Segundo y entraban al fundo a escondidas, cubiertos por ponchos y sombreros de ala ancha para no ser reconocidos. Llevaban dinero y regresaban, debido a la insistencia de Clara y Segundo, con alimentos y con ropas de lana y objetos de talabartería fabricados por Severino. Eran discretos en estas visitas, por eso nunca se cruzaron con Zurita, el capataz que el patrón contrató en reemplazo de Mauricio Soto.

¿Qué había sucedido con Mauricio Soto a ojos de los inquilinos y dueños de Los Aguilones? Nada. Desapareció junto a algunos hombres de confianza y después don Maximiliano contrató a un reemplazante que tuviera competencia en la administración de fundos parecidos a Los Aguilones, y así llegó a ocupar el puesto Zurita, un hombre calvo, delgado, de barba desordenada y larga que, a la distancia, provocaba el efecto de una bufanda negra que cubría su rostro. Segundo y tú se convirtieron en forasteros secretos, cuya presencia pasaba inadvertida, como si nunca hubiera ocurrido.

La vida en la capital era monótona, marcada por el trabajo duro, los fríos invernales, los veranos tórridos y secos, las borracheras y amoríos del Rucio, la pestilencia del conventillo. Ibas a misa domingo a domingo, salías a tomar en las noches, a veces frecuentabas prostíbulos, donde bailabas cueca y bebías hasta cansarte, Manuel, para después perderte en patios interiores, donde las muchachas recibían a sus clientes. Nadia trabajaba atendiendo las mesas en El Pescado Rabioso, allí la conociste y desde la primera vez que llevó las jarras de vino a la mesa que compartías con tus hermanos, quisiste hablarle, saber cuál era su nombre. Fue ella la que, sin saberlo aún, te empujó a frecuentar, incluso sin compañía, esa chingana levantada entre barriales en un oscuro callejón de La Chimba, protegido del cielo abierto con ramas de palma y dominada por la piedra viva e imponente del cerro San Cristóbal. Las conversaciones con Nadia se dieron con naturalidad. No era difícil, para ti, hacerla reír con cualquier comentario inesperado sobre lo que sucedía en el momento. A diferencia de tu hermano Armando, cuya rapidez para la gracia con las mujeres era innata y afloraba en todo momento, tú no podías hacerlo con esa habilidad, ni con cualquier persona. Te llegaba como una iluminación, inspirado por las miradas de reojo de ciertas mujeres avistadas en la calle, en un encuentro casual, al compartir con alguna que te dedicara una sonrisa. Conversabas con Nadia en cada visita, agradecías su servicio con entusiasmo, dejándole un par de monedas extra por su esfuerzo y amabilidad, te quedabas hasta última hora para verla el máximo tiempo posible.

Fuiste solo aquella noche al Pescado Rabioso, con la excusa de tomar una jarra de chicha y comer empanadas, Manuel, el deseo de beber y engullir era poderoso, aseguraste a tus hermanos. Ellos decidieron quedarse en la pieza del conventillo. El Rucio por la resaca que lo atormentaba tras dos días de jarana en una casa de niñas perdida por Independencia, hacia Chacabuco; Segundo se disculpó debido al cansancio y a las ganas imperiosas de echar el cuerpo sobre el catre para dormir. Llegaste en plena noche, la chingana estaba repleta de clientes, el boche y el sonido de guitarras y cantos destemplados se escuchaba una cuadra antes.

Rostros colorados, bocas desdentadas, barbillas con vellos descuidados, sin afeitar, mejillas carcomidas por antiguas pestes. El hombre de gruesas espaldas que estaba en una mesa al centro se apellidaba Eltit y lo apodaban el Turco. Delinquía entre Santiago y Valparaíso, de donde era oriundo. Hijo de inmigrantes árabes, tenía fama por pendenciero, agresivo, peligroso, ladrón, estafador y asesino. Corría el rumor de que cargaba con la vida de un policía civil al que mató en un confuso altercado, según las malas lenguas, de carácter amoroso. Se decía que gustaba de golpear mujeres; también se le atribuían muertes de algunas que fueron sus parejas o solo tuvieron la mala suerte de cruzarse en su camino. Lo veías cada vez con mayor frecuencia en El Pescado Rabioso, Manuel, y Nadia te confidenció que evitaba atenderlo. Pero esa noche se vio obligada a servir en la mesa que compartía el Turco Eltit con dos sujetos más, ambos en estado de ebriedad, a diferencia del Turco, quien pese a los muchos litros de licor bebido conservaba la sobriedad, o al revés, se emborrachaba pero no decaía, se envalentonaba, lo poseía una energía desbordada que parecía crecer de forma exponencial a medida que tragaba más y más alcohol. El gesto de Nadia no era habitual. Percibiste incomodidad en su rictus. A ti te atendió un muchacho delgado y tímido llamado Abel, sobrino de doña Nena, una mujer gruesa, baja y canosa que estaba a cargo de la chingana tras la muerte del marido. Pediste dos empanadas de pino —aliñado con excesivo comino; notaste el sabor primero, después la textura de las minúsculas semillas en la lengua e incrustadas en el paladar—, una jarra de chicha y una caña de aguardiente, para verter gotas en el licor de uva fresca. Nadia te saludó a la distancia, moviendo la mano y esbozando una sonrisa fugaz. Le respondiste de la misma manera, nervioso, deseoso de verla y pronunciar algo que te arrancara de la masa de clientes y te convirtiera en Manuel, único y distinto, hombre digno de su atención, como era habitual cuando la clientela era menos tumultuosa. El Turco ya no controlaba el tono de su voz y llamaba a Nadia a gritos, golpeaba la mesa con el puño, endemoniado, se paraba en cualquier momento, volcaba vasos y echaba adentro del buche vino y aguardiente como si fuesen agua común y corriente para apagar la garganta acechada por el calor, pero allí el frío se colaba por todas partes y, si bien los hombres y mujeres que llenaban hasta la última mesa disponible estaban excitados y la suma de cuerpos provocaba que la temperatura se elevara, lo que imperaba era una frigidez que enfriaba rostros y manos, producida, por supuesto, por la actitud agresiva del Turco y sus amigos.

Tomaste, en calma, de tu jarra de chicha regada con gotas de aguardiente, ajeno a la pulsión frenética del lugar, Manuel. Entrada la noche ocurrió un altercado entre dos hombres, solucionado a empujones y luego sellado con abrazo y llanto. Todo eso lo seguiste desde tu mesa, con la misma calma de siempre, desviando la mirada hacia Nadia cada vez que aparecía sosteniendo con fuerza una bandeja redonda, atiborrada de vasos y platos humeantes, perniles de chancho cocidos en agua hirviendo, en sendos fondos metálicos, a fuego de leña, esa cocina dispuesta al fondo, entre un jacarandá y un eucalipto enormes y viejos. Nadia sirvió la mesa del Turco y, cuando se retiraba, Eltit la agarró de la muñeca izquierda e intentó sentarla en sus piernas. A punta de forcejeos, Nadia se echó atrás e impidió que el Turco pudiera abrazarla y tocarla. Pasaste empujando mesas y sillas, y el Turco Eltit no alcanzó a atraer a Nadia hacia él otra vez; llegaste tú con brío. Torciste su brazo derecho, inmovilizándolo de inmediato, doblado el Turco en involuntaria genuflexión, la mejilla izquierda contra la superficie porosa de la mesa, suéltame, concha de tu madre, gritaba el Turco, así que te viste obligado a tensar el brazo hasta el límite final para impedir su reacción, hasta fracturar el hombro, porque los compinches de Eltit se abalanzaron contra ti blandiendo jarras y un cuchillo dentado que uno de los atacantes sacó de un bolsillo de su chaquetón ajado y sucio. El Turco Eltit gritaba, tendido en el piso, sin poder moverse o moviéndose y padeciendo el dolor de los vanos intentos por ponerse en pie para ejecutar la venganza. Sus amigos te atacaron con movimientos erráticos, ellos mismos se daban cuenta, percibiste, de su torpeza provocada por el exceso de alcohol consumido esa noche, los redujiste a golpes de puño en sus rostros: labios reventados, nariz quebrada, ojo en tinta. Todos los clientes dejaron de conversar, comer y tomar para atender a la pelea. Más tarde Nadia te confesaría que nunca antes vio a nadie que se enfrentara a Eltit. La Nena te echó a los gritos, dijo: "El hueveo se acabó, se me van todos". Tenía que atender al herido, componerle el hombro fracturado y para eso la Nena necesitaba tranquilidad, ella ejercía también de curandera, partera, quebradora del empacho de los niños, componedora de huesos.

Agregaría Nadia después, en aquel amanecer, que la Nena mandó a hervir paños con hojas y cocos de eucalipto, también con una rama de romero, y aplicó friegas en la carne desnuda del Turco. Dieron a Eltit de tomar media botella de aguardiente sin respiro, y mientras sorbía ansioso, la Nena, con un brusco y rápido zarandeo, volvió el hombro a su posición. El Turco escupió el licor y no pudo contener las lágrimas que saltaron de sus ojos. Dijo Nadia que la culpó a ella, prometió matarte, pero tú sabías que el altercado iba a tener ese resultado: la ira de Eltit y el riesgo de muerte para ti. Por eso, cuando la Nena te echó a empujones, no te fuiste al conventillo. Lo esperaste agazapado tras una mata de laurel, premunido de una piedra que superaba dos veces el tamaño de tu puño y nada más para atacar. Aguantaste el frío y los nervios en completo silencio, sin despegar la vista de la chingana, preguntándote cuándo saldría el Turco, o si antes aparecería por allí Nadia, y en ese caso, qué decisión tomarías, Manuel, acompañar a Nadia para que no la siguiera el Turco, o seguir esperándolo, no lo sabías, pero primero salió Eltit, acompañado por sus dos compadres, cuyos rostros inflamados eran visibles a la luz de la luna y las estrellas, esperaste que caminaran rumbo al Mapocho, alejándose del cerro a los tumbos, por el camino de tierra. Saliste del escondite y caminaste tras ellos a una distancia de veinte metros aproximados, apretando la piedra con falanges y uñas, hasta darles alcance en la ribera del Mapocho, Manuel. Golpeaste el cráneo del Turco, primero, y luego la frente y la coronilla de los acompañantes; remataste a los tres repitiendo los impactos de la piedra hasta el cansancio. Los rostros malagestados fueron deformándose: jetas, ojos, pómulos, todo aquello se volvió masa de carne viva, grasa, sangre, materia de ojos reventados. Arrastraste los tres cadáveres hacia el río, dibujando sin querer caminitos de sangre y sesos. Te lavaste en el caudal gélido de esa hora, y empapado volviste a buscar a Nadia. No fue necesario hablar porque todo en ti y en ella mencionaba lo innombrable.

Se casaron tres meses después, Manuel, en una capilla de madera en La Chimba, cercana al Pescado Rabioso; allí celebraron y te curaste junto a tus hermanos y comieron la carne de un ternero que les regaló la Nena. Segundo y Armando compraron un cabrito y dos pipas de vino.

La habitación de los recién casados estaba en un conventillo, también ubicado en La Chimba, en un pasaje de tierra que llegaba hasta las faldas del San Cristóbal; algunas viviendas improvisadas en altura, incrustadas en la roca, en la aridez del cerro desnudo, sin árbol alguno que produjera sombra. En el conventillo de La Chimba tenían una ventana y más holgura, aunque las construcciones eran frágiles, de tablas, con chinches, polillas, arañas y, en el verano tórrido de Santiago, los zancudos, decenas de ellos sobrevolando la pieza y despertándolos con el zumbido insoportable y persistente que también volvía infernal la noche de los vecinos, eso comentaban a la mañana siguiente, los bichos hacían estragos con sus picaduras en la piel tersa y morena de Nadia, a diferencia de ti, Manuel, las picazones de los zancudos solo te provocaban un picor desagradable, pero no esa hinchazón infecciosa que atormentaba a tu esposa.

Las carencias de la pobreza material no conseguían opacar la felicidad de estar casado y convivir a diario con Nadia. Hacían el amor cada dos o tres días, a veces día a día, noche a noche, perdiéndose en el cuerpo, en la intimidad del otro, convirtiendo honduras y formas ajenas en propias, Manuel, para ti era un modo complejo y verdadero de amor, aunque no podías explicarle a nadie qué significaba amarse de verdad y de manera compleja. Las visitas de tus hermanos eran habituales, también la presencia de alguna mujer del brazo del Rucio, no siempre la misma, por eso no hay recuerdos de nombres y solo persisten rostros, cuerpos, pelos anudados en trenzas o recogidos por pañuelos. Se apiñaban como podían en el cuarto del conventillo, moviendo muebles e improvisando una extensión de la mesa con tablas y cajones. En verano, también durante los días cálidos de primavera, salían a las faldas del cerro, acomodándose bajo un sauce solitario y cuyo crecimiento nadie se explicaba mucho en ese peladero inmenso, elevado a pura piedra desnuda. Asaban carnes y preparaban papas y zapallos para acompañar el almuerzo. El Rucio Carmona se emborrachaba y tenía que ser llevado a rastras por Segundo y la novia de turno.

Los primeros signos del embarazo pasaron desapercibidos para ustedes, pero no para la vieja Nena, quien de inmediato leyó en la abrupta aversión de Nadia por el comino su estado de preñez. Fue una cazuela de cordero sazonada con excesivas semillas las que le provocaron vómitos. De ahí en adelante no fue capaz de aguantar el aliño; lo identificaba en el aroma de los alimentos y se negaba a consumirlos. Las palabras proféticas de la vieja Nena a ustedes les parecieron un equívoco, cuando más exageradas. Esta cabrita está preñá, dijo esa tarde, cuando Nadia se puso de pie y se alejó rápido para vomitar las cucharadas de cazuela de cordero ingeridas. Imposible, dijeron ambos, la Nadia tiene que haber comido algo malo, tiene que estar enferma de la guata, eso es y no otra cosa. La tía Nena nunca se equivoca, dijo Abel, la vieja bruja siempre tiene la razón, todos se rieron y la vieja golpeó la nuca de Abel con la palma abierta, e insistió en la hipótesis del embarazo, Manuel: Soy bruja, bruja buena sí, por eso puedo ver en el iris del ojo que esta chiquilla está lista; este mocoso del Abel, eso sí, no tiene permiso para hablar de mí, está muy chico todavía, decía la tía Nena. Pero para ti y Nadia no era factible, la posibilidad de un hijo estaba descartada tras casi cinco años de matrimonio y de persistente y sana intimidad. La ausencia de menstruación y el crecimiento del vientre en exponencial curvatura terminaron por corroborar, contra lo esperable y contra la experiencia de ese lustro nupcial, que la Nena tenía razón.

Durante los primeros meses Nadia se negó a dejar el trabajo. Como tantas mujeres en otros oficios, siguió con entusiasmo yendo a atender clientes a la chingana, cargando las bandejas con trago y comida cada noche, aunque cumplidos seis meses encinta, con la panza pronunciada, hablaste con ella, sentados en un rincón —tu mesa favorita de El Pescado Rabioso, la misma desde donde observaste esa noche de sangre al Turco Eltit—, y le pediste que descansara hasta el parto. Nadia te escuchó —como lo hacía siempre, por enojada que estuviera, se permitía una tregua para que pudieras expresar tus razones—; se sentó la Nena, con quien acordaste la pausa laboral a escondidas de tu mujer. Tras dos horas de discusión, consiguieron convencerla, Manuel; a partir del día siguiente —un caluroso martes de febrero— Nadia tomó descanso.

La tragedia se les vendría encima en abril, el 26, una jornada de cielo encapotado y lluvia persistente, con el Mapocho en constante amenaza de desborde y vientos huracanados en calles y plazas de la ciudad, Manuel, y ni siquiera la Nena, con sus artilugios y hechicerías, pudo vislumbrar lo que iba a suceder. Los dolores de parto aquejaron a Nadia por dos días con sus noches, hasta el sangramiento ocurrido esa madrugada. Saliste cubierto por tu poncho a buscar a la Nena, quien llegó acompañada de una sobrina muda llamada Clota, su asistente en materia de partos. Con agua caliente, toallas mojadas y preparaciones de menta, toronjil, matico y bailahuén, las cuales daba de tomar a Nadia, estuvieron siete horas intentando que alumbrara la criatura. Tus hermanos estaban pendientes del inminente nacimiento, Segundo fue a caballo los cuatro últimos días, una visita fugaz solo para informarse de la situación. Fueron él y el Rucio Armando quienes consiguieron que viniera el doctor Patricio Heim, médico de origen alemán avecindado en Chile hacía veinte años, un hombre alto, robusto, de barba canosa y lentes de montura metálica, quien llegó a caballo junto a los Carmona. La Nena y Clota lo secundaron, ayudándolo con sus herramientas de trabajo. A esas alturas, Nadia había gastado casi todas sus fuerzas. Estaba pálida debido a la pérdida de sangre, flotaba en el aire un aroma nauseabundo. El doctor Heim sacó de su maletín una pieza metálica parecida a una cruz, y te explicó, Manuel, que iba a usar fórceps para concluir el parto. El umbral de dolor que experimentaba Nadia aguantaba en ese momento cualquier cosa, por eso la aplicación de las tenazas y el corte con bisturí en el labio vaginal izquierdo ya no provocaron padecimiento en tu mujer, tú no comprendías cómo esa cantidad de sangre no la volvía loca. Pidiéndole que hiciera un último esfuerzo para pujar, el doctor Heim y la Nena consiguieron sacar a Alhué, un varón diminuto y con cabellos azabache que no lloró y apenas ejecutaba movimientos. Antes de entregárselo a la madre, el doctor Patricio Heim cortó el cordón umbilical y luego revisó al niño, palpando el cuello, la caja toráxica, la cabeza. En apariencia se notaba sano, pero sus débiles movimientos y la dificultad para respirar, evidentes, preocuparon tanto a Heim como a la Nena. Pese al cansancio y la fragilidad, Nadia preguntó con insistencia por el niño. Pedía que se lo acercaran al pecho, quería abrazarlo. Tú también comprendiste de inmediato que pasaba algo irregular con tu hijo, su tamaño, la falta de vitalidad eran elocuentes. Acechado por el tiempo y la salud del niño y de Nadia, el doctor decidió entregarlo a la madre y afanarse en coser el corte que sangraba en cantidad, sumada a la pérdida por el parto mismo.

Cuarenta y dos minutos después, Alhué dejó de respirar sin asomo de padecimiento ni dolor.

No encontraron explicación para los sucesos de esa tarde confusa. Tu hijo no fue asfixiado por el cordón en el cuello —esa broma sádica de la naturaleza o del destino—, no tenía herida alguna, no le faltaba ninguna extremidad. Accedieron a la petición del doctor Heim, y permitieron que abriera el pequeño cuerpo inerte del difunto. Era un defecto observado antes por colegas en Alemania en pocos recién nacidos, un mal sin nombre ni origen que secuestraba los riñones de las criaturas durante la gestación. No existían estudios ni menos aún teorías sobre la ausencia de riñones, Manuel, el doctor Heim hizo anotaciones, dibujos y croquis. Te sorprendió que asistiera al velorio, realizado afuera de la pieza de ustedes, la Nena puso a disposición El Pescado Rabioso para albergar a los amigos que vendrían a despedir a Alhué, pero preferiste realizarlo en el conventillo porque la salud de Nadia era frágil, apenas podía levantarse por escasos minutos al día, y el doctor Heim le recetó reposo total, consumo de proteínas, alimentación con carbohidratos, ojalá fruta en cantidad. La Nena mandaba a Abel a llevarle comida para Nadia, obediente al doctor, pero Nadia se negaba, al principio aduciendo malestar y náuseas, y después rechazando los alimentos sin excusas. Para el velorio de Alhué, Nadia se levantó a duras penas, mientras el niño, disecado, era expuesto con alas, semejando un angelito. La mueca del rostro te pareció dolorida, como si el breve y silencioso paso de la criatura por el aire del mundo estuviera lleno de amargura, de dolor, la constatación de algo que se ha perdido para siempre y que no se va a recuperar jamás; no la vida del propio Alhué, sino algo inmaterial, portentoso, la revelación de un talismán que auguraría el futuro del mundo.

El velorio consistió en una tomatera sin fin, gloriao al niño Alhué, mientras más trago echaban para adentro, más grande era la gloria cantada. Chuicas de aguardiente, de pisco, de pipeño, de chicha, de vino. Torbellino de emociones, risas, brindis por el alma pura del mocosito, llanto de hombre y mujer, gritos, vociferaciones. Tomaste junto a tus hermanos, Manuel, no recuerdas cuánto ni qué mezclas de licores, y despertaste en una casa de niñas perdida hacia Independencia. No recordabas cómo llegaste allí, con quién, cómo se transformó el paisaje del velorio en aquel cuarto oscuro, junto al cuerpo desnudo de una desconocida, la resaca partiéndote la cabeza, un gusto salobre en la boca, y el pecho exaltado entre la taquicardia y el regusto del tabaco en la lengua. Segundo estaba durmiendo abajo, en el primer piso, el Rucio Armando salió desde una habitación perdida en uno de los patios interiores de la casa, los ojos enrojecidos, al igual que los tuyos y los de Segundo. Era pasado mediodía, regresaste con tus hermanos a La Chimba, donde la Nena y Clota eran las únicas que acompañaban a Nadia. El cuerpo de Alhué ya estaba en el cajón blanco, que tú mismo fabricaste y pintaste dos días atrás. Fueron con los Carmona a enterrarlo, algunos metros cerro adentro, donde todavía no empezaba la roca pura. Cavaste profundo; ni la resaca ni el malestar ni la desesperanza anidada en el centro de tu pecho impidieron la labor. Al contrario, pensaste, sacabas fuerzas de la miseria para extraer las paladas de esa tierra seca y dura. El Rucio Armando clavó la cruz y Segundo sacó la pequeña Biblia que lo acompañaba a todas partes, leyó el Evangelio de Marcos, a viva voz, pronunció la resurrección de los muertos, ley de Moisés, las preguntas de los saduceos, quienes negaban la inmortalidad del alma e intentaron poner en jaque a Cristo, pero este respondió cambiando el eje del cuestionamiento, en el cielo no habrán hombres ni mujeres, sino ángeles, dijo Jesús y terminó diciéndoles que Dios no era un dios de muertos, sino de vivos, y que ese error los hacía equivocarse. Escuchaste la voz de tu hermano con lágrimas en los ojos, pequeñas gotas que resbalaron por tus mejillas, el silencio de los tres frente al montículo de tierra, la sombra de la cruz, una sombra espesa, marcada sobre la tierra amarilla, todo esto le daba un aire irreal al momento, no solo la resaca y los recuerdos espurios de la noche anterior que te acechaban sin aviso, también el viento cálido y el escenario de ese rincón perdido y secreto del cerro, el peladero rocoso, ardiente como piedra espacial.

Los meses que vinieron, la salud de Nadia se fue debilitando con rapidez, Manuel. A la inapetencia, se fueron sumando distintos padecimientos y una fragilidad absoluta del carácter. No se levantaba de la cama, no hablaba, usaba una bacinica para cagar y orinar que guardaba bajo la cama por días. El invierno del año siguiente enfermó de gripe. No te explicaste cómo empeoró tan rápido; Nadia rara vez se levantaba de la cama, menos aún abandonaba la pieza, días en los cuales ni siquiera se animaba a abrir la ventana, ese bien tan preciado que antes disfrutaban, dejándola sin cerrar noches enteras, por el puro gusto de sentir los aires renovados del exterior. La gripe creció en intensidad con el pasar de los días. Al regresar del trabajo, una tarde fría y lluviosa, no estaba en cama y saliste a buscarla junto a la Nena y Abel. La encontraron cerro arriba, cubierta solo con enaguas, los pechos al aire, empapada, deambulando con lentitud, hablando incoherencias. Pese al frío y a la lluvia, al tocarla, notaste de inmediato la fiebre, que también se manifestaba en sus ojos cubiertos por una pátina blanquecina, con rayos colorados e irregulares que surcaban la córnea. La llevaron de vuelta, la limpiaron con paños húmedos y, tras secarle el pelo, la vestiste y la acostaste. Esa noche padeció tercianas y te mantuvo en vela. La Nena quiso acompañarte, pero la mandaste a casa, sentías que esa responsabilidad era tuya y de nadie más, intuías lo que se avecinaba, como si la Nena te hubiera contagiado su don de adivinación. Dejó preparados ungüentos de menta y eucalipto, y también un cazo con hierbas y hojas hirviendo en agua. Nadia respiraba con problemas. Permanecía muda, estática, a veces recobraba el aire con un sonido carrasposo, que parecía un viento huracanado, pensaste. Abría los ojos y buscaba la llama de las velas, única lumbre a esa hora en la habitación. La fiebre le provocó mucha sudoración, pero ella temblaba de frío y castañeteaba los dientes. La piel entera ardía, intentabas darle alivio con paños fríos, los cuales se calentaban al inmediato contacto con su cuerpo. A medida que la madrugaba avanzaba, las condiciones de Nadia eran peores. Vómitos de bilis pura, amarillenta y espesa. Temblores. Alucinaciones. Mi huachito, mi cabrito chico, por la cresta, dónde está mi huachito, tráigamelo, Nena, póngalo aquí en el pecho para darle teta, como manda Dios, Nenita, mi huachito, que no se vaya a enfermar el niño, Nena, dígale al Abel que traiga el poncho que le tejí, para que no tenga nunca frío, mi hijo, Dios mío, cuídalo, dale fuerzas, que nadie me lo quite nunca. Poco antes del amanecer, te agarró la muñeca, al punto de enterrarte las uñas, y te miró a los ojos, sus pupilas dilatadas, como queriendo romper la niebla febril que la cubría. Cuide al niño, Mañungo. Proteja a nuestro Alhué. Cuídese usted, mi Manuel. Su último respiro fue una larga expiración, pensaste que sacaba de adentro hasta el último soplo de aire, Manuel. Los ojos quedaron abiertos, fijos en el techo, los labios entreabiertos también y el rostro paralizado en un pasmo final.

Durante cuatro meses tu rutina fue la misma que antes del fallecimiento de Nadia. Te levantabas al amanecer, con matemática sincronía, para lavarte afuera de la pieza, vertiendo agua fría en la artesa, Manuel. Ibas a trabajar, volvías a casa, encendías velas dispuestas en torno a un crucifijo de madera, atrás la imagen de la Virgen María con el niño Jesús en brazos, ambos intercambiando miradas persistentes, miradas de alivio, pensabas, después te arrodillabas frente al pequeño altar dispuesto en el velador, para quedarte en silencio, cabeza gacha con los ojos cerrados, oración sin palabras y lamentos al vacío, Manuel, hasta que el vacío, sentiste, no fue capaz de responder, no trajo consuelo de vuelta, no llegó el calor del fuego que debía contenerte, no habló Él, volviste a preguntar, a gritos desesperados, dígame, Iñor, qué chuchas hago, dígame cómo sobrevivir a esta locura, patroncito, mándeme alguna señal, lo que sea, una lluvia de mierda, si quiere, póngame esas llamas en la cabeza como a los santos o a los discípulos o a quien cresta fuera, tíreme encima ese fuego, caballero, o gríteme, aunque sea un grito silencioso, pero el ruido sordo y muerto seguía allí, palabra muerta, Manuel, entonces el silencio te llevó a buscar un grito, un aullido en las calles pantanosas de Santiago, donde saliste a perderte en las noches por venir. Rehuiste a tus hermanos, a quienes evitabas abrir la puerta cuando venían a visitarte. Tampoco la Nena pudo acercarse a ti, no lo permitiste porque te recordaba, tan solo escucharla, a Nadia, Manuel. Dejaste el trabajo para dedicar todas las horas posibles al trago. Olvidaste los pagos del arriendo de la pieza. Frecuentaste lenocinios en Bandera, en el barrio Franklin —las casas de niñas en calle Placer, frente al Matadero y a las curtiembres de Víctor Manuel—, en Quinta Normal, en Independencia. Conociste a una prostituta que atendía en un conventillo perdido en Chuchunco, al final de un callejón de tierra húmeda y pestilente debido a la acequia desbordada. Recuerdas el olor rancio de la habitación, a descomposición de alimentos, a cuerpos desaseados, a humedad, a encierro. Una semana más tarde, notaste las primeras molestias para orinar. Un dolor punzante que creció en la noche y te mantuvo en vela, tiritando. Al revisar el glande descubriste erosión en la piel, un enrojecimiento que deformaba la carne rosácea, tres forúnculos maduros, a punto de reventar, el orificio de la uretra expulsaba lenta, pero persistente, una materia viscosa, purulenta, amarilla y maloliente. Tras cinco meses impagos, tuviste que dejar la pieza. Te llevaste un morral con ropa y nada más. Se acabaron las remembranzas de los años junto a Nadia. Los días felices quedaron atrás, dijiste. No te despediste de la Nena, no pediste ayuda ni dinero. Dormías en la calle, ojalá bajo un zaguán. Intentaron robarte cerca de la Plaza de Armas, pero no portabas nada de valor. Orinar se había vuelto un suplicio. El pus te mantenía los pantalones húmedos en la entrepierna. La embriaguez te ayudaba con el sufrimiento. Un mínimo vestigio de consciencia te acechaba con sueños de eunucos y penes desgarrados por alimañas y testículos crecidos al tamaño de sandías. Tus hermanos —relataron semanas después las condiciones del encuentro— te llevaron donde el doctor Heim. Delirabas, tenías la mirada perdida, bizca, un hilo delgado de baba caía por la comisura de los labios. En ese tiempo, Yavé dijo a Josué: Hazte unos cuchillos de sílex para circuncidar de nuevo a los israelitas. No era Heim quien curaba las supuraciones de tu verga con instrumentos cuya manipulación ya no te causaban dolor, sino tu madre. Josué hizo unos cuchillos de sílex y circuncidó a los israelitas en la Colina de los Prepucios, leyó Clara con su voz melódica, pronunciando cada sílaba con precisión y tersura. Presionaba gasas impregnadas de alcohol; tras algunos segundos, los apósitos eran retirados con una materia cobriza, salpicada por manchas de sangre. Josué ordenó esta circuncisión porque todo el pueblo que había salido de Egipto, todos los hombres adultos, murieron en el desierto a lo largo del camino, después de su salida de Egipto. Las heridas no solo estaban convertidas en úlceras purulentas, tenías llagas abiertas que era necesario cerrar. Usando una aguja curva y gruesa, procedieron las manos de Clara a coser la carne como antes zurcía pantalones y camisas desgastadas por el trabajo arduo en Los Aguilones. Todo el pueblo de la salida fue circuncidado, pero todos los nacidos en el desierto durante el trayecto, después de la salida de Egipto, no estaban circuncidados. Punta de metal contra carne infesta. Sangramiento, espasmos e hilo unciendo el miembro alterado, Manuel. Los israelitas caminaron cuarenta años por el desierto hasta que desaparecieron los adultos originarios de Egipto, toda esa generación que no escuchó la voz de Yavé. Yavé juró: Ustedes no verán el territorio que prometí darles a sus padres, tierra donde destila la leche y la miel. Pero en su lugar nacieron sus hijos y estos estaban sin circuncidarse, porque no se les circuncidó durante el trayecto. Josué los circuncidó. Afírmenlo, la voz fuerte de Clara, porque va a lanzar golpes de puño y pie, no importa la borrachera, esto lo va a traer de vuelta, muchachos. Los Carmona te agarraron con fuerza de brazos y piernas. A través de la uretra, con extrema lentitud, usando los dedos índice y pulgar, Clara introdujo una sonda transparente. Cuando se terminó la circuncisión de todo el pueblo, se quedaron acampados en ese lugar hasta la curación. Yavé dijo entonces a Josué: Hoy he lanzado lejos de ustedes la vergüenza de Egipto, terminó de leer con su voz suave, cantarina, musical, tu querida Clara, Manuel.

IV

Salieron tres horas antes del amanecer, cuando el fervor de la celebración estaba disipado y las múltiples fogatas casi apagadas, con sus centros ardiendo con suavidad, los leños y carbones grises casi consumidos, solo avivados con tímido fulgor rojizo por la brisa nocturna que entraba en el pueblo al azar. La guardia, en la salida oriente, estaba compuesta por dos muchachos entumidos, cubiertos con sendos y gruesos ponchos de castilla que semejaban caparazones orgánicos a aquella hora. Eran casi unos niños, todavía desprovistos de bigotes y barbas, somnolientos aún producto del alcohol consumido. Los jóvenes guardias los saludaron con gesto desganado, y uno preguntó por qué llevaban una mula cargada con agua y afrecho.

—Mi capitán Ormazábal nos mandó a revisar las líneas férreas —respondió, con naturalidad, Graham.

—Dicen que los cholos dinamitaron desierto adentro —agregó Romero.

El muchacho asintió y se despidieron con el saludo marcial. Romero y Graham continuaron a trote lento, adentrándose en la camanchaca espesa y fría, tocados por los vahos de neblina que impregnaban las ropas y el pelaje de las bestias. A la vanguardia iba Romero, guiándose por la brújula que le regaló el lonco Ñancucheo. Atrás, a menos de un metro de distancia,

139

Graham seguía el trayecto. Aunque no alcanzaba a distinguirlo, sabía donde estaba gracias a una cuerda que anudó desde la rienda de su caballo al de Romero. La mula de carga marchaba en paralelo a Graham, asegurada por las riendas que afirmaba Federico, además de una gruesa soga. Sobre el lomo de aquel animal no solo llevaban la reserva de agua fresca de pozo para ellos y las bestias; también los equipajes, dos fusiles, cuatro pistolas extras y las reservas de alimento, consistente en charqui, galletas de quínoa y café. Se dirigían a un destino incierto, le confesó Romero a su compañero, la probabilidad de encontrar peligro era total. No reveló los motivos que lo llevaban hacia el campamento desconocido, y Graham no preguntó, solo aceptó acompañarlo y desertar del Ejército. Suponía Romero que Graham entendía, al igual que él, la imposibilidad de volver a las filas del batallón en el futuro próximo. Marchaban en sentido contrario, por territorio enemigo, bajo heladas noches y días de sol inclemente, reflejado en su calor abrasivo por la arena, las piedras y la aridez, que estaba por todas partes, como un Dios que se materializaba frente a sus súbditos.

—Tenemos que aprovechar la noche, gringo, hasta el amanecer hay que avanzar —dijo Romero.

Graham no respondió. Romero se acercaba la brújula al rostro, con el dedo índice protegido por el guante limpiaba la superficie de vidrio empañada y corroboraba que continuaban en la dirección correcta. Mantuvieron el mismo ritmo durante horas, pasado el amanecer, calentando el cuerpo con pisco y llevándose a la boca trozos de charqui. El sol se insinuó como un resplandor blanquecino que tiñó con timidez la camanchaca. Romero se sintió en medio de un espacio fantasmal y se preguntó si el tránsito hacia la muerte era así, si tenía ese aspecto de perdición lumínica y vaporosa. Ellos y los animales podían distinguirse como formas borrosas gracias a los rayos del amanecer. Decidieron seguir el avance, protegidos por la camanchaca que se disiparía en un par de horas, dejándolos a merced de la inclemencia desnuda del desierto. No hablaban o hablaban solo palabras precisas y expresiones innecesarias que les permitían corroborar que seguían allí, que el otro no era una ilusión o la imagen que la niebla quería mostrarles; carraspeo, suspiros o exhalaciones de aire para vaciar los pulmones y darse ánimos en la nada de la inmensidad. A las ocho de la mañana unas ventoleras sostenidas arrastraron arena, la cual se elevaba a la altura de ellos y se espesaba por efecto de la humedad neblinosa. Tuvieron que cubrirse boca y narices, pero las ráfagas sólidas de aquella sustancia barrosa se les metía por los ojos, no solo a ellos, también a los animales; incómodas, las bestias perdían el rumbo y cabeceaban y coceaban para librarse de la molestia. Se vieron forzados a parar. Descendieron y, tras limpiar los ojos de sus caballos y de la mula, cubrieron las cabezas con las mantas que el Ejército proveyó a todos los soldados para protección de los animales. Todavía tuvieron que soportar una hora y media más de chiflones y tierra húmeda que los azotaba como en una tormenta en altamar, furiosa y embravecida por tripulantes ateos y desdeñadores de los mitos de Poseidón y los suyos.

El frío dio paso a una breve transición tibia hacia el calor duro de la mañana.

El cielo estaba despejado, sin vestigio alguno de nubes.

Decidieron avanzar un par de kilómetros y se quedaron junto a tres rocas que, suponían, podrían fondearlos de presencia enemiga e incluso protegerlos de nuevas ventoleras. Allí dieron de comer y beber a los animales, que estaban exhaustos tras la larga marcha nocturna. Aprovecharon para armar las carpas con listones y aseguraron las lonas clavando estacas en la tierra. Romero pensó que la aridez y dureza de la superficie ayudaría en un posible azote de vientos. A eso del mediodía el calor se intensificó, y ambos se desprendieron de camisas y chaquetas para quedar a torso desnudo. Las pieles comenzaron pronto a tostarse otra vez, oscureciendo las carnes enrojecidas por la acción del sol de los días previos. Prendieron fuego junto a una de las rocas, buscando protección contra súbitos golpes de aire recio que fueran a amenazar las llamas. Prepararon lentejas, las cuales espesaron con un puñado de quínoa.

Una vez consumidas las raciones del almuerzo, ambos procedieron a realizar curaciones en las heridas provocadas en Pisagua. Cada quien se encargó de sus propias magulladuras, limpiando con agua y pisco las zonas erosionadas, luego las secaron con cuidadoso oficio para volver a cubrirlas con gasas y esparadrapo; lo hicieron en silencio, no se quejaron ni emitieron sonidos de dolor y al hacerlo parecía como si llevaran muchos años practicando la misma rutina, los movimientos exactos día a día, religiosa mímesis convertida en artesanía gracias a dicha imitación. Después se quedaron en silencio hasta que Graham habló. Tenía la vista perdida hacia el horizonte de montañas y piedra virgen.

—Esta es una tierra de criminales y mentirosos, Mañungo —dijo.

A las siete de la tarde ya estaba levantado el campamento y se sentían satisfechos, ellos y las bestias. Notaban las fuerzas de vuelta e incluso tenían ánimo para emprender la marcha nocturna. Romero pudo dormir a largos intervalos, pese a la temperatura del desierto. Para Graham, todos estos meses de reclusión nortina en la pampa le permitieron adaptarse al violento cambio que el clima experimentaba con el caer de la noche, materializado en la oscuridad envolvente de la camanchaca, que apenas dejaba traslucir la caótica luminosidad de las estrellas en el firmamento. Se preguntaba Romero si serían declarados desertores, con el peligro improbable de ser buscados por sus propios compañeros. Se respondía afirmando convencido que ningún oficial en su sano juicio perdería tiempo, recursos y hombres aptos para combatir, en la cacería de dos soldados ya no jóvenes. Antes de partir otra vez, aprovechando la última luz del día, Romero desplegó sobre su silla de montar el mapa transcrito de la mano de su hermano Armando, guardado con celo y protección hasta ese momento. Llamó a Graham y, sosteniendo el mapa abierto, le explicó hacia donde avanzaban. Romero indicó un símbolo dibujado al costado derecho del mapa:

Observando con atención y en silencio el trozo de extenso papel, Graham desplazó la vista a izquierda y derecha, como si buscara algún signo para interpretar algo perdido en su propia vida.

—Estamos a dos días, con sus noches, de marcha —dijo Romero.

Graham desvió la vista hacia su compañero y asintió en silencio. Romero observó el mapa y luego el entorno todavía caluroso y absoluto en su abarcadora totalidad y tras una última mirada, guardó el mapa y ambos montaron con agilidad sobre sus respectivas bestias. El desierto parecía infinito e idéntico a sí mismo, incluso en sus accidentes e irregularidades, las cuales se repetían una y otra vez, kilómetro a kilómetro, las mismas

143

rocas y desniveles y planicies e incluso las mismas ventoleras, prisioneras también de un ciclo enfermo, sádico en su capacidad para causar hastío en el testigo condenado a él; parecía una mutación exponencial, grotesca y maligna, obra de un demonio de alguna religión perdida ya de la memoria de los hombres pero que reverberaba en el abismo de sus corazones negros hacia el futuro incierto. La noche acentuaba la planicie sensorial de Romero, sentía ya no volver a recorrer los mismos espacios de la noche anterior, sino una inmovilidad total, como si el crepúsculo los transportara hacia un espacio neutro, sin corporalidad, más bien pura proyección intelectual, un lugar imposible cuya única posibilidad de existencia era la mente de ambos —pero no en una u otra mente, sino en un espacio mental anexo—, unión de ambas imaginaciones, una tercera mente que conjugaba las de Graham y Romero. El relincho de su caballo provocó un quiebre en las cavilaciones de Romero, quien tuvo susto de sus propios pensamientos. Dónde mierda me está llevando la cabeza, concha de su madre, no me huevee, carajo, con la cabeza de un fulano no se juega. Para arrancar de allí, de los recovecos sombríos y sin sentido de sus pensamientos, recordó las palabras de Graham en la mañana, una vez comidos y bebidos, antes de echarse a dormir. Graham dijo que el país era una tierra de criminales y mentirosos y después le contó la historia de su padre. Romero, a medida que Federico avanzaba en el relato, no podía saber si las palabras emocionaban o enfurecían a Graham; tal vez le provocaban una mezcolanza de estas y otras emociones.

Invocó la historia relatada por su compañero para espantar el vacío de la noche.

Eric Graham nació en el puerto de Liverpool, Inglaterra, en el barrio Royal Albert Dock, habitado por trabajadores portuarios y comerciantes empobrecidos. La madre de Eric se llamaba Linda Bloom y era una irlandesa pelirroja, oriunda de Dublín, que desempeñó diversos oficios y que vio morir a su padre y abuelo a manos de nacionalistas británicos. Los Bloom (padre e hijo tenían el mismo nombre: James) lucharon por la independencia de Irlanda en numerosas y fallidas intentonas, hasta que los fueron a buscar, premunidos de antorchas, garrotes y palos, y les dieron muerte frente a sus esposas, hijos, hijas y sirvientes, incluida, por supuesto, la pequeña Linda, quien contaba solo con cuatro años y seis meses. A ellas les perdonaron la vida, pero continuaron hostigándolas, hasta que las mujeres tuvieron que abandonar Irlanda —contra sus más profundos deseos y contra la lealtad a su tierra y a la fallida gesta de sus difuntos— para recalar en Liverpool, donde la madre de Linda pensaba seguir una carrera como cantante, bailarina y animadora de espectáculos de varieté, a sabiendas de las ofertas laborales que podría encontrar.

Linda creció aprendiendo los oficios de la madre e, incluso, demostró muy temprano un mayor talento, sobre todo en el canto. Tenía soberbia capacidad física para el baile y destreza para los golpes de puño y pies contra hombres y mujeres por igual. Su madre trabajaba en pubs, teatros y restoranes; a la edad de siete años Linda participaba tocando el acordeón, la guitarra y realizando coros. Emocionaba a la concurrencia cuando interpretaba canciones del folclore irlandés, algunos parroquianos se paraban a acompañar el canto, pinta de cerveza o corto de whisky en mano, mientras las lágrimas corrían por los rostros barbados, grasientos y arrugados. Seguían con sus voces roncas y con gritos de borrachos impenitentes las letras que exaltaban las bondades de la patria aquellos hombres alejados por la fuerza de la isla amada, vibraban los pechos y tiritaban los mentones al ritmo de violín, viola, banyo y contrabajo. A los diez se presentaba sola, así abarcaban más lugares y veían crecer las entradas de dinero, imprescindibles para la subsistencia de las tres.

A Eric Graham padre, Linda lo conoció a los quince años en un bar llamado The Drunk Walrus, donde realizaba presentaciones viernes y sábados. Eric padre era delgado, medía casi dos metros y tenía el rostro enjuto, de ojos hundidos, poblado por una barba hirsuta, de gruesos vellos que apuntaban en todas direcciones. La ausencia del brazo izquierdo, cercenado a la altura del codo, fue notada por Linda más tarde, cuando compartían sendos jarros de cerveza fría, sentados en una mesa del rincón, una vez terminada su presentación. Eric, con sencillez y sin asomo de ansiedad, se acercó al proscenio para invitarla. Esa noche, la misma que se conocieron, supo Linda que Eric trabajaba como marino mercante y que iba y volvía a través de medio mundo transportando toda clase de víveres y productos, desde lugares extremos e inhóspitos hasta enormes metrópolis donde hombres y mujeres enfebrecidos se agolpaban para adquirir en los puertos los objetos y alimentos, muchas veces desconocidos, que cargaban los barcos. El medio brazo faltante lo perdió en pleno mar Báltico, durante una tormenta que deformaba el entorno, provocando profundos pozos oscuros en el agua marina, a la vez que erigía montañas siniestras, llenas de curvaturas como sonrisas desdentadas que estuvieran mofándose de la nave hollada por la violenta adversidad del clima. Aquella noche sórdida, le contó Eric padre a Linda Bloom, mientras consumían pintas de cervezas y pan untado con una exquisita y fuerte pasta hecha a base de hígado de cordero y pimienta, que los hombres exhibieron sus máximas fuerzas para que el barco en el cual atravesaban el mar pudiera resistir esa agresividad manipulada por un Dios ávido de sangre y locura. Horas interminables de tapiar brechas en el casco, de mover carga e incluso botar para despejar la cubierta y también los espacios interiores, anegados de agua espumosa y fría. Eric manipulaba unas gruesas sogas húmedas para controlar mástiles y velas plegadas cuando un abrupto movimiento dispuso la nave en cuarenta grados a estribor. Nunca comprendió qué torsiones y giros se produjeron para que el antebrazo derecho fuera atrapado por las cuerdas, como una serpiente famélica que quisiera devorarlo. No recordaba cuánto tiempo colgó del brazo a gran altura, con los músculos desgarrados y los huesos quebrados, unida la extremidad solo por la piel curtida. Perdió el conocimiento y cuando despertó, el capitán, el médico y seis compañeros lo rodeaban y discutían qué hacer. El médico dijo que la posibilidad de recomponer el brazo era incierta y más probable, en un alto porcentaje, la infección e inminente gangrenado del brazo entero. Antes de amputárselo con una sierra dentada, le pusieron el gollete de una botella en la boca y le dieron de beber whisky, luego rociaron la herida con el mismo licor y volvieron a introducir el gollete en sus labios y entre todos los hombres afirmaron piernas, brazo y hombro; el capitán sostenía la botella, Eric tragaba whisky como agua y entonces el médico aserró el brazo antes del codo, y pese a la fuerza y destrezas empleadas, la acción fue lenta y el dolor experimentado dejó de ser una grotesca excepción y se convirtió en sensación sostenida, hasta que ese punto crítico y final de padecimiento anestesió la extremidad intervenida y Eric Graham traspasó el umbral de la tortura y solo esperó que el médico terminara de arrancarle el antebrazo y procediera a cauterizar la carne viva con un trozo de metal incandescente antes calentado en el brasero que dos hombres cargaron desde la cocina a la enfermería. Supuso él y sus compañeros que aquella nueva condición física iba no solo a mermar sus capacidades como marinero y estibador, sino a impedirle volver a trabajar en puerto alguno y en altamar. Tres días más tarde, cuando los hombres aún trabajaban en las reparaciones ocasionadas por la dura tempestad, Eric Graham se levantó y salió a cubierta. Le dijo a Linda Bloom que el aire marino, glacial y salobre, lo llenó de nuevos bríos y en ese mismo instante trepó por el mástil de popa con el lado manco haciendo presión para aliviar el esfuerzo del brazo izquierdo y comprendió que no tendría que abandonar la faena portuaria.

El capitán y sus compañeros, que lo conocían, respetaban y habían padecido, en el pasado, en diversos grados las consecuencias de su complejo carácter, decidieron no intervenir en aquel rápido e inesperado regreso a labores y continuaron la jornada haciendo esfuerzos por obviar la nueva condición de Graham, situación que se esforzaron en sostener cuando el médico salió a increpar a Eric y lo invitó a volver a reposo de inmediato, pronosticando una mala cicatrización del área amputada, la posibilidad segura de infección y, por ende, una nueva intervención con compromiso de otra parte de la extremidad. Graham descendió como un mono hábil y enloquecido, descolgándose a través de travesaños y velas y le respondió con absoluta calma al doctor que la única recuperación posible para él era el trabajo y que, si volvía a gritarle de esa manera, le iba a quebrar la quijada con un golpe que el buen doctor ni siquiera alcanzaría a vislumbrar.

Linda Bloom se había prometido, primero, jamás involucrarse con un inglés; segundo, nunca establecer lazos emotivos con un marino. Fueron aquellos preceptos fundamentales en su vida —guiaban sus movimientos y sus decisiones a costa de enormes pérdidas materiales y afectivas— los que, para ella, de manera inexplicable, postergó enamorándose de ese hombre barbudo, con la piel contusa producto del diurno sol y noches frías por igual, muchas piezas dentales faltantes, manco y descuidado en su aspecto, pero más aún, inglés y marino de largas ausencias. Se casaron bajo el rito católico por deseo de Linda y con el desinterés de Eric, quien nació en familia anglicana, pero en lo único que creía era en un Dios todopoderoso y protector, que le cobró medio brazo por sus múltiples pecados cometidos en tierra y mar, perdonándole la vida y dándole una nueva oportunidad, que él aprovechó para encauzar y traer un hijo al mundo, bautizado con el nombre de Eric Graham.

El pequeño Eric creció entre los barcos y el puerto y su hábitat fueron las calles sucias, los prostíbulos, pubs, cabarets y pequeños teatros de varieté del Royal Albert Dock, todos lugares de trabajo de su madre. Al padre lo veía por temporadas y estaba la mayor parte del tiempo al cuidado de la abuela, tísica y con problemas en las caderas, lo que le dificultaba el desplazamiento e impedía la actividad necesaria para cumplir con la vigilancia de Eric. El niño pronto entendió los códigos de la calle. Aprendió a pelear a punta de palizas y encerronas, donde era agredido con palos y piedras. Las ausencias del padre y el duro trabajo nocturno de Linda dejaron a merced de bandidos, estafadores y viejos piratas retirados la educación sentimental de Eric.

Al regreso de un viaje por Sudamérica, Eric padre volvió contagiado con sífilis, pero se declaró primero la enfermedad en Linda antes que en él. Fotofobia y una comezón sostenida en la nariz, fueron los primeros síntomas que manifestó ella. Eric padre tardó aún dos meses y pico en padecer creciente molestia al orinar, marcada por ardor, como si tuviera la uretra tapada por un trozo de excremento, decía, demorando minutos en expulsar algunas gotas que pronto se tiñeron con pus y sangre, acompañadas de una hediondez que, aseguraba Eric padre, persistía en su cabeza, incluso tras una profunda y concentrada ablución del bálano y resto del miembro.

La nariz de Linda fue desprendiéndose del hueso con ritmo acelerado, como una vela prendida demasiado tiempo en condiciones adversas; primero erosión de la capa superior de la piel, a continuación sangrado y úlceras protuberantes, incurables pese a los tratamientos aplicados por doctores y curanderas.

Eric padre no tuvo consecuencias físicas a primera vista, salvo cuando tenía que bajarse pantalones y calzoncillos para luchar por expulsar los orines que se acumulaban en su vejiga enferma. En todo momento llevaba en el bolsillo un trozo de palo cilíndrico para ponerse entre los dientes y poder aguantar la aflicción torturante provocada por el pene hinchado y purulento como la nariz de Linda, también desintegrándose en sendas costras infectadas que se desprendían, no para sanar sino para formarse otra vez, más grandes y gruesas, y a través del conducto pequeño y putrefacto casi no salía orina sino una espesa mezcolanza de sangre y pus, siempre más fétida, con cuotas de terrible dolor que empezaron a desmayarlo debido a los intentos inútiles por orinar.

Los primeros signos de demencia se manifestaron en Eric a través de sostenidos desvelos, noches agónicas de desesperación durante las cuales su mente descarriada construía paranoias diversas sobre personas no cercanas. Se obsesionó con Ignatius Boltansky, un judío rubicundo, con gruesos tirabuzones rubios que caían por su rostro como si quisieran delimitarlo y profundos ojos azules. Su padre, rabino y comerciante polaco, le heredó la carnicería *kosher* familiar, la cual Ignatius atendía con humildad y palabras de cariño a la mayoría de sus clientes. Eric padre suponía que Boltansky lo estafaba con el vuelto de las compras. Por supuesto, no tenía argumentos para acusarlo —nunca faltaba ni siquiera un céntimo—, pero la imaginación enfebrecida por la sífilis no necesita motivos para infectar los pensamientos del enfermo.

Linda Bloom perdió la nariz ocho meses después de contagiarse de su marido; la fotofobia siguió creciendo hasta imposibilitarle la visión durante el día. Tuvo que usar una prótesis para esconder la cauterizada ausencia nasal y, adherida a la nariz ficticia, un marco metálico de anteojos redondos con lente oscurecido, para proteger la retina consumida por la enfermedad.

Sumar y restar cifras sencillas se le hacía muy difícil a Eric padre. Quería suponer que la sífilis se iría sola, como un polizonte indeseado que se baja en el puerto siguiente. La culpa de la falla en la contabilidad, entonces, la atribuía a las malas artes del judío Boltansky, en lugar de a la demencia que lo empezaba a corroer.

La salud de Linda se deterioró con rapidez, como un pueblo indefenso, asediado por todas partes: pérdida parcial de la vista, sordera, y una neumonitis que la mató en tres semanas.

A esas alturas, Eric padre dormía entre dos y tres horas diarias y ya no se atrevía a emborracharse por temor a la cantidad de orina que produciría el alcohol ingerido. El pene de Graham padre estaba en carne viva; todo supuraciones, llagas y materia fétida en constante descomposición. Despegar la carne pútrida del glande de cualquier tipo de superficie demoraba varios minutos, un padecimiento persistente, lleno de pus, sangre y laceraciones permanentes. La muerte de su esposa no consiguió devolverlo a la cordura. Pasaba horas desvariando mientras mendigaba por calles sucias, aledañas al puerto. Cagaba en cualquier parte, lo mismo los alimentos consumidos: basura, carne descompuesta, pan agusanado. Sus antiguos compañeros de labores se compadecían y lo iban a dejar a casa, pero él ya no entendía razones, actuaba solo empujado por el viejo resplandor de lucidez que todavía seguía encendido en algún lugar de su consciencia. Esa llama frágil fulguraba con detonaciones oscuras, un fuego negro contaminado por los sedimentos de la enfermedad. Cuando volvía a vislumbrar los destellos lejanos de la lucidez, Graham padre recordaba los robos del judío Boltansky y, enfurecido por la ira, salía acelerado rumbo a la carnicería *kosher*, olvidando en el trayecto el destino y el motivo de tan acelerada marcha. Al final se echaba ahí donde el faro apagara su linterna.

Eric hijo se refugiaba en los cuidados a su abuela y en el aprendizaje de los recursos de la calle. Como su padre antes, el hábitat del jovencito fue el puerto junto a los cientos de bodegas en torno a él. El tiempo lo dedicaba a la estibación y al juego de naipes y dados, que aprendió observando a los antiguos colegas de su padre. Era fuerte para cargar y descargar, también exhibía habilidad con manos y dedos para el juego. Supo de la tragedia cuando participaba de una partida de cartas en un bar de la calle Gower. Era una tarde húmeda, con nubes grises y una leve llovizna. Un viejo cargador del puerto apodado Georgie Boy entró a los gritos para avisar que el manco Graham había llegado a la carnicería *kosher* del judío Boltansky y lo asesinó a machetazos, usando la misma herramienta de trabajo del muerto, el cual, entre la sorpresa y el horror, no fue capaz de agarrar nada para defenderse. A Eric padre lo encontró la Policía deambulando cerca del puerto, con la mano todavía sosteniendo el machete, en cuya hoja se apreciaban sangre fresca y jirones de la piel de Boltansky, todavía.

Cumplidos doce años, Eric Graham veló y enterró el cuerpo de su abuela y quedó solo en la casa destartalada y cochambrosa, la misma donde nació y creció. Los techos dejaban pasar goterones de agua en todas las habitaciones. Gracias a sus dos oficios pudo continuar con los gastos de arriendo y bebida, porque Eric hizo costumbre a temprana edad el alcohol a toda hora, suministrado sin excesos, pero de manera constante. La embriaguez le permitía disfrutar del día sin asomos de melancolía, aunque el demonio de la nostalgia lo visitaba a través de recuerdos cálidos y amorosos de su madre, su abuela y su padre manco. La resaca la evitaba iniciando a primera hora el ciclo del alcohol, regando el café con whisky y azúcar en cucharadas colmadas y brillantes. La suma conseguida del juego y el trabajo de estibador le brindaba los recursos para vivir con relativa tranquilidad. Frecuentaba la calle en las noches sin necesidad de delinquir, como tantos niños y adolescentes en el barrio.

La violencia fue la que torció su destino para empujarlo, después de largos y tortuosos años, a la naciente República de Chile, dijo Graham sobre su padre aquella tarde ardiente.

El joven Eric, contando quince años, era un reconocido jugador; por otra parte, su trabajo en el puerto le servía para estar en contacto con la fuerza bruta, con los trabajadores portuarios que se levantaban de madrugada, con el frío, la adversidad y el cansancio. Adquirió experiencia, destreza y carácter. Esta doble militancia le permitía a Eric hacerse respetar entre los estibadores, quienes lo consideraban inteligente y astuto; también se ganó el respeto de sus colegas en el juego, enterados de los contactos de Eric en el mundo portuario. ¿Sentía su padre dolor por tantas pérdidas tan joven? Federico Graham decía no tener una idea definitiva, pero la experiencia al alero de Eric, crecer bajo su crianza, lo convencieron de que no: su padre a los quince años tuvo un duelo fugaz y efectivo y vivía para sobrevivir y reunir el dinero suficiente que lo mantuviera lejos de la intemperie, de la mendicidad, del hambre y de la pobreza extrema; esas eran las prioridades que anestesiaban su corazón, pensaba el gringo.

El único lazo de verdadera amistad y cariño que tuvo Eric, afirmaba Federico, era el que tuvo con Manchuria.

A Manchuria lo conoció, como todo en el devenir oscuro y asfixiante de los hombres, gracias al azar. El azar de la noche y de la vida disipada para la cual trabajaba como un proveedor de los vicios de hombres de poca y mucha fortuna. Antes se encontró con disturbios de todo tipo, pero siempre tuvo la precaución de no intervenir. Esa madrugada Eric Graham sintió los pasos acelerados de las botas contra los adoquines húmedos y después la presencia de un cuerpo enjuto. Vio de reojo la forma cubierta con un capote y un *ushanka* en la cabeza que pasó a su lado, rauda, y luego trastabilló, girando finalmente hacia el interior de un callejón maloliente, regado de cabezas y esqueletos de pescado en descomposición. Segundos más tarde dos siluetas grises, robustas y altas, premunidas de sendos chaquetones gruesos marinos, pasaron corriendo por el lado de Eric; uno chocó contra él, desestabilizándolo y provocando que se fuera a piso. Los persecutores doblaron por el mismo callejón donde antes se internó la figura de capote y *ushanka*. Eric se puso de pie y se adentró hacia el callejón movido por la intriga de lo que acababa de ver y experimentar como un actor forzado. Tenía las manos pegajosas por culpa de una sustancia gelatinosa que cubría el suelo de adoquines. Se limpió las palmas en la ropa y aquel caldo desconocido y pútrido lo enfureció. El callejón no tenía contornos ni límites, era todo negrura y sobre el fondo imperceptible aparecieron otros tonos de oscuridad espesa, inquietante, ominosa. La pestilencia aturdió sus sentidos, a la vez que lo empujó a aguzar la vista para distinguir los tres bultos que se movían en el fondo sin fin del callejón. Dos voces casi idénticas blasfemaban y amenazaban en inglés, sórdido dicterio expresado a gritos; en contraposición, exclamaciones de pavor en una lengua extraña, desconocida para Graham, un llamado desesperado que Eric respondió movido por un impulso nuevo e irreconocible. Buscó con rapidez y a tientas, de rodillas en el barro, hasta encontrar un tubo de metal de un metro y pico de largo, pesado para ese tamaño, el cual apretó con fuerza entre sus manos. Avanzó hacia los bultos erguidos y amenazantes. Con precisión asestó golpes en cabeza y rostro. Cuando los bultos se desplomaron, se aseguró de dejarlos inconscientes con más golpes de fierro, hasta que el cansancio de los brazos agarrotados y la falta de aire lo obligaron a detener la arremetida. El hombre del capote y el *ushanka* se levantó y volvió a piso para ponerse en cuclillas junto a uno de sus agresores, hurgó con la mano en un bolsillo y recuperó un pequeño morral de cuero con tres monedas de oro y un reloj —el contenido lo conocería más tarde Eric, intentando comunicarse con el desconocido al que acababa de salvar—. La oscuridad, descubrió Eric, adquiría otras texturas una vez el ojo se acostumbraba a esa breve normalidad de tinieblas. Pudo percibir la silueta de la víctima a salvo, de rodillas aún, con la cabeza de tamaño sobrenatural, efecto del *ushanka*. Las manos frías y rugosas del desconocido agarraron las suyas, apretándolas y luego besándolas con labios partidos y lágrimas, hasta que Eric se asustó al escuchar el estertor de uno de los agresores, e invitó al desconocido —cuya gratitud se estaba volviendo incómoda y peligrosa para ambos— a abandonar el callejón y alejarse hacia la calle iluminada con faroles de queroseno. Por puro instinto, corrieron aterrados hasta la casa de Eric, donde descubrió que el hombre a quien había salvado momentos antes era un chino con rasgos mongoles, que no hablaba una sílaba de inglés y en cambio se expresaba con ruidos, salvo la palabra Manchuria, la cual era repetida a intervalos irregulares. Al comienzo no entendía tampoco Eric esta acelerada pronunciación, hasta que el chino fue capaz de expresar un *thanks you* a tropezones, aunque lo más pronunciado era Manchuria, Manchuria, Manchuria, muchas veces Manchuria, hasta que la sonoridad de la palabra era evidente, como evidente era el desconocimiento del idioma inglés del chino, al cual Eric decidió bautizar Manchuria.

Pensaba Federico Graham que Manchuria representó, para él, la única conexión real con su padre, dijo. A esa altura del relato todavía Romero no podía imaginarse cómo llegó Eric Graham a Chile, qué entuertos y tesituras del destino lo llevaron a ese rincón lejano y escondido del mundo. La temperatura subía y provocaba una vibración magnética sobre la arena ardiente y el deseo de Romero era palpar otra vez todo el frío húmedo que impregnaba la historia del padre de Graham. Manchuria se convirtió en el compañero inseparable y leal de Eric. Tenían un vínculo estrecho que ninguno de los dos se cuestionaba; lo vivían como experiencia sensible y como certeza inequívoca, continuó Graham. Al día siguiente de haberse conocido, averiguó Eric Graham que la noche previa había asesinado a golpes a dos delincuentes de poca monta, cuya especialidad era asaltar extranjeros y trabajadores llegados de otras latitudes. La noticia estaba en todos los periódicos de Liverpool y era comentada en tabernas y cocinerías del puerto. Más de algún marino conocía a los muertos. Nadie tuvo palabras amables —ni menos elogiosas— para ellos. Esto alivió la conciencia de Eric y le permitió seguir adelante y archivar en un lugar remoto de su memoria el recuerdo de las dos primeras muertes con las que se ensució las manos.

A los veinte años Graham comenzó a ampliar su negocio hacia la exportación de materias primas producidas en las colonias inglesas. Su primera incursión fue en la isla de Trinidad, donde el imperio arrasó durante décadas la flora autóctona para plantar algodón. Emprendedor de espíritu inquieto y olfato agudo, Eric decidió sumarse a la aventura propuesta por un empresario llamado Michael Wilson, dueño, entre otras cosas, de un restorán donde se realizaban partidas de cartas. Wilson contactó a Eric porque necesitaba amplificar su capital para la adquisición de una carabela y la contratación de una tripulación compuesta por un mínimo de treinta y cinco hombres. Nada entendía de exportación e importación Graham, pero sí tenía intuición para los negocios y el dinero; a su favor estaba la necesidad de Wilson de contar con el capital de Eric. La única condición que puso el padre de Federico fue participar en compañía de Manchuria; deseaba aprender en terreno el oficio, saber en qué iba a invertir su dinero, también cuidar el capital suyo y de Wilson, le aseguró al empresario. Ese viaje, sin notables contratiempos, lo tuvo nueve meses fuera de Liverpool y fue, además de una primera experiencia marítima, el primer contacto con el tráfico de personas, indios nacidos en Trinidad, para ser precisos, le aclaró Federico a Romero. Patrick McCarthy, poseedor de ochocientas hectáreas plantadas con campos de algodón y seda, contacto de Wilson para aquel primer negocio, le reveló a Graham la posesión de cien indios fuertes, sanos y jóvenes, hombres y mujeres en edad fértil, quienes podrían hacer crecer la inversión de forma exponencial, pero necesitaba sacarlos de la isla cuanto antes por amenazas que no quiso precisar. Una vez concluida la cena en la casona del anfitrión, Eric fue conducido a su habitación, donde una joven negra lo lavó con agua tibia y efusiones de hierba, para luego secarlo, hacer el amor con él y dormir sobre su pecho, mientras Graham le daba vueltas a la propuesta de McCarthy. Los indios fueron llevados al barco y dispuestos en el mismo compartimento de los animales, en pequeños catres de madera astillada, fabricados unos sobre otros a no más de treinta centímetros de distancia entre sí; fue este cálculo el máximo espacio del que pudieron disponer los noventa y ocho mujeres y hombres que viajaron a España bajo la custodia de Eric Graham. En Cádiz, siguiendo las órdenes de McCarthy, los indios fueron entregados a un comerciante de humanos llamado Iván de los Ríos, quien revisó en persona a cada uno antes de aceptar la entrega por parte de Eric. La calva límpida de Iván de los Ríos brillaba al sol, blanca y diáfana pese a haber estado horas bajo la lumbre agresiva de mediodía. Quiso también De los Ríos revisar el barco y luego expresó total admiración por las cómodas condiciones y la astuta optimización del espacio destinado a los "productos sanguíneos", aseguró a Graham el tratante.

Iván de los Ríos se transformó en el principal comprador de las personas vendidas por Graham. El calvo, de tupida barba entrecana, era una fuente inagotable de demanda y pronto Graham tuvo que idear, junto a Mike Wilson (seguía siendo su socio en este nuevo y generoso emprendimiento), dónde conseguir la materia prima exigida por De los Ríos. No me importa que sean indios, negros, esquimales o mulatos, siempre que sean jóvenes, fuertes, dentados y que sigan siendo transportados en las felices condiciones en las cuales los mantiene usted, Eric, le dijo el español.

Fue Manchuria quien indicó un país africano, casi escondido en el viejo y ajado mapa general de navegación que guiaba a la corbeta *Linda Bloom*. Eric confió en el juicio de Manchuria aun sin escuchar motivos, así era la confianza ciega que profesaba Graham a su amigo, y por eso defendió frente a Mike Wilson el proyecto de un viaje de exploración a Mozambique, el territorio que Manchuria indicó insistente, casi con obsesión en el mapa resquebrajado que colgaba en la pared de la sala de navegación.

En aquella tierra lejana y desconocida, Eric Graham abasteció sus naves marinas con negros oriundos, todos engañados con ofertas de fugaces trabajos en altamar a excelentes pagos, algunos tan solo abducidos de sus aldeas, llevados inconscientes con golpe de porra o mazo en la cabeza, encadenados de pies y manos, avanzando hacia destinos que para ellos eran otro planeta. Muchos fueron enviados, por acuerdo entre Iván de los Ríos y Eric Graham, a diversos puntos de la colonia americana de España. Los virreinatos del Perú y del Río de la Plata fueron los que más "productos sanguíneos" recibieron. Era un negocio próspero e inagotable, fuente de trabajo que procuró fortuna a Eric, pero también demandó grandes sacrificios, viajes prolongados y siempre, en algún punto, conflictos de toda índole. A ratos pensaba Graham que Dios escupía sobre ellos tormentas malignas o, como si tomara prestados del infierno, les hacía aparecer súcubos y demonios caracterizados como atracadores, piratas leprosos a quienes se les había concedido por franquicia representar en la tierra la ira del Señor. Graham se preguntaba: ¿Por qué a mí? ¿Qué he hecho yo si solo soy un comerciante honesto, que se gana la vida con enorme esfuerzo, con trabajo duro, encargándome de brindar el sustento a mis hombres, para que puedan alimentar a sus familias y también darles la posibilidad a esos, a estas alturas, miles de hombres y mujeres negros e indios, para cambiar una vida monocorde y polvorienta por aventuras en lugares que nunca ellos podrían siquiera imaginar conocer? Las preguntas, por supuesto, le dijo Federico Graham a Manuel Romero, nunca obtenían respuestas.

En 1805 Eric Graham entró en contacto permanente con doña Martina de los Ríos, hermana mayor de su socio comercial y viuda de un magnate español que había hecho fortuna en el virreinato del Perú, del cual tuvo que salir para instalarse en Buenos Aires. Allí falleció aquejado de gota, paralítico y con serias afecciones cardíacas a la edad de sesenta y cinco años. La muerte del marido ocurrió en el cambio de siglo y para 1805 Martina tenía sesenta y siete, sufría de una calvicie a medias que la obligaba a usar pelucas y le quedaban solo dos piezas dentales, un par de solitarias muelas cariadas, incrustadas en el costado derecho de la encía inferior y que le causaban más disgusto que facilidad para triturar los alimentos. Decía Martina, en broma, que su marido le había heredado, junto con su fortuna, la gota infame que llegaba a inflamarle las pantorrillas al doble de su anchura.

Eric tuvo trato con doña Martina cuando el esposo aún estaba con vida y seguía enriqueciéndose como agente de la Corona. Una noche de juego en casa de un hacendado portugués, Eric hizo gala de su antigua habilidad con las cartas, llamando la atención del matrimonio de españoles. Tiempo después doña Martina lo reconocería sin problemas, recordando incluso la pinta y el número de las cartas con las cuales Eric, aquella noche en el virreinato del Perú, timó a los presentes.

El reencuentro en Buenos Aires lo coordinó Iván de los Ríos. El objetivo era establecer en el virreinato de la Plata una sede comercial fija, requerida con urgencia por la alta demanda de mano de obra en la zona. El proyecto abarcaba también el reino de Chile. Querían evitar el complejo y siempre amenazante Cabo de Hornos y destinar a Santiago, a través del cruce de la cordillera, a los hombres y mujeres abducidos desde África y evitar así la travesía de largas semanas hasta Valparaíso. En el mar austral, descontando los accidentes por tormentas y marejadas descomunales, el frío enfermaba a los hombres, provocándoles tos con desgarros sangrantes y luego la muerte, es decir, pérdida de capital, de capital humano, como gustaba de llamarlo Eric; se veían obligados a lanzar por la borda los cadáveres, sin responso alguno, reflexionaba Federico, tratando de comprender la mente de su padre en aquellos años de formación humana y comercial.

En Buenos Aires, descubrió pronto Eric que podría ahorrarse los significativos gastos de alojamiento, alimentación y, el más importante de todos, el de la diversión, gracias a doña Martina. Los ingleses en el virreinato de la Plata eran queridos y despreciados a partes iguales. Para nadie eran desconocidas las reiteradas intentonas de conquista en territorio español de América, que anhelaba el Imperio británico. Previo a la declaración de guerra entre Inglaterra y España, el ambiente en Buenos Aires estaba teñido de una crispada calma, como si cualquier hombre en la calle guardara bajo el capote un arma y solo fuera necesaria una pequeña elevación en el tono de la voz para desatar el derramamiento de sangre. Los meses previos al conflicto bélico, Graham no tuvo empacho en mostrarse en público junto a doña Martina. Su plan a futuro empezó a sembrarlo con sutileza e inteligencia, todo bajo una pátina de simpatía, de alegría, de persistente juerga en casa de doña Martina, donde asistían los más potentados y notables porteños, además de los ingleses residentes en el virreinato. Eric se esforzaba en exacerbar el crudo alcoholismo de la anciana. Al perder el conocimiento con las borracheras —casi siempre plenas de excesos y episodios de violencia de Martina—, Eric se veía liberado de las responsabilidades amatorias; como hombre de esfuerzo e inescrupuloso, no tenía problemas en acostarse con quien fuera, pero doña Martina estaba en el límite de su tolerancia. El problema para Graham eran los celos —exacerbados con la edad, pensaba el británico— de su vieja concubina; veía hasta en la mujercita que alimentaba a los chanchos —tullida, tuerta y subnormal desde el nacimiento— una potencial amante para Graham. Manchuria lo prevenía y aconsejaba para que los amoríos fugaces con sirvientas y muchachitas fueran realizados con la más absoluta discreción.

La primera invasión inglesa encontró a Graham lejos del Río de la Plata, en un dilatado y accidentado viaje a Mozambique, donde los tratantes ingleses fueron recibidos con hostilidades y se vieron obligados a raptar y secuestrar negros e indígenas en diversos puntos del continente africano, escaramuzas peligrosas, en las cuales falleció por herida de bala, en tierra, el viejo José Hernández, gaucho contratado por Graham en Santa Fe y uno de los mejores hombres de su tripulación. Cumplieron con el encargo solicitado por Iván de los Ríos en España, pero el regreso a Buenos Aires fue tenso; aunque españoles y porteños ya habían expulsado a los ingleses que intentaron tomar la capital, los ánimos hacia los invasores eran agrios. Los batallones y la flota resistida, luego de la fallida intentona, tomaron posesión de Montevideo, ciudad puerto que no pudo refrendar el asedio y al año siguiente, cuando la Corona británica lanzó un nuevo ataque sobre Buenos Aires, Graham, Manchuria y doña Martina, abierta simpatizante de los ingleses —calificada (con justa razón) por sus compatriotas como traidora y merecedora de un castigo a la altura de tamaña falta ética y moral—, experimentaron momentos adversos, solo superados en gravedad por lo que vivirían en el transcurso del siguiente año, en plena cordillera.

Eric Graham planificó el golpe meses antes, cuando el escenario político se dibujaba inestable, peligroso, tétrico. El cofre con joyas y monedas de oro y plata que Martina de los Ríos guardaba bajo llave en un estante secreto, oculto en su estudio tras un óleo inspirado en ella a los treinta años sobre un semental árabe de pelo colorado, lo descubrió Graham una noche de excesos, cuando Martina perdió el equilibrio y su cuerpo grueso y encorvado dio un fuerte azote contra el muro, provocando que el retrato se deslizara por la pared y dejara al descubierto la pequeña puerta, hasta ese entonces desconocida para el amante. Con premura, Graham volvió a su posición original el cuadro, guiándose por las marcas opacas del muro, cuya distancia tonal sobre la pintura del resto de la pared dejaba en evidencia que doña Martina de los Ríos no había accedido largo tiempo al compartimento secreto.

Ayudado por Fernández, mayordomo de la casa, arrastraron el cuerpo inerte hasta su habitación, donde Graham le sacó la ropa y la peluca, y dejó reposando la dentadura postiza en un vaso con agua. Esperó paciente hasta las tres de la madrugada para ir hasta el estudio, volver a remover el retrato, probar una a una las llaves que guardaba con celo y precaución Martina en su velador, hasta dar con la correcta y descubrir el cofre, y dentro joyas y monedas de oro y plata, los mismos que sustrajo en el futuro amanecer frío del escape.

El aire estaba impregnado de olor a pólvora, a madera calcinada, y también a cuerpos en creciente descomposición. El día anterior, los ingleses había lanzado un contundente ataque sobre el puerto. La resistencia porteña fue fiera; hombres y mujeres, armas en manos, combatieron el asedio británico e incluso el fuego de granadas lanzado, incansable, desde los barcos apostados en el puerto. Los fogonazos se sucedieron toda la jornada, reventando segundos después en diversos puntos de la zona costera. Cayeron casas y edificios reales, hombres fueron destruidos y algunos sobrevivientes gritaban con extremidades mutiladas, arrancadas de cuajo por los proyectiles. La casa de doña Martina fue apedreada y afuera quemaron un muñeco con uniforme del Ejército inglés. La situación era crítica y peligrosa para todos quienes moraban allí. Eric Graham le ordenó a Manchuria que preparara, con suma discreción, los equipajes. Procuró dar a beber en abundancia a Martina, whisky, fernet y aguardiente chileno, con el fin de calmar los nervios, le aseguraba, sumando rodajas de naranja y limón, espolvoreados con canela o clavo de olor molido, hojas de menta para un toque iconoclasta a los vasos de licor. A las diez de la noche, tras haberse vomitado encima de sus ropas, Fernández y Eric arrastraron a Martina de los Ríos hasta su cama. A esa hora aún sonaban en la ciudad cañonazos aislados, gritos y suelas sobre los adoquines en carrera hacia el puerto.

Los caballos los compró, dos semanas antes, en el límite sur poniente de la ciudad a un viejo herrero de apellido Sáez y pagó un monto extra para que le guardara los dos sementales y una mula con provisiones suficientes para llegar a Chile. El cofre con joyas y monedas fue lo último que sacó Graham de la casa de Martina de los Ríos, el cuadro lo posicionó con milimétrica exactitud, al igual que el manojo de llaves devuelto al cajón de la mujer. Fernández, palmatoria y vela en mano, prevenido por el ajetreo provocado por el movimiento de los equipajes, bajó a ver qué estaba pasando en el hall. Se quedó paralizado y en silencio frente a Graham y a su compañero chino, intuyendo, supuso Eric, lo que estaba ocurriendo, pero indeciso sobre el actuar que le correspondía. Eric se acercó a él, le dio un abrazo y le entregó una moneda de oro de diez centímetros de diámetro y un pequeño diamante, todavía sin pulir. Que Dios lo proteja y lo acompañe siempre, le dijo al mayordomo y salió junto a Manchuria hacia la noche americana, con aroma a leños abrasivos y que no era otra cosa que Buenos Aires en llamas.

Contra lo que esperaban, la primera parte del camino la hicieron en inusitada calma, vivaqueando en terreno abierto por las noches. Encontraron en varios puntos agua y abundante pasto para los animales. Desde Buenos Aires, siguieron en línea recta hacia San Rafael, sin grandes accidentes en el escenario natural. Se cruzaron con indios que arreaban reses y con gauchos de poncho, guitarra en mano alrededor de fogatas, bocas chupando eternos mates, teteras ennegrecidas sobre las brasas, el facón en su vaina, reposando al costado de la cadera. Vieron el espectáculo irreal de un gaucho grueso y bajo lacear una liebre con boleadoras a más de treinta metros de distancia.

Los hombres de allí se mimetizaban con el decorado natural.

Se cruzaron con un trío de indios a caballo en la distancia, cortando la perfección del horizonte soleado como figuras de papel dispuestas por un dios irreverente. El paisaje alternaba pequeñas chumberas que parecían formadas en fila para delimitar el camino, graciosas y humildes en su actitud servicial, con largas extensiones de tierra y roqueríos. En San Rafael, donde alojaron una noche en una pequeña hostería, propiedad de un vasco de lustrosos y abultados bigotes, compraron provisiones, gruesos ponchos y botas de cuero de vaca para el cruce de la cordillera. Siguieron camino directo hacia un pueblo pequeño y fantasmal llamado Bardas Blancas, que fue la última localidad del virreinato de la Plata donde Graham y Manchuria estuvieron en sus vidas.

El cruce por la cordillera fue muchísimo más accidentado de lo que ambos esperaban. A medida que ascendían, la nieve se espesaba, desdibujando la ruta. Después ya no hubo rocas ni camino ni gargantas de azufre, sino una extensa y uniforme continuidad diáfana, toda blancura que, al desgraciado contacto con el sol matutino, los deslumbraba hasta la ceguera. Pronto comprendieron que estaban en serio peligro de perder la vista. Los brillos inmateriales se grababan en lo ojos por largos segundos, destellando en la negrura de los párpados cerrados. Avanzaban pocos metros durante el día, se cubrían los ojos con pañuelos o jirones gruesos; también previeron proteger a las bestias de la ceguera, cubriendo las enormes cabezas con mantas gruesas. El tránsito por la montaña se hizo lento y tedioso. Dormían bajo campamentos escuálidos, apenas cubiertos por mantas. Redujeron el consumo de las provisiones al máximo de sus capacidades. Luchaban por producir fuego en esas condiciones adversas, donde la lluvia y la nieve mantenían en constante humedad los pocos leños que podían recolectar. Manchuria sufrió el congelamiento del pie derecho, rescatado de las garras de hielo gracias a las manos de Eric, generosas e incansables en la frotación y los golpes de sus dedos y palmas contra aquella zona verdosa y azulada que contaminó el pie, tobillo y parte de la pantorrilla. Dos días se esforzó, sin dormir siquiera Graham, para salvar el pie de Manchuria hasta que, con exasperante lentitud, la piel fue cediendo y abandonado ese aterrador tono grisáceo para volver a exhibir la palidez característica. Cuando movió el dedo pulgar, Graham supo que su persistente atención había funcionado.

Nunca supieron con claridad, ni Graham ni Manchuria, cuánto tiempo les tomó atravesar la cordillera de los Andes durante ese tiempo de brutales condiciones climáticas. El puesto de vigilancia en la frontera con el reino de Chile era custodiado por dos soldados del Ejército Real, que recibieron monedas de oro a modo de soborno para dejar pasar a esos hombres extranjeros que no traían importación de producto o materia prima a la vista.

Las monedas pagaron la entrada a Chile, además de un mapa e información de las localidades próximas —San Clemente y Talca—, junto con alimentos frescos y provisión de charqui y galletas en abundancia. Pese a que el cruce presentaba las mismas condiciones de nevazón, ventoleras y frío bajo cero que la cordillera hacia el virreinato de la Plata, Graham se sentía en terreno seguro, lejos de todo lo ocurrido durante los últimos años, libre de doña Martina, de la guerra, de las largas travesías marítimas y de las negociaciones con De los Ríos y sus otros socios comerciales.

Contra la ilusión de la nueva tierra por conquistar, los problemas no terminaron con la montaña.

Cuarenta kilómetros aproximados antes de arribar a San Clemente, cuando la nieve se hacía menos espesa y ya no cubría todas las superficies sino algunas paredes rocosas, el caballo de Graham se encabritó al acecho de una culebra y tras botar al jinete y cocear, trastabilló y cayó por una pendiente en el camino, como tragado por una fuerza invisible, hasta dar contra un pedregal en la orilla de un riachuelo. Antes de sacrificarlo con un balazo en la cabeza, Graham se despidió del animal, llorando abrazado a su grueso cuello peludo. Nunca antes sintió tanto cariño y apego por bestia alguna; pensaba que la sordidez del viaje cordillerano y la iniquidad que la naturaleza ejercía allí arriba lo unieron al caballo con esa intensidad emotiva. El equipaje y las provisiones que traían sobre la mula tuvieron que repartirla entre esta y el caballo de Manchuria. El camino les brindó lluvias, barriales, granizos, pero ninguna pérdida significativa más, salvo la moral de ambos viajeros, mermada tras tantas exigencias en el dilatado peregrinaje desde el Atlántico.

En San Clemente, pueblo minúsculo emplazado en el valle, generoso en viñas, membrillares y manzanos, se quedaron alojando por dos meses, con la intención de recobrar fuerzas y planificar los próximos pasos en Chile. El extraño dúo fue mirado con ojos de sospecha, donde, en general, los únicos forasteros eran quienes transportaban numerosas mulas cargadas con todo tipo de mercadería a fin de ser comercializada en esta parte de la colonia, o llevada hasta Santiago o Valparaíso; jamás un rucio y un chino juntos. Corrieron toda clase de rumores, los más extendidos, desde los que los sindicaban como asesinos a sueldo hasta naturalistas venidos de un rincón del mundo salvaje y mítico aún.

Dos meses más tarde, continuaba su relato Federico Graham a Romero, su padre Eric y Manchuria partían hacia Talca, donde Graham compró un fundo cuyo mayor atractivo era la casa patronal que antes perteneció a un criollo muerto en duelo de honor por defender a una dama que ni siquiera correspondía a sus incesantes y frustrados intentos de conquista. La vida del campo aburría a Eric, pero deseaba hacerlo funcionar para que fuera un refugio en caso de volver a peligrar su vida y su fortuna. Bajo la administración suya y de Manchuria, las tierras comenzaron a producir en abundancia. Mientras, ambos amigos viajaron a Valparaíso para volver a activar el negocio de la trata de personas. Esta vez Eric no deseaba embarcarse; contrató los servicios de un abogado de apellido Riquelme para que velara por sus intereses y se hiciera cargo del negocio.

El oro, las joyas y piedras preciosas robadas a doña Martina de los Ríos le aseguraron un pasar no solo digno y holgado, sino la riqueza misma, pero Eric conocía demasiado bien la tragedia de la miseria y la calle desnuda como para no querer producir más, alejando de sí la amenaza de la pobreza. En 1810, cuando los enfrentamientos entre la Corona y los independentistas llegaron a punto final con la realización del Cabildo que iba a preceder a la independencia de Chile, Eric Graham se casó con una señorita ocho años menor, hija de un poderoso simpatizante independentista. Se llamaba Isabel de la Torre y fue su esposa por veinte años, hasta que una enfermedad al hígado la mató con terribles dolores que duraron un mes completo. A esas alturas, los Graham de la Torre estaban instalados en Santiago hacía años y Eric no solo contaba con una fortuna crecida y cuantiosa, también sus nexos con el poder se afianzaron, fue amigo y después uno de los más férreos adversarios de Diego Portales; Federico pensaba que su padre había sido parte de los conspiradores en el asesinato del ministro chileno, aunque solo contaba con suposiciones y ninguna prueba. Pese a la beligerancia contra Portales, Eric apoyó la guerra contra la Confederación con generoso capital y provisiones de harina y fruta seca producida en su campo talquino.

En 1841, cuando su esposa Isabel llevaba muerta un año y Chile era el país vencedor frente a la Confederación Perú-Boliviana, Eric, de setenta y cuatro, desposó en segundas nupcias a una joven en extremo delgada, hermosa, de vivaz sonrisa, llamada Josefina Gana, de veintidós años de edad y miembro de una de las familias más distinguidas de la élite santiaguina, empobrecida por diversos conflictos legales y por las malas inversiones del patriarca, don Felipe Gana, quien además del vicio del juego tenía debilidad por la bebida y el opio.

Al nacer Federico Graham Gana, Eric contaba con setenta y cinco años y todavía era un hombre fuerte, ágil y lúcido; usaba bastón por motivos estéticos —para inspirar respeto a sus interlocutores; para destrabar el puñal escondido en la empuñadura frente a alguna amenaza inesperada; para los momentos de cansancio—. Concebir un hijo a su edad fue uno de sus últimos orgullos, se jactaba entre sus amistades y en los círculos sociales que frecuentaba, que podía continuar germinando a damas fértiles sin dificultad, gracias a su condición de semental y potente macho, por lo menos dos o tres al día, y solo una si estaba cansado.

La relación con Josefina era distante y esquiva por intención de ambos. Cenaban sentados en los extremos de la mesa, en silencio, atendidos por los criados y criadas, quienes se encargaban de poner a disposición de los patrones lo necesario, evitando así cualquier intercambio de palabras entre el matrimonio. Eric pasaba largas temporadas en viaje de negocios en Valparaíso, recorría zonas del país como posibles prospectos de explotación (Calama, La Serena, Valdivia, Chiloé, tantos más como sus asesores vislumbraran), visitaba seguido el fundo de Talca; allí gustaba de invitar amigos y posibles socios comerciales por semanas enteras, donde comían y tomaban a destajo, y eran atendidos por las putas de doña Natalia Jaramillo, cabrona y dueña de la casa de niñas más prestigiosa de Talca. Salían a cazar conejos y realizaban travesías hacia Vilches, más arriba de San Clemente, donde Graham pensaba comprar tierras. Vivaqueaban al aire libre; en las noches estrelladas y frías, en torno a una fogata, Eric narraba a sus acompañantes cómo había atravesado, en compañía de Manchuria, la cordillera a esa altura del país. Durante los periodos de campamento en Vilches y la precordillera, sentían el espinazo helado más allá de toda razón, un soplo entumido constante en la nuca, unos ojos invisibles que los observaban desde un lugar imposible.

Federico creció al cuidado amoroso de su madre, quien lo llenaba de mimos. Le enseñó la práctica del ajedrez a los cuatro años; en cosa de meses Federico no solo la derrotaba a ella, también a sus tíos, abuelos y a los amigos de la familia dispuestos a enfrentarse para perder con total seguridad. El ajedrez fue el paso natural de Graham para el desarrollo de las matemáticas, que lo obsesionaron. Era capaz de encerrarse durante horas a descifrar las fórmulas de los libros de álgebra heredados por Josefina. El niño Federico navegaba entre los signos y las cifras sin guía alguna, avanzando entre las páginas mientras anotaba y borraba, llenando sendos cuadernos con lápiz grafito y goma utilizada para reubicar las fórmulas con mayor armonía en la página y rara vez por error.

Aprendió también partidas, tácticas, estrategias, defensas, asedios finales y toda clase de ingenios, medios y avanzados, del ajedrez, secuestrando piezas en esas guerras imaginarias como un dios minúsculo y justo, provocando él solo los enfrentamientos de los ejércitos blanco y negro entregados al campo de batalla del tablero, el cual decidía el destino de esas gentes metafóricas.

Si la relación entre Josefina y Federico fue creciendo y estrechando en amor, complicidad e intensidad —el espíritu de mi madre me permite seguir con vida, porque ese espíritu, que es pura luz, me acompaña todavía, tal vez no por mucho tiempo más, precisó Graham a Romero, pero ahora está conmigo, y mientras siga en mí, sobre mí, mi santa madre, yo voy a vivir—, el padre veía con distancia a ese crío demasiado pálido y blando, tan parecido a él en la temprana infancia y a la vez tan distinto a lo que fue Eric tras la muerte de sus padres, en los lejanos años británicos. Le molestaba la excesiva intelectualidad que desarrollaba Federico, los mimos de Josefina, la falta de carácter que parecía tener el niño. Por su edad y la complejidad de los nuevos tiempos, se sentía sin fuerzas para intervenir. Los años, los viajes extremos y dilatados por tierra y altamar, todos los hechos de ese pasado atroz que le procuró fortuna, debilitaron su cuerpo y endurecieron su temperamento hasta la inflexión, como el fósil de un insecto milenario atrapado en la piedra del tiempo. Ese hastío con su propia existencia fue el culpable de que Eric permitiera que el carácter de su hijo fuera forjado por su joven mujer. Contra la poderosa influencia de la madre, aprovechaba cualquier oportunidad para que el niño observara cómo debía actuar un hombre en circunstancias determinadas. Golpear la mesa en un restorán, levantar la voz, ponerse de pie ante la amenaza de una afrenta, aunque el contendor fuera joven y fuerte.

Le enseñó a cabalgar en el fundo de Talca.

Desafió a un peón gañán con fama de atracador de caminos (era cierto) a un duelo con rebenque. Federico vio a su padre y al desconocido cabalgar, uno contra otro, y detenerse frente a frente, en un baile de caballos confusos, a chicotazo incansable, hasta que ambos se detuvieron y se estrecharon las manos y Eric después le pasó monedas y Federico recordaba los moretones y rasguños de chicote en los rostros, brazos y cuellos de su padre y del ladrón.

Otro episodio quedaría grabado en los recuerdos de Federico y aparecería en sueños o con la forma de una imagen involuntaria en los instantes de adversidad. Eric llevó a Josefina y a Federico a cenar a un restorán de dueños franceses, donde replicaban los platos característicos de su país. El restorán estaba en calle Ahumada y era frecuentado por los potentados de la capital y los más distinguidos inmigrantes franceses residentes en Chile. En una mesa próxima, dos jóvenes de aproximados veinticinco años, robustos, barbudos, joviales y ebrios, no perdieron tiempo en agobiar con miradas lascivas a Josefina, a la vez que cuchicheaban, entre risitas, observando de reojo a Eric. Por favor, no los tome en cuenta, qué importan, están borrachos, le dijo Josefina a su marido. Eric no respondió; Federico, cabizbajo y nervioso, observaba a su padre a modo de evasión del tenso momento. Josefina le tomó la mano y acarició sus pequeños nudillos, esbozando una sonrisa que no pudo calmar a Federico ni a su padre. ¿Necesitan algo, caballeros?, les dijo a viva voz Eric. Tanto los comensales como los empleados levantaron la vista sin pronunciar palabra alguna. ¿Cómo se llama su hija?, preguntó uno de ellos, el más delgado, con gruesas chuletas que llenaban las mejillas sin animarse a invadir el mentón. Es mi mujer y a usted no le importa cómo se llame ni nada de ella, señor, respondió con voz firme y gruesa Eric. Todavía conservaba (y se quedaría con ellos hasta la muerte) vestigios de la lengua inglesa en su pronunciación. Los hombres se carcajearon y levantaron la mano para pedir más whisky, y la tensa e incómoda calma duró un minuto aproximado, hasta el momento exacto en el que Eric se puso de pie, caminó firme hasta la mesa del par de jóvenes y enérgicos guasones, dejó caer con fuerza su bastón de madera de coihue tallado con elegantes florituras sobre la coronilla del muchacho delgado con chuletas en las mejillas y, sin dilación y con un movimiento preciso, cruzó un certero golpe horizontal que provocó inmediato sangramiento en el borde del ojo izquierdo del joven grueso de mostachos. A continuación Eric no uso más el bastón para aleccionar a quienes lo ofendieron, sino sus puños todavía firmes y duros como piedra, dejándolos a ambos ensangrentados e inconscientes. Federico observó el enfrentamiento abrazado a su madre, temblando, sorprendido por la pasividad de los garzones. Nadie se atrevía a intervenir en la acción emprendida por Eric, pues así era el respeto reverente y temeroso que sentían quienes lo conocían.

Con los años, la distancia emotiva entre Federico y su padre fue creciendo, le contó a Romero mientras el sol se enseñoreaba sobre la tierra. Para el adolescente de trece años que fue Federico, cuando su padre lo golpeó por última vez, ya no quedaban vestigios de cariño ni respeto. Esa paliza, que marcó el final de la relación, dejó a Federico en cama por cuatro semanas, con la mandíbula afirmada por una armazón de fierro y el cuerpo plagado de hematomas oscuros, como si la piel prístina del muchacho hubiera mutado de color, transformando su raza.

Al joven poeta Héctor Montecino, Federico lo conoció gracias a los nexos comerciales que entre Eric Graham y Marcelo Montecino, el patriarca de la familia, descendiente de un poderoso clan de oligarcas oriundos de Valparaíso y dilapidador de la fortuna por su absoluta falta de visión, de emprendimiento y capacidad de trabajo. La elección de los Montecino por parte de Eric no era azarosa: tenían propiedad de múltiples bodegas en el puerto, terrenos en los cerros y casas, edificios comerciales y de vivienda en el plano. Don Marcelo, flojo e ineficiente por naturaleza, ni siquiera demostró capacidad para administrar los negocios heredados. El juego, los viajes a Europa y la compañía de meretrices y amantes hicieron esfumarse la riqueza familiar. Los planes de Eric Graham consistían en la sencilla inversión de capital en cada una de las empresas de los Montecino, lo que lo transformaría en socio y luego le permitiría acrecentar la inversión superando el capital de don Marcelo, y con ese movimiento final hacerse de la propiedad mayoritaria. Conociendo e interiorizándose con sus futuros socios, Eric comprendió que el movimiento ni siquiera le traería conflictos con el clan, pusilánimes y cobardes por naturaleza.

Los primeros actos concretos en la estrategia consistían en encantar a los Montecino a través del brillo deslumbrante de la vida santiaguina: fiestas, cenas, tertulias fascinarían a la familia porteña, para convencerla de la aparentemente generosa inversión planeada por Graham. Para comodidad de los Montecino, Eric puso a disposición de ellos una de sus propiedades, un cómodo y elegante caserón ubicado en la calle García Reyes, casi esquina Huérfanos, donde podrían vivir todo el tiempo que quisieran. Instalados los Montecino en Santiago, Eric no perdió tiempo en los agasajos. Los recibía en su propia casa, donde las veladas se prolongaban hasta la madrugada, todo licores varios, música de piano y risas.

Héctor Montecino era un dandi educado, erudito, sarcástico y carente de todo pudor a la hora de exhibir sus melindres. Se dedicaba a escribir versos que enaltecían la soberanía de Chile y la superioridad moral de esta nación culta y valerosa por sobre la de sus vecinos. Celebraba a los héroes de la todavía fresca guerra contra la Confederación, publicó un opúsculo en honor a la sargento Candelaria Pérez, heroína de la batalla de Yungay y celebrada en todo el país. Este delgado volumen llevaba por título *Fuego de la patria* y lo situó como actor principal de la incipiente actividad cultural chilena. A Federico, el joven Héctor, de diecinueve años, le parecía un exhibicionista deslenguado e insoportable en sus maneras, pero cuando descubrió que también jugaba al ajedrez y que podía sostener una partida hasta el exterminio de peones, alfiles, caballos e incluso torres y damas, la opinión hacia Héctor cambió por completo. Las visitas del primogénito de los Montecino se hicieron habituales en la casa de los Graham; pasaba horas en la biblioteca jugando partidas y practicando estrategias específicas junto a Federico. A veces llevaba el violín y tocaba para su anfitrión; si pasaban por allí, entraban a oírlo Josefina o algún sirviente de la casa. Gustaba de interpretar a Bach y el *Réquiem en Re Menor* de Mozart, ejecutado con una delicadeza que erizaba los vellos rojizos de los brazos de Federico. Deslizaba Héctor Montecino el arco sobre las finas cuerdas con los ojos cerrados, pero en momentos azarosos los abría, posándolos sobre los de Federico, y el adolescente tímido y aficionado a las matemáticas y al ajedrez dejaba de aferrarse a las certezas de su inteligencia analítica para dejarse atravesar por la intensidad de esas miradas que iban dirigidas a él y a nadie más; durante *Lacrimosa* tenía que aguantar por decoro y pundonor los deseos de llorar que las notas del violín de Héctor le provocaban.

El primer encuentro fue una tarde de otoño cálido, con un sol tímido y un cielo poblado de nubes irregulares que a ratos cubrían y predominaban, a ratos se esparcían tímidas en la bóveda grisácea, separadas por motas esponjosas, redondeadas y simétricas como un camino hacia la inmensidad. Tomaron el té sentados en la terraza; sobresalía el silencio calmo y falto de cualquier atisbo de tensión, quebrado por comentarios anodinos sobre el jardín o los árboles. Esa tarde, Héctor parecía un muchacho sencillo, amable, cohibido incluso, contra el humor que expresaba en sociedad la mayor parte de las veces. Luego del té, acompañado por medialunas y galletas, se dirigieron a la biblioteca para practicar la apertura a través del flanco izquierdo con peones, táctica que Héctor deseaba desplegar por pura obsesión. Desarrollaron varios intentos de partida, mientras servían coñac una y otra vez y la calidez de la velada impregnaba el aire entre ellos. El movimiento de un alfil por una diagonal blanca fue interceptado por la mano delgada y ávida de Héctor, que capturó la de Federico, más pequeña y blanca, con las uñas un poco más crecidas de lo aconsejable, pero limpias. El joven Graham enrojeció, clavó los ojos en la corona de su rey y Héctor se llevó los dedos de su amigo como huesos desnudos a su boca para chuparlos uno a uno, hasta ponerse de pie para sentarse junto a Federico y succionar sus labios a través de su boca desesperada, como si hubiera demorado los meses previos con paciencia pero insensatez, aguantando por pura deferencia hacia su objeto de deseo, ahora como queriendo pagarse el tiempo prohibido a través de una intensidad salvaje y desquiciada. Federico desconocía que los sentimientos que provocaba en él Héctor tenían una equivalencia en el plano de la carne, por eso cuando Montecino lo tumbó sobre la alfombra y con torpeza de manos expertas pero ansiosas en exceso, le bajó el pantalón y los calzoncillos y, tras un movimiento rápido, introdujo entre sus nalgas un trozo de carne duro y húmedo, Federico tuvo miedo hacia aquella acción desconocida y misteriosa que se disponía a experimentar. Respirando agitado recibió las embestidas de Héctor, primero tenso, después con entrega y hacia el final dejando entrar las oleadas de placer que le provocaba su amante sin tapujos de ningún tipo, permitiéndole al cuerpo abrirse y amoldarse a la carne de Héctor, inesperada amalgama coronada por la emulsión pegajosa y cuantiosa de Héctor derramada entre las nalgas de Federico.

Para el adolescente silencioso y obsesivo del ajedrez que fue en aquellos años distantes Federico Graham, lo que vendría a continuación junto a Héctor Montecino carecía de nombre y también era imposible de definir. Bajo el pretexto de la práctica y ensayo de estrategias y teorías ajedrecísticas, el joven poeta nacionalista Montecino y el precoz matemático Graham se encerraban en las bibliotecas de sus respectivas casas para entregarse al placer de la carne, pero también a expresiones de distinto carácter; quedarse estrechados en abrazos prolongados, desnudos sobre la alfombra, las lenguas de fuego en la chimenea reflejándose sobre las pieles tersas, todavía impolutas de los muchachos, por ejemplo, extasiados por algo tan sencillo como el sonido de los leños abrasados crepitando por acción del calor intenso.

Le confesó aquella tarde cálida Graham a Romero que temía a la fogosidad amorosa que lo invadía, no solo en compañía de Héctor, sino en todo momento. En la soledad de su habitación, se preguntaba: ¿Qué es esto? ¿Alguien más siente o ha sentido alguna vez sensación parecida? Se preguntaba también por las familias próximas con las cuales Eric fraguaba negocios y tratos, cuando acordaban el temprano vínculo, a través de tácitos contratos nupciales entre hijo e hija adolescentes. ¿Podría acordar Eric Graham con su socio comercial Marcelo Montecino el futuro matrimonio entre Federico y Héctor? ¿Entre hombres y mujeres era equiparable a hombres y hombres?

Un año más tarde fueron sorprendidos desnudos en la biblioteca. Federico tenía el bálano del grueso y largo pene de Héctor en su boca y Eric entró acelerado y la sorpresiva imagen lo paralizó como si fuera víctima de una alucinación. Federico suponía la ausencia de su padre durante dos semanas, el periodo que se quedaría en Talca, viaje truncado por asuntos de firmas contractuales —ironía del destino, con Marcelo Montecino—. Al comprender qué estaba ocurriendo, premunido de su firme bastón, Eric espantó a golpes a Héctor y azotó a Federico hasta sus últimas fuerzas, ayudándose no solo con el báculo; pies y puños sirvieron para descargar la ira criminal contra el hijo traidor.

Pese a la desgracia y el horror, de los cuales Héctor era ejecutor y heraldo, Eric siguió adelante con los negocios con los Montecino, empeñado en arruinarlos no solo para beneficio propio, sino también como venganza por la afrenta moral. A Federico lo envió a Inglaterra en compañía de Manchuria, a quien el patriarca encargó el cuidado del hijo. Fue en Oxford donde Graham perfeccionó sus conocimientos matemáticos, alejándose de la práctica profesional del ajedrez, aunque conservando la afición y el estudio de la disciplina como un ejercicio privado, un culto del espíritu que no tendría exterioridad ni satisfacción competitiva —por eso se había tornado más placentero—. Hasta los veintidós años vivió Federico en Oxford con la compañía silente y leal de Manchuria, quien se encargaba de la alimentación y de los problemas prácticos de su protegido.

Federico se enteró, al regresar a Chile, sobre la, a esas alturas, larga estadía que Héctor Montecino llevaba en el ala psiquiátrica del hospital público. La sífilis —Federico pensaba en la sífilis que devoró la vida de su abuelo Eric en Liverpool, como si esa peste fuera parte del destino de los Graham— lo tenía ciego y desvariando, con alucinaciones y largos e incoherentes soliloquios que terminaban en gritos destemplados. Gustaba de cagar en cuclillas mientras se masturbaba; al momento de eyacular, posaba sus nalgas sobre la mierda fresca. Repetía este acto todas las veces posibles durante la jornada. Cuando Federico fue a ver a Héctor, solo le permitieron observarlo a través de un grueso vidrio. El otrora hermoso y grácil muchacho babeaba, acurrucado sobre la cama. De la piel tersa y el porte elegante solo quedaba un lejano recuerdo.

Eric Graham dominaba sus negocios casi sin abandonar su casa, trasladándose con lentitud de la cama al escritorio, el que mandó instalar en su habitación. Josefina llevó sus pertenencias al primer piso, habitaba un cuarto amplio y luminoso que comunicaba directo con la biblioteca, a través de cuyas ventanas podía ver rosas de múltiples colores y sendos arbustos de romero en flor y matas de lavanda, bañados siempre al rocío de la madrugada. Ya no era la joven dama de piel tersa que el adolescente Federico recordaba, sino una hermosa y distinguida señora, concentrada en lecturas de filosofía, historia, teología y novelas rusas y francesas. Con su marido no se dirigían la palabra; a ninguno de los dos parecía afectarle la ausencia de comunicación, ni menos necesitarla. Eran dos vidas ajenas sin nexo, salvo el contrato nupcial que los unía y la vida de Federico, único vestigio de la intimidad que alguna vez compartieron.

Al término de su relato, Graham se quedó en silencio de forma abrupta, con la mirada perdida hacia la infinidad del desierto. Romero no era capaz de preguntarle nada, como si la historia que acababa de relatar su compañero se desbordara y expandiera hasta aprisionarlo contra un muro de adobe fresco que se amoldara a la forma de su cuerpo, con el fin de asfixiarlo de la manera más perfecta posible. Ese pasado, que cobró forma con nombres, geografías, enfermedad y pestilencias en tierras lejanas, ejerció un efecto persistente, indeseado en Romero, quien no era dado a las ensoñaciones hasta antes de la guerra. Desde su acuartelamiento, sueños e imaginaciones abruptas lo acechaban, sin motivo, porque sí, a cualquier hora, en momentos azarosos. En los escasos días junto a Graham, lo perseguía la sensación de que el gringo tenía la capacidad de indagar en la privacidad de su memoria y estaba al tanto de la imaginación fervorosa e incontrolable que lo afligía; tal vez decidió compartir sus recuerdos, las aventuras de sus antepasados y de él mismo para atormentarlo, para penetrar en su mente disparatada y confundir su afiebrado juicio, pensó Romero.

Decidieron, entonces, acelerar la marcha y avanzar a través del desierto, también de día, a pleno sol. La arena hirviente proyectaba la temperatura desde los pies hacia el resto del cuerpo, convirtiendo cada pisada en un suplicio de ardor que llagaba las plantas de los pies e irradiaba ondas cálidas por piernas y genitales, los cuales empapaban de sudor sus ajadas prendas interiores. El roce irritaba entrepiernas y escrotos, provocando heridas sangrantes que hacían más difícil e ingrato aún caminar. Llevaban a sus animales guiándolos desde las riendas. Los granos de arena se metían entre las pezuñas y las herraduras como microscópico metal volcánico y les causaban ajuagas, las que dificultaban el doloroso desplazamiento de las bestias; cada diez metros se detenían para limpiar las zonas afectadas y evitar problemas mayores a las patas de los caballos y la mula. Romero tenía la sensación de avanzar hacia la nada, donde terminaba el desierto y la geografía del planeta y solo podía estar la consciencia de Dios, un pozo sin comienzo e imposible de vislumbrar. Una viscosidad negra, espesa y carente de morfología los invitaba a adentrarse en ella, a penetrar hacia un centro imposible y móvil, cuya cualidad cambiante los empujaría hacia una desintegración abrupta, pero no por eso menos dolorosa. Ese fin les provocaría un suplicio final y extenso, prolongándose de manera incierta porque el padecimiento se alimentaría del miedo al padecimiento mismo. La altura se manifestaba a través de la respiración agitada y del corazón acelerado, cuyo ritmo se acercaba a la taquicardia. Tenían hoja de coca para mascar y enfrentar los contratiempos de la elevación del terreno, entregada por el Ejército entre las raciones de alimentos. Se la llevaban a la boca con pastillas de bicarbonato para salivar el bolo alimenticio y conservarlo el mayor tiempo posible. Sentían un hálito de pánico porque la cordillera parecía no manifestarse en su textura ni en la forma de pendientes, quebradas, riscos y paredes rocosas que ambos conocían. Era solo el desierto prolongándose y encumbrándose en silencio y ausente de marcas geológicas hacia los cielos, sin expresar el ascenso en su paisaje; solo notaban que se les dificultaba de manera creciente avanzar, que el aire entorpecía la respiración, que los oídos les zumbaban.

Al día siguiente encontraron un cementerio diaguita abandonado. Las tumbas estaban derruidas y abiertas y los restos exhumados y no supieron si la profanación fue por obra humana o animal. Algunos huesos estaban al descubierto, sobre la arena, descompuestos con lentitud, y otros fosilizados producto del sol y de los cambios violentos del clima. Un cráneo —contra la probabilidad, mantenía completa sus piezas y la unión de estas— parecía observar al cielo, con la mandíbula inferior enterrada en la tierra y las cuencas vacías en dirección a los rayos poderosos que se introducían a través de los espacios profundos de negrura, en extraña meditación sobre el sinsentido de las vidas de los hombres, pensó Romero, y otra vez se vio atormentado por el fervor de su imaginación o de las reflexiones que su mente construía. ¿Sería la proximidad creciente del cielo abierto la que provocaba este incremento de imágenes y frases confusas? Dios mío, ayúdame a conservar la cabeza, por favor, no permitas que los cuerpos diezmados por mi mano cobren venganza inoculándome el virus de la locura, rezó mordiéndose la lengua, y recordó un episodio del Evangelio en el cual una mujer enferma toca las ropas de Cristo y Cristo la identifica entre las decenas de manos y de cuerpos que palpaban las túnicas suyas, y la mujer y Cristo —sin mediar palabra entre ellos— sienten al otro, y a la mujer la recorre una ráfaga de horror por saberse en contacto con Cristo, aunque ese contacto le salva la vida y Cristo advierte, de consciencia a consciencia, que ella carga ahora con la Verdad.

Decidieron armar campamento allí y durmieron a un costado del cementerio. Ambos tuvieron sueños donde cuerpos desnudos caminaban: a través del desierto, Romero; avanzando por la nieve,

Graham. El descanso fue inquieto y Romero se despertó con el sonido del viento. Estaban exhaustos, la quemazón en la piel les picaba y hacía desagradable el uso de ropas sobre las zonas más afectadas. Hablaban del destino de sus compañeros, imaginando las batallas que ellos ya no pelearían. Se preguntaban si eran considerados desertores o, al contrario, el resto los pensaba víctimas de un pelotón enemigo rezagado, el cual les dio hipotética muerte en el paseo matutino, a mediana distancia de Hospicio.

Las reservas de agua empezaban a mermar —los animales consumían doce litros diarios cada uno— y los alimentos todavía no escaseaban, pero quedaban en cantidades preocupantes por lo ajustadas. Procuraron beber solo lo preciso para no deshidratarse, con el fin de gastar lo menos posible del recurso hídrico. Romero comprendió que estaban al borde de una situación crítica. Tenían que avanzar a la máxima velocidad posible, hasta concretar el arribo al campamento Aguafuerte, donde esperaba reencontrarse, después de tantos años, con su hermano Armando Carmona.

Vislumbraron las instalaciones tres días después de acampar en el cementerio diaguita. Dos kilómetros antes de llegar, una manada de alpacas salvajes atravesó la llanura trotando en tropel y emitiendo ruidos que se escucharon como carcajadas de ancianas, y aquellos lamentos de sarcasmo se perdieron sin posibilidad de reverberación debido a la ausencia de muros rocosos o cualquier otro accidente de la geografía desértica elevada. Romero y Graham se quedaron observando el espectáculo que les brindaban aquellas criaturas libres de la mano del hombre, cientos de ellas venidas de las faldas de Dios y avanzando hacia un rumbo incierto. Una vez perdidas hacia el noroeste —llamadas por la voz infinita del sol, pensó Romero, condenadas— las alpacas salvajes, continuaron el camino siguiéndolo con la guía del mapa, el cual Romero tenía desplegado sobre la montura.

Iban exhaustos, sentían sobre las espaldas el peso del viaje como un martirio provocado por moros a cristianos impíos. El desierto saturaba sus sentidos hasta desbordarlos, hasta la última extenuación posible de resistir para un hombre. Graham, que iba al trote de su caballo algunos metros por delante de Romero, fue el primero en ver el campamento. Hizo sombra con las manos y luego sacó el catalejo para ver mejor y descartar el engaño de los espejismos.

—¡Mañungo! —gritó Graham.

Romero despertó de la somnolencia y al escuchar la entonación de Graham comprendió que estaban allí, en los límites del campamento. Agitaron las riendas y cabalgaron hasta llegar a un pórtico construido con gruesos durmientes de roble, tal vez rescatados desde alguna bodega en ruinas o reutilizados de una mina abandonada, pensó al ver el desgaste de la madera. Aguzaron la vista para observar el rótulo colgante desde el travesaño superior, que formaba un arco de ángulos rectos a modo de entrada al campamento. Se detuvieron, a la espera de ser recibidos y con el fin de mirar con atención el símbolo tallado, que se bamboleaba con el viento. Las cadenas oxidadas chillaban, amenazando con desprenderse de su posición. Observaron aquella misma forma que estaba dibujada en el mapa:

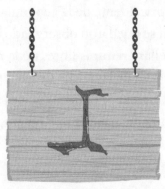

Afinaron la vista en silencio hacia el callejón que se formaba por la distancia entre las cabañas, de diversos tamaños, que estaban erigidas sobre la tierra en bruto. Al fondo, a cien metros aproximados de distancia, se elevaba la pared de un cerro que ascendía a modo de preludio de la montaña. Todo aquello era visible sin esfuerzo desde donde estaban. Contra lo esperado, Romero se sentía tranquilo. Aún no percibían movimiento. El viento levantaba tierra y creaba pequeños remolinos ocres que avanzaban un par de metros hasta desintegrarse y volver al suelo como si fuesen enanos enloquecidos por efecto del aire enrarecido del desierto. Pasaron bajo el pórtico montados sobre los caballos, seguidos por la mula, observaron a izquierda y derecha, escrutando con todos los sentidos posibles en rededor. Ambos llevaban cargados y en ristre sus Comblain, preparados para cualquier adversidad inesperada. Escuchaban solo el aullido del viento, que crecía y bajaba de volumen e intensidad, amplificando el desamparo del lugar. La puerta de una cabaña se abría y cerraba sola, como si una presencia fantasmal quisiera matar el aburrimiento con ese gesto inútil y perdido, camuflándose con el viento, que era en realidad lo que provocaba el efecto de persistente repetición. Comprendieron que el campamento estaba abandonado y no tuvieron necesidad de desmontar para explorar las habitaciones y corroborarlo. Continuaron hasta el final, en la naciente falda del cerro, donde la boca de la mina estaba dinamitada. Un batiburrillo compuesto por roca, maderos y arenilla formaba una costra terrestre. Romero se bajó y camino hasta aquella abertura clausurada. Cayó de rodillas e intentó quitar escombros. Removió tres piedras del tamaño de sandías y se puso de pie, comprendiendo que iba a ser imposible volver a entrar allí.

—Se acerca la tormenta, aquí ya no hay nada.

Romero y Graham levantaron sus fusiles y apuntaron hacia la ladera izquierda del cerro. Escucharon las herraduras de un caballo pisotear el suelo firme y después vieron aparecer una silueta montada en un potro azabache. La figura, recortada contra el cielo límpido, se acercaba, descendiendo hacia ellos. Pronto descubrieron que iba cubierta con un capote y llevaba, sobre la cabeza, un sombrero de ala ancha.

—Hay que partir lo antes posible.

Reconocieron primero la voz y después a Espanto mismo. No descendió del caballo, solo les ordenó darles agua a las bestias y comenzar el camino de regreso. A lo lejos, alzando las manos, les indicó la proximidad de una tormenta. Pensaron que alucinaban y que no era posible una tormenta en pleno desierto, pero pronto se hizo evidente que Espanto tenía razón.

—Usted, ¿qué hace aquí? —preguntó Romero.

—Después habrá tiempo para hablar —respondió Espanto—, ahora queda mucho camino por delante. Vamos hacia la batalla, otra vez —dijo y guardó silencio.

Romero y Graham obedecieron y, luego de darles algo de alfalfa y agua a los animales, montaron y siguieron a Espanto. A sus espaldas, pronto las nubes, oscuras y pesadas, cubrieron por completo el cielo y llegó la noche y la tormenta, Manuel, al corazón del desierto, donde podrías —esperabas, anhelabas— sumergir las manos en el afluente de aguafuerte que corría secreta, subterránea, protegida de la mirada obscena de los hombres impuros, y recordaste el tiempo previo al conocimiento de aquella quimera, rescatado de las garras de la decadencia y la enfermedad por tus hermanos, quienes cuidaron de ti durante las semanas de sanación.

Cuando pudiste volver a levantarte, los Carmona te llevaron a un restorán en calle Placer llamado El Alemán, a escasas calles del Matadero. Allí comían obreros, matarifes, comerciantes, prostitutas y delincuentes. Desde el largo patio con parrón y jacarandá donde estaban dispuestas las mesas, escuchaban a los animales rumbo al beneficio, el movimiento de las calles aledañas, sentían el olor penetrante del cuero caliente trabajado en las curtiembres.

El Tajo Manríquez llegó veinte minutos más tarde de lo acordado. Era un hombre corpulento y bajo, con una barba espesa y canosa, además de cabellos largos, a pesar de una frente con sendas entradas que mostraban su calvicie. El tajo que motivaba el apodo nacía desde el ojo izquierdo y bajaba por la mejilla, desviándose hacia la comisura de los labios, para descender a través del cuello y perderse entre las gruesas ropas de lana y cuero que lo cubrían aquel invierno duro y hostil en Santiago. Los Carmona, que lo vieron alguna vez a torso desnudo, aseguraban que la cicatriz gruesa e irregular como culebra llegaba al hombro y luego entraba hacia el pecho, perdiéndose en línea recta por el centro del vientre, pero que a partir de la cintura desconocían por dónde se adentraba, aunque suponían que esa herida añeja seguía hacia abajo, hacia las partes pudendas del Tajo, cuyo nombre era Raúl Manríquez, de aproximados sesenta años. El Tajo prendió un cigarro que traía liado y, luego de pedir pisco puro y un plato de ajíes y cebollas en escabeche al viejo que atendía las mesas, contó a los Carmona y a ti, Manuel, el motivo de la cita, la propuesta de trabajo para los meses siguientes, remunerada con generosidad, aclaró. Gracias al azar y a la perspicacia del Tajo, habría un pago extra, paralelo y secreto, tan fecundo y cuantioso como el pago oficial, dijo Manríquez. Las sumas elevadas se debían a la complejidad de los trabajos, y a un factor que pasaría a explicar con detalle en las horas siguientes, antes de sellar los acuerdos con cada uno y dedicar el resto de la tarde y la noche a tomar.

Nos vamos a Tirúa, cabros, dijo el Tajo Manríquez. Nos vamos si ustedes, una vez que sepan todos los detalles, quieren viajar conmigo, aunque ustedes, Rucio y Segundo, ya conocen más menos qué tendríamos que hacer allá, dijo mientras tú escuchabas con atención, Manuel. Allá hay una cagada grande. No voy a entrar a explicarles qué pasa porque ni yo entiendo bien, pero les están regalando las tierras de allá a los alemanes, a los italianos, a los ingleses y españoles, y allá viven indios, hartos indios que son dueños de las mismas tierras que les regalaron a los extranjeros, pero no se las regalaron los indios sino otros gallos que agarraron mapas y les dijeron a los extranjeros que vivieran allí con la condición de sacarles provecho, pero se les olvidó o no quisieron echar a los indios porque yo creo que pensaron: las tierras son tan grandes que capaz no se crucen entre ellos, pero no hay tierra tan grande o, mejor dicho, no hay hombre que se conforme con lo que le dan y ese hombre va a querer más y cuando tenga más no va a querer un poco más sino mucho más, cabros, y ahora mandaron a los militares para allá, para ordenar el gallinero, pero allá no es llegar y salir a matar indios, no, allá la tierra es otra cosa, el frío, la nieve, las montañas, los cerros, los ríos, por la cresta, cabros, dijo el Tajo Manríquez, los militares que mandaron no estaban preparados para ese clima, no conocían la tierra, la tierra les pegó la desconocida, después los mapuches —esos son los indios que viven por allá, agregó— espantaron a los extranjeros, pero no pudieron espantarlos a todos ni espantarlos de toda la tierra.

Para qué me voy a seguir yendo por las ramas, dijo el Tajo, Manuel, mientras apuraban cortos de pisco y jarras de vino tinto con frutilla. Les voy a contar cómo me llegó a las manos este trabajo. Don Herman Schmidt es el patrón. Don Herman me manda a llamar gracias al trabajo que yo antes hice con un conocido de don Herman, dijo el Tajo, Manuel. Don Braulio Menéndez es un industrial de Magallanes y ha comprado tierras en Puerto Natales y en otras localidades del extremo sur, cabros. Es dueño de astilleros, de ganado ovino, de negocios navieros, de embarcaciones. No me voy a ir para atrás para explicarles por qué me llama a mí don Braulio, pero comprenderán que mi experiencia me llevó a ser considerado por la familia Menéndez, quienes tenían problemas con una comunidad de indios selknam, que habitaban un predio cercano a Puerto Natales donde mis empleadores iban a instalar una maestranza. Junto a los naturales vivían dos jesuitas que enseñaban castellano a cuatro adultos y siete niños de la comunidad, estudiaban la Biblia todos los días con ellos, y también los ayudaban en otras labores. Esto yo lo sé porque me hice pasar por misionero para conocer las rutinas, la aldea, y a quienes estaban encargados de la seguridad. Entonces, la quinta noche salí a dar alerta a una patrulla de seis hombres a mis órdenes, refugiados a dos kilómetros de la aldea. Atacamos mientras dormían. Hicimos una carga rápida sobre las tiendas y eso nos permitió acabar con eficiencia con muchos de nuestros objetivos, cabros, porque los caballos pisaron a niños, a viejos, a mujeres embarazadas, a guaguas. Yo creí sentir bajo las herraduras de mi caballo el desnivel provocado por los cuerpos y el desmembramiento y la quebrazón de huesos, y era un regocijo, como cuando uno se pega una cacha o come un trozo de carne tierna, esa euforia, como le llaman, sentía yo mientras cabalgaba sobre la aldea de los selknam, orgulloso del trabajo bien hecho. Los gritos como que todavía los escuchara, cabros, un ruido de tormenta que en lugar de vientos huracanados y azotes de agua son voces y chillidos de indios, ruegos en un dialecto desconocido, plegarias a un dios maldito, dijo el Tajo, Manuel. Una vez que cargamos contra las carpas y tiendas, como les explicaba recién, rociamos con aceite y lanzamos antorchas prendidas y el fuego se hizo de inmediato, se propagó por todas partes, mientras que a los que salían de las tiendas arrancando les disparábamos.

Un carajo llamado Gonzalo de León, el más sórdido y grotesco de mis asesinos a sueldo, pasaba entre los indios aterrados y dejaba caer su machete sobre sus cabezas y hombros, y su caballo corcoveaba y hasta mordía gente, así era el caballo de Gonzalo de León, siniestro como su jinete. Gente salía incendiándose, con llamaradas encima. De León, de dos metros de estatura y con dientes podridos y deformes, agarró a dos indiecitos que intentaban escapar y los subió a su caballo y se los llevó como trofeos porque al infeliz ese le gustaba sodomizar niños, se cobraba no solo el dinero de la paga sino también, como cláusula, a los niños que pudiera agarrar para darles rienda suelta a sus desviaciones, y a nosotros no nos importaba lo que hiciera porque De León era bueno en lo que hacía y quienes hacen esto casi nunca están bien de magín, muchachos.

Hubo una intentona de resistencia, como ocurre bastante seguido en este trabajo, continuó Manríquez. Los caciques de la comunidad que no murieron pisoteados o quemados o cortados por obra del machete de Gonzalo de León, reunieron armas e intentaron organizar una ofensiva, pero ni siquiera tuvimos que hacerles frente cuerpo a cuerpo; los aniquilamos a bala limpia desde nuestros caballos: nos ayudaba la lumbre del fuego para acertar en los cuerpos semidesnudos de nuestros enemigos.

Los jesuitas fueron los únicos que dejamos vivos, por petición de los patrones, cabros, querían demostrarles que los Menéndez no olvidan, dijo el Tajo, Manuel. Los curas se mantenían en silencio, murmuraban oraciones, parecían tranquilos pese a lo que acababa de ocurrir y a lo que también podría sucederles a ellos. Habló uno: La muerte no nos provoca miedo, es el tránsito para conocer a nuestro Señor, para habitar el cielo, dijo el huevón. Yo miré a mis hombres y nos cagamos de risa y ordené que los desnudaran y luego —llevamos a nuestro campamento a los jesuitas— dije que los subieran a un mesón y les amarraran fuerte con soga las extremidades y procedí a caparlos usando mi corvo.

Les corté las bolas y la pichula como mantequilla, cabros, así de bueno es el filo de mi corvo pulido con piedra fina; mientras los míos agarraban al cura desnudo —las sogas firmes y tirantes no eran suficientes, descubrimos cuando procedíamos al corte de los genitales—, yo estrujaba con la mano sus bolas y pene, estirando la piel fláccida hacia el cielo y luego deslicé la hoja del corvo cerquita de la pelvis. Les tiré a los chanchos el miembro y con el segundo cura me pasó que las bolas se cayeron y las recogí y yo no sé si les ha tocado alguna vez ver bolas de hombre en carne viva, pero al tomarlas y mirarlas las encontré bonitas, fíjense, suavecitas, con una textura blandita, daban ganas de echarlas a la olla y cocinarlas como se cocinan las bolas de toro, pero no las guardé ni las cociné, las dejé caer al suelo y las aplasté con mi bota y las bolas del cura reventaron y después, cuando quité la bota y miré al suelo, ya no se distinguían en la tierra, eran solo una pulpa sanguinolenta mezclada con tierra, cabros, dijo el Tajo Manríquez, y después se puso a reír y se echó a la boca un ají rojo completo, el cual se dedicó a masticar y a tragarlo ayudado con sorbos de pisco puro, Manuel.

Luego, continuó Manríquez, Manuel, don Herman Schmidt me contrató para asesinar a su vecino, el lonco Pascual Ñancucheo, dueño de los predios que le fueron entregados por

Chile para uso de don Herman. ¿Para qué asesinar al lonco Ñancucheo? Yo pensé lo mismo. Que deje pasar el tiempo, que corra el cerco, que muestre fuerza para que el indio se apacigüe. El problema es que el indio Ñancucheo no se va a apaciguar, porque es bravo y poderoso y rico. Antes peleó contra los soldados chilenos y sus antepasados combatieron con los españoles y el lonco aún conservaba el corazón de un capitán vinculado a Pedro de Valdivia llamado José de Mendoza, heredado de lonco en lonco hasta llegar a las manos de Pascual Ñancucheo. El español de Mendoza fundó una pequeña ciudadela cerca de Tirúa y resistió allí siete meses en los cuales esclavizó a una comunidad completa y ocurrieron violaciones de niñas mapuches —le gustaban las chinitas al desgraciado, pequeñitas, antes que cumplieran doce años— y, al cabo de esos siete meses en los cuales De Mendoza supuso resuelto y definitivo su triunfo y la fundación de la ciudad a la cual pensaba darle su nombre, los Ñancucheo atacaron el poblado, liberaron a los prisioneros esclavizados y sometieron a torturas a los mandamases, en particular a José de Mendoza, al que le extrajeron el corazón estando vivo aún, y prometieron guardarlo como un trofeo y un recordatorio para las generaciones de Ñancucheos futuras. Dicen que el corazón don Pascual lo guarda justamente en el corazón de una montaña para mantener prisionero al espíritu del español en la tierra, la tierra mapuche, que es brava como la raza que cobija, dicen, dijo el Tajo Manríquez.

Los chilenos que se fueron a trabajar con Schmidt, más enterados que el alemán sobre los asuntos de la zona, supieron que don Pascual tenía un acuerdo con Juan Lincomán, cacique vecino, para casar a los hijos de ambos y sellar la unión de fuerzas. Una vez muerto Ñancucheo, suponía Schmidt, la derrota no solo sería material sino además moral, y no se necesitarían más recursos bélicos para tomar posesión completa no solo de los terrenos que el Estado le asignó a Schmidt, sino de otros aledaños, dijo el Tajo, Manuel; en ese momento pensaste: ¿Para qué nos ha llamado? ¿Qué vamos a hacer? Mientras tú y tus hermanos tomaban aguardiente, el Tajo Manríquez continuó con su relato echándose a la boca trozos de cebolla y ajíes rojos enteros. Yo acepté el trabajo, siguió Manríquez, pero le advertí a don Herman que necesitaría presupuesto para contratar un equipo, no a mis hombres de siempre porque esos estaban dispersos por Chile y por Argentina, inubicables, y viajé a Santiago y don Herman me ofreció alojamiento en la casa en construcción que estaba haciendo en Santiago, donde conocí a sus hermanos, te dijo el Tajo, y entre borracheras y salidas a prostíbulos hicieron amistad y Manríquez decidió ofrecerles el trabajo porque vio que los Carmona tenían ñeque, pero a su vez los Carmona, que estaban preocupados por tu salud y querían intervenir para sacarte de la enfermedad y la pobreza extrema, le dijeron al Tajo que tenían un hermano que necesitaba ayuda y trabajo, un medio hermano que necesitaba arrancarse de Santiago y hacer otra cosa porque se le murió el hijo recién nacido y después la mujer, le explicaron al Tajo, y yo me compadecí de usted compadre, sin conocerlo, con su pura historia, dijo, Manuel, este gallo necesita trabajar conmigo, yo lo voy a sacar de este hoyo de fuego que le quema el corazón.

Pero nosotros estamos hablando del encargo que me dio don Herman Schmidt.

Yo antes maté y mutilé indios. Es mi oficio. Maté y mutilé aquí en Chile y en otras partes también. Tengo sangre de charrúas y diaguitas y tehuelches y pehuenches y selknam y dedos de cada una de las razas que aniquilé, porque para mí es una cábala cortar dedos meñiques y guardarlos, secos, como quien lleva escapularios y crucifijos, dedos que, pienso yo, cabros, en algún momento me van a proteger de la muerte o de esa otra forma de muerte llamada mutilación, que es la muerte de una parte de nuestras vidas, dijo Manríquez. Cuando don Herman me encargó el asesinato del lonco Ñancucheo yo comencé a recorrer a caballo las tierras aledañas. Quería vigilar y quería anotar horarios, rutas, ojalá nombres. Salía de madrugada y volvía entrada la noche. Los Ñanchucheo tenían negocios con chilenos de Temuco. Enviaban cosechas a norte y sur y el lonco era remunerado con justicia. Una noche, cuando iba de regreso a la cabaña que ocupaba, me encontré con Herrera, un mestizo callado y de pocos gestos que trabajaba a las órdenes del capataz de los Schmidt. Lo saludé y él me respondió diciendo: El lonco quiere hablar con usted. Herrera siguió caminando lento, acompañado de un quiltro que lo seguía siempre a todas partes, alumbrando sus pasos con una antorcha. Me pregunté, dijo el Tajo Manríquez, si había escuchado bien. Seguí a Herrera y apenas estuve junto a él agregó: Le va a ofrecer un negocio. Un negocio bueno. Me detuve y volví a mi cabaña a dormir. Al día siguiente me levanté más tarde y salí cuando clareaba. Dos kilómetros camino adentro me esperaba Herrera montado en un percherón gris. Sin mediar palabra, lo seguí a través de un bosque de canelos. Ascendimos y descendimos y atravesamos un pasaje de litres pronunciando a viva voz el saludo que nos protegió de la alergia maldita que provoca el litre y al final llegamos a un descampado donde el lonco Pascual Ñancucheo me esperaba, en compañía de dos de sus hijos y su futuro yerno, Mainque Lincomán, de estatura más elevada que el común de los mapuches que yo había visto y conocido, lo que me pareció curioso. El lonco fue escueto y directo. Me informó que sabía la operación que se gestaba en su contra y que él podía doblar la oferta de dinero para mí y mis hombres, además de la entrega de tierras, si yo asesinaba a Schmidt y a su familia.

Ese es el trabajo que vamos a hacer con sus hermanos, Mañunguito, te dijo Raúl el Tajo Manríquez, Manuel.

Viajaron un mes más tarde y alojaron en la misma cabaña que ocupaba el Tajo Manríquez en el predio de Schmidt, Manuel. Llegaron tras un viaje accidentado y lento, realizado en carretas y caballos. No tuvieron encuentros desafortunados —ni cuatreros, ni ladrones camineros, ni indios—, pero el clima frío, las ventoleras agresivas y las lluvias torrenciales anegaron caminos y los obligaron a parar y a tomar desvíos inesperados. Tu ánimo fue ensombreciéndose a medida que se adentraban hacia el sureste. No hablabas y gustabas de alejarte de los campamentos, lluvia mediante. Demoraron un mes y medio en arribar al fundo. Tras dejar el equipaje, lavarse el pecho, las axilas, el rostro y cambiarse de vestimenta, Manríquez los llevó frente a Schmidt. Fueron presentados al patrón como el equipo seleccionado tras un arduo proceso de búsqueda, según expresó el propio Tajo a Schmidt. Era hombre de pocas palabras el patrón alemán, evitaba la mirada directa, tenía el pelo amarillo, desordenado, los dientes chuecos y pequeños, ojos minúsculos y penetrantes, la tez roja, producto, pensaste, del trabajo al sol o de alguna clase de alergia. Estaba acompañado por dos de sus hijos (versiones desmejoradas del padre) y el capataz, un chileno bajo y grueso. Sin cruzar palabras, les asignó de inmediato la mitad de la paga como adelanto. Con el único que se comunicaba era con Manríquez a través de un idiolecto que bebía del alemán, del inglés y del español a partes iguales. Manríquez transmitía las observaciones, peticiones y preguntas del patrón a los Carmona y a ti, Manuel.

Herman Schmidt vivía junto a su esposa, tres hijos, dos hijas y dos sobrinos en la casa patronal, una construcción a medias entre adobe y madera, no terminada todavía, te dio la idea de algo que jamás se iba a concluir, Manuel, ese espacio con escaleras apoyadas en los muros y andamios perennes.

Repartidos en casuchas junto a las caballerizas y establos, vivían los casi cuarenta empleados del fundo Schmidt. El Tajo Manríquez te mostró, a distancia y discreción, a tres hermanos mapuches que trabajaban para Schmidt. Así es la chuchoca aquí en el sur, dijo Manríquez, Manuel, las cosas no son claras, hay mapuches bravos y otros que tienen que parar la olla, que trabajan para el mejor patrón, que los juzgue el de arriba nomás, pronunció el cazador y luego volvieron todos a caballo hasta la cabaña.

En la noche de aquella misma jornada Raúl el Tajo Manríquez los llevó frente al lonco Pascual Ñancucheo. Anduvieron a trote lento durante media hora en dirección sureste. Escucharon canto de aves nocturnas que evocaron sueños recónditos y olvidados, Manuel. Una armonía gruesa y persistente acompañó el trayecto hasta un bosque de araucarias a través de cuyos ramajes erizados se colaba la luz de una luna llena, desnuda en un cielo despejado. Esperaron en un pequeño descampado formado en círculo, donde quedaban vestigios de antiguos chongos cubiertos con musgo, talados, pensaste, hacía más años que tu vida sobre la tierra, Manuel.

Pascual Ñancucheo emergió desde las sombras arbóreas montando un macizo percherón. Era un hombre corpulento y se notaba a simple vista que no era alto. Lo flanqueaban, a la derecha, su yerno Mainque, y a la izquierda su hijo mayor, Galvarino. Encendieron antorchas y pasó desde la mano del lonco una bota con chicha de manzana —fuerte en sus grados de alcohol con ligera picazón en lengua y garganta, apropiada bebida para la noche gélida, Manuel— y el Tajo Manríquez los presentó, uno a uno, a Ñancucheo y su gente. Recuerdas aún, como si el encuentro hubiera ocurrido tan solo unas horas antes, las persistentes miradas del lonco a ti y tus hermanos. No intercambió palabras con nadie salvo con el Tajo Manríquez, pero sus ojos eran más elocuentes que lo que podría haber dicho. Los ojos descubrían en ti lo que el viajero avezado encuentra en el paisaje que pretende explorar.

De regreso al fundo Schmidt, cenaron estofado de chancho acompañado con vino dulce y planificaron el ataque contra el patrón y su gente.

Dos semanas más tarde Herman celebró los cuarenta y seis años de su esposa Helga durante un sábado despejado y luminoso, pero con severo frío, Manuel. Asado de cordero, vino dulce en abundancia, cerveza fabricada por los mismos colonos que llegaron con los Schmidt y un licor típico fabricado con anís. Los invitados tomaron y comieron a destajo durante toda la jornada. Una vez que la gente se fue a dormir, el Tajo Manríquez y ustedes fueron visitando las habitaciones con sigilo, cuchillo en mano. Antes de abrir la garganta de la víctima, le cubrían la boca con un pañuelo para evitar la alerta al resto de los durmientes. Hubo ancianos y niños entre los asesinados, Manuel, amigos de la familia que pernoctaron en las diversas habitaciones a medio terminar de la casa patronal se encontraron con la muerte inesperada, rápida. Chorreaba la sangre desde la yugular, empapaba sábanas, colchas y sus propias ropas, teñía las manos y provocaba que el suelo se volviera resbaloso; tenías que pisar con fuerza, como si desearas enterrar los pies a través de las tablas hacia el suelo. La abundante sangre en las suelas de las botas fue la que hizo al Tajo Manríquez trastabillar antes de entrar a la habitación donde dormían Herman Schmidt y su esposa. El pesado cuerpo se fue a piso. Se azotó la cabeza en el borde de una gruesa silla de roble; el impacto abrió la piel de la sien izquierda. El ruido de trastos y del cuerpo contra el piso despertó al matrimonio. El resplandor de la chimenea, cuyas brasas de leños resquebrajados calentaban la habitación, iluminó la silueta del cazador abatido. Los gritos de la mujer despertaron no solo a Herman, también a Karl y Frederick, los dos hijos que todavía estaban vivos a esa hora. El Tajo Manríquez intentó ponerse de pie, pero resbaló otra vez, la mano izquierda se deslizó por efecto de la sangre que empapaba las ropas. La herida en la sien sangraba y la emanación dificultaba la visión; algo parecido a una presión sonora le afectaba los oídos. Cuando intentó pararse por tercera vez, una sombra erguida y feroz se le vino encima. Era Herman Schmidt, quien descargó contra el espinazo del Tajo el atizador de la chimenea, cuya punta estaba al rojo vivo. El segundo golpe abrió el cráneo a la altura de la coronilla y el tercero fue una estocada en el pecho tras la cual Schmidt no pudo recuperar su improvisada arma succionada por las costillas y la carne aún viva de Manríquez.

Se escucharon gritos confusos y ajetreo inesperado, como una explosión que despierta a alguien en medio de sueños plácidos y fugaces, Manuel. El murmullo creciente de voces confundidas, en pugna contra sí mismas para comprender la mecánica del horror que arremetía sobre esa casa perdida en el campo. Fuiste tú el primero en llegar a la habitación de los Schmidt. A contraluz de la iridiscencia producida por la chimenea, vislumbraste una forma ilógica que era —comprendiste más tarde— Herman Schmidt a cuchilladas contra el cadáver —pero él no sabía que estaba muerto— del Tajo Manríquez. Sacaste el machete que llevabas asegurado en la espalda. Al acercarte, descubriste a Schmidt sobre el cuerpo lapidado de Manríquez. Descargaste el corte. El filo atravesó en diagonal el rostro de Schmidt, cuyo semblante pareció abrirse en siniestra risa forzada e irracional, como si una gran boca se apoderara de esa cara de manera inesperada y en lugar de saliva expulsara sangre y grasa amarillenta. La esposa, entre gritos destemplados y obscenos, apareció desde la oscuridad blandiendo una escopeta, pero fuiste más rápido y la decapitaste con un certero machetazo. Durante un par de segundos la cabeza mutilada de la mujer colgó gracias a la piel y algunos músculos del cuello y parecía que había girado esa parte del cuerpo para poder observarte desde una perspectiva nueva, insospechada, insólita. Un segundo machetazo desprendió la testa cuyos ojos abiertos en pavor seguían escrutándote, Manuel.

Herrera tenía preparados los caballos para el escape. Los esperaba al borde del camino, a aproximados cincuenta metros del ingreso del predio. Cada uno llegó por su cuenta. Tú informaste al resto sobre la muerte del Tajo Manríquez a manos de Schmidt. Montaron rápido y cabalgaron por inercia en la noche agravada por la sombra de peumos, araucarias y coigües. Herrera conocía muy bien el camino, lo recorrió a esa hora muchas veces, pensaste, porque intuía los accidentes, giros y peligros. Al llegar a la explanada los esperaba Galvarino Ñancucheo. Preguntó dónde estaba el Tajo Manríquez. Le respondiste que fue asesinado por Schmidt. No alcanzaste a socorrerlo, pero diste muerte al matrimonio, dijiste. ¿Cuántos alcanzaron a matar?, preguntó Galvarino. Diez personas, respondiste tú. Trece gallos, respondió Segundo. Quince, dijo Armando. Treinta y ocho, pronunció Galvarino. Quedaron cinco fulanos vivos, agregó Herrera. Galvarino asintió, movió las riendas de su caballo y se encaminó a trote lento hacia el corazón de un bosque helado de araucarias enormes. Ustedes lo siguieron a prudente distancia. De pronto sentiste la boca seca, Manuel, y un vacío profundo en el estómago, que se hacía más denso y doloroso a medida que avanzaban. Llegaron al amanecer a la comunidad Ñancucheo, ubicada a los pies de un cerro verdoso que llamaban Calel Alhue-cel. Las rucas estaban dispersas en torno a un riachuelo de aguas cristalinas, brillante a la luz del sol como una cicatriz paranormal hecha en plena tierra. El lonco Pascual Ñancucheo los recibió en su ruca. Bebía mate y sacaba agua de una pava grande y ennegrecida, calentada en un brasero. Al principio no hablaron. El lonco, en silencio, les entregó el pago a cada uno en monedas de oro y plata. Después, en un español rústico y preciso, el lonco les comunicó su decisión de repartir la paga del Tajo Manríquez entre los tres. Les preguntó si deseaban también repartirse la tierra que correspondía al difunto. Segundo dijo que no, que con la tierra asignada en el trato original, a ustedes les bastaba. Todos estuvieron de acuerdo. El lonco asintió y Galvarino los acompañó hasta una mesa sobre la cual encontraron pan, mote, pebre y sendas jarras de chicha. El largo mesón estaba protegido por un techo fabricado con cueros y ramas, afirmado en una estructura de palos enterrados. Comieron y bebieron hasta saciarse. Después fueron servidos por cuatro mujeres, una de ellas Anelei, hija menor del lonco. Engulleron cabizbajos, sin levantar la vista ni hablar entre ustedes. Estaban nerviosos, temían a los huéspedes desconocidos, no sabían si las muertes ejecutadas en el fundo Schmidt serían vengadas; el futuro era una masa viscosa e indescifrable, Manuel.

El terreno con el que les pagó el lonco estaba a dos kilómetros y medio de la comunidad Ñancucheo, a espaldas de Calel Alhue-cel, atravesada por el mismo riachuelo, que hacía un desvío a la izquierda del cerro, Manuel. Los árboles que poseían en las dos hectáreas negociadas eran, en su mayoría, lingues, radales, tineos, coigües, avellanos, robles, ulmos y, por supuesto, araucarias. Cualquier ejemplar podía talarse para usarlo como materia prima, pero optaron por comprar madera en una comunidad próxima. Entre los tres pusieron en pie una cabaña rústica y funcional, con espacios de privacidad para cada uno. Picaron piedra en una hendidura de roca en las faldas de Calel Alhue-cel con las cuales construyeron una chimenea. Te preguntabas si allí terminaba el trayecto de tu vida, no la vida misma, sino aquellos cambios violentos e inesperados marcados por la miseria, el dolor, la muerte, Manuel. Mientras Segundo se concentraba en el trabajo de la tierra y el Rucio Armando visitaba la comunidad Ñancucheo por pura curiosidad, tú salías a caminar. Premunido con un palo usado a modo de báculo, una cantimplora con agua fresca del riachuelo y tu cuchillo. Allí te perdías sin rumbo, sin temor a olvidar el trayecto. Vivaqueabas al aire libre, cubierto con un chal o un trozo de cuero que empezaste a llevar para ese mismo fin. ¿Qué hacías durante esas jornadas de sol o aguaceros profusos? Nada. Ningún objetivo tras tus caminatas. Alejarte y perderte por lugares desconocidos. El tránsito hacia una consciencia remota, inexacta, compuesta de retazos, tintes y rasguños de emociones pasadas.

El primer encuentro con el lonco Pascual Ñancucheo ocurrió una tarde de primavera luego de una jornada calurosa y generosa en vientos. El pasto y los arbustos chatos parecían haber guardado una cuota de la generosa luz entregada en las horas previas por el sol. Los vientos eran intensos, un aroma a hierba fresca se desprendía gracias al movimiento de las hojas. El murmullo de un fluir acuoso empezó a crecer a medida que te adentrabas por un sendero delimitado por salvajes arbustos de matico. Coronaban las ramas pobladas de verde cientos de bolitas amarillas. El roce de tus brazos con el ramaje caótico soltaba una fragancia penetrante, tus vestimentas se impregnaron de ella, pero no era solo el vestido sino el aire mismo el que fue poseído por el perfume del matico. Una vez atravesado el sendero, descubriste el origen del sonido fluvial: era una pequeña e irregular bajada de agua que descendía saltando entre diversas formaciones rocosas, en la ladera de un pequeño cerro escondido entre un bosque de antiguos peumos. La caótica cascada, que parecía improvisada en el corazón de aquel monte, terminaba en una pequeña laguna cuasi transparente. El lonco Pascual Ñancucheo estaba de rodillas en la orilla. Inclinado hacia el agua, sumergía las manos y luego, formando un cuenco con ellas, extraía y bebía y se refrescaba el rostro y la nuca, empapando su largo cabello anudado. Sin mirarte, dijo: Acérquese, venga a tomar agua pura, es necesaria a estas alturas del camino. ¿Cuánto lleva caminando? ¿Cuatro horas? Sí, cuatro horas y pico desde que saliste de la cabaña, Manuel. ¿Cómo encontraste este lugar?, quiso saber el lonco. Caminando, doblando, avanzando, dejándome llevar, respondiste. ¿Por qué tomaste las decisiones que tomaste mientras avanzabas? No lo sabías. ¿Caminó y algo lo trajo hasta aquí? No. ¿Por qué, entonces? Porque sí. No tengo una respuesta, dijiste. El lonco asintió. Venga a tomar agüita, dijo. Agua santa. Vida. Venga para acá, huinca. Caminaste y te arrodillaste en la misma posición del lonco, junto a él. Las manos al contacto con el agua aliviaron la temperatura y el calor producido por esas cuatro y pico horas de caminata. El lonco te observaba en silencio, sin intervenir más. No te juzgaba ni buscaba nada en ti, pensaste. No esperaba nada, salvo que aliviaras la sed del viaje con agua. Llevaste tus manos, chorreando, hasta tus labios. Bebiste en abundancia, extasiado, consciente, quizás por vez primera, del efecto que provocaba en tu cuerpo. Agua pura, agua santa, agua sagrada, pensaste.

No hubo más palabras, salvo las necesarias para compartir tabaco, piñones y charqui, Manuel. Canto de aves y rugido de gato salvaje escucharon. Escucharon las expectoraciones subterráneas de la planicie y de los accidentes del terreno, al regresar. Caminaron en silencio, sin molestia por la presencia del otro, solo criaturas humildes en medio de la naturaleza desnuda, salvaje, autónoma. Los encontró una noche estrellada, sin nubes y ausente de luna. Las constelaciones de rabiosa luz dibujaban formas que compartían ideas y mensajes directos al espíritu de cada observante. Esa irradiación milenaria se comunicaba en un lenguaje secreto e imposible. La luz estrellada era también alimento como lo eran los piñones y la carne seca y salada del charqui, permitía la existencia de cada quien así como el agua pura y fresca saciaba la sed y perpetuaba la vida. Se despidieron con un gesto ausente, como dos compañeros habituales que han realizado un periplo cotidiano, dos hombres que no tienen nada que decirse porque ya se dijeron todo, Manuel.

Pasó una semana antes de que volvieras a encontrarte con el lonco, Manuel. Fuiste tú quien decidió acompañar al Rucio Carmona a la comunidad Ñancucheo, inventando la excusa de adquirir algunas provisiones: piñones, miel, carne ahumada, charqui. Hicieron el camino a trote lento de caballo. El Rucio fue recibido con muestras de cariño. Fue invitado a comer y beber, servido por Anelei. ¿Al Rucio lo atendía la hija del lonco? Observaste atento las miradas entre ambos, los comentarios, las risas. Persiguió el Rucio a dos niños, quienes blandían una boleadora sin cargas. Anelei, junto a dos niñas de aproximados cinco y siete años, observaban con gracia al Rucio y a los niños. Notaste su júbilo, su fuerza, la exaltación en sus gestos. Su vitalidad, Manuel, una forma de expresión de temperamento que jamás viste antes en el Rucio. Luego de correr hasta la extenuación, agarró un hacha, se la echó al hombro y partió a cortar leña con Galvarino y Mainque.

Te ofrecieron tortilla y mate. Por cortesía, tomaste y comiste con la mayor calma posible. Observabas, a un par de metros de distancia, a una anciana encorvada y silenciosa llenar sacos con granos, maíz y lechugas frescas, aun con tierra húmeda. Cuando estabas cargando tu caballo con los sacos de abastos, el lonco Ñancucheo se acercó a ti. Te extendió con la mano abierta un pequeño aparato esférico, ajado, como un bicho amorfo y retorcido. Un hombre nunca debe perder el rumbo. Usted todavía no lo pierde, dijo, pero esa amenaza está presente en todo momento. Al recibir y mirar de cerca esa semiesfera vieja, descubriste que era una brújula. No tenía ninguna particularidad, ningún detalle. ¿Por qué me regala esto? No es necesario, le dijiste. Quien recibe no entiende la pertinencia del regalo. El regalo no es el regalo sino el mensaje. Un regalo es un mensaje, huinca, y los oídos no están preparados para escuchar el mensaje cuando llega. El mensaje se entiende cuando el tiempo ha secado las aguas sobre la tierra, cuando el barro ha dejado de ser una forma dúctil y espesa para transformarse en solidez, como las paredes que se levantan con paja y adobe. ¿Cuál vendría a ser la paja, aquí, piensa usted? No sé, respondiste. La paja no es parte de la composición de la tierra pero cuando la tierra y el agua se endurecen la paja es necesaria para erigir un muro. Conforman algo nuevo, dijo el lonco. Al terminar de hablar, se quedó mirándote con sus ojos oscuros, bajo las tupidas cejas, que creaban la ilusión de proteger su mirada. Se despidió tocándote el hombro con su mano pesada; eran golpes suaves pero contundentes, empujados por la gravedad.

Al subirte a tu caballo, pusiste la brújula sobre el pomo de la montura. La aguja indicaba sesenta grados sudeste, Manuel, con un movimiento liviano y rápido. Aunque podría decirse que el trayecto hacia la cabaña estaba interiorizado en tu cabeza a esas alturas —también usabas el cielo como guía—, la brújula parecía asentar la consciencia de aquel espacio, la seguridad de vivir allí, lejos de la capital, lejos del pasado, por sobre todas las cosas. La brújula hablaba sin palabras, a través de ese movimiento tembloroso y persistente, difuminado por la cubierta deslustrada de vidrio.

Los días se sucedieron y transformaron el tiempo en una dimensión cotidiana. Cada sección de las jornadas hizo el proceso mimético de su predecesor, Manuel. Olvidaste —caíste en el engaño de la corriente de los días— el pasado, pero el pasado, como aprendiste muy bien, busca los mecanismos para volverse presente.

La patrulla del Ejército de Chile hizo ingreso a la comunidad Ñencuchco un sábado de mayo a las diez de la mañana. Eran seis soldados a caballo comandados por el capitán David Gómez, un efebo lampiño de voz aflautada y que se esforzaba con ridículo exceso en mantener la columna recta sobre el caballo. Sus hombres miraban asustados a los miembros de la comunidad, que a esa hora preparaban fuego y sacaban al rebaño a pastar y varios se tomaban un descanso de las faenas de la tierra, comenzadas de madrugada. Sin desmontar, el capitán Gómez pidió hablar con el lonco Pascual Ñancucheo, a la brevedad. Dos niños y Francisca Ñancucheo, la sobrina del lonco, de ocho años, correteaban entre las patas de los caballos chilenos, en todas direcciones, persiguiéndose y gritando palabras que los soldados no podían entender. Díganles que paren, dijo un soldado flaco, de mejillas chupadas. El soldado se apellidaba Marambio y, además de la delgadez —cualidad notoria—, tenía la cara infectada de furúnculos y un tono amarillento en toda la piel. Le habló a una vieja machi que juntaba ramas de boldo, quitándolas de un arbusto inflado y generoso en follaje. La machi no lo miró y siguió sacando hojas. Se las llevaba a las narices para auscultar su estado y luego las guardaba. Doña, dígales a los niños que no jueguen entre las bestias. La machi levantó la vista y se acercó a los soldados chilenos para observarlos con sus ojos grises bajo espesas cejas, en silencio. Su presencia los intimidó y no se animaron a volver a hablarle. Francisca y sus amigos corrieron hacia el riachuelo y después no se acercaron a los caballos del Ejército otra vez.

El lonco Ñancucheo apareció junto a su hijo Galvarino y al siguiente en la línea de sucesión, Wenceslao. La presencia de los tres hombres gruesos fue abrupta para los soldados, como si fueran espectros que pudieran aparecer y desaparecer con libertad absoluta y aquella acción no correspondiera a la paranormalidad sino al día a día. Me dicen que necesita hablar conmigo, dijo el lonco, hablando en el mismo español entonado como un cántico suave con el que te hablaba a ti, Manuel. El capitán Gómez se bajó del caballo y ordenó a Marambio que también se bajara. Gómez puso al corriente al lonco sobre el ataque homicida a la familia Schmidt. El lonco respondió, con suma tranquilidad, que estaba enterado del trágico hecho. Luego Gómez hizo preguntas relacionadas con el crimen y a los días precedentes y posteriores. ¿Tiene antecedentes de algún posible atacante, lonco? No. O sí; dicen que el gringo Schmidt era malo con su gente, mandaba a azotar peones e inquilinos, no quería pagar. ¿Usted tuvo alguna vez problemas con él? No. Hubo un antecedente presentado frente al señor Pérez Rosales sobre indisposición suya a entregar siete hectáreas, lonco. Yo nunca tuve problemas con las hectáreas porque la tierra es mía. ¿Cómo voy a tener problemas conmigo mismo o con mis hijos o con mi futuro yerno? No le voy a negar que he tenido problemas con mis hijos e incluso discusiones con el yerno porque estos niños toman más chicha de manzana de la que aguantan sus cuerpos y se curan y andan haciendo tonteras después, hablan fuerte, gritan, a veces se agarran a combos entre ellos o con otros peñis. También tengo problemas conmigo en las noches, soldado, me pongo a discutir conmigo, me digo que soy muy duro con los míos, o por el contrario, que permito mucho a mi familia, les doy a las hijas y a los nietos muchos permisos; pero esas peleas, las que tengo con los míos y las que tengo conmigo, en mi cabeza, no son por la tierra. No se pelea por tierra aquí en la comunidad porque estamos tranquilos con la tierra que tenemos; no queremos más, pero menos no, huinca. Después de hablar el lonco guardó silencio y tampoco hablaron sus hijos, Manuel. El capitán Gómez se quedó mirando al lonco, al igual que Marambio. ¿No sabe entonces qué le pasó a Herman Schmidt y a su gente? No, soldado, no sé. Gómez se quedó observando el entorno. Marambio se acercó y le habló a Gómez al oído algo que ni el lonco, ni Galvarino ni Wenceslao alcanzaron a escuchar. ¿Qué más necesita, capitán?, preguntó el lonco. Nada más por ahora, respondió Gómez, a futuro vamos a necesitar nuevas colaboraciones de la familia Ñancucheo. Por supuesto, respondió el lonco. Lo que necesite, aquí estamos. Gómez y Marambio se subieron a sus caballos, giraron y el capitán dio la orden para retirarse. La patrulla avanzó cabalgando y la breve estampida captó la atención de todos quienes estaban alrededor. El lonco, con las manos quietas y juntas a la altura de la pelvis, observó partir al reducido contingente militar. Su rostro no denotaba excitación, temor ni intriga. Así te relató el propio Pascual Ñancucheo la visita y posterior partida de los chilenos. Galvarino, Wenceslao, Mainque y los propios hermanos Carmona se desplegaron, recorriendo sendas distancias a caballo, recabando información entre otras comunidades y lugareños, también con algunos chilenos con los cuales tenían negocios y por ende un trato amable hacia los Ñancucheo. Las tomas y entregas de tierra por parte del Estado a los colonos parecía en pausa desde hacía algunos meses. Se supo que lo sucedido en el fundo Schmidt precavió a las autoridades y no se iniciaron nuevas adquisiciones ni ocupaciones de tierras por el momento. Suponía el lonco que se preparaban otros protocolos, una ofensiva para presionar, tal vez. Por eso desplegó a sus hombres de confianza. Esperabas realizar un viaje largo hacia alguna comunidad rumbo a la costa para informar a los aliados del lonco, eso te había dicho el Rucio, pero Ñancucheo tenía otros planes para ti.

Usted tiene que acompañarme a la cordillera, Mañungo, te dijo el lonco. Tiene que ir con ropas gruesas porque vamos a dormir a la intemperie y allá buscaremos refugio bajo alguna formación de roca para que la helada que nos caiga encima no nos mate. Lleve buen calzado, lleve gorro, lleve tabaco y trago también, de esos licores que le gustan al huinca, Mañungo.

Salieron a las cinco de la madrugada, cuando aún no amanecía y se escuchaban aullidos de perros salvajes, güiñas y los primeros cantos de gallo. Iban ataviados con gruesos ponchos de lana y bonetes sobre la cabeza. Los caballos avanzaron trotando a ritmo acelerado a esa hora temprana, ahuyentando el frío con el movimiento. Las formas en la inmensidad todavía eran imprecisas, como si la oscuridad nocturna se las hubiera tragado y se negara a devolverlas. El mundo no permanecía incólume y ajeno mientras los seres humanos dormían, Manuel. Una actividad secreta y escondida a ojos mundanos ocurría, libre y desencadenada, una agitación viva cuando nadie miraba. Peumos y coigües se desperezaban para iniciar un tránsito imposible rumbo al cielo negro o hacia otro lugar erigido no sobre la tierra ensangrentada sino en la cabeza y el corazón. El espíritu de hombres y mujeres se abría para recibir en sus sueños a la vida silenciosa de cerros, planicies, bosques y mares. La tierra fértil, los árboles gruesos y robustos, el cielo moteado de nubes irregulares, algunas grises, cargadas de agua pura y fría, todo esto enmarcaba el camino de los viajeros. Avanzaron el día entero sin detenerse, doblando por solitarias rutas que parecían interminables. Pararon a comer charqui y a tomar mate seis horas después de iniciado el viaje. El mate, amargo y caliente, te provocó sudores y aceleración del pulso cardiaco, Manuel. El charqui estaba salado, más de lo que acostumbrabas a comerlo, obligándote a rellenar el cazo del mate y a beberlo con rapidez para aliviar el gusto salobre en el paladar.

Habla poco de usted, te dijo el lonco Pascual, quebrando el silencio persistente que llevaban hasta ese momento. No hay mucho que decir, don Pascual, respondiste. Puede haber mucho por decir, pero no el deseo de comunicarlo. Uno tiene el derecho a guardar silencio, agregó. No tengo por qué callar, ya no, a estas alturas, no se necesita, le dijiste al lonco y luego continuaste: Alguna vez tuve madre y padre. A mi padre lo mataron cuando era niño yo, respondiste. Me he ensuciado las manos con la vida de otros hombres, usted eso lo sabe; hubo más asesinatos antes. Entre otros, el asesino de mi padre. Lo maté yo al fulano ese. Le metí puñaladas por la raja del culo, no sé cuántas, mientras se desangraba lo eché, con la ayuda de mis hermanos y mi padrastro —hombre bueno y sano como ninguno—, a un hoyo que hice con mis propias manos y lo enterramos agónico al desgraciado, todavía vivo. Nunca me voy a sacar de la cabeza los ojos desesperados del maldito ese, cuando le mandábamos paladas de tierra encima. Maté después a un huevón que le faltó el respeto a la dama que yo más he querido, le hice mierda la testera con una piedra cotota, a él y a dos compinches que le llevaban las de abajo al maricón ese. Turco era, el huevón. Y por encargo suyo, lonco, a uno de los hijos del finado Schmidt, no sé cuál de los dos grandes, lo degollé y la sangre caliente que salía de la garganta me empapó la mano y después me tuve que lavar con aguardiente y luego agua fría de riachuelo para sacármela. Tuve mujer y tuve hijo. El niño falleció al nacer. Mi mujer poco después. Yo creo que la consumió la pena, don Pascual. Yo no fui capaz de mantenerla viva porque la muerte de la criaturita mía me mató a mí también en vida. No tenía ganas yo de seguir vivo sin mi hijo en brazos, pero tampoco era capaz de pegarme un tiro o hacerme matar desafiando a otro gallo a cuchillo. Cuando uno es cobarde no tiene fuerzas para nada. A mí, la muerte de mi huachito me llevó las fuerzas, don Pascual, y la ausencia de mis fuerzas se llevó a la señora mía porque no fui capaz, no pude, no la sostuve yo a ella. Después me perdí, don Pascual, cuando ya no tenía a mi mujer, se me fueron las fuerzas para tenerme yo parado, para trabajar, para sostenerme en la vida que me tocó, le dijiste al lonco, Manuel, aquella vez, durante la instalación de lonas y pieles bajo una boca que se abría a los pies de un cerro verdoso, plagado de toda clase de especies arbóreas de la zona.

Tu historia no provocó comentario alguno por parte del lonco Ñancucheo. A tus palabras siguió un silencio a medias; no se escucharon voces humanas, sí ventoleras que agitaban la vegetación colindante, canto de pájaros irreconocibles, aullidos, relinchos de caballos salvajes, maullidos de güiñas, más próximas de lo que hubieras querido. El lonco sugirió descansar. Él se echó un par de horas y luego salió del campamento y regresó pronto con un robusto conejo colgando en la mano izquierda. Lo desolló, lo destripó y después lo asó enterrándole una estaca para mantenerlo a altura y distancia de las brasas. Comieron en silencio, acompañaron la carne de conejo —estaba crujiente y sabrosa— con tortillas de harina, piñones, agua fresca y *muday*. Cuando terminaron de comer el lonco preparó antorchas, estacas cortas y un bastón con un injerto de metal.

Vamos a descender al corazón de la tierra, dijo el lonco Ñancucheo y luego puso sobre las llamas de la fogata los extremos de las antorchas y el fuego entró en contacto con los paños empapados con aceite de pescado y emergieron poderosas lenguas. Por un momento pudiste admirar la caverna con sus accidentes y desviaciones en la roca pura, pensante en una boca abierta en grito y de inmediato el lonco empezó a adentrarse a través de un túnel que, a medida que descendía, se estrechaba y sus paredes se deformaban con irregularidad a la vez que el aire se espesaba y allí la humedad adquiría cierta corporeidad junto con el aroma a tierra y minerales vírgenes de la superficie y de la mano del hombre. Este es el cuerpo de un dios desconocido, pensaste, Manuel. Este es el interior de ese dios ignoto. Mi hijo y mi mujer están muertos, yo enfermé y asesiné para llegar hasta las entrañas de un dios que todavía nadie descubre. Un dios dentro de un dios, pensaste, Manuel, descenso de un dios y la tierra misma un dios, luego una multiplicación de dioses en el universo, contenidos unos en otros, Manuel. Qué cosas me vienen a la imaginación, es la falta de aire, dijiste, la espesura subterránea, el aroma de la tierra profunda, la desnudez de la roca pura, todo esto me empuja hacia la locura.

En la oscuridad combatida por las llamas de las antorchas, arribaron a una bóveda ovalada, cuyo techo estaba a veinte o treinta metros, calculaste, Manuel. La profundidad del lugar también era extensa, treinta o cuarenta metros, como esas iglesias de la capital, aquellas que te aprietan el pecho nada más cruzar el umbral de aquellos pórticos de gruesas maderas. Por aquí, por aquí, Mañungo, te dijo el lonco, venga, sígame. Avanzaron en la negrura de ese templo natural esculpido en la piedra no por mano humana, Manuel; el efecto de la antorcha alcanzaba para que pudieran vislumbrar con nitidez tan solo algunos metros adelante, como si lo que veían fuera construyéndose en ese instante, delante de ustedes, pura alquimia, pura hechicería, o tal vez alucinación provocada por los aires enrarecidos de encierro.

El afluente, ubicado en el muro ulterior de la bóveda, brotaba desde una protuberancia que parecía picoteada en una roca mayor, ubicada a unos cincuenta centímetros aproximados del suelo. El chorrito era apenas perceptible, tan delgado, tan nimio, Manuel, caía describiendo una leve curva hacia un pozo pequeño, no más que tus manos formando un cuenco.

Mírela, huinca, escuche el sonido, observe el chorro humilde que cae con tanto sosiego.

Aguafuerte, Manuel.

El lonco acercó la llama de la antorcha hacia el brote de líquido. No tenía nada especial, solo agua fluyendo en pequeña cantidad, a ritmo constante, incolora, sin aroma alguno, sin descomposición tampoco, agua nada más, Manuel.

No sabemos cuándo se va a acabar, te dijo el lonco, por eso no se toca. Necesitamos saber que sigue aquí, que continúa su existencia, yo jamás la he probado y no la han probado mis hijos, que conocen este secreto.

Mírela por última vez, te dijo, el camino que hicimos es irrepetible, salvo para mí, porque atravesamos una ruta que no existe en este mundo, salvo en mi memoria y en mi mente, por lo tanto, usted solo no podrá regresar. Esto te lo dijo, Manuel, una vez que volvieron al campamento, en la entrada de la caverna, a los pies de la montaña. El frío, a esa hora, calaba y la nieve caía copiosa, como un manto blanco que teñía la fronda de araucarias y peumos. Cubiertos por un cuero de vaca compuesto por varias piezas cosidas y al asilo de brasas prendidas con singular rapidez por el propio lonco, te mostró el mapa del segundo afluente de aguafuerte, en territorio boliviano, cerca de la frontera con el Perú,

Manuel. ¿Dónde obtuvo ese mapa, dibujado a pulso en un trozo de grueso papel entintado? Son conocimientos viejos, que la gente del norte le trajo a la gente del sur cuando aún no comenzaban las grandes guerras, cuando aún había bosque en el desierto, cuando aún se podía caminar por toda la tierra y los animales sabían que el humano era hermano suyo y por eso no se les lanzaban encima, respondió el lonco. Yo le cuento a usted, porque nadie le va a creer. Nadie le va a creer qué es el aguafuerte, ni dónde está.

Entonces, te habló del origen del agua, del origen del hielo, del origen de las nubes que permitían la existencia del aguafuerte.

Paulo Joao Pereira, dijo el lonco, todo empieza y termina con él.

En 1821 el padre de Paulo, Volturo Pereira, participó en las exequias de Napoleón, ayudando a vestir el cuerpo del difunto emperador. Volturo Pereira era huérfano y vivía desde los doce años en Santa Elena, cuando el capitán del barco donde iba de polizón lo descubrió y lo echó a tierra, en la primera isla que encontró. En ese lejano roquerío, Volturo Pereira creció e hizo vida.

Participó de los funerales del emperador a los catorce años.

A los diecisiete se casó con una muchacha inglesa llamada Emily Maxwell, hija de un sargento del Ejército del Imperio británico. Pronto la posición del suegro y el dinero obtenido en los múltiples trabajos realizados en la isla le permitieron volver a su natal Lisboa. Salvo los nacimientos de Paulo y Antonio, dos años menor, y la estabilidad económica de la familia gracias a una panadería que el matrimonio Pereira Maxwell instaló con los ahorros, nada digno de recordar sucedió.

El joven Paulo pronto tuvo deseos de aventuras. A la par, le apasionaban la fauna marina y todo tipo de flora, terrestre o acuática. Dibujaba animales, árboles y flores en su libreta, con lápiz grafito. No sabía nada, hablaba a medias portugués, su inglés natal iba mutando hacia su segunda lengua, en una maraña a ratos ininteligible. Hizo todo tipo de trabajos. Era más grande en él la pasión que el intelecto, el entusiasmo que el conocimiento, la intuición que las certezas.

En 1850 la fortuna le sonrió. Su amigo Damasceno Monteiro lo llevó a una subasta ilícita realizada en un bar de mala muerte cercano al puerto, donde un grupo de piratas tenía a la venta especies de toda clase, hurtadas a un barco español que viajaba rumbo a América, según se rumoreaba. Llevado por el deseo de obtener algo, por vulgar que fuera, Paulo compró un pequeño baúl, en cuya cubierta estaba tallado, en relieve, el siguiente símbolo:

que el lonco te mostró en un punto de un mapa que desenrolló en ese momento. Atraído por esa extraña y sencilla forma, Paulo gastó el poco dinero que llevaba encima y se quedó con esa caja desgastada, manchada por rastros de humedad y carcomida por el uso, su propia antigüedad o quizás qué clase de desventuras y malabares en altamar y los más diversos parajes imposibles de imaginar por la mente ingenua y cuasi virgen del portugués. Luego de la subasta, Paulo y su amigo Damasceno se sentaron en la playa para revisar el contenido de la caja. Adentro encontraron viejas libretas con anotaciones, dibujos, bosquejos, mapas, y una cadenita ajada de la cual colgaba el mismo símbolo tallado en la tapa del pequeño baúl. Era de un metal opaco y no mostraba signos de deterioro. Cada línea del extraño símbolo estaba lisa, suave, ausente cualquier aspereza o rizo. Damasceno descubrió que el idioma de las anotaciones en

215

libretas, hojas sueltas y el mapa era español. Haciendo notable esfuerzo, comprendió que esas palabras castellanas hablaban sobre un líquido con cualidades especiales que el autor bautizaba como "aguafuerte". ¿Y el símbolo?, quiso saber Paulo. Su amigo Monteiro no tenía idea, no sabía si tenía un significado. Aunque todo tiene un significado, te dijo el lonco, Manuel, ¿no cree usted? Permaneciste en silencio, pensando en ese muchacho lejano en el tiempo, próximo por sus desventuras y obsesiones. Después Monteiro recordó el hallazgo de *Las confesiones*, de Agustín de Hipona, mencionó al santo a su amigo Paulo Joao, pero Paulo Joao no conocía a Agustín de Hipona, ni tú, tampoco el lonco Ñancucheo, quien supo de la existencia de san Agustín de boca de Paulo Joao, cuando le reveló cómo se enteró del aguafuerte, Manuel. ¿Qué tenía que ver san Agustín de Hipona en todo esto? Nada más que la coincidencia del hallazgo. Al igual que con los escritos del aguafuerte, *Las confesiones* fueron encontradas cuando Alfonso V el Magnánimo, por el precio de diez ducados, adquirió las posesiones de un bajel genovés asaltado por un pirata llamado Llull.

Con la ayuda siempre más informada de Damasceno, Paulo Joao descubrió que uno de los tres puntos marcados en los mapas se encontraba en Chile, cuyo puerto principal era oído una y otra vez en las calles y rincones de Lisboa. El primer punto de aguafuerte estaba en pleno desierto, según pudieron comparar en un mapa, en pleno territorio del Perú. El segundo punto se encontraba al sur de Chile. El tercer punto era en un lugar difícil de determinar, a los pies de la cordillera, en territorio argentino o boliviano, no se alcanzaba a precisar con claridad. ¿Dónde buscar?, se preguntaron los amigos. ¿En el severo desierto peruano? ¿En la inhóspita cordillera? ¿O en el Chile austral, el mismo país que albergaba a ese puerto que estaba en boca de cada navegante y aventurero que pasaba por las costas portuguesas?

Paulo Joao vendió todas sus pertenencias y se hizo con un préstamo de sus padres (que nunca pagó, no por desidia o deshonestidad, sino porque jamás volvió a Portugal). Sin más perspectivas ni proyectos futuros, Damasceno Monteiro decidió invertir sus ahorros en acompañar a su amigo Paulo. Ambos se embarcaron en una carabela que salió en pleno invierno europeo rumbo al Brasil. La nula experiencia en altamar de ambos expedicionarios primerizos los mantuvo las primeras semanas en los camarotes, entre vómitos y tercianas provocadas por los resfríos que pescaron. El viaje se hizo más largo de lo esperado. Paulo Joao deseaba regresar o tocar tierra. No soportaba el olor de las bodegas ni los camarotes, no soportaba la imagen de un mar infinito, a veces furioso, arrugado en esas millones de olas e irregularidades sobre el agua. Llegaron a tierra en Brasil y luego tomaron un carguero que hizo escala en Buenos Aires para recalar, tras dos turbulentas y agobiantes semanas, en el puerto de Valparaíso.

A los amigos portugueses, el puerto chileno les pareció un reverso siniestro y deforme de su natal Lisboa.

Cerros como siameses, niños ladrones, mendigos mutilados, marinos borrachos, estibadores pendencieros y prostitutas desdentadas y harapientas. Por boca del sacerdote, ambos sabían que las putas cargaban con la pestilencia del deseo mal habido. Resistieron el acecho de las mujeres y luego de sus proxenetas, que se mostraron insistentes y amenazantes con los recién llegados. Se informaron, ubicaron gente, pagaron dinero. Encontraron a un hombre que poseía una carreta y que estaba dispuesto a llevarlos, por tierra, hasta la Araucanía, ese territorio donde, en mapa chileno, se encontraba el hontanar de aguafuerte.

Se llamaba Enrique Varela y, según les dijo, atravesó muchas veces antes el territorio chileno de punta a cabo. Les advirtió sobre la Araucanía: No era tierra sencilla, estaba habitada por el mapuche, verdugos de españoles, limitantes del Imperio inca al sur, y podían ser tan agresivos como letales en batalla. Pero no existía palabra que pudiera disuadir a Paulo Joao Pereira y a Damasceno Monteiro, quienes habían dejado todo atrás para corroborar la existencia del aguafuerte, Manuel, relataba el lonco.

El viaje hacia la Araucanía no tuvo mayores percances hasta que Damasceno Monteiro, agobiado por el calor del verano chileno, bebió agua de un río de ancho caudal que cruzaba el camino. Fue durante la siesta, mientras Paulo Joao y Enrique Varela dormían a ronquidos bajo la carreta para protegerse del sol. Los dolores de estómago comenzaron a aquejar a Damasceno en la noche. Se encogía en su posición, vomitó hasta que solo le quedó la bilis amarillenta y amarga para botar. Enrique, tras preguntarle, descubrió que el problema fue el agua del río. ¿No ve que yo la caliento hasta hervirla? Pronto comprendieron que estaban en problemas porque el agua hervida era vomitada a los pocos minutos también. No funcionaron las hierbas ni encontraron médico en la solitaria ruta. Agonizó con dolores insoportables y lamentos lastimeros Damasceno Monteiro y falleció una tarde soleada.

Era el único amigo de Paulo Joao, a quien dejaba ahora a merced del país desconocido, forastero perdido en la inmensidad de la tierra lejana. Pero de pronto, mientras Enrique lo ayudaba a cavar la tumba para el cadáver de Damasceno, Paulo Joao Pereira tuvo una epifanía y se dijo: Vine al fin del mundo para buscar la muerte; no hay aguafuerte, no hay secretos, no existe quimera alguna, soy un necio o un disminuido mental, me engañé y provoqué la muerte a mi amigo Damasceno. Asesino, necio, disminuido, se dijo, pero entendió también que podía suicidarse allí o llegar hasta el final, hasta el punto marcado en el mapa, y decidió hacerlo, continuar, no por valentía o por enaltecer la memoria de Damasceno Monteiro, sino por temor, por miedo, por cobardía. No era capaz de suicidarse, prefería cualquier martirio en lugar de la nada desconocida de la muerte.

A la mañana siguiente, cuando continuaron el camino hacia la Araucanía, Paulo Joao comenzó a dibujar los arbustos que aparecían en el camino y las aves que alcanzaba a divisar mientras la carreta lo llevaba por los senderos todavía vírgenes del país. Fue una forma de enfrentar la muerte del amigo, un proceso de luto donde volvió Paulo a practicar ese oficio diletante que tanto lo apasionó en su Lisboa natal: el dibujo de criaturas y plantas de todo tipo; su clasificación a través del bautismo de aquello trazado en el papel.

No llegó de inmediato a la bóveda del aguafuerte Paulo Joao Pereira. La última vecindad humana precordillerana previa era la comunidad Ñancucheo. Con el lonco fue honesto desde el primer momento. Se presentó como explorador y naturalista portugués, dijo poseer el secreto de un brebaje sagrado y le dio a conocer todos los materiales con los cuales contaba. El lonco se dedicó a estudiar los mapas y, con la ayuda de su hijo Galvarino, que dominaba el español mejor que el resto de los miembros de la comunidad, leyó una y otra vez las aseveraciones sobre el aguafuerte. Ideas abstrusas, Manuel, inconexas, un bloque de información que el lonco y Galvarino no fueron capaces de asimilar. A pesar de la extrañeza del material que trajo consigo Paulo, el lonco reconocía las palabras, los símbolos y mapas que querían justificar la realidad de ese mito. Como si los signos fuesen un virus que infectaba a través de la visión, de la palabra, de los trazos.

Tres meses vivió Paulo Joao Pereira en la comunidad Ñan-cucheo, Manuel, te contó el lonco.

El joven portugués fue calmando su ansiedad a medida que pasaban las semanas. Hizo dibujos de gran parte de los miembros de la comunidad, los viste, Manuel, todos con grafito y el grosor del lápiz parecía variar para definir, ampliar o precisar las facciones de los modelos. Allí estaban, inmortalizados por la mano de Paulo Joao Pereira, los rostros de Galvarino, Anelei, Wencesleo, la machi Olga Linconai, la esposa del lonco, doña Fresia Aniñir, y tantos más, ancianos de piel arrugada, niños sonrientes, niñitas achinadas, jóvenes erguidos, algunos reconocibles en la comunidad, Manuel.

Sin explicación, Paulo Joao se fue una madrugada a explorar hacia el norte. Iba, por consejo del lonco —fue lo primero que don Pascual le dijo cuando el portugués decidió pasar una temporada en la comunidad: "Cuídese porque el sur es grande, frío y peligroso"—, premunido de puñal y rifle porque ya estaba en curso la campaña del Ejército chileno, apostado en diversos puntos de la Araucanía. No sabían en ese entonces los peñis (como se llamaban entre sí los mapuches) que el Gobierno tenía planeado entregar esas tierras a migrantes, europeos en su mayoría. La sociedad mapuche y la chilena tenían un intercambio comercial fluido, ágil, en apariencia conveniente para ambas partes, aclaró el lonco. Hasta que empezamos a ver campamentos de soldados, piquetes y exploradores metiéndose en tierra mapuche, Manuel. Ocurrieron enfrentamientos graves y otros que no tanto, entre peñis y chilenos. Balas al aire, estocadas de puñal y bayoneta, combos en alguna quinta de recreo provocada por las curaderas y las voces elevadas.

Nadie supo nunca qué fue lo que motivó la trifulca entre Paulo Joao y los militares chilenos. Wenceslao lo encontró agónico, atravesado por siete heridas de sable, precisaron después el arma agresora no solo por las características de las incisiones, sino por los tajos en brazos, el pecho, abdomen, la mejilla izquierda, y en la espalda (desde el omóplato derecho hasta el riñón izquierdo), Manuel, se ensañaron con el pobre muchacho, te dijo el lonco, no podíamos vengarlo porque no sabíamos quiénes eran los asesinos; eran militares chilenos, pero ¿quién, con exactitud? Imposible saberlo.

Nos preguntábamos, continuó el lonco, quién tomó los apuntes y trazó el mapa que compró por azar Paulo Joao a los piratas. Lo admitimos en nuestra comunidad para apaciguar a los dioses del destino y contener el acecho al aguafuerte. Suponíamos que, al tenerlo con nosotros, nada podría arrebatarnos el elixir que la naturaleza nos había confiado para proteger. Esa suposición se convirtió en certeza cuando comprendimos que aquí Paulo Joao encontró lo que no buscaba, en el aire fresco y helado, en los picos nevados de la cordillera, en Calel Alhue-cel, en los bosques donde no hay fin, usted ya los conoce y puede dar fe de mis palabras.

Hemos sabido lo que es el aguafuerte desde hace mucho y desde ese tiempo no necesitamos usarlo ni guardarlo porque guardarlo sería robarlo del afluente y de su morada natural, que usted conoció. Agua suprema de eternidad, agua de árbol y del rocío del amanecer prístino de los dioses, agua en apariencia como cualquier otra, como la pura que fluye desde la cumbre de la montaña hasta nuestros ríos y que permite la vida.

Los viejos compartieron con nosotros los secretos para entender el mundo y la tierra. El deber de los que ahora entramos en la edad mayor es abrir nuestros conocimientos con los que vienen. Yo lo hice con mis hijos, ellos vinieron hasta aquí, Galvarino, Wenceslao y Anelei, a la bóveda de aguafuerte, eso dijo el lonco Ñancucheo, Manuel.

Los otros lugares donde hay aguafuerte tienen sus responsables. Nuestra responsabilidad está acá. Vivimos aquí, aquí vamos a morir, nuestra muerte va a ser aquí, nuestra comunidad y las otras comunidades le van a pelear la tierra al Ejército suyo, te dijo el lonco, tal vez usted desee aventurarse en la búsqueda, lejos de aquí, pronunció Pascual Ñancucheo y luego guardó silencio, llevándose piñones a la boca, uno a uno, los mascaba con calma, Manuel, pensaste en las cavidades oscuras, en la boca abierta del lonco para evadir el verdadero fondo, Manuel, el centro negro, asfixiante, turbulento y final, las palabras verdaderas del lonco Ñancucheo, la posta entregada, el deseo de ese hombre para que tú, quizás en compañía de tus hermanos, buscaras nueva aguafuerte, ¿eso quiso decir? Y después: ¿por qué tú? ¿Qué vio a través de tus ojos, en la cuenca cóncava de tu cabeza, más allá de todos los tejidos, de la sangre, de aquella materia viscosa que aparece cuando los hombres llegan al final, cuando el mundo decide desgarrar una parte de sí, como el herido que debe hurgarse la carne viva para extraer la bala que amenaza infección?, Manuel, preguntaste a la inmensidad y al vacío interior, pero no escuchaste respuesta alguna. El lonco se estiró en el suelo, sobre una manta de gruesa lana blancuzca, erosionada y enturbiada en su color primigenio por la tierra y el uso. Se quedó allí, en decúbito dorsal, los ojos cerrados, estiró la columna con un movimiento gracioso de estremecimiento y después se entregó al camino de la locura simulada, es decir, al camino de los sueños, Manuel.

Un año más tarde, semanas y días después de cumplido el año de la visita al manantial subterráneo de aguafuerte, Manuel, tu única visita a ese lugar—, y dos semanas antes de la ceremonia nupcial entre Mainque Lincomán y Anelei Ñancucheo, el

Rucio Carmona se escapó junto con la hija del lonco Pascual, durante una madrugada de tormenta pesada, excesiva en truenos y relámpagos. La jornada comenzó muy temprano, a las cinco, cuando tu hermano Segundo salió temprano a cortar árboles, bosque adentro. Lo viste de reojo, a través de la puerta semiabierta, guardando herramientas y provisiones. No hablaron, no se despidió para no despertarte. Fue la última vez que lo viste, Manuel. Cuando abandonó la cabaña, te levantaste, te lavaste la cara, el pecho y las axilas. Avivaste las brasas de la chimenea con leños secos y pusiste a calentar agua en la tetera para beber mate. Pero no alcanzaste a cebarlo. Sobre la mesa, cubierta a medias por un cuenco de piedra labrada —para que las ráfagas de aire al abrir y cerrar la puerta no la volaran—, encontraste una carta de tu hermano, escueta misiva para despedirse de ti y de Segundo, perdón, hermanos, escribía el Rucio Carmona, no podía avisarles por el peligro de ser descubiertos. Nosotros vamos hacia Bolivia, a la búsqueda de aguafuerte. En la carta, al final, copiado casi al detalle del papel de Paulo Joao Pereira, estaba el mapa de la ubicación de aguafuerte en el desierto. Un golpe invisible en el pecho sentiste una vez terminaste de leer.

Tu pasado estuvo marcado por el hálito de la tragedia; la boca de un dios inclemente y sádico sopló un aliento negro y asfixiante, Manuel, sobre tu vida y la de tu gente, pensaste en ese momento y de inmediato comenzaste a prepararte para ir en busca de Segundo, cuya ubicación exacta desconocías, ibas a recorrer los lugares donde acostumbraba transitar, sus espacios predilectos del bosque, aquellos más apartados, donde podía trabajar en calma, lejos del ruido. Mientras preparabas al caballo y te abrigabas, a eso de las cinco y media de la madrugada, llegó cabalgando con premura y aún bajo una lluvia persistente y firme el lonco Ñancucheo. Venía agitado, con el aliento entrecortado, empapado por completo y la urgencia que lo traía hasta tu cabaña opacaba cualquier emoción.

Agarre sus cosas y váyase, te dijo, yo vine a matarlo con mis manos, eso prometí a mi gente, pero no voy a matarlo porque usted ahora es responsable del aguafuerte. Así lo hicieron conmigo y así lo haré con usted. Esto no tiene que ver con peñis o huincas, es mucho más grande que usted o yo, que nuestra gente, que sus hermanos. Huya de aquí, tampoco queda nada, dicen que el Ejército nos va a sacar. Pronto va a correr sangre, pero no su sangre, Manuel; pesque sus cosas y váyase, dijo Pascual Ñancucheo.

Con la carta escondida entre tus ropas, turbado por las palabras astillosas, quemantes y destructivas del lonco, le dijiste que primero saldrías a buscar a Segundo. El lonco negó con la cabeza. Su hermano está muerto, mis hijos salieron a buscarlo al bosque, temprano, la traición de su hermano Armando la tenemos que cobrar con la sangre de ustedes. Te sentaste y te quedaste con la vista perdida, intentando aprehender la información. Don Pascual Ñancucheo, todavía respirando con agitación, se quedó mirándote, no entendía qué pasaba, qué está esperando, te dijo, váyase, ahora, yo no puedo decir que lo maté yo mismo, pero puedo decir que usted ya no estaba cuando llegué, ¡hágame caso, mierda!

Veinte minutos más tarde ya estabas montado sobre el caballo, con algunas provisiones, agua, tu equipaje, Manuel, y el lonco prendió fuego a la cabaña y sin despedirte de él agitaste las riendas, golpeaste con la huasca a la bestia y saliste cabalgando y el olor penetrante de la madera en llamas te persiguió por días, aunque sumergieras la cabeza en agua fresca, pese al aroma de los pinos, de la tierra, de la hierba fresca en madrugada, en tus narices percibían humo negro, rebosante de brasas en llamaradas bajo la lluvia de la madrugada, cosquilleo en las narices producida por la picazón, días y semanas después, lejos ya de la comunidad Ñancucheo, de la Araucanía, no quedaban vestigios de la hediondez destructiva, sino recuerdos, imágenes, la perplejidad de la abrupta salida, la corazonada ilusa de Segundo vivo, sí, pudo arrancar de los hermanos Ñancucheo, pensabas, mi hermano es ágil, rápido, bravo para defenderse, al instante la corazonada era aplacada por la razón, un pensamiento agobiante, frío, certero negaba la vida de Segundo; en cambio, abría una interrogante más densa, incómoda, la de la vida del Rucio Carmona y Anelei allá en el norte boliviano.

Antes de regresar a la capital pasaste por Los Aguilones. Donde antiguamente estaba la casa de tu madre, existía otra rancha. Vivían allí un hombre bajo y rechoncho; una mujer esquelética, con la piel avejentada colgando de la barbilla, las mejillas mofletudas, sin vida, manchadas por el sol; cinco o seis niños, quienes ayudaban al padre en la siega en ese momento. Don Segundo padre llevaba seis años muerto; la señora Clara, dos. Se encargaron de las exequias Margarita Concha, nieta del vecino Concha, muchacha de veintidós años, heredera de la posición del abuelo como antiguo inquilino en Los Aguilones, y su marido, un joven peón que trabajaba en las temporadas de siembra y cosecha, una vez casado con Margarita, inquilino fijo en el fundo. ¿El resto de la gente conocida, Manuel? Zurita muerto. El patrón, muerto. La señora, viva aún, al cuidado de la sobrina, Constanza, madre de una muchacha heredera de los rasgos del Rucio Carmona, de nombre Raquel, ambas ayudadas por Julia, madre de cinco niños, todavía hermosa, pensabas Manuel, pese a los años, a parir esos críos, al esfuerzo del trabajo.

El patrón todavía estaba con vida cuando murió Clara. Él ordenó a Zurita lanzar los restos de la difunta a la fosa común, esa costumbre llevaba años en Los Aguilones, te contaron Julia y Margarita en la noche, al calor de unos mates mezclados con hierbas y endulzados con miel. También Segundo padre yacía ahí, con el vecino Concha y tantos campesinos más. El patrón se negaba a malgastar tierra en cementerio para inquilinos, bastaba con rezar para hablarles a los muertos de uno, decía, eso le mandó a comunicar al capataz Zurita. Se provocó sublevación porque tu madre era muy querida por el inquilinaje, nunca antes pasó algo así en el fundo, la gente, te dijo Julia, aguantaba todo pero no la prohibición de honrar como Dios manda a una finada tan buena y generosa, querían darle cristiana sepultura, permitir que la carne de Clara se volviera polvo sin otros huesos, Manuel, tan cristiana que era la señora Clarita, además. La sublevación no pasó a mayores. Reprimieron a los campesinos con palos, huascas y rebenques. Los hombres de Zurita echaron la caballada encima. Alguien perdió un ojo producto de los golpes excesivos y un par de mujeres quedaron inconscientes en el suelo. Después se olvidó la rabia y los inquilinos tuvieron que echar a tu madre a la fosa, sin reclamo posible.

Nada más que hacer ni nadie contra quien vengarse. Los dignos de asesinato estaban muertos, la revancha no era posible, no tenía sentido a esas alturas, la mujer del patrón no se valía por sí misma, te contó Julia, Manuel, era solo un cuerpo envejecido, ausente, perdido quizás en qué pesadillas. Las muertes necesarias estaban ejecutadas, las manos tenían sangre justa e injusta, no cualquier mano, tus manos, una *contra ablución*.

La muerte no te era ajena, quizás tendrías que intensificar tus esfuerzos, matar más y mejor, buscar otra venganza, lejos de aquí, esperar como el cazador a la presa escondida entre el matorral, Manuel. La palabra divina es La Palabra, es la voz de los ejércitos de Israel, recuerdos del desierto, el perdón de los niños, Manuel, sabrás cargar tu fusil contra el enemigo y perdonar al débil, al puro, al inocente, Su Mano te dará el don de la clarividencia, sacrificio de la carne, el pueblo de Dios pide carne y anhela la bondad del opresor, y Dios, Manuel, les ordena alimentarse de carne un mes, hasta que ya nadie, nada, nunca, pueda exigir la bondad del enemigo, guerra santa, la guerra de Dios contra el hombre, Manuel, el amor de Dios es un amor furibundo, la rabia es un gesto amoroso, el crimen es un gesto amoroso, el combate es un gesto amoroso, la traición es un gesto amoroso, Manuel.

Creíste distinguir sus pequeños ojos brillantes y apuntaste a uno de ellos. Los niños se quedaron paralizados, con la respiración entrecortada por el miedo.

Cerrar los ojos y presionar, Manuel, llevar el máximo estandarte amoroso, es decir, el odio, la rabia, la ira.

Tú dices que el mundo consiste en ruinas que caen y se aplastan mutuamente. Y eso es correcto. Tú mismo eres esas ruinas. Lo esencial: el amor a la muerte, un amor innato a ella, Manuel. Nosotros no tenemos derecho a castigar, nosotros somos castigados. Todo en este mundo es negro y tenebroso. Por este motivo la guerra es necesaria para purgar a los descendientes de Dios.

La guerra es un gesto de amor, Manuel.

INTERLUDIO

Esto fue lo que sucedió:

Vivían junto a la boca del pique, allí donde nació el campamento, como floración entre el polvo y la roca. Un milagro o una semilla que voló desde un lugar desconocido.

Allí, junto al yacimiento, ella y él abrieron la roca viva a golpes de picota, día, noche, meses. Años.

Vieron lluvia y diaguitas, sombras del amanecer que avanzaban hacia el horizonte, hacia un destino oscuro. Vieron llamas en estampida y escucharon su trote como un zumbido bajo el polvo. Vieron el alba y el ocaso incendiar el cielo y el cielo silenciarse con el metal de la noche, como un apagavelas, y otra vez admiraron el azul nítido del día que difuminaba con lentitud la oscuridad. Vieron ir y venir camanchaca. Vieron una y otra vez la aurora como el nacimiento del agua sobre la tierra seca, sin llegar a tocarla nunca.

Allí hicieron el amor, tuvieron hijos y reclutaron devotos. Ellos creyeron y también ayudaron a abrir roca y tierra. Y volvieron a parlamentar con la urbe. Robaron dinamita y herramientas. Mataron. Cabalgaron por el desierto y aprendieron a alimentarse y a sobrevivir perseguidos por enemigos reales e imaginarios. Una sombra volvía, de vez en cuando, a ellos, recordándoles lo que hicieron, a quiénes traicionaron, los motivos de esa traición. Aguafuerte, amor.

Usaron dinamita para llegar al corazón de la tierra. Encontraron el hontanar y bebieron aguafuerte. Los devotos tuvieron recompensa.

Se los invitó a beber y después olvidaron, ella y él, los hechos, el pasado. Mataron a los enemigos imaginarios; los reales se perdieron en las tormentas que se confundieron con el tiempo, sin rastro alguno.

Tuvieron bonanza.

El tiempo avanzó, pero solo era una ilusión. Como una resaca, donde los cuerpos y los sentidos buscan la realidad, sin encontrarla.

Poseían el secreto que hizo vibrar al mundo.

Entonces, vino la guerra.

Al principio, fue un susurro lejano traído por el viento.

Siguieron viviendo como el desierto les enseñó.

Descendían a las entrañas de la tierra para entrar en contacto con el aguafuerte. Días y noches en penumbra, no importaba, allí fluía el río sacro en el cielo subterráneo. La guerra se libraba en el mar, lejos del desierto, lejos de la roca montañosa. Los ecos del horror rebotaban contra la nada, contra el caliche, contra el cielo límpido y abrasador.

La música de la batalla empezó a llegar a oídos del campamento. Rumores de ejércitos en movimiento. Multitudes invisibles, pisada de hombre contra arena ardiente, conmoción de bestias, el metal de las armas en las manos de los hombres, todo esto como una representación en sordina, tan solo el ruido vago y frágil de otros destinos.

Los desertores aparecieron por el campamento una noche de hielo. Gruesa camanchaca condensada, aullido de viento felino, paciencia en las rocas de la soledad. Les parecieron espectros golpeando la puerta de los vivos, diminutas existencias mendicantes. Eran tres desertores de la guerra. Ojos de miedo, corazones enjutos, pánico al amanecer dijeron sentir aquellos soldados renunciantes.

Los hombres fueron recibidos. Les dieron techo, agua, lumbre, alimento. La noche, el día, el tiempo serían limitados para ellos en el campamento. Se les dijo: Tendrán que partir pronto de aquí. Los soldados aceptaron. Hablaron del horror. Hablaron de heridas y de estallidos de cañón. De cuerpos descuartizados y de gritos inmortales, hablaron. Prometieron obediencia a las condiciones de los líderes, ella y él, los custodios del aguafuerte.

Los traidores, entonces, vieron su oportunidad.

Tres, al igual que los desertores, ella y ellos, otros, codiciaban el bien absoluto, el aguafuerte, obsequio de los primeros dioses, de aquellos dioses olvidados.

Dieron muerte a los desertores, usurparon sus uniformes, robaron aguafuerte.

Después desertaron.

En el camino encontraron a la patrulla de soldados imberbes. Otra oportunidad ofrecida por los dioses, pensaron. Dieron muerte a esos jóvenes para obtener el agua pura que llevaban. Esperaban cruzar hacia el nuevo afluente.

Echaron rumbo a la montaña, pero el desierto les dobló la mano, como si los traicionados hubieran dado un grito de auxilio. Mataron otra vez, pernoctaron con miedo. Sabían que los suyos venían atrás. También estaba aquel, el innombrable, el que no debe pronunciarse, el destructor.

El destructor los acechaba. Se les aparecía en sueños. Hablaba de Betesda, del movimiento en el estanque gracias a las alas del ángel, de los cientos de hombres y mujeres que deseaban sumergirse en esas tibias aguas celestiales. El destructor estaba aquí para librar la guerra santa, para hacerse con el lugar del mesías, para reinstaurar el reino del cielo, les decía. Por robar aguafuerte serían crucificados y sus entrañas devoradas por la rapiña negra y alada.

Fueron perseguidos como presas de caza y alcanzados por sus antiguos compañeros. Tuvieron gratitud porque llegaron antes que el destructor.

Ella y él, custodios del aguafuerte, cobraron venganza contra los traidores. Como habló en sueños alguna vez el destructor, fueron crucificados y heridos para despertar la sed de los buitres.

Antes de partir, los custodios les revelaron el secreto: ofrecerían una alianza al destructor.

SEGUNDA PARTE

Los perseguidos

Voy a contarles qué fue lo que pasó en el norte, dice.
Se los voy a contar porque estoy viejo y voy a morir pronto.
No quiero llevarme ese recuerdo, lo que quiero es sacármelo de encima, echarlo como a un perro hambriento que mira las guatas desparramadas por el suelo después de un beneficio, gritarle para que el bandido ese arranque lejos, dice, y el resto de los comensales lo observa y escucha con atención, mientras se dedican a escanciar sus cañas de vino y de aguardiente. Se los cuento a ustedes porque sé que van a poder ponerle el hombro a esto que llevo conmigo hace tantos años. Ustedes son buenos cabros y esta pesadilla mía no les va a echar a perder la vida. A mí me dejó solo y me dio más años de los que debería vivir. Esto que pasé en el desierto, pienso yo, fue un embrujo. Una hechicería me dejó amarrado a la tierra de los vivos, muchachos. Me cobró una extremidad. Yo me pienso como un alma en pena, viviendo de prestado aquí. Pero me voy perdiendo, carajo, y quiero que me escuchen, quiero que se queden conmigo mientras vamos tomando vino y aguardiente para darles alivio a las gargantas, dice, y luego se lleva la caña a los labios y sus gruesos mostachos se empapan de unas gotas rosáceas que caen hacia la barbilla.

El 79 mandaron a llamar a filas y yo me presenté porque tenía hambre y los trabajos que hacía no me daban para alimentarme, dice. Miliqueaba aquí en el Matadero, aprendía a

235

carnear mirando a los matarifes, cargaba en la Vega, ayudaba a llevar muebles a las casas de los futres en el centro, pero no siempre alcanzaba la platita. La guerra a mí me llegaba como un rumor. No entendía por qué peleábamos con Perú y Bolivia. Los viejos que alcanzaron a vivir la guerra antigua y sabían un poco más, auguraban tiempos de hambre y pobreza. Se acordaban de cuando se llamaba por la prensa o a viva voz en las calles al roto, a pelear por el honor de la patria. Salían milicos y pacos a lacear huasos para reclutarlos. Los agarraban con soga cual bestias. Un veterano que trabajó de hachero para la cuadrilla de don Arturo Castro tuvo que ir a Yungay porque cayó en cana luego de agarrarse a combos con unos choros y los mismos pacos lo mandaron al regimiento, donde lo embarcaron y lo hicieron pelear. ¿Han oído hablar de don Arturo Castro, verdad? Eso fue cuarenta años antes, muchachos. Para nuestra guerra supimos del movimiento de los buques chilenos y peruanos a través de los diarios. Los canillitas voceaban los avances del conflicto a grito pelado por las calles de la ciudad, vendiendo diarios como pan caliente. Yo en ese tiempo era analfabeto, pero escuchaba las noticias de la boca de los pocos que sabían leer. Nos enteramos del combate de Iquique, del *Huáscar*, de todos estos gallos que se perseguían mar adentro, que se despedazaban a punta de cañón y granada. El movimiento de personas hacia Antofagasta; en Iquique, los cañonazos desde la costa hacia los barcos. Las tres horas de pelea en la costa, los muertos, muchachos, dice.

El conflicto estaba por todas partes, la gente andaba nerviosa, pensaban que en cualquier momento llegaban por acá los peruanos y los bolivianos, imaginaban combates en Santiago, asediados desde la cordillera y el mar, dice.

Los ánimos estaban caldeados. A un peruanito que trabajaba despostando piezas, en una carnicería en Plaza Bogotá, lo acuchillaron unos matarifes de la cuadrilla de don Pablo Fierro, después de discutir, con hartas cañas en el cuerpo, una noche ingrata en El Manchao. El peruanito fue insultado por los cuadrinos, bravos todos. El hombre aguantó en silencio un par de horas, durante las cuales metió trago para dentro, pisco puro con rodajas de limón, métale trago el cholito. Envalentonado por la curadera, se aniñó con los fulanos. Afuera del bar fue ajusticiado a puñaladas, dice y guarda silencio para tomar otro sorbo de chichón.

En un viaje a Valparaíso, continúa, vi cómo le metían mano a la *Cochrane*; me imaginé una bestia grande y violenta, herida quizás por qué pelea, de medio lado, dejándose operar por compadres chiquititos que le arreglaban las partes. ¡Oiga la estructura grande, gancho, con los costados abiertos y las vigas cruzadas como costillas de animal, y un poco más allá había una oscuridad inmensa de donde salían gaviotas y pelícanos en vuelo como si alguien los escupiera! Los hombres se veían pequeños, como soldaditos de plomo, encumbrados en altos andamiajes de madera, trabajando a izquierda y derecha en la estructura del barco. Mire las tonteras que se imaginaba uno cuando cabro. ¡Un barco como un bicho herido, por la cresta!

Me enrolé porque iba a tener comida y techo por un tiempo, dice. La pega andaba lenta y las condiciones no eran las mejores. Todo lo que ven allá en las secciones de nuestro Matadero, los galpones, las cuadrillas, los pisos empedrados, los techos que cubren a las bestias y a los matarifes de lluvia y sol, nada de eso existía. Beneficiábamos entre la mierda y el barro. Los compadres más viejos se resfriaban seguido en invierno, y en verano nos agarrábamos insolaciones pesadas. Nos veíamos mayores; teníamos la piel curtida y endurecida por el trabajo y el clima. Era bravo el Matadero en aquellos años. Si ustedes piensan que los matarifes son gallos guapos, pues antes, ¡ay, Señor mío!, para resistir aquí tenías que ser cototo, firme, bueno para trabajar y también para el hueveo, siempre dispuesto al trago, a la compañía de mujeres, a la mocha a combo limpio y a sacar el cuchillo a la menor provocación. ¡Cuánto duelo a tajo y puñalada no vi yo! No era lugar para niños inocentes ni para cabros débiles, dice. Creo que me aburrí de todo eso. Aprendí un oficio, usaba el cuchillo como ninguno, pero la plata escaseaba y vivir en esas condiciones tan pencas a uno le arruina el ánimo.

Me presenté al cantón un domingo gris y frío. Fue puro trámite de papeles y exámenes de los doctores, que nos empelotaron y nos revisaron hasta debajo de las bolas y a culo abierto, dice. La vergüenza grande, por la máquina, abrirle la raja a desconocidos para que miraran para adentro.

Después nos encerraron en el Regimiento Buin.

El entrenamiento fue bravo. Se van a transformar en hombres, mierdas, nos dijo el sargento Chandía; les van a crecer el pene y los testículos. Aquí aprenderán a ser machos de combate, van a merecer en el futuro, quienes sobrevivan, a una mujer con la cual casarse para que los atienda y les dé hijos. Les aconsejo que se cuiden de ir a putas. Aquí hubo un conscripto muy talentoso que terminó cagado del mate. Una comadre de una casa de niñas le pegó una cochinada y se le pudrió ahí abajo. Después lo tuvieron que encerrar en el manicomio porque la infección que le dio en la diuca se le fue a la cabeza. Si no me creen, pregúntenle al doctor Escalona, él atendió a ese pobre pájaro. Dios nos libre y los libre a ustedes del pecado de la carne, cabros de mierda, no quiero a ningún huevón faltando a misa, aprendan la palabra y eviten a la mujer impía, nos repetía no solo al comienzo, sino durante todo el periodo de entrenamiento Chandía, dice, agudizando la voz con el fin de imitar el tono del sargento.

Nos enseñaron a usar las armas. Los fusiles Comblain a mí me gustaban. Corrían blanditos al cargar la munición y sabían dónde apuntar cuando uno quería disparar. Unas máquinas muy diablas. Pensaba uno que las habían hecho a medida para las manos propias, así de bien se ajustaban a los dedos y a las palmas los desgraciados esos, dice. El sargento Chandía nos ordenaba rezarles a nuestros respectivos Comblain. ¡Pídanle al Señor por este bandido, el huevón va a proteger sus vidas en combate!, nos gritaba furibundo. Quiéranlo al fulano ese que tienen en las manos, respétenlo y trátenlo con más cariño que a ustedes mismos. Este Comblain es nuestro ángel de la guarda, rezaremos pidiéndole un deseo, que no va a ser otro que sobrevivir allá en el desierto; después diremos, en la soledad de los camastros, la oración en honor a este angelito llamado Comblain, nos decía Chandía, dice, y yo creo que todos nosotros obedecimos y rezamos en las noches por la vida que íbamos a arriesgar en un par de meses más, encomendándole al ángel de la guarda el destino de los fusiles, su correcto funcionamiento, el cuidado que íbamos a prodigarle: "Ángel de mi guarda, dulce compañía, no me desampares ni de noche ni de día. Amén", repetíamos acurrucados en los camarotes. Más de una vez murmurábamos la oración moviendo los labios, casi sin sonido, pura mímica, muchachos, hasta cerrar los ojos y dormirnos, dice.

También aprendimos cómo funcionaba la resistencia del cuerpo contra el clima. Nos formábamos de noche bajo la lluvia, con nuestros fusiles contra el pecho. Los que flaqueaban eran azotados con huascas, y cada golpe nos devolvía a la posición y con las manos heridas y el cuerpo acalambrado costaba volver a formarse. A veces yo pensaba que nos querían quebrar de puro gusto; los oficiales, con sus muecas duras, nos gritaban cerquita, con el hálito a comida y trago, escupiendo nuestras mejillas afeitadas; los sargentos preguntaban si éramos machos, si teníamos pelotas entre las piernas, si le rezábamos a la Virgen del Carmen todas las noches para el bien de nuestra patria. ¿Creen en Dios, las mierdas?, preguntaba Chandía avanzando entre nosotros, dice. ¿Creen en la Santísima Trinidad, carajo, creen que nuestro Señor va a volver a la vida en carne y hueso, conchas de su madre? ¡Sí, mi sargento!, respondíamos a los gritos. Huasca elevada en el aire, silbido y golpe sordo contra las carnes semidesnudas. ¿Les rezan a sus fusiles, los huevones? ¡Sí, mi sargento Chandía! Otra vez, rompiendo el aire nocturno y produciendo música, bajaba el cuero firme y agudo de la huasca para estrellarse con un sonido apagado sobre la piel erizada por el frío; resistíamos los muchachos de esa época, aguantábamos como hombres, no sabíamos, por supuesto, lo que era ser hombres porque muchos de nosotros todavía no cumplíamos dieciocho años, pero imaginábamos lo que era un hombre —aguantar callados, qué otra cosa; tragarse lágrimas y lamentos— y repetíamos los gestos y los actos de los compadres mayores que nosotros. Bien firme los huevones, derechitos, sin moverse, nos gritaban los superiores, dice. ¡Ay, muchachos!, siento todavía el duro contacto del cuero contra el culo, en la espalda, allí a la altura de los riñones. Llegaba a pensar que el huascazo me cortaba la carne cruda; era el dolor frío nomás, el dolor que nos provocaba la imaginación, dice.

Continuamos en el Buin seis meses de encierro y entrenamiento. Yo me acostumbré a levantarme a varillazos a cualquier hora de la madrugada, por puro azar, obligado a marchar frente a los oficiales. Uno de ojos claritos y frente amplia gustaba de sacar su revólver y disparar al aire para marcar los tiempos de la marcha. Conocía yo cómo eran los curados y también cómo se curaban los pijes que vivían en las casas donde hacía pegas, porque los pijes tomaban whisky y siempre se endemoniaban, y este oficial, que gustaba de marcar el ritmo a punta de balazos al aire era pije. Yo lo supe al verlo, en el hálito alcohólico reconocí el olor del whisky, sus maneras, el tono de la voz, cómo pronunciaba las palabras, dice. Aguantaba las humillaciones porque tenía techo y pan. No pensaba en la guerra todavía, muchachos; el encierro parecía a perpetuidad, como una maldición condenada a repetirse hasta nuestras muertes.

A principios de octubre salimos en tren hacia Valparaíso, dice. Estuvimos acantonados una semana completa en el puerto. Acampamos cerca de los muelles, en carpas, trabajamos día y noche para cargar los barcos y enfilar hacia Antofagasta lo antes posible. Los animales eran elevados en sistemas de poleas, las armas y alimentos en barriles de roble. El vaivén del agua. Las noticias que no era capaz de entender. El calor y la brisa salada del mar, que provocaba que la piel del rostro y las manos enrojeciera y perdiéramos capa tras capa de cuero, dice. Valparaíso se nos aparecía como un espectáculo sin fin, donde nosotros mismos participábamos acarreando y preparando los pertrechos. Pasamos los meses previos —que frente a los estímulos porteños parecían largos y asfixiantes— encerrados porque el teatro de guerra, hasta ese momento, se representaba solo en el mar.

Zarpamos de Valparaíso una madrugada de octubre con ventoleras bravas y un sol fuerte atenuado por la brisa chispeante provocada por el clima, dice. El 2 de noviembre tomamos Pisagua y fue la primera vez que disparé mi fusil contra otros hombres. Usé mi cuchillo no para desollar ni despostar bestias, lo usé para apuñalar al enemigo, para rebanarle el guargüero, para atravesar pechos, piernas y brazos humanos, muchachos. No se puede explicar así nomás cómo fue avanzar por mar abierto hasta la playa y el roquerío de Pisagua, bajo fuego enemigo, como lluvia metálica, imagínense, por el amor de san Sebastián, que del cielo caiga acero en lugar de agua. Parece una cuestión de gallos locos o borrachos —igualito a como le pasaba a don Rogelio, ¿se acuerdan?; el pobre veterano se despertaba de la curadera y empezaba a gritar: ¡Sáquenme las arañas, miren cómo suben estas mariconas por los brazos, ayúdenme, mierda!—, una imaginación media maligna que le viniera a uno de puros nervios, de pensar que nos íbamos a morir ahí mismo, las balas enemigas no se veían pero a veces —¡eran tantas, por la chita!— brillaban cortito al sol, y después se metían al agua o caían sobre nosotros y nos hacían mierda. Ahí saltaban los pedazos de cabeza, los huesos y la piel; los compañeros del Buin caían por la borda de los lanchones, o a nuestros pies, agónicos o muertos nomás. ¿Qué pensaba yo? No pensaba, si ahí uno no piensa nada, le echa para delante, trata de disparar y de agachar la cabeza y esconder el cuerpo lo mejor posible para llegar vivo y seguir peleando. ¿A quién disparar en esa agitación de agua y ataque? Para adelante, a la nada, hacia el sol —tomamos los picos de Pisagua de amanecida—, por pura intuición apuntábamos los fusiles hacia la playa, aunque no fuéramos capaces de distinguir nada, dice. El sonido, muchachos, el ruido de las detonaciones de fusil enemigo confundidas con el rugido del viento y la bravura del mar, los gritos de las olas y los gritos de los amigos despedazados, ay, por Dios, ¿cómo se puede contar algo así? No se puede contar. Solo quedan trozos de recuerdos dando vuelta en la cabeza, en los sueños, en los pensamientos perdidos, y uno empieza a hablar, a reproducir con las palabras una parte que aparece porque sí en momentos inesperados, cuando la cabeza anda por otros rumbos justo vuelve la guerra y aquella mañana, cuando tomamos Pisagua.

La sangre helada corría por el cuerpo, helada de miedo —el miedo a uno le da vida y por eso la sangre fría hiela el espinazo—; la espuma del mar, burbujeante, chispas como de vino agripado fermentando en las casuchas hediondas del campo. Mirábamos la espumita blanca y sentíamos ganas de echarnos en la arena —la arena estaba aún a cientos de metros de distancia— a la que íbamos a llegar; quedarnos allí, dejando pasar la tarde, dejando también que el sol nos achicharrara las carnes. Acostarse, al final del día, con el cuerpo cálido y dolorido, ¡cómo queríamos que pasara eso, mierda! Pero estábamos en la primera batalla de nuestras vidas y el descanso irresponsable era una fantasía torpe, un consuelo en aquellos momentos de estremecimiento y angustia, dice.

Escuchábamos por todos lados el grito de la guerra antes de subir esa cuesta endiablada con los cholos por todas partes, saltando como huiñas sobre nosotros. ¡Cuánto cristiano vi morir aquella mañana, muchachos! ¡Cuánto compadre desmembrado por bala, sable y bayoneta, compañeros y enemigos por igual, Virgen del Carmen, sangre derramada y entrañas de jovencitos esparciéndose sobre la arena ardiente!, dice.

Un par de semanas más tarde avanzamos hasta Dolores para tomar los pozos de agua del pueblo, dice. No fue canto de ave celestial, no, señor. El agua subterránea de Dolores se defendió también del enemigo en cruenta batalla, apostados cerro frente a cerro, los regimientos a tiro de granada, las posiciones defendidas a bayoneta, mierda. La batalla comenzó a las tres y media de la tarde, todavía me acuerdo, nosotros recién terminábamos de comer el rancho de almuerzo, fue comida contundente, no les podría decir qué, pero nos dejó el estómago lleno, daban ganas de pegarse una siesta a la sombra de un chañar en lugar de

243

agarrar el fusil. ¡Qué espectáculo el teatro de combate! Tronar de cañón a primera tarde, cargas de infantería con bayoneta y carga letal de caballería, muchachos. El desierto se enseñoreaba de nosotros. El calor del día nos caldeaba los uniformes, la arena nos secaba la garganta, provocándonos dolor al tragar saliva. También afectaba a las bestias, colándose entre las pezuñas y las herraduras como pepitas de un oro maldito e inservible. Las ventoleras elevaban esa arena y se nos metía en las narices y en la boca. No sé si les conté que los del Regimiento Buin hicimos el viaje en la *Magallanes*, dice. Allí, a bordo de ese buque viejo, conocí a Gilberto Aristía, a Manuel Romero y al gringo Federico Graham. Los cuatro descendimos de aquella cañonera vieja, avanzando entre el roquerío, en botes que saltaban con las olas, bajo el asedio incansable desde tierra.

No voy a perderme en los detalles de Pisagua ni en la batalla de Dolores, porque todo eso ya lo conté muchas veces y lo que me importa ahora es hablarles de la misión secreta que nos encomendó el Ejército de Chile y por sobre todo quiero hablarles de Espanto, del señor Espanto o doctor Espanto, como lo llamaban los generales y los soldados chilenos. Así se referían a ese hombre de piel blanquecina y largos cabellos negros brillantes bajo el sol de Tarapacá y brillantes también a la luz de la luna llena, obscena en su redondez, que amplificaba su figura en las noches —eran escasas las noches limpias de neblina—, cuando la camanchaca dejaba al cielo aullar con libertad, dice, y luego se limpia la nariz con un pañuelo arrugado y gris, que saca del bolsillo de la chaqueta y que vuelve a guardar allí tras despejarse.

Después de Dolores nosotros deberíamos haber seguido junto al grueso de nuestro Ejército hacia el desastre de Tarapacá, dice. El ansia por perseguir al enemigo y aniquilarlo en campo abierto fue lo que empujó al general Luis Arteaga a llevar a sus hombres hacia esa tragedia. Pero lo que nos sucedió a nosotros fue otra cosa, quizás más desproporcionada y demencial en su desarrollo y en sus consecuencias; casi desconocida, salvo por quienes estuvimos allí y que ahora intentamos olvidar, echándoles tierra a los recuerdos, pero los recuerdos se sacuden la tierra y siguen allí, claritos como la sangre que corre por los suelos del Matadero. Tal vez soy el único que sigue vivo de aquellos con quienes me aventuré por el desierto, muchachos, como cristiano debería dejar que el recuerdo se muera conmigo para no expandir ese veneno del espíritu, pero la ponzoña se abre paso como el gusano en la carne podrida, quiere más, exige alimento, desea que la podredumbre gobierne todo. Oye, cabro, pide más tragos, tráete más beberaje y comida; como que se me seca el guargüero cuando hablo, necesito echarle del fuerte y alimento al buche para seguir, así me pasa cuando me pongo a hablar, niño, dice.

Mientras la oficialidad de nuestro Ejército intentaba dar caza a los aliados en el desierto, al capitán Roberto Ormazábal le encomendaban una misión secreta y urgente. Lo ocurrido se nos ocultó para no afectar la moral de los hombres ni exponer las debilidades logísticas y estratégicas del Ejército. Para que puedan entender, primero voy a tener que explicarles algo más. Yo no sé si alguno de ustedes fue alguna vez al norte, muchachos. Estoy pensando, para ubicarlos, en San Pedro de Atacama, pero aún allí estamos lejos del lugar que es importante para que entiendan lo que voy a contar. Hacia el noreste de San Pedro de Atacama, a ciento cincuenta kilómetros, el Ejército chileno instaló un puesto de vigilancia estratégico, porque allí se daban las condiciones para el cruce cómodo de un ejército entero. Se pensaba que entrarían refuerzos secretos desde Bolivia, información que hizo llegar un espía chileno desde La Paz. Nada de eso pasó nunca —se cree aún que fue una estrategia de los aliados para confundirnos—, pero un batallón completo de chilenos se quedó esperando allí, a merced del viento y el frío de las noches.

El cruce era conocido como Grito del Diablo. El nombre se debía a un conjunto de rocas que abrían el paso desde este lado. En la superficie se adivinaban rostros de hombres y mujeres en perpetuo lamento, asediados, pensaban los lugareños, por el diablo; era como si esos fulanos, atrapados bajo tierra, quisieran arrancarse del infierno a través de esa gigantesca piedra, abriéndola a mano limpia, así de desesperadas parecían esas muecas que la naturaleza erosionó allí. A nosotros —me refiero a la patrulla que estaba por formarse— no se nos ordenó reforzar Grito del Diablo, sino otra cosa. A comienzos de noviembre, un contingente de soldados, encargado de llevar pipas de agua y alimentos para abastecer ese campamento, fue asaltado y masacrado. Los soldados fueron ultimados y las mulas de carga robadas. Las reservas de agua y alimentos en Grito del Diablo estaban por terminarse, se hacía urgente recuperar los abastos. Pero no era este el objetivo más importante de nuestra misión. Se nos exigió, ante todo, vengar a los compañeros caídos. Tendríamos permiso para matar al instante a los asesinos, sin necesidad de tomar prisioneros. A cargo, como les dije, estaba mi capitán Ormazábal, dice. Mis amigos Aristía, Romero y Graham fueron elegidos para la patrulla. También Ignacio Molina, Germán Urzúa, Jacinto Burgos y yo. A Espanto nos lo presentaron la noche que siguió a la batalla de Dolores, mientras comíamos nuestros ranchos consistentes en carne asada y un espeso y contundente caldo con papas y cebollas. El cerro desde el cual dominó el enfrentamiento nuestro Ejército parecía un muro de llamaradas enseñoreándose de la noche contra el frío y la neblina. Los hombres encendieron fogatas por toda la ladera, y en ellas asaban la carne faenada por mí y varios compañeros, el mismo piño de improvisados matarifes que dirigí en Hospicio para preparar el asado con el cual celebramos los triunfos y honramos a los caídos. En nuestro grupo se respiraba —"respiraba" como quien dice "sentía", muchachos, como decir "desollar" y "trocear"— una cosa enrarecida, porque Romero y el gringo Graham se marcharon la noche de la batalla de Pisagua, sin decirle a nadie; no hicieron el trayecto hacia Aguas Santas con nosotros, no pelearon en Germania, como el capitán, el pije Aristía y yo —un choque de caballerías donde todo fue polvo y sonidos atroces, pesados, de carne contra carne y carne desgarrada por metal y pisotones de bestia sobre huesos de hombre; y el lamento entre el polvo, como neblina maligna, levantado por la carga de caballerías—. Graham y Romero llegaron en las vísperas de la batalla de Dolores, parecían al borde del desahucio y venían precedidos por este hombre que nosotros desconocíamos, pero eso nadie lo vio o lo vi yo y algunos compañeros que estábamos ubicados en el flanco izquierdo del cerro, listos ya para la batalla y Espanto desapareció del teatro bélico, mientras Graham y Romero apenas alcanzaron a comer el rancho para sumarse a las filas, premunidos, como el resto de nosotros, de nuestros fusiles listos para disparar, la bayoneta colgando en la cintura, preparada también para ser anexada a los Comblain una vez que los oficiales nos ordenaran cargar o defendernos contra la carga enemiga, dice. Les hablaba yo de la noche en la cual conocimos todos a Espanto. Estábamos sentados sobre la tierra, en torno a una enorme fogata que dejaba ir sus chispas hacia el cielo, el capitán Ormazábal llegó acompañado de una figura delgada, vestida con pantalones, chaqueta, capa y sombrero negro. Su cabello largo y liso a la luz de las llamas proyectadas contra la oscuridad provocaba el efecto de llevar la cabeza protegida por un velo negro bajo el ala ancha del sombrero. Aunque pudimos reconocer sus facciones con claridad más tarde gracias a las primeras luces del alba, su presencia nos dejó perplejos. Cuando uno lo observaba por vez primera no podía saberse si estaba frente a un hombre o una mujer, dice, cohibido de pronto por sus dichos.

¿Cómo puedo describirles el rostro de Espanto? No es posible construir con palabras lo que uno tenía enfrente de sí. Podríamos acercarnos a su imagen hablando con el mayor detalle posible. La edad era incierta, su piel era estiradita y blanca, como de niño chico o de mujer extranjera, no parecía afectada por el sol, ni el frío, ni el calor del desierto. Nariz fina como de dama, ojos pequeños y negros como el agua turbia de un pozo subterráneo, la frente limpia de toda impureza. El pelo, como les he podido explicar, era como el pelaje del mejor semental árabe que monté una vez en las caballerizas del Club Hípico. Largo y brillante azabache; no se me vayan a confundir. Yo no me he amariconado ni le ando encontrando belleza al hombre, les explico el pelo para que se imaginen cómo era y lo raro que nos pareció a todos nosotros, gallos desgreñados, barbones y cochinos que estábamos acantonados para pelear. Era una figura que no tenía nada que ver con la guerra, con el desierto, con la carnicería de las batallas. El capitán nos dijo que el doctor Espanto (así lo llamó) era un experto rastreador y que fue puesto a nuestra disposición por el mismísimo presidente de la República, así de importante era el fulano ese. Nosotros escuchamos en silencio mientras el señor Espanto sacaba una pipa, la llenaba con tabaco extraído de un estuche de cuero y luego procedía a fumar con grandes bocanadas, con la vista perdida en las llamas de la fogata. Ojos negros brillantes en la oscura noche nortina. Negrura absoluta, ojos sin blanco, muchachos, como si la vista de ese tipo se la hubiera comido la boca de la noche. Pocos nos atrevimos a mirarlo de reojo, impedidos por sensaciones de temor y ansiedad inexplicables. Permanecimos en silencio, volviendo a nuestros alimentos y tomando sorbos de aguardiente para calentar el cuerpo. Jacinto Burgos fue el primero en quebrar el silencio para dirigirse a Espanto preguntándole su nombre verdadero. Espanto, respondió el capitán Ormazábal, usted, Burgos, dijo el capitán, solo tiene que saber que nuestro colaborador, aquí presente, se llama Espanto, cuando usted necesite hablar con él tiene que decirle señor, señor Espanto y nada más, o doctor Espanto, señor o doctor, Burgos, ¿estamos claros? Espanto no despegaba la mirada de la fogata, seguía fumando, expulsando humo, en silencio y abrigado por la capa negra y el sombrero. Volvió a hacerse el silencio en nuestro grupo. Alrededor, el resto de los soldados cantaban, gritaban, pedían más trago. Se peleaban a combos y después se abrazaban. Preguntaban, a viva voz, dónde ir a buscar unas chinas para culear. O putas, maracas peruanas, negritas, eso necesitamos para apaciguar al animal de la guerra, sargento, escuché cerca en una conversación. ¿Y los prisioneros de guerra? No me hueve, respondió el soldado, yo no soy maricón. Está equivocado, respondió el sargento, maricón es el que recibe, no el que lo mete. Vamos a sacarnos las ganas con los cholos, mire que en la noche todas las rajas son iguales. Imagínense que es una putita morena nomás, cabros, dijo el sargento, y el grupo que estaba en torno a una fogata aledaña se envalentonó y salieron a buscar a los prisioneros. ¿Quién chuchas se hace llamar Espanto?, dijo Jacinto Burgos y luego de algunos segundos de sereno silencio, abrió una petaca con pisco de Hospicio y bebió un largo trago. El mejor pisco que he probado nunca y que a mis años voy a probar, cabros, puta madre el pisco bueno, purito, fuerte pero con sabor a uva todavía, para empezar el día con un sorbito directo al guargüero, niño, dice. Espanto se quedó en silencio, aspirando el humo de su pipa y botando las bocanadas deformes por la comisura de los labios. El sombrero de ala ancha más la oscuridad imperante ocultaban de vez en cuando sus ojos, y la luz del fuego revelaba un semblante sin rastros de vellos ni imperfecciones; ojos, como les dije antes, oscuros en su totalidad. Graham liaba un cigarro con mucho tabaco, sentado junto a Mañungo Romero. Ambos permanecieron en silencio, distantes, ajenos al común nerviosismo que compartíamos el resto. Yo, que los vi arribar a la batalla junto a Espanto, era tal vez el único del piño que podía interpretar los gestos y la calma de ambos. ¿Qué cresta interpretaba yo esa noche? Nada inteligible, nada que pueda explicarles ahora o que hubiera podido explicar a mi compadre Aristía o al capitán Ormazábal aquella noche. Jacinto Burgos, intuyó el capitán, quería persistir en su hostilidad hacia Espanto. Vaya a preparar mi tienda, quiero que me deje agua caliente para mi té nocturno, no se olvide de las cáscaras de limón, pocas, no tentemos a la suerte, Burgos, seamos cautos con las reservas, le dijo el capitán Ormazábal. Burgos agachó la cabeza, y luego se paró. Sí, mi capitán, dijo y salió raudo. Una vez que se retiró Burgos, el resto seguimos comiendo y tomando. Alrededor continuaba la dura jarana, se escuchaban balas al aire e incluso fuego de cañón sumados a los gritos de los chilenos, borrachos y envilecidos por la proximidad de la muerte y la victoria conquistada con tanta dureza.

¿Qué edad tenía ese hombre?, me pregunté, muchachos, más tarde, envuelto en el saco de dormir, dice. Afuera de la carpa el viento silbaba con fuerza aterradora. El caliche deformado en arenilla golpeaba como lluvia seca; amortiguaba el ruido la lona, sentíamos que el desierto se desarmaba como el esqueleto frágil y seco de un espino perdido en la pampa. Yo creía escuchar voces murmurando palabras sin sentido, bajo ese escenario al cual me acostumbraba a vivir a la fuerza, en un clima desconocido. Hechizos, conjuros y maldiciones pronunciadas por la voz portentosa de la naturaleza incomprensible. El desierto empezaba a enquistarse en cada uno de nosotros, como una peste o la sarna. Esa noche soñé que caminaba por la orilla del mar, bajo una fuerte lluvia. El cielo, moteado por nubes, se mimetizaba en el horizonte con el océano. En sentido contrario se acercaba una mujer desnuda, caminando a un ritmo similar al que llevaba yo. Era mujer por sus curvas marcadas en caderas y pechos. Más cerca, comprobé al observar su pubis poblado de pelos negros y ensortijados. El amanecer del sueño hacía brillar el aura de ángel que traía. La piel lechosa, sus pechos pequeños y firmes, un largo cabello azabache. ¿Son capaces de imaginarse lo que les cuento? Nos encontramos en esa inmensidad vacía, a mi izquierda el mar tormentoso del amanecer, a mi derecha arena y después una vegetación de sendos pinos y eucaliptos. No hubo palabras. Miradas directas a los ojos, nomás, muchachos. Ojos de enigma, bolitas castañas misteriosas. Rostro inexpresivo. Ninguno movía los labios y el sueño no tenía sonidos, salvo el dulce azote del agua contra sí misma y contra la arena en la orilla formando resaca. ¿Qué tendría que haber hecho en el relato de mi sueño? ¿Cómo actuamos cuando ese mundo de locura se abre como un libro misterioso? ¿Somos nosotros los que decidimos, o es Dios quien nos empuja a actuar bajo su juicio secreto y telúrico? Sea Dios o nuestra propia voluntad la que guía las acciones, yo me dejé caer a piso y hundí las rodillas en la arena mojada para introducir mi boca en la mata de vellos que escondía la vulva de la desconocida. Entre la maraña negra encontré una textura blanda y pegajosa, invisible el origen de aquella sensación. Como si de un metal atraído por un imán se tratase, mi lengua fue absorbida por las carnes húmedas para recibir la embriaguez pringosa de aquella estructura de formas múltiples. Ustedes que ya son duchos entienden cómo se siente el placer del cuerpo femenino, pero yo en aquellos años no sabía nada, nunca antes toqué a mujer alguna, ni siquiera una puta, pese a mis diecisiete años.

Desperté bañado en abundante sudor, con las primeras luces del alba en simbiosis con las últimas de la noche, la lumbre filtrada por la camanchaca, el frío y las bocanadas de vapor. Tras cambiarme la gruesa camisa empapada y abrigarme, salí de la carpa. El fuego que acostumbrábamos a ver en sus últimos estertores cenicientos refulgía con fuerza; lenguas de llamas y chispas se elevaban en todas direcciones, provocando calor intenso. Junto al fuego, el señor Espanto, envuelto en la capa negra, con el sombrero en las manos, observaba el intenso crepitar y la combustión de los leños. Dispuesta sobre el fuego gracias a una minúscula parrilla, hervía sonora la tetera con café. Cuando me acerqué, Espanto sirvió un tazón y me lo extendió.

Yo lo recibí dándole las gracias. Hay que comenzar el día antes del alba, pronunció Espanto con un tono liviano. ¿De dónde venía este hombre?, pensé otra vez mientras intentaba identificar la procedencia del acento del señor Espanto. Del sur no puede ser, me dije, porque yo conozco bien las variaciones de acento sureño, todos hasta Punta Arenas, y la forma del habla de Espanto no correspondía a ninguna. ¿Será entonces de la zona? ¿De dónde cresta es este gallo?, pensaba con insistencia, dice, pero no fui capaz de responderme. Después no volvimos a hablar, bebimos en silencio el café, acompañamos el rancho con tortillas cocidas en el rescoldo de la fogata.

Partimos hacia San Pedro de Atacama a las nueve de la mañana en punto. A la cabeza de la patrulla iba el capitán Roberto Ormazábal y más atrás el señor Espanto. Completábamos el grupo el pije Aristía, mi amigo Mañungo Romero, el gringo Graham, Ignacio Molina, Germán Urzúa y Jacinto Burgos, diestro en el uso del cuchillo, de quien corrían diversas leyendas, todas relacionadas con crímenes, con ilícitos, con el consumo de sustancias insólitas, con el chamullo más destemplado. Hice, como también creo haberles comentado, amistad con tres soldados. De quien más cercano me sentía, pese a mi carácter silencioso y a las diferencias que teníamos —en múltiples sentidos—, era de Gilberto Aristía, al que pronto apodamos el pije. Tenía veinticinco años y su familia poseía negocios, tierras y una casona en calle García Reyes. A veces pienso que la casa de los Aristía todavía pertenece a la familia, pero yo nunca conocí la casa de mi compadre Gilberto. Me pregunto, cuando camino por allí, cuál de todas ellas será, muchachos, y recuerdo con macabra lucidez el pasado común con el pije.

Al gringo Federico Graham era al que más queríamos, no sabría explicarles por qué. Tenía casi cuarenta años. Su padre era oriundo de Inglaterra, pero él nació aquí en Chile. Poco supe yo del gringo. El hecho más revelador y próximo fue cuando vi su sufrimiento por perder a un amigo que había hecho en la guerra, un cabro de buena familia llamado Felipe Arrate, muerto en la batalla de Dolores en los brazos de Graham, picaneado por decenas de heridas de bayoneta; me preguntaba por qué lo lloró tanto, si durante esa carnicería que fue Dolores cayeron tantos compañeros de armas, por qué afectó tanto al gringo la muerte de su amigo Arrate. Lo que sabíamos del gringo era que había desempeñado los más variados oficios, incluido el de cafiche. ¿Entienden lo que es un cafiche, verdad, muchachos? Un cafiche es un cabrón, un hombre que vive de mujeres a las cuales prostituye, cobrando una parte de las ganancias a cambio de protección y asesoría en las platas, dice. El cafiche le guarda la plata a la mujer para que pueda comprar sus cosas y también la protege, por ejemplo, de algún curado loco de la cabeza, de gallos que quieran pegarle a la mujer o, peor, cortarle la cara, que hay tantos, como ustedes deben saber.

El gringo hizo esta pega en la Argentina, antes de partir a los Estados Unidos en busca de oro, allá en California, aventura que deslizó alguna noche y que al parecer Mañungo Romero conoció entera de boca del propio Graham. Pero me estoy yendo otra vez, me pierdo y no quiero perderme, necesito continuar esta historia, la búsqueda del agua y lo que vimos, la persecución de los malhechores y las cosas que hizo, muchachos, el señor Espanto, dice con pesadumbre. No permitan que me vuelva a ir por las ramas otra vez, aunque la historia del gringo Graham es también esta historia, así como la historia del pije Aristía y la de Mañungo Romero e incluso la de Jacinto Burgos; todas son la historia de Espanto, de cómo lo conocimos y lo seguimos a través del desierto y las rocas del norte.

Del robo y la masacre a la que sometieron a los transportistas del agua había quedado un sobreviviente, dice. Era un cabro de veintidós años, cabo primero, quien recibió una bala en el hombro, una estocada de bayoneta en el costado derecho del vientre y tajos de espada en todas partes del cuerpo, una de ellas le abrió la frente llegando a trepanar el cráneo. La herida de bayoneta atravesó un riñón. Estaba inconsciente en un campamento del Ejército chileno cerca de Calama, aún no recuperaba la consciencia y era probable, nos informaron, que muriera en cualquier momento por la gravedad de las heridas. Nuestro primer objetivo era llegar hasta él, con la esperanza de encontrarlo vivo y ojalá despierto. La información que podría entregarnos era importante. ¿Fueron atacados por bolivianos, peruanos o simples cuatreros? ¿Hacia dónde se llevaron el agua? ¿Cuántos eran? Como podrán imaginarse, agua era difícil conseguir y transportar en esa zona. La sed en desierto abierto pareciera crecer, se hace más dura, es una mano invisible que aprieta las gargantas secas y rasposas. Los escasos canchones aledaños a Grito del Diablo no eran suficientes para abastecer a un batallón. Tampoco eran fáciles de encontrar, dispersos por la pampa y muchas veces invisibles al ojo humano. Hacia la precordillera, además, cavar se hacía más difícil porque el agua estaba a mayor profundidad. El Ejército chileno mandó después un nuevo contingente de pipas hacia allá, pero nosotros aún estábamos a tiempo para recuperar el agua robada y entregarla antes de que las reservas de nuestros compañeros afincados en la frontera se acabaran, pensábamos. Eso nos hicieron creer los huevones, dice. Nuestra misión, la que asignaron a la patrulla secreta del capitán Roberto Ormazábal, también tenía otro objetivo encomendado por el presidente de la República y el alto mando militar: venganza. Sangre enemiga cobrada por la ofensa del robo y el crimen cometido contra esos soldados que llevaban agua para sus compañeros.

No tengo demasiado que contar del camino realizado de Dolores hasta las cercanías de Calama, dice. Avanzábamos lo más rápido posible, siempre desde la madrugada hasta poco antes del ocaso. Se hablaba poco. Se corría en silencio. El día siempre era abierto por causa del sol y la ausencia de nubes, inaugurado por la camanchaca de la madrugada. La noche helaba como un infierno de hielo invisible.

Los soldados intuíamos los nervios del capitán Ormazábal, quien deseaba encontrar con vida al cabo sobreviviente. La comida la preparábamos Germán Urzúa y yo; teníamos mejor mano que el resto, por supuesto cocinábamos mejor que Aristía. Alrededor del fuego, engullíamos rápido para retirarnos a dormir. El capitán Ormazábal insistía en la importancia del descanso. Soldados en malas condiciones no sirven para nada, solo para perder la guerra, decía, convencido de sus palabras, el capitán. A veces nos quedábamos jugando a los dados y escuchábamos las historias del gringo Graham.

El último en retirarse era Espanto. Siempre de negro, siempre cubierto por su capa, a veces con su sombrero de ala ancha (lo utilizaba en el día para protegerse del sol), junto al fuego, anotaba en una libreta a la vez que observaba el cielo o la negra extensión del desierto, visible a esa hora por las infinitas estrellas o gracias a la luz de la luna, hasta que la camanchaca avanzaba desde occidente cual bestia desconocida sobre nosotros, mínimos y anónimos seres humanos, alimento para sus fauces deformes de niebla espesa y secreta, dice.

Llegamos al campamento de Calama tres días más tarde, a eso de las once de la mañana, dice. El pueblo fue tomado por los chilenos, sin resistencia, salvo una escaramuza en uno de los puentes, donde se atrincheró un capitán aliado con algunos hombres. Hubo fuego de granada y fusil, pero los enemigos fueron vencidos con rápida contundencia. El pueblo, tras la conquista chilena, contaba con una batería de cañones y una división completa de soldados. El campamento médico estaba a ciento cincuenta metros de Calama, para que los enfermos contagiosos permanecieran aislados. El capitán permitió que la patrulla se tomara el día para descansar. A mí me ordenó acompañarlos a él y a Espanto a visitar al cabo herido que aún estaba con vida. Si ustedes me preguntan por el rostro o el nombre de aquel muchacho moribundo, yo solo podría responderles generalidades. Su nombre no lo recuerdo, pero sí el color de la piel, algunas facciones, los pómulos oscurecidos bajo los ojos, las múltiples heridas cubiertas por paños y, como una aureola de santidad, la cabeza envuelta en blanco esparadrapo para proteger el corte que nacía en la frente y se internaba en el cráneo. Cresta, pobre cristiano, pensé. Hoy todavía soy capaz de evocar el olor que emanaba de su cuerpo en descomposición, en pleno calor de la mañana, encerrado en la carpa de gruesa tela. ¿Qué clase de olor era?, ¿cómo describírselos a ustedes ahora, aquí, donde el gordo Jorquera? No se me ocurre qué decir, muchachos, porque nunca fui bueno con las palabras y convertir una cosa que olí en palabras para ustedes me cuesta mucho. Eso no es posible ni humano. Convertir los hechos en palabras, pues, pocos gallos están capacitados para tamaño desafío. Lo visto sí puedo expresarlo, el dolor del cuerpo, tal vez, pero esa podredumbre, ese olor a carne muriéndose y a mierda y a sangre, amigos míos, no se puede decir y solo se puede sentir.

Entramos, como les contaba, con el capitán y el señor Espanto. Fuimos guiados por una joven y hermosa enfermera llamada Marianela. ¿Cómo diablos recuerdo el nombre de una chiquilla que vi en el campamento y nunca más en mi vida volví a encontrar, y no soy capaz de acordarme del nombre del cabo herido, tan relevante para lo que vendría después? Los caminos de la mente a veces nos conducen a pozos negros como agua putrefacta, donde no hay nada y donde no es posible entender ninguna cosa. Son los caminos del Señor, pues, muchachos: tránsitos irónicos, pistas para la risa de Dios, y de quién más se va a reír que de nosotros, pues, muchachos. Marianela abrió la carpa y nos hizo pasar. Se agachó hasta la oreja del cabo y le dijo que lo venían a ver, que íbamos a estar allí durante un par de minutos, que no se angustiara, ella estaba cerca para seguir cuidándolo. Antes de permitir que nos acercáramos a él, Marianela le limpió las mejillas, los párpados y las cuencas de los ojos con un paño húmedo, el cual sumergió en un lavatorio ubicado en una mesita al lado de la cama. Las abluciones continuaron en el pecho del enfermo, desnudado por las manos gráciles de la chiquilla, que era bonita y con facciones suaves, de eso sí que me acuerdo.

Por último, remojó una esponja en una jofaina y humedeció los labios del cabo, estrujando con dulzura, pensé yo al verla, la esponja en las comisuras. En un movimiento casi imperceptible, la boca del enfermo tembló al contacto del agua, la carne agrietada hizo esfuerzos por desviar las gotitas hacia el interior de la caverna; hubo un asomo rosáceo de lengua, como las raíces ansiosas por vida en el riego a una planta agónica. La enfermera, entonces, se sentó al fondo de la carpa y nosotros pudimos acercarnos a él. Pobre hombre, es un cabro nomás, dijo el capitán Ormazábal, no debe tener veinte años. Espanto se sacó su sombrero y me lo entregó, sin siquiera mirarme ni dirigirme la palabra. Se arrodilló junto al lecho del cabo y dedicó varios minutos a observarlo con detención. Bajo su capa colgaba un pequeño bolsito de cuero gastado, lo abrió, sacó un cuenco de piedra y dos recipientes de vidrio llenos de polvos. Concentrado, dejó caer contenido de ambos frascos en el cuenco. Encendió un fósforo y una llama azulada se elevó más o menos cincuenta centímetros, expulsando volutas de humo con un pesado aroma a romero y boldo; también pude distinguir el olor de la ruda, mientras Espanto movía el recipiente humeante sobre el cuerpo del soldado, describiendo círculos rítmicos.

La enfermera, por la tranquilidad con la cual presenciaba las acciones de Espanto, comprendí que estaba informada sobre nuestra visita y por lo tanto podía cuestionar lo que íbamos a hacer con el herido. Ayudándose con unas tenazas que también sacó de su bolsito, Espanto acercó la vasija —ardiente supuse, por el uso de aquellas tenazas— a la nariz y boca del cabo. Soplando lento, Espanto hizo entrar las volutas a través de las fosas nasales. El capitán Ormazábal me miró de reojo. Yo bajé la vista, apretando el sombrero de Espanto entre mis manos. Afírmenlo, dijo Espanto, no permitan que se mueva. De brazos y piernas, agregó, que nadie toque el pecho ni el vientre. El capitán Ormazábal y Marianela afirmaron los hombros y brazos del enfermo, yo sostuve con fuerza sus piernas, haciendo presión contra la camilla. Espanto dejó el cuenco de piedra, del cual seguía emanando humo, sobre la mesa, junto al lavatorio. Allí se lavó las manos y tras secárselas con una toalla, Espanto retiró el parche que cubría la herida de bayoneta. Por el amor de Dios, dijo la enfermera, no le haga nada malo, señor. Espanto no desvió la mirada de la herida. Era un tajo grande e irregular, una erupción en la piel que supuraba una espesa materia amarillenta. Alrededor de la herida, la superficie estaba irritada, enrojecida e hinchada, como si algo fuera a emerger del interior. Otra vez hurgó Espanto en el bolsito de cuero para sacar una botella ancha, tapada con un corcho grueso y oscuro. A través del vidrio podíamos distinguir un líquido verde, que luego vertió sobre la herida. Tomando otra vez el cuenco humeante y utilizando el corvo que llevaba al cinto, Espanto cubrió la herida con las brasas todavía al rojo. El cabo abrió los ojos y la boca como si en el techo de la carpa, sobre su cuerpo en descomposición, algo o alguien lo estuviera vigilando, una criatura invisible pronta a emitir un juicio sobre los actos y omisiones del cabo. Gritos desgarradores y profundos escuchamos, jamás parecidos antes, solo volvería a hacerlo —escuchar ese horror gutural provocado en cuerpo humano— varias jornadas después de aquella mañana calurosa, cuando se decidió mi destino en el desierto, muchachos. Espanto acercó su rostro al del cabo y le exigió revelar los recuerdos previos a la pérdida de consciencia.

Cargan por la retaguardia y la derecha, dijo el muchacho, temblando producto del dolor, mirando a Espanto con los ojos abiertos, sin parpadear. ¿Cuántos? ¿Cuántos eran?, le preguntó Espanto, ansioso, por vez primera su rostro esbozando gestos y no en estado neutro. El cabo negó con la cabeza, Espanto volvió a preguntar de nuevo cuántos eran los atacantes. Pocos, no muchos, muy rápidos, dijo el soldado mientras las lágrimas de dolor saltaban de sus ojos. Calma, dijo Marianela, calma, por Dios, no se angustie, no se esfuerce, le dijo al muchacho como si no fuera su cuidadora sino su esposa y Espanto preguntó por la nacionalidad de los atacantes, pero el cabo negó con la cabeza y después volvió a perder el conocimiento, dice, otra vez abrumado por el peso del recuerdo.

Esa noche pudimos comer sentados con comodidad, por fin, tras varias semanas de meriendas y ranchos consumidos en cualquier parte, la mayoría de las veces sentados en el suelo, llevándonos a la boca los trozos calientes ayudados con nuestros dedos grasientos, dice. Engullimos en una larga mesa, dispuesta para soldados y personal médico. El capitán Ormazábal se sentó a la cabeza, tras exigir comer con todos sus hombres, sin excepción. Masticamos en silencio y en cantidades abundantes el pan horneado por los cocineros oriundos de Calama que el Ejército reclutó. Paneras repletas de piezas amasadas recién salidas del horno, blandas, esponjosas, pero crujientes en la cubierta, se multiplicaban sobre los mesones. Pan como el que amasaba doña Ilda Lillo, así de sabroso, ustedes tuvieron la suerte de probar la mano de esa señora santa. Hastiados de alimentarnos con galletas de chuño, charqui y agua tibia salina, aprovechamos de atiborrarnos de pan con pebre y sendos jarros de agua fría, recién extraída de pozos subterráneos. En ese momento, la comida sirvió para apaciguar la ansiedad del grupo; querían noticias urgentes sobre el soldado moribundo, cuya información, suponíamos todos, nos llevaría a nuestro próximo destino. Consciente de todo esto, antes de volver con mis compañeros, el capitán me pidió que no revelara nada de lo que acababa de ver. Obediente con mi superior, asentí en silencio. El señor Espanto tiene métodos fuera de lo común, Sanhueza, la gente puede confundirse. No se preocupe, mi capitán, le respondí, y claro que le hice caso porque así nos entrenaron en el Regimiento Buin. Obediencia ante todo, respeto por nuestros superiores, lealtad, muchachos, aunque fuera a golpe de rebenque o varilla, los conscriptos del Buin hacíamos caso a las jinetas. Los gritos del cabo continuaban acechándome. Los escuchaba en cualquier parte, como una alucinación que no se ve, pero se oye. Gritos hacia el interior del cuerpo, gemidos que no pueden salir por la garganta y usan como materia de expansión auditiva los órganos y tejidos a modo de un aullido privado que igual llega a oídos del resto.

La locura como virus, muchachos, enfermedad del espíritu. La desesperación se expresa de esa manera, sale por cualquier parte, revienta el cuerpo, carajo, vive a través de la agonía, persiste por el deseo de anularlos, dice, casi perdiendo el aliento por el esfuerzo sostenido y la intensidad. Mis compañeros, durante la comida, me preguntaron qué pasó en la enfermería, en qué condiciones estaba el sobreviviente, qué dijo sobre el ataque y los culpables. Romero y Graham fueron los únicos que no se mostraron ansiosos ni inquietos por saber. Escuchaban atentos, cabizbajos, dando cuenta del café que nos sirvieron después de la comida. Respondí que el señor Espanto consiguió sacar al muchacho durante algunos segundos del profundo sueño del dolor; durante ese tiempo fugaz pudo revelar que fueron atacados por la derecha y por la retaguardia, pocos hombres a caballo. ¿Bolivianos, cierto?, preguntó Jacinto Burgos; fueron bolivianos, conchas de su madre, aseguró convencido. Yo le dije que el herido no alcanzó a responder eso, que pronto volvió a dormirse y que le costaba pronunciar. Luego, mientras compartíamos aguardiente y cigarros, les conté sobre la herida descubierta, sobre la supuración y la piel hinchada. Los muchachos escucharon en silencio, dice. Mañungo y el gringo Graham intercambiaron sostenidas miradas profundas, pero no dijeron nada.

Una vez almorzados, el capitán nos autorizó para dormir siesta, dice. Teníamos que volver a presentarnos a las seis de la tarde para cenar. Con Aristía, Romero y Graham nos ubicamos bajo la sombra generosa de un algarrobo de varios metros de altura, con ramas extensas, que nos procuraba protección del duro sol calameño. Años más tarde entendí que mi experiencia asistiendo al señor Espanto en sus acciones misteriosas con el cabo herido caló más profundo de lo que podía entender en ese momento.

Mientras caminábamos, y luego, acomodando nuestras pilchas a modo de improvisada cama, yo recreaba las imágenes sin ningún sentimiento específico; eran como fotos que aparecían en mi cabeza: los ojos del muchacho, el tajo delineado con grasa humana, el cráneo al aire, los efluvios producidos por obra de Espanto. El cansancio, tras fumar cigarros, nos tumbó y cada cual durmió. ¿Me van a creer que esa tarde caldeada volví a soñar con la mujer al borde de la playa? El sueño fue una reiteración pero también la seguidilla del previo. Aquella segunda vez el intercambio se prolongó. Hundía de nuevo la cabeza entre sus piernas, a través del pubis crespo, negro e hirsuto. Volví a esa vagina tupida de vellos gruesos y duros con mi lengua incansable transformada en un músculo perfecto, mientras la intimidad corporal de mi compañera expelía un fluido viscoso en gran cantidad, tanta que se introducía por las narices, por las orejas también, y yo quería —exigía a los pensamientos del sueño— más de esa materia líquida y pegajosa, pedía que siguiera manando hasta el ahogo, sin límites, sin temor a morir. Lo incomprensible de estos sueños, muchachos, es que hasta ese momento yo jamás me había acostado con una mujer ni tocado sus partes pudendas. Desperté agitado, bañado en sudor espeso y viscoso —las ropas mías se pegaron como una segunda piel, más pesada—. Sentí miedo, muchachos, por repetírseme el sueño con la misma mujer, en el mismo lugar, con las mismas sensaciones y palpaciones y sabor en la memoria. Aunque les cueste creerme, yo intimé con una mujer en mis sueños antes de que en la realidad nuestra, esta que estamos compartiendo aquí, donde el gordo Jorquera, animados a punta de chicha y pipeño; la realidad donde podemos tocar y oler y mirar y usar nuestros cuchillos.

La verdad es que no importa lo que soñé, amigos, importa más acercarnos a los hechos que ocurrieron más tarde, cuando el señor Espanto se nos reveló no en su verdadera dimensión —eso jamás podría suceder—, sino en aristas inconexas que torcieron nuestros destinos y la forma en que todos los integrantes de la patrulla veíamos y vemos el mundo —quienes sigan con vida, porque no todos estamos vivos, eso lo sé, pero no sé quiénes de los sobrevivientes de aquel horror del pasado siguen aquí, respirando como usted, como ustedes, como yo, dice—.

El capitán Ormazábal y Espanto pensaban que los atracadores sabían que los soldados chilenos atravesarían la encrucijada de senderos en donde se ejecutó el ataque, dice. Fueron informados con antelación del envío de agua y víveres, o conocían esa ruta y la espiaban de manera frecuente para robar, pensaban nuestros líderes. El señor Espanto nos dijo que era un grupo cohesionado, pero no militares. Conocían el desierto, necesitaban las reservas de agua y alimentos, existía una probabilidad alta de que la patrulla chilena fuera la primera desafortunada en pasar por allí, mientras los atracadores esperaban cualquier contingente. ¿Por qué se inclinaba por esta hipótesis? Por la forma del ataque —derecha y retaguardia— y porque el cabo no fue capaz de responder a la pregunta de la nacionalidad de los atacantes. Espanto no dio más argumentos, pero yo creía que no nos estaba diciendo todo lo que pensaba sobre el atraco. Ignacio Molina, cuya familia descendía de judíos por parte de madre, dueños de negocios de telas y venta de provisiones, levantó la mano para decir que el moribundo no pudo responder por estar al borde de la muerte y que las conclusiones de Espanto eran demasiado vagas. Si a usted le parece que mis conclusiones son pobres, entonces tenemos que ir al lugar de los hechos, estudiar allí huellas, casquillos, marcas, cualquier indicio, cualquier pista que nos dejasen víctimas o victimarios, dijo Espanto con su tono de voz como la armonía ronca y levemente desafinada de un piano. El capitán Ormazábal concluyó el encuentro advirtiendo que partiríamos de madrugada otra vez, descansen, recuperen fuerzas, nos dijo, porque no sabemos qué nos irá a deparar el desierto.

Los ánimos en la patrulla estaban tensos, como una cuerda que ha comenzado a entrar en el límite de su resistencia, dice. Urzúa y Burgos compartían la opinión de Molina. Murmuraban trotando sobre sus caballos, a la retaguardia, molestos, mascando charqui, procurando no ser escuchados por el resto. Mi oído, agudo por naturaleza y la gracia de Dios, alcanzaba a distinguir detalles de la conversación.

Qué sentido tenía desgastarse en una búsqueda inútil, perdidos en un territorio desconocido y hostil. Deberíamos marchar con los compañeros hacia Tarapacá, con el grueso de la avanzada, las reservas de agua robadas no serían recuperadas, era iluso pensar que encontraríamos a los enemigos en desierto abierto, además un nuevo contingente ya iba hacia Grito del Diablo con provisiones, agua fresca, más soldados también, para enfrentar un posible nuevo ataque. El resto marchábamos callados, yo iba junto a Aristía, a trote rítmico; custodiaban los flancos derecho e izquierdo Romero y Graham, comunicados por pensamientos y gestos cotidianos que nosotros no podíamos advertir, cabizbajos, a veces alguno aceleraba el trote de la bestia para llegar hasta el capitán Ormazábal, a quien comentaban algo, luego desaceleraban apretando las riendas para volver a la posición previa. Cualquiera suponía al observarlos, dice, que no escuchaban ni atendían a nada que no fuera el entorno asfixiante y plano del desierto. Yo, no sé si por la exposición al sol o qué causa de la naturaleza sobre mi organismo, empecé a sentir una creciente paranoia. Mi imaginación se disparaba en múltiples posibilidades. Presagiaba, como en un mal de ojo, la presencia de enemigos o desertores o indios diaguitas o ermitaños perdidos allí sepa Dios por qué. Tenía a mano mi puñal de matarife, miraba atrás cada cinco minutos, a veces apuraba el tranco para ponerme a la vanguardia del grupo. Pronto descubrí que la angustia me la provocaban Graham, Romero y Espanto; intuía que escondían información, que el arribo a Dolores de nuestros amigos y el extraño guía nos depararía hechos y decisiones que se manifestarían en algún momento inesperado de nuestro viaje.

El viento en las noches comenzó a hacerse más fuerte y poderoso, dice. Parecía la presencia de un gigante materialmente incorpóreo, pero con un cuerpo hecho de espíritu y vibra, obsesionado con nuestro miedo y con quebrar la templanza que asíamos con fuerza. Una voz gutural preparada para machacar nuestro espíritu común. El frío calaba los huesos y se metía por todas partes, también bajo las ropas para entrar en contacto con la piel, erizándola. El cielo a veces estaba despejado y las estrellas nos observaban como ojos lumínicos petrificados en el tiempo de la bóveda celestial. Otras veces la temprana camanchaca se posaba sobre nuestras cabezas y yo pensaba que Dios nos abandonaba para dejarnos a merced del diablo, muchachos, y el diablo era esa bruma gruesa, húmeda y fría que pretendía arrebatarnos el calor corporal. Cubríamos los caballos con mantas y ponchos, temiendo que la helada nocturna los fuera a matar. Estábamos a dos días del suceso del crimen. El capitán Ormazábal insistía en acelerar la marcha. Pensaba que las huellas y vestigios de los asesinos se hacían frágiles mientras más nos demorábamos. Quería echar de la consciencia colectiva todo asomo de prudencia o temor. Nos vimos obligados a exigir al máximo a las bestias. Soportamos las horas más duras del día sin detenernos, con el sol tostando nuestras coronillas como el aliento de un demonio hecho de llamas y brasas cósmicas. Comíamos mendrugos de pan sobre los caballos en trote para ahorrar el tiempo del rancho en tierra. ¡Cómo echaba yo de menos en ese momento de precariedad las comilonas del Matadero, muchachos! Hicimos el trayecto en poco más de un día. La paciencia de Jacinto Burgos estaba en un punto crítico. Rumiaba solo, mirando de reojo al capitán y al señor Espanto. Se acercaba a Molina, pronunciando palabras que nadie escuchaba, pero que, suponíamos, seguían expresando su descontento e indignación. Era observado, a la distancia y discretamente, por Romero y Graham. Ellos levantaban la vista hacia el cielo, cubriéndose los ojos con las manos, luego giraban las cabezas con mecánico gesto, abarcando el escenario de nuestra marcha. Yo era el único que notaba cómo vigilaban al potencial adversario, con su frustración incontenible. Pocos kilómetros antes de llegar al lugar del crimen, Jacinto Burgos se acercó a mí y se quedó trotando a igual ritmo que mi caballo. Me ofreció aguardiente, pero yo no quise. ¿Qué piensas de este huevón?, me dijo sin mirarme, observando a Espanto, que iba a la vanguardia de la patrulla, un par de cuerpos por delante del capitán Ormazábal. ¿El señor Espanto? Jacinto Burgos asintió. No lo sé, le respondí. ¿Qué cresta pasó con el cabo ese que se estaba muriendo? La pregunta la hizo dirigiendo su mirada directo a mí. Hablaron con él, respondí. ¿Cómo? ¿No se estaba muriendo, no estaba ido?, preguntó Burgos. La enfermera lo despertó; le dio agua, le puso compresas frías en el pecho, en los labios y la garganta, le respondí. Y este huevón ¿qué le hizo? Preguntas, respondí. Las preguntas que nos contó después el capitán. Burgos no volvió a mirarme, aunque continuó al trote, a mi lado. No voy a mentirles, muchachos, dice, sentí temor porque Jacinto Burgos no solo me intimidaba a mí, incluso al capitán Ormazábal lo acoquinaba, así era su fama de compadrito, de gallo bravo y bueno para el cuchillo; si Espanto se le había metido en la cabeza, algo iba a ocurrir.

Escuchamos, los que avanzábamos por la retaguardia, un fuerte chiflido proveniente de la delantera, dice. Un segundo chiflido se escuchó de inmediato y el capitán Ormazábal, a la cabeza del piño, chifló con fuerza por tercera vez, levantó la mano y nos indicó, con un gesto acelerado, que cabalgáramos. Pronto el grupo avanzaba a través de la tierra amarilla, espoleando y azotando con las huascas a las bestias. Una aureola, negra e irregular, coronaba en pleno cielo azul, un par de kilómetros adentro. Romero y Graham tomaron la delantera, junto al capitán Ormazábal. Espanto avanzaba en línea con nosotros, protegido el rostro por el sombrero negro. La forma redonda avistada en la altura era una formación de jotes, decenas de ellos que revoloteaban en círculo y alguno quebraba el desfile oscuro para descender en picada. Un zumbido, creciente y parejo, se escuchaba por sobre el ruido de herraduras, alaridos y relinchos. El zumbido, al primer contacto con el oído, se confundía con las ventoleras que levantaban tierra, en incansable y persistente rugido eólico. Comprendimos que no era el viento, sino moscas, miles de ellas sobre la carne podrida de los muertos y las bestias tendidas en la tierra, putrefactos los cadáveres. Los jotes despedazaron los rostros de los soldados, devorándoles ojos, lenguas, narices, pómulos y mejillas. Las entrañas de los caballos estaban, a esa altura, secas, dispersas como serpientes disecadas sobre la tierra. Las tripas de los muertos, desparramadas, fueron consumidas casi en su totalidad por la rapiña. Descendimos de los caballos, a la espera de órdenes del capitán Ormazábal. Espanto fue el primero en caminar entre los muertos, a paso

lento, atento a cada detalle, a veces inclinándose para observar
con atención, en cuclillas, como si lo que veía, muchachos, ese
espectáculo grotesco de muerte y putrefacción, le provocara
alguna clase de felicidad; sentí que ese hombre de rasgos finos
y movimientos ovíparos experimentaba fascinación y placer
frente a la decadencia de los cadáveres abiertos, que parecían
abrazar el mundo en un último gesto de desesperación, dice.
Yo atiné a persignarme y a orar con rapidez y en un murmullo
persistente por los finados. Mientras Espanto continuaba recorriendo el lugar del crimen, el capitán ordenó a Molina y a
Aristía que prepararan el campamento; al resto nos mandó a
cavar las tumbas para darles cristiana sepultura a los muertos.
Tras un par de horas de exhaustiva inspección, Espanto montó
su caballo negro y salió hacia el noreste, pese a la negativa del
capitán Ormazábal, preocupado por la proximidad del ocaso
y la posibilidad de que a Espanto lo perdiera la elevación de
la camanchaca, o fuera atacado por enemigos o cuatreros. El
hombre se acercó a Ormazábal y pronunció algo que nadie
alcanzó a escuchar antes de perderse en la llanura del desierto.

Volvió entrada la noche, mientras comíamos hambrientos y
exhaustos. Emergió desde la incipiente niebla nocturna como
un fantasma o la muerte misma, materializando los miedos de
Ormazábal —yo me pregunté si lo hacía adrede, si deseaba
convertir los pensamientos sombríos del capitán en hechos concretos—. El caballo negro de Espanto corcoveó y a través de sus
fosas nasales expulsó sendas volutas de vapor y yo pensé que el
animal experimentaba una situación al límite de su percepción;
el cansancio o el horror sufridos parecían a punto de tumbarlo.
¡Ah, niño!, pronunció Espanto, acariciando con su mano tersa el
cuello de la bestia. Mañungo Romero y yo nos acercamos para
sujetar las riendas y llevarlo junto al resto de los animales, donde

algunos todavía tomaban agua en el improvisado bebedero que cavamos en la tierra y sellado con piedras. Espanto se acercó al capitán y conversaron en voz baja, serios, hasta que el capitán nos informó que el señor Espanto había encontrado el rastro de los asaltantes. De forma inesperada, fue Espanto quien tomó la palabra. Su voz extraña, a mí, muchachos, otra vez me erizó la piel porque no pude sino recordar lo que ocurrió con el cabo moribundo, la exhortación de Espanto para que el pobre muchacho hablara, pero ese chiquillo, como les dije, ya no estaba en el mundo nuestro sino transitando hacia otro lugar, quiera Dios rumbo a sus brazos y no hacia los brazos obscenos del diablo. Fue como si lo sacara de la muerte para interrogarlo, arrebatándoselo a quien fuera que guiara los pasos de aquel cristiano hacia el mundo de los espectros. Los ojos de pavor del muchacho me venían a la mente como atacándome cada vez que miraba a Espanto. Conté nueve bestias rumbo al noreste, dijo Espanto a viva voz, uno o dos de los caballos están con problemas de herraje. Se sacó su sombrero, lo dejó sobre las piernas, abrió su cantimplora y bebió agua a pequeños sorbos. Pensé que el acto de apagar la sed era un gesto de arte para él, como si definiera en cada movimiento el futuro espiritual del mundo, como si modelara el destino de todos nosotros, de nuestros antecesores y de los que vendrán, en sus más pedestres insignificancias corporales. El capitán tomó la palabra para explicarnos que, si en efecto, como interpretó el señor Espanto, los asaltantes tenían problemas de movimiento —los herrajes defectuosos de las bestias, precisó—, era probable, altamente probable, que pararan en el pueblo más cercano. Según los cálculos que él y Espanto hicieron en el mapa, los asaltantes deberían detenerse en Santa Cecilia, ochenta kilómetros al noreste. Teníamos ventaja a favor, pensaban nuestros líderes. Los miembros de la banda, dijo el capitán, a estas alturas tienen que estar exhaustos, desmejorados, con provisiones precisas. Lo único con lo que contarían, casi inagotable, sería por supuesto agua, y un hombre con agua suficiente, no importa la falta de alimento, puede aguantar. Sin embargo, esa fuente de abastecimiento, tomó la palabra Espanto, era nuestra gran oportunidad. Las mulas que cargaban las pipas eran lentas al sol. Al ritmo que nosotros llevábamos hasta el momento, con periodos de descanso más prolongados —para no desgastarnos sin necesidad— llegaríamos poco después que nuestros enemigos, incluso, si nada nos retrasaba y los problemas de ellos persistían, les daríamos alcance antes de llegar a Santa Cecilia. ¿Les hablé antes de Santa Cecilia, muchachos? ¿Están seguros?, pregunta. La cabeza es débil, la mía, la de los viejos que nos preparamos para el patio de los callados, débiles las mentes por la edad y el desgaste, yo, gracias a Dios aprendí a leer y leer los diarios, y anotar los compromisos y los hechos importantes del día me permite afirmar la cabeza, pero esta cabeza ya no tiene los cimientos que tuvo. A mí me enseñó a leer el capitán Ormazábal durante el tránsito que hicimos por el desierto, muchachos, y muchas semanas más tarde el pije Aristía me puso en contacto con las obras maestras de la palabra escrita. Pero eso es otra historia, a algunos les he contado mi afición por los libros, por las palabras, por las riquezas de nuestra lengua, ahora no estamos hablando de libros sino de la persecución por el desierto, el viaje al que nos llevó Espanto y también Mañungo Romero y el gringo Graham, aunque las consecuencias no se las imaginaban, intuyo, nunca pensaron hacia dónde nos llevarían, arrastrados por el embrujo de Espanto. Les decía, dice, que el peligro para mí no es la muerte sino la muerte de la cabeza, la desaparición de los recuerdos, y yo recuerdo esto que les estoy entregando porque los hechos me rasgaron la mollera y se enterraron allí, y la tierra donde están sepultados va a ser inundada por el mar blanco de la nada. Yo quiero que ustedes recuerden por mí, que luchen contra la única mortalidad verdadera y total: el olvido. Es una huevada que les haga perder el tiempo con estas cosas que se me ocurren, pero funcionan como puentes entre los recuerdos que comienzan a apagarse, muchachos, y el vehículo de mi cabeza necesita combustible para volver a arrancar, así que vaya usted, mi amigo, a pedir una botellita de aguardiente trehuaquina, esa que llega a quemar la garganta, pida también una pichanga con ajíes cacho de cabra y longanizas, dígale al gordo Jorquera que hoy pago yo, que no se le vaya a ocurrir anotarles nada a ustedes, pidan lo que quieran, dígale que mande a buscar entraña y lomo al Matadero, prendan la parrilla porque quiero a mis amigos bien alimentados mientras hacen oído al viejo Sanhueza, dice.

El promontorio lo descubrió Gilberto Aristía al día siguiente, temprano, poco después de nuestra partida, al divisar otra bandada de jotes dos kilómetros hacia el oriente, dice. Ojo de águila tenía el pije Aristía, una vista privilegiada como yo no he encontrado nunca más en otro fulano; podía ver cuerpos a cientos de metros, se le daba bien la puntería con el fusil, advertía movimiento enemigo de reojo o a través de sombras tenues. El capitán, cuando el pije le avisó del vuelo en círculo de la rapiña, sacó su catalejo y corroboró que Aristía estaba en lo correcto. Espanto, por primera vez con algún integrante de la patrulla, se mostró sorprendido y admirado por la capacidad de nuestro compañero. El capitán ordenó a Espanto, Aristía, Graham y a mí que cabalgáramos con él hacia la bandada de jotes. El resto tendría que esperarnos, atentos a los movimientos cercanos, con las armas preparadas por la posible presencia de enemigos al acecho. Mañungo Romero se quedó vigilando, en caso de una probable emboscada, junto al resto del grupo. El promontorio era visible a cien metros de distancia; nos guiaban Aristía y el vuelo de los jotes. Llegamos al lugar exacto donde la tierra fue cavada y luego vuelta a depositar. El capitán Ormazábal y yo desenterramos el cadáver, rígido como piedra fría, incipiente putrefacción manifestada en hediondez y en la textura de la piel agusanada. Tenía herida de bala en el vientre. El desangramiento mató a este hombre, dijo Espanto mientras hurgaba en la herida del muerto con su corvo. Extrajo la bala realizando movimientos suaves, blandiendo la hoja en la carne pútrida, de la cual salían gusanos blancos y gruesos en incesante peregrinación hacia el exterior. El capitán Ormazábal limpió el proyectil con agua de su cantimplora y la examinó, observando de cerca. Es nuestra, dijo el capitán, guardando la bala en un bolsillo de su chaqueta. A este cristiano lo hirieron en la emboscada, continuó reflexionando a viva voz. El rostro del muerto estaba curtido por el sol desértico, pero en sus facciones no se adivinaban rasgos indígenas. Podría haber sido un criollo o un mestizo, chileno o argentino, quién sabe, muchachos.

Fue el pije Aristía el que encontró el objeto de metal que colgaba del cuello del muerto. Por los movimientos y la posición del cadáver al sacarlo de la fosa, no vimos —ni siquiera Espanto— el colgante que no era un crucifijo ni nada que pudiéramos reconocer. Llámese a Tomás, mi amigo, para que nos traiga lápiz y papel. Porque la forma que vi aquella mañana, y que volví a ver de nuevo, varios días más tarde, no la he olvidado y no la voy a olvidar jamás porque se me quedó grabada en los ojos y en la mente. Gracias, amigo Tomás, se lo devuelvo antes de irme. Vengan, para que puedan ver con claridad el símbolo que tenía el muerto colgado de una fina cadena, dice.

Miren bien este dibujo, obsérvenlo con atención porque en apariencia no esconde nada: se asemeja a una L; quizás, empujando la imaginación, una I o una J, dice. El símbolo que les acabo de dibujar estaba fabricado en un metal que ninguno, ni siquiera Espanto o el capitán, pudieron identificar. Espanto lo guardó en su morral de cuero, advertí en sus gestos —leer algo en el rostro neutro y engañosamente transparente de Espanto era una actividad extraordinaria y la mayoría de las veces imposible— inquietud y el deseo ansioso por darle cacería al enemigo cuanto antes. ¿Qué era eso que encontramos? ¿Un símbolo cualquiera, un recuerdo que solo representaba un significado para el muerto? ¿O algo más? Mientras avanzábamos a trote lento yo no podía dejar de pensar en la forma del objeto. ¿Por qué no una cruz o la estrella de David? Esos símbolos son los que lleva la gente para expresar su fe, muchachos. Espanto, el capitán Ormazábal, Romero y Graham permanecían silentes, cabizbajos, con la vista perdida en la cordillera lejana, esperando una luz diferente a la del sol, menos violenta y tal vez de un tono distinto al quemante amarillo diáfano que azotaba la planicie, dice.

Fue el capitán quien propuso desviarnos cinco kilómetros al poniente, donde estaba la quinta de recreo que regentaba doña Paula Suárez, vieja conocida del capitán, dice. Allí, dijo don Roberto, podríamos dormir en camas cómodas, comer bien para recuperar fuerzas y dar alcance a nuestra presa. Nadie puso objeción, al contrario, la patrulla completa se mostró aliviada con la decisión del capitán. Tras la salida de Calama, llevábamos dos semanas de viaje a través del desierto, durmiendo a la intemperie, en tiendas cuando no estábamos demasiado exhaustos para armarlas, a lomo de caballo gran parte de la jornada. Me acerqué al capitán para agradecerle por la decisión y preguntarle cómo era posible que existiera una quinta de recreo en un lugar tan lejano. Este es un lugar de álgido tránsito, Sanhueza, me respondió el capitán. Por aquí no pasan solo viajeros y vendedores, también hombres de mal vivir, forajidos, rufianes, compadritos, galleros, guapos, avivados, violadores, pederastas, asesinos sedientos de la carne y sangre de sus hermanos, mi querido Luis, ladrones y embusteros escapando de la ley, toda clase de malvivientes atraviesan estas tierras muertas y ásperas, me dijo el capitán, dice. Piense en qué estamos embarcados, Sanhueza, persiguiendo una banda de salteadores de caminos, quizás cuánta sangre tienen en las manos. Esos gallos no piensan como usted o como yo, Luis, las mentes y los corazones de estos compadres tienen otra forma, son corazones retorcidos como fruta podrida. El corazón de los hombres es materia de cambio, es la variable más dúctil e irregular de nosotros y allí anida un enjambre de insectos que se alimentan de vísceras y dolor y miedo y odio y al momento de nuestro nacimiento están allí y al menor contacto con el mundo comienzan a despertarse hasta invadirlo todo, Sanhueza, cada rincón del cuerpo, y a esa altura el corazón es un nido renegrido, fétido, purulento y sórdido, y por supuesto ya no queda nada que hacer para volver atrás, me dijo mi capitán Ormazábal y después no me habló más. Yo me quedé masticando las palabras del capitán como quien busca en la Biblia sabiduría, como los fulanos que rezan de rodillas hacia la Meca y buscan en el Córán La Palabra, La Ley; como el judío que escucha en las palabras del rabino una gota que remueva el agua y produzca luz en la oscuridad, dice.

La quinta de recreo de doña Paula, delimitada por una cerca de palos y alambre de púa que se extendían hasta que la vista ya no daba más, estaba junto a dos canchones que proveían agua y vegetación, dice. A ustedes, muchachos, no hay necesidad de mentirles sobre los negocios que sostenían ese lugar remoto. Juego, putas, trago, también algunos catres para descansar el cuerpo. Después de tantos días de marcha ininterrumpida y de vivaquear en el desierto, anhelaba dormir con comodidad. Fue la propia Paula Suárez la que salió a recibirnos, sorprendida y feliz de reencontrarse con el capitán. Su gente se encargó de los caballos, de desensillarlos y conducirlos al establo, donde comieron y tomaron agua con desesperación, tan escasa era para nosotros a esas alturas del viaje. Doña Paula mandó a preparar camarotes y baños de agua caliente para la patrulla. ¿Hacía cuánto no me bañaba como Dios manda, muchachos? No lo sé. Quizás desde la reclusión en el Regimiento Buin. Agua caliente en el cuerpo, una barra de jabón para frotarse las carnes sucias, un pedazo de esponja con la cual quitar la arena incrustada en la piel. Una vez limpios y vestidos, doña Paula nos ofreció una cena generosa, consistente en carne de chancho y vaca, papas, verduras, pan fresco, ajíes picados con tomates y cebollas mezclados en poderoso pebre, todo aquello producido en su quinta, vacas y chanchos criados y beneficiados allí, hortalizas y tubérculos sembrados y cosechados en una fértil huerta.

No tuvimos modales para engullir y tomar lo que teníamos en la mesa, frente a nosotros, como un regalo divino. Las mujeres nos llenaban los vasos con insistencia, nos ofrecían más comida y pan. Por Dios, a veces recuerdo esa noche y pienso que fue una alucinación, no solo por lo que estaba pasando, también por lo que iba a venir, dice. Una vez satisfechos de tanta comida y trago, doña Paula nos llevó al salón principal de la casa, con senda barra de roble, piano y un sector con tablas pulidas para el baile con las niñas. También contaban con mesas dispuestas para los hombres de paso, que iban a divertirse por un rato. Esas mesas, me explicó el gringo Graham, estaban destinadas al juego de cartas y de dados. Pero a mí no me interesó el juego, muchachos. Yo no podía despegar los ojos de una de las niñas que deambulaban por el salón, con vestidos escotados y peinados que dejaban al descubierto los hombros, redondos y brillantes, lisos salvo por una leve y sinuosa pátina de sudor. La muchachita se llamaba Carmen y la había traído desde la Argentina otra de las putas, la Berta, que esa noche se acostó con Gilberto Aristía. El pelo negro, las mejillas ruborizadas, los pechos pequeños, a presión producto del corpiño, todo en la Carmencita me obligaba a mirarla de pies a cabeza, sin poder despegarme de su silueta, dice.

Jacinto Burgos se sentó conmigo. Traía una botella de aguardiente y dos vasos. Usted va a tomar conmigo, Sanhueza, me dijo, y después va a ir a culear con la chiquilla, esa que lo tiene loco, dice. Yo lo miré sin entender, mientras Jacinto llenaba los vasitos y ponía uno frente a mí. No se ponga nervioso, mándese este corto de aguardiente para que se envalentone. Ya está hecho el trato con la patrona, la niña está pagada, fuimos generosos para que me lo atienda como Dios manda. No me diga nada, compañero, no tiene nada que explicarme porque yo entiendo muchas cosas. Las entiendo no porque sea más inteligente que usted, sino porque soy más viejo y he vivido cosas. He sido buen y mal cristiano. He trabajado la tierra con dignidad, he robado también y matado a otros hombres por ambición. Le rezo todos los días a Dios y le pido perdón. Le rezo a la Virgen y a Jesucristo y al Espíritu Santo. Todo esto que le cuento, amigo Lucho, me dijo esa noche Jacinto Burgos, no importa, a usted no tiene que importarle, dice. Lo que sí le tiene que importar es pegarse una cacha. Primero, compadre, le tiene que importar porque todo hombre tiene que culear alguna vez en su vida con una mujer. Y segundo, yo no voy a seguir en una patrulla donde hay un hombre virgen. Trae mala suerte andar con un gallo así, Sanhueza; vaya y péguese una buena cacha. No le tenga miedo a la niña. Aproveche el tiempo. No sea huevón, no le vaya a pegar, eso sí que no, es de maricones levantarle la mano a la mujer, aunque sea puta, salvo que le robe. Usted disfrute, Sanhueza, no tenga vergüenza. Chúpela entera, meta mano y lengua por todas partes. Capaz que nos maten mañana, pero usted ya va a haber culeado con una hembra y va a poder morir tranquilo. Cuando Jacinto Burgos terminó de hablar, dice, la chiquilla que yo había estado mirando se acercó a la mesa, me saludó con un beso en la mejilla y me tomó la mano para guiarme hasta las piezas traseras, al final de un largo y oscuro pasillo, con puertas en ambos lados. La pieza era chiquitita, con una cama, un tocador con espejo y una cómoda. Sobre la cómoda, jofaina con lavatorio y agua pura. A la luz de las velas, Carmen se sacó el vestido y el corpiño. ¿Saben lo que hice yo, además de maravillarme y emocionarme por la visión milagrosa de ese cuerpo terso y pálido? Me puse de rodillas y quedé con el rostro a la altura de su pubis negro. ¿Se podrán imaginar dónde antes vi eso? Introduje mi nariz y mi boca a través de esa selva familiar, ese espacio donde antes estuve en sueños y comencé a hurgar con la lengua, respirando agitado entre la maraña y los líquidos pegajosos que expulsaba desde allí mi compañera. Se sorprendió de mi iniciativa, tuvo temor al principio, pero pronto se dejó llevar por mi impulso. Gemía extasiada, presionando mi cabeza, arrancándome el pelo y enterrando sus uñas en mi espalda. Caímos al piso y no sé cómo deslicé la posición desde la vagina al ano de mi compañera. Con dedos y lengua, sin comprender de dónde procedía mi inspiración le di placer a Carmencita lamiendo y estimulando esa zona insignificante para mí hasta esa noche. No necesitamos palabras, permisos ni explicaciones. Los cuerpos cálidos y húmedos elaboraban su propio lenguaje. ¡Cuántas cosas hicimos, muchachos, cómo se me reveló el mundo aquella noche! Yo chupé sus nalgas recias. En un movimiento ágil, Carmen giró y quedamos frente a frente y ella me besó y deslizó su lengua sobre mis mejillas, mentón, nariz y boca. Hizo que la penetrara con fuerza. Perdí la consciencia del tiempo, muchachos, no sé cuánto estuvimos culeando y regocijándonos en nuestros fluidos. Intercambiamos muy pocas palabras, las mínimas, las necesarias. Nos lavamos con el agua en la jofaina. Carmen fue a buscar más; trajo también barras de jabón para sacarnos el olor del cuerpo. Pero eso sucedió después, antes nosotros queríamos vivir para siempre entre el placer y los fluidos del cuerpo, que ya no eran materia proscrita, muchachos, dice.

Los ánimos en el salón principal estaban caldeados. No recuerdo cuánto tiempo estuvimos con Carmencita encerrados en la pieza, pero al volver a salir, los presentes estaban agrupados alrededor de la mesa donde Espanto disputaba un juego de cartas con un hombre grueso, de cabellos desgreñados y barba de cuatro o cinco días. Mañungo Romero y Aristía me dijeron que Espanto no llevaba perdida ni una sola mano. Antes derrotó, él invicto, a tres jugadores más, pero aquel contrincante con el cual se enfrentaba ahora, llamado Joselo Carroza, con marcado acento argentino, era el que llevaba más tiempo jugando contra Espanto, endeudándose por mucho dinero a esas alturas de la noche. Doña Paula y el capitán Ormazábal se notaban preocupados. Carroza estaba acompañado por dos amigos, todos habían tomado más de la cuenta y el juego no tenía para cuándo terminar. Pedí para Carmen y para mí sendo jarro de chicha con pipeño, heladito, pura frescura para adaptarnos a la noche compartida y luego nos sentamos a observar el juego. El señor Espanto fumaba pipa —nada más para acompañar el juego, no tomaba, no comía— y en su rostro no se vislumbraba gesto alguno que denotara su estado interno, ni ánimo ni emociones. El contrincante mascaba charqui, desgarrándolo desde un trozo grande depositado en un cuenco de madera, ubicado a un costado de la mesa, a la vez que tragaba vino y aguardiente, sin mucha consciencia, parecía. A pesar de las risas y las bromas gastadas al perdedor, se respiraba algo tenso, opaco, materializado en el humo de pipas y cigarros encendidos. La última mano que jugaron esa noche la ganó también Espanto, pero no por tener cartas superiores sino por mentir con convicción, haciéndole creer a Joselo Carroza que tenía una mano ganadora cuando las cartas que iban a cambiar el destino de la noche eran las de Espanto, dice.

Al descubrir cada cual sus cartas, Carroza acusó a Espanto de agiotaje, asegurando que tenía escondidas cartas en alguna parte de sus vestimentas. El capitán Ormazábal intentó poner paños fríos, pero Joselo Carroza, a esa altura, no estaba dispuesto a echar pie atrás y desafió a Espanto a duelo de cuchillos. Nuestro guía se quedó en silencio, atravesando con una mirada fría al contendor, ojos cuya blancura era absorbida por la pupila absoluta y negra de Espanto, un foso profundo e inanimado, donde hay padecimiento, muerte, nunca esperanza, sentía yo al percibir esa mirada de enigma.

Discúlpese ahora y conserve su vida, le dijo Espanto al comerciante argentino. En respuesta, este sacó su puñal —con incrustaciones en oro en la empuñadura, lo que provocaba un brillo opaco y parpadeante a la luz de velas y antorchas— y lo dejó sobre la mesa, exigiendo la elección de padrinos para él y Espanto, dice. Doña Paula ofreció tragos y putas gratis a los beligerantes, suponiendo que iba a lograr que Carroza se arrepintiera. Mirándolo de cerca noté que tenía el ojo izquierdo extraviado, apuntando hacia el extremo izquierdo, a diferencia del ojo derecho, posado en Espanto. Uno de los ayudantes de doña Paula, el Cholo Aliaga, peruano, intentó interceder en favor de la dueña de casa: un duelo en los patios de la quinta de recreo era una falta de respeto para la patrona, para las empleadas, para quienes vivían y trabajaban allí. El capitán Ormazábal se sumó con fervor al parecer del Cholo Aliaga: No hay que desgraciar la casa de la anfitriona, dijo nuestro capitán, dice. Toda tratativa fue en vano. Carroza no quiso echar pie atrás. La suerte se selló cuando Espanto extrajo un corvo desde la vaina ajustada en la parte trasera de su cinturón. La hoja curvada del arma tenía inscripciones a lo largo del metal. El mango era de laurel —madera verdosa oscurecida por el tiempo y los usos siniestros que Espanto le daba—, con aplicaciones de cuero para mejor agarre. Cualquiera de esos dos puñales serían un lujo para nuestro oficio, muchachos.

Se acercó a la mesa uno de los acompañantes de Carroza, que se identificó como Francisco Garamona. Su figura chata, redonda, lampiña y blanda contrastaba con el resto de los hombres, todos desaliñados, robustos, con sus semblantes oscurecidos por barba y bigote. Garamona, que parecía un chancho listo para el beneficio en manos de don Rosarino Azócar, se ofreció como padrino de Carroza. Jacinto Burgos, de forma inesperada para mí (y también para el resto de la patrulla), se acercó a la mesa para ofrecerle a Espanto su padrinazgo en el duelo. Siempre escueto, Espanto asintió y se alivió de la chaqueta. Los padrinos revisaron los cuchillos. El capitán Ormazábal intentó mediar por última vez, pero ambos contendores estaban decididos a enfrentarse, dice.

El duelo ocurrió afuera del salón principal, un espacio iluminado por antorchas ubicadas en las terrazas techadas y en mástiles que marcaban el camino desde el portón de entrada hasta la puerta de la casa, dice. Los clientes y las mujeres se ubicaron en el porche; combatían la angustia con aguardiente y whisky. Cómo se chupó esa noche, muchachos, todo fue excusa para echarle trago al guargüero. Los padrinos acompañaron hasta el lugar del duelo a los contrincantes. Joselo Carroza se ajustó una pieza de cuero en el antebrazo izquierdo. Espanto se protegió la misma zona con el pañuelo que usaba anudado al cuello. El frío materializaba las respiraciones en volutas de vapor. Los hombres se pusieron en posición, con sus armas empuñadas y comenzaron el duelo girando en círculo, mirándose fijo.

El primero que intentó atacar fue Carroza, saltando hacia Espanto con el puñal al frente, dirigiéndolo hacia el pecho de nuestro guía.

Utilizando el propio impulso de Carroza, Espanto hizo que el enemigo se precipitara al piso gracias a un movimiento imperceptible; tampoco pudimos advertir —así de rápido y ligero fue el movimiento del señor Espanto— cuando el corvo abrió un tajo desde la ceja izquierda hasta la coronilla de Carroza. La sangre brotó profusa, tiñendo el rostro y la barba del argentino. El herido se palpó la abertura de carne sangrienta con dedos inquietos, incrédulo de la profundidad de la herida. Brotaba esa sangre negra a la luz nocturna como manantial, oiga. No le paraba y se hacía gruesa, como una gelatina de maligno presagio. De inmediato hizo esfuerzos por secársela, caía sobre los ojos y dificultaba la visión. Desesperado, usó el cuero envuelto en su antebrazo. La contención fue inútil, cabros, fue incapaz de detener la sangre, que seguía manando espesa y constante desde la cabeza. Espanto lo miraba, detenido a algunos metros de distancia, con el corvo apuntando hacia el suelo, sin siquiera haberse agotado.

Con la sangre entorpeciéndole la visión del ojo izquierdo, Carroza se acercó a pasos equívocos hasta Espanto. Bufaba como la bestia antes del beneficio, podíamos ver las babas que saltaban desde su boca y las volutas de vapor provocadas por el aliento agitado y el frío que a esa hora caía sobre el desierto.

El segundo ataque fue de Espanto, quien saltó hacia Carroza. El corvo provocó un corte profundo, cruzado, desde el hombro derecho hasta el abdomen. Carroza aulló en un alarido seco y cayó de rodillas sobre la tierra. Espanto caminó hasta su adversario e introdujo con lentitud, como quien manipula un objeto delicado, la punta del corvo en la garganta del caído. Para hacerlo, se inclinó con elegancia y suavidad, fijando la vista en el cuello del argentino como si deseara la perfección con la herida mortal.

Mátalo de una vez, infeliz, gritó Garamona, pero la concentración de Espanto en la muerte del rival era absoluta, parecía que nada podía interrumpirle. La punta del corvo salió por la nuca de Joselo Carroza. Espanto retiró con rapidez el cuchillo. Carroza se llevó las manos a la garganta, intentando contener la hemorragia que saltaba desde la herida. Se precipitó al suelo temblando y escupiendo sangre a borbotones. Espanto limpió la hoja de su corvo en el pañuelo aún anudado en torno a su antebrazo. Guardó el cuchillo en su vaina, se sacó el pañuelo y caminó hacia la estancia donde todos íbamos a dormir.

Sin palabras ni muestras de agotamiento tras haberle quitado la vida a ese cristiano, muchachos, así estaba Espanto, tranquilo como el cura que termina la misa y camina entre los fieles con satisfacción y la certeza del trabajo bien hecho, un trabajo importante, esencial, la comunicación de los fieles con el ser superior. Los compañeros de la patrulla, hasta ese momento, nunca vimos a Espanto en combate. Creo —hablo por mí pero estoy convencido de que al resto le sucedía lo mismo— jamás ver a un gallo tan bueno para pelear a cuchillo, ni siquiera aquí en el Matadero, donde abundan los cuchilleros fuertes y rápidos, contundentes y letales, dice.

Después de retirarse Espanto, los comerciantes argentinos quisieron cargarnos a nosotros el cadáver de Carroza, pero el capitán los obligó a llevárselo de inmediato con ellos, advirtiéndoles que tendrían que enterrarlo por lo menos a cincuenta kilómetros de la quinta de doña Paula. Todos acompañamos al capitán con la mano sobre la cacha de las pistolas. Los argentinos, en silencio, envolvieron el cadáver, lo amarraron sobre el caballo del difunto y partieron en plena madrugada. Nosotros volvimos al salón, donde el capitán nos invitó a pedir todo el trago que quisiéramos, pagaba él, dice. ¿Por qué, muchachos, esa noche nadie volvió a comentar el duelo presenciado? ¿Por qué ninguno se atrevió a mencionar la habilidad de Espanto con el corvo? Nos quedamos tomando hasta entrada la noche y después nos fuimos con las putas. Yo volví a hacer el amor con Carmencita, por segunda y última vez en mi vida. El capitán Ormazábal se retiró junto a doña Paula.

Aquella madrugada intenté conciliar el sueño, pero fue imposible. A ratos me dejaba ir y conseguía cerrar los ojos e incluso roncar, hasta que imágenes del duelo me despertaban de un salto, y me descubría empapado de sudor, con el corazón bombeando con violencia. Carmencita, ajena a mis miedos, dormía profundo. Me levanté y me refresqué en la jofaina. Quería salir a la intemperie para fumar y despejar la cabeza. Enrolé un cigarro y caminé lento por el pasillo que llevaba hasta el amplio salón. Suponía yo que a esa hora estaría todo a oscuras, quizás la chimenea guardaría rescoldos del fuego previo. Me sorprendí con el sonido de voces masculinas y el resplandor de las brasas quemando con fuerza. No me fue difícil, muchachos, comprender que no tenía que revelar mi presencia allí. Mañungo Romero, Graham y Espanto bebían mate y conversaban, sentados en torno a la chimenea. ¿Qué decían? No era posible componer el sentido completo de esa charla inesperada, pero hablaban del capitán Ormazábal. Mis compañeros de armas aseguraban que era idóneo, un espíritu adecuado para conocer el secreto. ¿Qué secreto, por la cresta? Fue la primera vez que oí pronunciar "aguafuerte". El capitán, aseguraban Graham y Romero, tenía las herramientas espirituales para ayudarlos a llegar hasta allá. ¿Hasta dónde? ¿Con "aguafuerte" se referían al líquido robado a la patrulla de jóvenes soldados? Otra vez el miedo, materializado en hielo, me recorrió el espinazo, muchachos, dice.

Procuré volver a la habitación junto a Carmencita y olvidar lo que escuché a escondidas.

Al día siguiente nos quedamos hasta mediodía en la quinta de doña Paula Suárez, quien nos dio provisiones, agua fresca y municiones. Cuando se despidió del capitán, ella lloró en sus brazos y hablaron largo, mientras el resto de la patrulla preparábamos los caballos y el equipaje. Yo miraba de reojo a don Roberto, pensando en la conversación que versaba sobre él la noche previa. Con Carmen, amigos míos, no tuvimos palabras de despedida ni menos aún llanto. Yo no podía abandonar las imágenes del sueño y cómo se convirtieron en realidad carnal con mi compañera. El pubis hirsuto, brillante, negro, los efluvios de los cuerpos, las cavidades, los sabores materializados en mi boca y su aroma en las narices. En eso pensaba cuando me despedí de ella con un abrazo y un beso en los labios. ¡Venga a verme pronto, Roberto, cuando termine su misión; no se olvide de mí tanto tiempo otra vez!, le gritó al capitán doña Paula cuando nosotros llevábamos unos buenos metros de marcha. ¡Cuánta tristeza me provocaron esas palabras honestas de esa mujer trabajadora y hospitalaria, muchachos, por la cresta madre!, no sabría explicarles por qué sentí esa melancolía apretada en el pecho al escuchar a doña Paula en la partida, dice.

Salimos a trote lento porque el capitán calculó que podríamos darles alcance a los perseguidos antes de arribar a Santa Cecilia, sin necesidad de extenuar a las bestias ni a nosotros mismos, dice. Temiendo una posible emboscada en venganza por la muerte de Carroza, el capitán Ormazábal dispuso que Jacinto Burgos y Germán Urzúa se adelantaran doscientos metros a la patrulla. A la cabeza del grupo principal iban el capitán y el señor Espanto, Ignacio Molina y Federico Graham. A diez metros de distancia cerrábamos la patrulla Gilberto Aristía, Manuel Romero y yo al centro. Es bravo el hombre con el cuchillo, rompió el silencio Romero, dice. Tiene que haberlo ocupado mucho o le enseñaron muy bien a usarlo.

Aristía pensaba que la destreza de Espanto era técnica, pura técnica y experiencia. La habilidad demostrada en los movimientos no se podía improvisar, aseguró el pije. Él estudió esgrima en su infancia, durante años, condición impuesta por su padre. Creía reconocer, dijo el pije, posturas y formas propias de la esgrima, modificadas por la técnica exclusiva y propia del cuchillo. Avanzábamos a trote lento, extenuados por la resaca y por los coitos que cada quien realizó con las putas. Desviaba yo la mirada, de forma inconsciente, hacia Romero, Graham y Espanto, quien iba erguido sobre su potro, en perfecta postura. Al darme cuenta de mi actitud, me esforcé en no volver a escudriñarlos para no delatarme.

Nos detuvimos en una planicie abierta, a lo lejos el capitán Ormazábal nos indicó la silueta de la cordillera, donde nuestro Ejército tomó posesión de Grito del Diablo. Estamos más cerca de Grito del Diablo que de Santa Cecilia, dijo el capitán. Quería pasar a buscar provisiones, cambiar armas defectuosas y, con suerte, sumar un par de soldados más a la patrulla. Era menos peligroso, suponía, tomar el atajo por la frontera boliviana que avanzar a pleno el desierto, donde nos podrían atacar desde cualquier flanco, con mayor facilidad y más peligro para el grupo. Algunos se mostraron contrarios al capitán. Jacinto Burgos, Molina, Graham y Romero, entre ellos.

A mí me parecía buena idea sumar más miembros, pero mi opinión no tenía ninguna validez, no tenía sentido expresarla, muchachos. Tras discutir durante algunos minutos con Espanto, el capitán corroboró la orden. Enfilamos todos rumbo al este, hacia un faldeo cordillerano que se vislumbraba más próximo. A medida que avanzábamos, el paisaje iba aplanándose, pese a que seguíamos en ascenso. Eso ocurre en el desierto, muchachos: las alturas, cuando el hombre las va ganando a pie o a ritmo de trote de caballo, dejan ya su condición y engañan al ojo humano, haciéndole creer que toda la tierra es plana, que no hay sinuosidad en el mundo, que no existe algo como la adversidad, como el conflicto, y eso le hace pensar al hombre que en su corazón no hay oscuridad, que lo que ve y siente es su esencia y su verdad. Allí nace la debilidad de los hombres, muchachos, en el engaño del corazón, en suponer que la oscuridad es luz y que no hay nada más que aquella oscuridad que suplanta a la luz. ¡Cuánto compadre engañado por esa traición de los sentidos, por esa trampa del alma, por la cresta!, dice.

Esa noche vivaqueamos junto a una intensa fogata, mientras nos turnábamos la guardia, dos miembros de la patrulla, cada tres horas, dice. El día siguiente nos pilló a mí y al capitán Ormazábal haciendo la guardia desde las cinco de la madrugada. ¿Sabría que los ojos de Espanto y de mis compañeros estaban sobre él?, pensaba yo. A la primera luz del alba, el capitán sacó un ajado ejemplar de la Biblia y leyó en silencio, apenas moviendo los labios. Después sacó una libreta con cubierta de cuero rojizo, agrietada y desgastada por el uso y por las condiciones del clima. Anotó con un lápiz de grafito mientras leía la Biblia, concentrado, en cierta forma abstraído del entorno y de lo que estábamos haciendo. Yo lo miraba como si la acción de nuestro capitán me hipnotizara, muchachos, y no sabría explicarles bien por qué me quedé embobado. El capitán levantó la vista y me descubrió observándole de esa forma tan poco apropiada, no correspondía que un soldado raso se tomara esa libertad y cometiera una imprudencia así con un superior, pensé yo en ese momento.

El capitán, contra mis temores, no estaba molesto, al contrario, se sorprendió de mi interés en su lectura. ¿Ha leído la Biblia, Sanhueza?, me preguntó. No, mi capitán. ¿Por qué no, Sanhueza? La Biblia alimenta el espíritu de los hombres, les permite comprender que hay una superioridad desconocida y que en el pasado hubo hombres con valor, con voluntades de hierro, hombres que aceptaron martirio, penurias, hambre, pestes, toda clase de atrocidades por amor a Cristo, a Dios, al Padre y al Hijo, que son la misma persona, Padre e Hijo y también Espíritu Santo, un tercer integrante de la santidad, aquella que nos cuida, nos guía, nos da alimento celestial para mantener el corazón en alto y refulgente, me dijo el capitán mientras las brasas calentaban la tetera y unos pájaros negros sobrevolaban el cielo límpido, dice.

Perdone, Sanhueza, me puse a hablar y no dejé que me respondiera, cuénteme, dígame por qué un cabro bueno y patriota no ha leído la Biblia, me preguntó el capitán, dice. No sé leer, mi capitán, le respondí. No crean que se lo dije suelto de cuerpo, muchachos, respondí con vergüenza, humillado por no saber esa herramienta tan importante para el desarrollo de un ser humano, algo que les he repetido hasta el cansancio a los cabros que han aprendido el oficio de matarife conmigo: lean, escriban sus sentimientos, usen la cabeza, por la chucha, que un cuadrino no solo debe vivir a puro ñeque. El capitán, hombre noble y educado, me miró sin asomo de desaprobación, comprendiendo mi natural pudor, y me dijo que no debía avergonzarme, al contrario, qué oportunidad tenía frente a mí, aprender a leer durante la misión, llevar registro en un cuaderno de mis desventuras y reflexiones, entablar conversación con Dios, los profetas, los evangelistas y los santos a través de la palabra escrita, porque la voz de un hombre no se pierde si ha quedado registrada en la grafía, los hombres pueden hacerse oír tanto tiempo después de muertos, y usted, mi querido Sanhueza, no va a quedarse sin voz una vez lo llame el Señor a sus aposentos, usted va a aprender a leer y a escribir, yo le voy a enseñar, le voy a regalar una libreta de anotaciones y un lápiz grafito, también me voy a preocupar de exigirle avances, porque un hombre no solo debe tener voluntad e inteligencia, también perseverancia, el deseo de llegar, como esta patrulla, que va a encontrar a los fulanos que mataron a nuestros compatriotas y compañeros de armas, así usted va a dominar la lectura, Sanhueza, vamos a empezar con san Pablo y las cartas que escribió a los pueblos paganos, a aquellos que aún no se convertían a la religión de Cristo, porque sabrá usted, mi amigo, que antes de nuestra religión católica, que es la verdadera, la única que sigue el corazón de Dios, existían otras muchas, falsas todas; tuvo que llegar Jesús el Cristo para poner orden haciendo explotar los cimientos de la religión judía, Sanhueza, y la única forma de dinamitar un credo es a través de una revolución. En la revolución no existe el valor de la vida; el valor de la vida es el inverso proporcional al triunfo de la revolución, por eso Cristo fue martirizado al grado de la tortura, sus discípulos aborrecidos, los discípulos de sus discípulos aborrecidos, ridiculizados, asesinados, martirizados, como Cristo mismo, me dijo el capitán Ormazábal, dice. Pagan los revolucionarios con vida el triunfo de su fe, Lucho, continuó hablando el capitán, lo saben muy bien los amigos franceses, que se extasiaron cortando cabezas y matando a sus compatriotas enemigos de la causa que empujaban. Cristo y sus discípulos decidieron morir con el mayor sufrimiento posible para que la religión que fundaban llegara hasta nosotros. Esa mañana el capitán me regaló una pequeña libreta y un lápiz de grafito, con el cual me enseñó primero a escribir, pronunciar e identificar las vocales.

Amaneció, despertaron nuestros compañeros, atizamos el fuego, se coció avena y se hizo hervir café. Espanto, para mí sorpresa, apareció a eso de las nueve de la mañana, venía a trote rápido sobre su caballo desde el este, cubierto con su capa gruesa y su sombrero. Mientras los soldados comíamos el rancho de desayuno, Espanto nos informó que el camino hacia Grito del Diablo estaba despejado, debíamos aprovechar la ventisca matutina para avanzar antes de la subida de temperatura que, a mediodía, hacía casi imposible cualquier movimiento. Recogimos el campamento, dimos de beber a las bestias y pronto nos encumbrábamos —sin plena consciencia del ascenso, como les dije antes, porque la montaña parece ir siendo devorada por la planicie— y avanzábamos con la orden del capitán de no extenuar, en lo posible, a nuestros animales. A mediodía nos apostamos junto a una formación rocosa que serpenteaba a derecha e izquierda y formaba un muro natural para protegernos del sol. Allí descansamos hasta la llegada del ocaso.

El capitán decidió aprovechar las últimas horas del día y las primeras de la noche para acortar distancia con Grito del Diablo. Urgía hacer contacto con nuestros compañeros, sumar hombres a la patrulla, recibir información estratégica para ver si podíamos alcanzar al enemigo antes o poco después de cruzar Santa Cecilia, el tiempo que nos tomaría el desvío hacia el fuerte definiría dónde y cuándo sería el choque con los atracadores. Nos detuvimos cuando la luna, redonda y definida en sus contornos, estaba sobre nuestras coronillas.

El viento siseaba en los oídos susurrando palabras imaginarias, pero audibles: siente, hastío, salinas, vulgata, fulgor, vulva, presto. Ninguna tenía sentido en ese momento, no se complementaban, no construían una idea o un mensaje. La naturaleza hablaba en una lengua, pero se negaba a expresarse con claridad. Oiga, gancho, el ruido raro que hace el viento aquí, suena como voz de sirena, dijo Mañungo Romero, y para aliviar el momento ominoso, Jacinto Burgos le preguntó si acaso él había escuchado alguna vez la voz de una sirena. Todos rieron a carcajadas, menos yo, muchachos. Para mí, la voz del viento estaba relacionada con los sueños premonitorios.

El desierto, como el ñachi o el sexo femenino, me tenía encantado, sentía yo que me mimetizaba con el paisaje agreste, con el gris y el amarillo imperantes frente a mis ojos, la arena entrometida no me provocaba incomodidad, caminaba y cabalgaba sobre ella sin resquemor, muchachos. Acostumbrarme a la pampa seca y vacía, al desierto quemante, me asustaba, como aquel que desea para sí y para nadie más a una puta. El capitán prohibió encender fogata, la altura y el espacio abierto donde íbamos a acampar nos hacían un blanco fácil. La corriente nocturna era peligrosa para la permanencia de las tiendas, pero, imposibilitados de calentarnos con una fogata, no nos quedaba otra que armar carpas, reforzarlas, abrigarnos. Nos dividimos en tres grupos para darnos calor mutuo. A mí me tocó junto a Espanto y a Ignacio Molina. Fue el capitán Ormazábal quien definió a los integrantes de cada lote, al parecer de manera azarosa. Nos introdujimos en la tienda, pusimos sobre nuestros hombros ponchos y mantas, masticamos charqui y galletas de chuño. Espanto solo utilizaba su capa, con la cual se envolvió por completo, como la morfología de una oruga. Teníamos a mano pistolas y fusiles, yo mi corvo en su vaina, a mi izquierda, precavidos de un posible ataque en plena madrugada. A medida que avanzaba la noche, el frío se acentuaba, denso, y el viento lo sentíamos más fuerte, vigoroso y sonoro. Nosotros, me refiero a los gallos pobres, pasamos tanta pellejería y aprendemos a vivir con tanta adversidad, que se nos llega a olvidar el miedo. Pero esa noche aprendí otra vez a temer, como un cabro chico, a lo desconocido y al carácter maligno que puede llegar a tomar la naturaleza. Espanto de repente quebró el silencio de la carpa y me dijo que la palabra que el capitán Ormazábal me estaba enseñando a leer desde la Biblia era un relato para reflexionar, no hechos reales ni menos incuestionables. Que yo no haya sabido leer no quería decir que nunca escuchara antes la palabra de Dios en boca de curas o personas instruidas. Espanto dijo que la Biblia cristiana era como el pétalo de una flor deforme y múltiple, una flor que en su totalidad permitía comprender el sentido del mundo, abrirlo, mirarlo de cerca, incluso trastocarlo, moldearlo, aplastarlo para encontrar nuevas formas y sentidos. Yo no entendí qué cresta quería decir. Molina dormitaba, regurgitando saliva y roncando a intervalos azarosos, a veces dejaba de respirar, pero pronto recuperaba el aliento con un sonido gutural que se parecía a la tos o al escupo de un desgarro atorado en el pecho por más tiempo del que uno querría.

Quiero decirles con esto que mi compañero de armas, Ignacio Molina, permaneció ignorante a las palabras que expresaba, dirigidas a mí, Espanto con respecto a la fe, a la palabra escrita, a la historia de Dios.

Porque Dios es múltiple, dijo Espanto, dice, es hombre, mujer, ángel, carne, espíritu, tierra y agua. Dios está en la boca del musulmán y del judío, del hindú, en el acto de Buda —que resistió el asedio sin moverse ni pronunciar palabra audible—, en la comunión que el sacerdote pone en boca del creyente, también entre nosotros, muchacho, dijo Espanto aquella vez, dice, Dios es la guerra y el corazón triturado por la bayoneta suya, Dios odia y ama al mismo tiempo, destruye y crea, es, anote esta palabra para que pida su significado al capitán Ormazábal, "oxímoron", es parte y contra, ley y crimen, coito y celibato, Dios es la bala que perfora la cabeza del joven soldado y a la vez es la vida que nace en algún lugar del mundo, Dios se encarna en la beligerancia de los hombres, pero también está en el agua que beben; el corazón de Dios es el pozo explotado de Dolores y la garganta sedienta de cada uno de nosotros. Pronunció estas palabras Espanto y luego guardó silencio, siempre envuelto en su capa negra, se sacó el sombrero y comenzó un plácido dormir que duraría hasta poco antes del amanecer. Aquella noche yo me tendí junto a Molina e intenté conciliar el sueño. Recordaba el encuentro secreto en el salón de doña Paula, la evaluación que hacían sobre el capitán Ormazábal. ¿Espanto estaba poniendo a prueba algo en mí? No existía respuesta posible, muchachos. Pude dormir por horas, a ratos conseguía descansar, pero pronto despertaba con el chiflido del viento. Las bocanadas golpeaban contra la roca, provocando turbulencia. Las carpas resistieron apenas las corrientes de aire que luchaban por elevarlas. Los caballos relinchaban inquietos, el capitán y Jacinto Burgos tuvieron que salir a calmarlos para evitar una posible estampida. Yo también salí y ayudé a sujetarlos de las bridas, a la vez que acariciábamos sus hocicos mientras corcoveaban y expulsaban sendas volutas de húmedo vapor por las narices, muchachos, dice.

Antes de las primeras luces del sol asomándose tras la cordillera ya estaba levantado el campamento y partíamos hacia Grito del Diablo, dice. Llegamos a la fortificación chilena pasado el mediodía. Aunque el sol pegaba fuerte y su reflejo en el suelo rocoso encandilaba los ojos —nos cubríamos la vista con prendas y pañuelos oscuros—, temblábamos de frío y las corrientes de aire chocaban, desde distintas direcciones, contra nuestra patrulla. El fuerte chileno, construido con base de piedra y el resto madera bruta, estaba enclavado entre las dos paredes rocosas que le daban el nombre al lugar. Allí, desde el suelo y hasta la máxima elevación de la garganta en piedra viva, se distinguían los enormes rostros de suplicio que la erosión fijó para siempre allí. Bocas abiertas que trataban de salir a nuestro mundo desde el infierno, desde las entrañas de la tierra, donde todo es magma y fuego, muchachos, yo no sé si aconsejarles que se peguen el pique para allá, es posible llegar guiados por algún pirquinero, a lomo de caballo o mula, pero me pregunto si esa inmensidad de la naturaleza es milagro o maldición, dice. Fuimos recibidos por el teniente Alejandro Lihn, a cargo del campamento Grito del Diablo. Llevaron a los animales hacia las caballerizas para aliviarlos de montura y carga, y darles de comer y abrevar. A nosotros nos guiaron hasta un galpón semiabierto donde se cocinaba el alimento para la tropa y se hacía acopio de agua y víveres. Nos sirvieron carne de vacuno —el día previo fueron sacrificadas dos cabezas— y luego nos tendimos a descansar en camarotes duros, pero que a nosotros nos parecieron cómodos como una cama de hotel.

El capitán Ormazábal y Espanto recibieron un informe detallado del movimiento alrededor de Grito del Diablo. Nada que destacar, salvo un par de escaramuzas con salteadores de caminos y una pequeña patrulla peruana perdida de su regimiento, con quienes cruzaron balas quince kilómetros al norte, sin bajas ni heridos gracias a la oportuna fuga de los peruanos. Tampoco tuvieron contacto ni avistamientos de los ladrones de agua, ni en las proximidades del fuerte ni en las salidas de reconocimiento que hacían cada tres días las patrullas. Creo que estamos perdiendo el tiempo aquí, capitán, le dijo Lihn a nuestros líderes. El capitán negó tajante, argumentando que era imprescindible cuidar ese punto de la frontera, nos contó más tarde el intercambio que tuvo con Lihn, mientras cenábamos y nos disponíamos a pasar nuestra última noche en el fuerte Grito del Diablo, para partir temprano al día siguiente.

Aquella noche, pasando por alto las órdenes del capitán Ormazábal, salí a caminar hacia el noreste, en una pequeña ruta que serpenteaba por la ladera de un pico rocoso, dice. En lugar de quedarme a resguardo, como el resto de mis camaradas, sentí la necesidad de explorar ese espacio que, pensaba (y tenía razón), no volvería a ver. Luego de caminar media hora de ascenso escarpado, encontré a Espanto observando las estrellas a través de un viejo catalejo. No se asustó ni se sorprendió con mi presencia, como si esperara que alguien —¿yo?— fuera a su encuentro al igual que un discípulo comprende que en algún punto del camino encontrará a Cristo o al que sea su mentor. Acérquese, Sanhueza, me dijo Espanto y me extendió el catalejo, dice. ¿Cómo supo que era yo?, le pregunté. No me respondió.

Miraba absorto el firmamento, que se abría en múltiples formas y colores. ¿Observa usted alguna vez las estrellas, Sanhueza?, dijo. Sí, le respondí, todo cristiano ha mirado alguna vez al cielo de noche. Ahí está usted y estoy yo, habló Espanto, está Molina, están Burgos y Ormazábal, la inmensidad del cielo es también su alma, no me refiero a una idea, Sanhueza, sino a un hecho concreto, praxis, empirismo.

En la noche usted puede observar el contenido del alma que lo alimenta y que le permite pensar, amar, matar. Yo agarré el catalejo y observé hacia el cielo negro. Las estrellas se difuminaban como pintura esparcida sobre el muro. Puntos parpadeantes y otros de luz fija. A veces cruzaban el fondo oscuro, desplazándose fugaces, luces más poderosas que el resto. Pero el brillo, muchachos, era rápido, se iba y en segundos ya no quedaba nada, a diferencia de otras, más pequeñas y menos poderosas en su fulgor, pero fijas allá arriba, al igual que la luz que nos permite ver hoy aquí, en el bar del gordo. ¿Qué relación tenía mi alma con el cielo? Eso pensaba, aunque no le dije nada a Espanto por temor no a su reprobación, sino hacia dónde podían dirigirse sus palabras. De Espanto uno se esperaba cualquier cosa, muchachos, cualquier cosa menos lo evidente, lo esperable, lo supuesto. Era como un cura que usara una Biblia oculta y proscrita para hablar a sus fieles.

¿Sigue aprendiendo a leer?, me preguntó Espanto. Le respondí que sí, podía seguir la concatenación de letras, identificando no solo vocales, también consonantes, sus combinaciones, el significado de las letras conjuntas. Volvimos tanteando el camino en penumbras y en silencio. Sentía el peso de las estrellas sobre la cabeza, me preguntaba si aquello que gobernaba el cielo nocturno era la manifestación física de mi alma, muchachos, por Dios que suena descabellado, el fulano que hoy venga a decirles a ustedes semejante cosa pensarían que está cagado del mate, con razón, por supuesto, pero a mí me parecía una verdad absoluta porque Espanto pronunció estas palabras, y la voz angélica, grave y aguda a la vez —composición sonora de dos voces procedentes de una sola garganta—, me convenció sin yo tener necesidad de analizarlo ni cuestionarlo, dice.

Al día siguiente el teniente Lihn puso a las órdenes del capitán Ormazábal a tres conscriptos rasos y a un cabo segundo, de apellido Godoy, dice. Nos reabastecimos de víveres y pudimos cambiar las armas defectuosas. También nos entregaron municiones y un mapa detallado que los soldados de Grito del Diablo diseñaron en las salidas a terreno. Contábamos además con el cabo Godoy como guía para regresar al llano del desierto. Pese al leve desvío, Grito del Diablo representaba un atajo para llegar a Santa Cecilia, sin contar el reabastecimiento de comida y armamento que pudimos hacer en la base. Los primeros kilómetros avanzamos a trote rápido, por terreno seguro gracias a los conocimientos del cabo Godoy.

El capitán Ormazábal decidió vivaquear en las faldas cordilleranas. Previo al ocaso, Espanto se fue por un camino que torcía montaña adentro, en sentido contrario a nuestro trayecto. Volvió cuando cocíamos un caldo de gallina —Lihn nos entregó cuatro, todas vivas y protegidas en jaulas de madera— y el sol se había ido hacía una hora o más. Vamos a tener tormenta, dijo Espanto, dice, el aguacero no va a ceder hasta pasado mañana, nos informó, preocupado. El capitán Ormazábal estaba en una situación imposible. Todos los factores escapaban de sus manos, salvo la orden para marchar o guarecerse allí, a los pies de la montaña y perder dos o tres días valiosos. Se decidió por emprender el viaje antes del amanecer, junto con la tormenta, avanzaríamos a la par, aprovechando que el terreno próximo aún estaría firme para la marcha de una patrulla acotada como la nuestra. A las cinco de la madrugada comenzamos a levantar el campamento; media hora más tarde empezaron a caer las primeras gotas. A las seis ya estábamos montados sobre los animales, descendiendo el último tramo de terreno elevado. A esa hora aún no amanecía y los relámpagos iluminaban, fugaces, el cielo. Los truenos al principio asustaron a las bestias. El caballo de Jacinto Burgos elevó con fuerza las piernas delanteras y el jinete cayó a piso, en un charco que empapó su ropa. No había tiempo ni tenía sentido cambiarse. Burgos montó de nuevo con rapidez, sin retrasar el avance de la patrulla. Nuevos relámpagos prendían los nubarrones morados, cargados de agua, solo duraba uno o dos segundos, pero quienes mirábamos hacia arriba alcanzábamos a distinguir las sinuosidades de esa bóveda que parecía el paladar de una criatura maligna y desventurada como aquellos ínfimos seres que transitábamos bajo ella en la soledad del desierto.

Dos horas más tarde comenzaron a caer los primeros granizos. Como diamantes en bruto, brillaban cuando la mirada alcanzaba a captarlos en cierto ángulo indeterminado o en el brillo ínfimo del relámpago, luego reventaban contra el suelo o pegaban en una roca para despedazarse o rebotar en cualquier dirección. Amaneció una hora después, pero el cielo permanecía gris y opaco. Los granizos aumentaban de tamaño hasta el de una piedra pequeña. La fuerza con la cual caían nos obligó a buscar refugio. Los animales corcoveaban y trataban de agachar la cabeza para protegerse, mas todo gesto era inútil. Espanto tomó el control de la patrulla en medio del caos que provocó la tormenta y la lluvia de granizos. Retrocediendo un par de kilómetros hacia el sureste, nos pusimos a cubierto contra las paredes rocosas en la falda de la montaña que acabábamos de descender. Allí, una cúpula cobriza formada por la erosión de la roca nos protegió de los proyectiles, que no amainaron y crecieron aún más en tamaño, provocando sonoras explosiones como golpes de metal contra metal en un choque de trenes en el mismo infierno, muchachos.

A eso de las tres de la tarde partimos otra vez, retomando la misma ruta que horas antes los granizos nos obligaron a interrumpir. El frío era más intenso. Las narices de los animales expulsaban sendas volutas de vapor. Nuestras mejillas, al descubierto, pronto enrojecieron y la piel superficial empezó a erosionarse, en una quemazón gélida que un par de horas más tarde se hizo insensible, así de poderoso y descorazonador era el frío, peor que el más crudo invierno aquí en el Matadero, a pie pelado en los suelos de piedra de la Sección Vacuno.

No teníamos dónde acampar, porque los suelos estaban mojados y helaba como hielo. Nos detuvimos para dejar que las bestias bebieran y descansaran durante hora y media. Continuamos hasta el día siguiente, cuando la tormenta amainó y nosotros entrábamos otra vez en pleno desierto. Yo sentí como si volviera a vivir como me correspondía, como era mi deber, como si el Señor me hubiera destinado a pasear para siempre entre el roquerío, la arena y el sol rabioso sobre mis hombros, dice.

Dos días más tarde chocamos en batalla con una patrulla boliviana, desierto adentro.

Hombres y animales recuperábamos fuerza y ánimo tras la tormenta, dice. Incluso aceleramos la marcha para arribar a Santa Cecilia antes de lo planeado. El primero que vio a los enemigos fue el pije Aristía, muchachos, vista privilegiada le había dado Dios, creo que les conté de la capacidad extraordinaria que tenía ese cristiano para observar a distancia; primero se quedó mirando hacia el horizonte durante tres o cuatro minutos. Aguzaba la vista para identificar qué era lo que llamaba su atención en ese momento, nos contó más tarde. Porque lo primero que notó fue una línea que difuminaba con suavidad la tierra del cielo. Él, acostumbrado a esas alturas a utilizar su ojo de águila en la inmensidad desértica, era capaz de advertir pequeñas variaciones en el paisaje, por mínimas que fueran, muchachos. Espanto fue el primero en acercarse al pije, al notar que algo turbaba la acostumbrada calma de mi amigo. Cruzaron palabras rápidas y Espanto observó a través del catalejo. Reconoció de inmediato una compañía del Ejército boliviano. Ambos se devolvieron cabalgando para reunirse con el resto de la patrulla. Es un escuadrón de caballería boliviano; cuarenta, treinta y cinco, quizás, dijo Espanto, acelerado y preocupado como nunca antes lo vi aquella mañana previo al enfrentamiento, dice. El capitán Ormazábal nos ordenó formarnos en línea, cargar los fusiles, tener a mano las bayonetas y las espadas listas para desenvainar. Un temblor subterráneo me recorría el cuerpo, muchachos, de la planta de los pies hasta la coronilla. La superioridad numérica del enemigo me puso la piel de gallina, aunque permanecí allí, firme, formado junto a mi compadre Gilberto Aristía, quien miraba hacia el horizonte casi sin pestañear, atento a las variaciones del paisaje. Para nosotros aún era solo desierto y cielo; para el pije, comenzaba a dibujarse la formación enemiga cada vez más nítida, detalles se materializaban contra la irradiación calurosa y curvilínea del horizonte. Mientras cada uno preparaba su armamento, Espanto salió cabalgando rumbo al suroeste, aplicando la huasca en las ancas del caballo con fuerza y velocidad. Jacinto Burgos, sorprendido, giró su caballo para observar la huida de Espanto. ¡Se arranca este huevón!, gritó. ¡Vuelva a su posición, Burgos!, le ordenó el capitán, estamos a punto de ser atacados, obedezca, carajo. Uno no estaba acostumbrado a ver al capitán furioso, fuera de sí. Era un hombre sensato, tranquilo, calladito la mayoría de las veces, pero cuando tenía que ejercer su rol de mando, ay, mierda, ahí nadie le venía con cuentos, pegaba el grito y doblegaba a los desafiantes e insurrectos. Graham y Romero giraron sus caballos para seguir el trayecto de Espanto, que pronto desapareció tras los accidentes y desniveles del desierto.

Minutos más tarde, el escuadrón boliviano se hizo visible. A mí me parecieron criaturas irreales, paralizados en su lejanía abstracta, jinetes de un apocalipsis privado como la pesadilla del mundo que los hombres que hacíamos la guerra ayudábamos a construir. El capitán Ormazábal, en el centro de nuestra línea, estudiaba al enemigo a través del catalejo. Nuestros bayos y potros bufaban, tal vez intuyendo que se aproximaba un enfrentamiento. Los bolivianos cargaban en tres líneas de ataque. El sol pronto hizo restallar los sables del enemigo, que enarbolaba las hojas. Esos reflejos del metal amplificados por el sol eran todavía mínimas vainas de luz en la inmensidad aterradora del desierto. Íbamos a morir y yo pensaba no en mi temprana vida interrumpida, muchachos, sino en la misión inconclusa. Capitán, ¿cómo nos encontraron?, le pregunté a viva voz a Ormazábal. Tienen que haber mandado una avanzada para revisar el camino, Sanhueza. No importa ahora cómo nos encontró el enemigo, preocúpese de sus armas, me respondió el capitán. Espanto regresó exhausto, exigiendo a la bestia azabache al máximo de sus capacidades. Por aquí, gritó, rápido, síganme, y comenzó a cabalgar otra vez, perdiéndose por la misma ruta por donde antes llegó. Sin dudarlo, el capitán Ormazábal gritó la orden de seguir a Espanto. De inmediato todos giramos y salimos a galope, sin saber qué iba a suceder, hacia dónde nos llevaba Espanto, cuál era el plan. Los gritos de los bolivianos empezaron a escucharse, perdiéndose al instante en el aire cálido de la pampa. Espanto chiflaba para que no lo perdiéramos de vista, hasta que su potro azabache empezó a trepar con exasperante lentitud una duna elevada. Nuestros caballos subieron con dificultad, las patas se hundían hasta un metro en la arena liviana.

Escuchamos con claridad los gritos del enemigo a nuestras espaldas, muchachos, alaridos de criaturas no nacidas de vientre humano, súcubos que exigían nuestras cabezas por pura diversión, voces de perversidad, canto maligno, grito de guerra impura, pensé mientras espoleábamos y azotábamos a las bestias para coronar la cumbre de la duna. Conseguimos llegar y de inmediato hicimos descender a los caballos hasta una nueva formación de planicie, a los pies de la duna, protegidos del asedio enemigo. Con rapidez, volvimos a subir hasta lo alto y nos tendimos sobre la arena. Usando de suple nuestros morrales, instalamos los fusiles y disparamos a la primera línea del escuadrón, que estaba a unos cincuenta metros del nacimiento de la duna. Las bocas de fusil escupieron fuego y detonaciones duras e instantáneas quebraron el silencio de la planicie. Cayeron todos los jinetes de la primera línea y dos caballos. Eufórico, el capitán Ormazábal gritó, ordenando volver a cargar municiones para no perder la ventaja recién conquistada. Atrás quedaban dos líneas de ataque, ambas más numerosas que la primera. Algunos de la patrulla no alcanzaron a cargar los fusiles otra vez.

Los caballos enemigos tocaron la duna y avanzaron por la ladera con abrupta lentitud después de la cabalgata veloz. Una mano invisible los retenía y nosotros aprovechamos esa nueva ventaja para disparar sobre la segunda línea. Algunos, como Molina, el pije Aristía y yo nos envalentonamos e hicimos fuego de pie. Pronto la superioridad numérica de la caballería boliviana se hizo sentir. La última línea nos devolvió fuego a discreción. Dos de los soldados que se nos unieron en Grito del Diablo cayeron muertos al instante. Los mocosos no alcanzaron siquiera a chillar. El capitán Ormazábal caminaba de izquierda a derecha, repartiendo órdenes, aleonando a los hombres para resistir y no flaquear en la defensa, llevaba en la derecha el sable. La acción de la última línea boliviana permitió que la segunda pudiera subir por la duna. Espanto, tendido al centro de nuestra línea de defensa, disparó cinco veces, sin errar ninguna. Mató a tres jinetes, el último con un tiro que le descerrajó el lado izquierdo del cráneo. Una explosión de huesos, carne y sesos, muchachos, a pocos metros de mi posición, a la par de un sonido apagado y breve. En ese intertanto de tensión, el capitán organizó una rápida formación para hacer frente a los bolivianos que iban a arribar a la cúspide. Dispuso dos líneas premunidas de fusil y una tercera con las espadas desenvainadas. Al costado izquierdo de la tercera línea, desenvainé espada y corvo. Los primeros enemigos en aparecer recibieron senda descarga de proyectil. El impacto de las balas contra los pechos y rostros hizo saltar sangre en destellos líquidos. La sangre alcanzó a manchar nuestros uniformes, los huesos astillados estallaron en direcciones inesperadas; a mí me llegó un trocito parecido a una aguja gruesa en el mentón, donde se incrustó provocando sangre. Sangre y sangre, muchachos, sabor agrio y salino en los labios, cuerpos abiertos a bala de fusil bajo el sol, que hizo las veces de juez de aquella batalla inesperada. Los caballos enemigos, asustados por la proximidad de los disparos nuestros, se encabritaron y botaron a los jinetes. Al volver las patas a tierra, un purasangre inglés de pelaje gris y crines blancas, golpeó de lleno el cráneo de Ignacio Molina. Aturdido, el muchacho soltó de inmediato su fusil y se desplomó sobre la arena con los brazos abiertos. Los jinetes caídos se incorporaron ágiles y se lanzaron, espadas en mano, a la carga contra nosotros. Recibimos al enemigo con furia y renovadas fuerzas, alimentadas, pienso, por la adrenalina que nos hervía la sangre. El choque de hierros fue veloz; cortamos, acuchillamos, tajeamos e incluso amputamos (media mano le cortó a un joven boliviano Mañungo Romero) al enemigo. Goterones de espesa sangre quedaron sobre la arena, oscureciéndola a nuestros pies.

Cuando les explico cómo sucedieron los hechos que viví, me siento incapaz de transmitirles la inmediatez, el ánimo de los compañeros y de los contrarios, el sonido del desierto y la mudez altiva del cielo. Fue más larga la escaramuza que la batalla, pero la escaramuza se ha perdido para mí en los días pretéritos, en el devenir del mundo, entre el barro y el óxido que envejece el acero; la batalla, sin embargo, se extiende hacia atrás y rumbo al futuro, no tiene tiempo como comprendemos nosotros el tiempo. Es un tiempo que anida en la cabeza, donde el contacto con el contrario se dilata y la espera se contrae. En el tiempo infinito de la mente no hay luz ni oscuridad, muerte ni nacimiento.

Cresta madre, miren las cosas que digo, muchachos, pareciera que les quiero embolinar la perdiz, cuando lo que pretendo es hacerme escuchar y a través de la palabra mía que los toque la experiencia, vencer el vacío con la sordidez de los hechos. La carga de la última línea de ataque de la caballería boliviana fue repelida por toda la patrulla. El capitán y Espanto participaron demostrando maestría con la espada, también arrojo y una violencia que solo vimos antes en Espanto, una violencia soterrada que de pronto se manifiesta a secas, desnuda, sin preámbulos, como la detonación de un arma que funciona de un segundo a otro.

El capitán Ormazábal acuchilló en las piernas al capitán contrario antes de que este bajara del caballo. Espanto degolló a dos soldados con precisos movimientos de su espada. Lo hacía, al igual que en el duelo contra el gaucho Carroza, con gracia y liviandad. La carga final fue nuestra, contra los últimos jinetes que subieron la duna. El cabo segundo Godoy y el último soldado que vino desde Grito del Diablo usaron sus bayonetas. Cuando salimos al encuentro de los enemigos, era tanta la fuerza insuflada por la batalla que nos trepamos a los caballos del adversario. Agarrándonos de las bridas o incluso de las riendas —estas todavía en manos de los jinetes— nos impulsamos para llegar hasta las monturas, y desde allí sorprender a los jinetes a golpe de espada. El último que maté aquella tarde era un cholón alto y robusto. Lo apuñalé en el pecho, descargando incansable mi puñal.

El cholón botó sangre a borbotones por la boca, una sangre negra bajo la luz de aquella hora, antes de caer se tambaleó y sus ojos miraron al cielo y se blanquearon como leche recién extraída y la boca tembló en un rezo a Dios que solo él pudo escuchar porque no se pronunció palabra.

Tres fueron nuestras bajas, la más dolorosa Ignacio Molina. Enterramos a los muertos junto a un solitario tamarugo viejo y de ramas abiertas. Pusimos tres cruces con los nombres de los caídos y acampamos allí, cerca del árbol, alejados un kilómetro de la batalla, donde los cadáveres de los bolivianos se pudrían y eran acechados y ya devorados por la rapiña voladora, dice.

En la noche dormí como no lo hacía en meses, dice. Profundo, sin despertarme a saltos en la madrugada, sin sentir frío pese a que la temperatura descendía bajo cero apenas se escondía el sol. Antes de caer rendido, el dolor que sentía en el cuerpo me impedía pensar. Era una tensión persistente que se extendía a todos los músculos, el mismo cansancio que siente el cuadrino cuando ha beneficiado a punta de combo, hacha y cuchillo tantos vacunos como le dé el cuerpo, dos jornadas seguidas de beneficio, y después trago y putas, por ejemplo, dice. ¿Cómo se siente el matarife cuando le ha dado firme a la pega y al hueveo, muchachos? Durante cuatro días dormí, descansé y aproveché para mejorar mi lectura, hasta que pude empezar con la Biblia, por el Génesis, por supuesto, aunque el capitán Ormazábal pensaba que tenía que leer primero los Evangelios y luego las cartas de Pablo, yo he sido, como saben ustedes —los conozco desde guagüitas a los huevones, los vi mudar y amamantar de la teta materna—, un gallo ordenado, no concebí empezar por atrás. Los cuatro días antes del hallazgo, entonces, fueron de buen dormir y lectura del Pentateuco.

Qué mundo se me abrió, les he dicho yo que el hombre no puede ser puro ñeque, hay una vida no terrena en la cabeza de nosotros, en el alma, niño, dice. Vuelvo a irme por las ramas otra vez, ustedes tienen que pararme los carros y decirme: Sanhueza, se perdió de nuevo, vuelva a contarnos la historia, dice.

Entonces vuelvo a la historia, cabros. A cinco kilómetros de Santa Cecilia encontramos tres cuerpos crucificados, dice.

Eran dos hombres y una mujer, los tres abrían los brazos hacia el sur poniente, en un abrazo inconcluso, monumento fúnebre de carne y piel. Sobre brazos, hombros y en las molleras, los buitres picoteaban músculo y seso en descomposición. Ninguno tenía ojos, arrancados antes de nuestra llegada.

Al observar con detención, descubrimos magulladuras en torsos, muslos, piernas. La mujer tenía el seno izquierdo cercenado por, comprendí al mirar con atención, una hoja de cuchillo aserrado —la forma de la herida, los desgarros que alcanzaban a verse en piel y carne sanguinolenta—, amputado a la rápida, con la resistencia inútil de la víctima. Uno de los hombres fue castrado desde la base del escroto; donde antes estaban testículos y pene, quedaba una herida todavía en coagulación, manchas de sangre descendían, secas ya, hasta los pies y luego por la madera del mástil.

El pije Aristía descubrió los tatuajes —el mismo símbolo extraño que encontramos antes—, fijados para siempre, en tinta, en el vientre de la mujer y el brazo derecho de cada hombre. Espanto sacó su libreta y dibujó, en trazos gruesos y rápidos, a los tres crucificados. Preguntó el cabo Godoy si debíamos desclavarlos para darles cristiana sepultura. El capitán Ormazábal ordenó seguir camino, no quería retrasar más la llegada a Santa Cecilia. Obedecimos y continuamos hasta que el día se fue otra vez y volvieron las tinieblas a posarse como si no hubiese día y la luz natural no existiese y se tratara solo de la imaginación del hombre elucubrando un futuro mejor, dice.

Nos recibió una jauría de perros salvajes al llegar a Santa Cecilia, dice. Las bestias corrieron hacia la patrulla como si intentaran realizar una carga lateral. Los caballos se espantaron, cabeceando en todas direcciones. Las fauces babosas, con dientes afilados, llegaban cerca de nosotros gracias a los saltos de las fieras, que se elevaban dos o tres veces por sobre su tamaño. Los espantamos con azote de huasca y blandiendo rebenques. Dábamos de lleno en hocicos, cabezas y lomos. Los perros salvajes aullaron y se devolvieron por el mismo camino donde nos salieron a encontrar. Asentada a aproximados dos kilómetros de una pequeña mina de cobre que quedaba a los pies de un monte, Santa Cecilia era un poblado pequeño, con escasa vegetación salvo por sauces del desierto, tamarugos y arbustos no más grandes que un niño de diez años. Entramos por la calle principal, donde dependientes de diversos comercios y clientes salieron a mirarnos. Veníamos sucios y manchados con sangre y otras viscosidades ya secas. Los lugareños nos observaban con temor, pese a que íbamos vestidos con nuestros uniformes. Contó el capitán, mientras recorríamos la calle estrecha, polvorienta e irregular en sus niveles, que Santa Cecilia era frecuentada por forajidos, por rufianes, por compadritos y cuatreros. Se provocaban riñas que terminaban con los beligerantes blandiendo cuchillo o disparando pistola. El capitán nos condujo hasta una hostería llamada Finestra. Tal cual sucedió en la quinta de recreo de doña Paula Suárez, el capitán también conocía al dueño, un hombre gordo y bajo al que todos llamaban el Jabalí Finestra, y cuya cabeza gruesa, sin cuello, que parecía desbordarse hasta los hombros, era similar a la de un jabalí.

Un cabrito flaco y huesudo nos ayudó a conducir a los animales hasta el establo. Una vez que las bestias tuvieron resguardo, subimos a descansar en tres habitaciones con camarotes; las dos ventanas que tenía daban a la callecita por la cual llegamos, todo tierra, fachadas de tablas mal clavadas, un emponchado solitario a pie, guiando por las riendas a un mulo cabizbajo; un escenario que me apretó el pecho y me provocó enorme desesperanza, muchachos, como si el mundo se fuera a acabar allí mismo, dice.

Después de comer, el capitán Ormazábal nos ordenó buscar información sobre nuestros perseguidos en negocios, bares, lenocinios y casas comunes, dice. Con un trazo continuo, preciso y claro, Jacinto Burgos copió en varios trozos de papel la imagen del símbolo desconocido que tenían tatuado los muertos encontrados en el camino. El capitán apostaba a ciegas sobre el nexo entre los cadáveres con tatuaje y la banda de asesinos; pensaba yo que esta teoría era idea de Espanto, no del capitán. Comprendía, mientras pasaban los días y más conocía a mis compañeros y a Espanto, la particularidad del guía asignado, la condición de criatura fuera de lo común, única.

Piensen cuando llega aquí un fulano que pareciera que nació con el cuchillo en la mano, que desuella, desposta y más encima usa el puñal con fuerza. Un compadre con esas condiciones es extraordinario, fuera de lo común: así miraba yo a Espanto. Su aspecto inclasificable era un enigma, su silencio, su capacidad para la batalla, su vestimenta, sus partidas de madrugada, su conocimiento de la astrología y de la alquimia, su inesperado interés en ampliar pronto mis lecturas, todo era en Espanto un acertijo sin solución, dice.

Salimos, como nos ordenó el capitán, a preguntar por el pueblo sobre el paradero de nuestros enemigos, dice. Divididos en cuatro grupos, nos repartimos zonas para abarcar con rapidez toda Santa Cecilia; el plan del capitán era partir en la madrugada, luego de comer un rancho sencillo pero contundente. A mí me tocó ir al Croxatti, el prostíbulo del pueblo, caserón de adobe y madera amplio y luminoso gracias a muchas antorchas apostadas en distintos puntos. Me acompañaron el pije Aristía y Mañungo Romero. La regenta se llamaba Chiara Citati, una mujer huesuda, encorvada y canosa que fumaba en todo momento, llevándose el cigarro a los labios con mano temblorosa.

Alguna vez esa hembra tuvo garbo y belleza, pensé, muchachos, pero los años, el oficio y una probable enfermedad (el temblor ininterrumpido de la mano derecha) habían chupado todo lo bueno, como una chacra exigida demasiado tiempo en condiciones desfavorables. Cuando nos presentamos, nos invitó a tomar una jarra de vino y nos relató los orígenes del puterío, fundado por su abuelo, don Giuseppe Citati, inmigrante italiano que no tuvo empacho en prostituir a su esposa y a sus propias hijas para sobrevivir en Chile. Todas de tez blanca y pelo azabache, el viejo Giuseppe las promocionaba como "las romanas", madre e hijas con sangre napolitana exclusiva, como ningún otro chileno podría probar jamás en este rincón perdido del mundo.

Más tarde reclutaron a otras inmigrantes europeas (no solo italianas) y putas chilenas que guardaran cierto parecido a las mujeres de la familia. El deseo por acostarse con las hembras de don Giuseppe le aseguró al viejo la consolidación de su estabilidad económica aquí en Chile, y permitió que la familia se estableciera en Santa Cecilia, transformándose, además, en el centro espiritual y comercial del pueblo. Allí el viejo tuvo hijos e hijas, los que siguieron trabajando y haciendo crecer el puterío, para abrir negocios anexos, como un bar para tomar y comer (sin putas), tres ferreterías y dos emporios.

Las ferreterías eran un negocio pujante al proveer herramientas, insumos e incluso mapas para los pirquineros que iban a probar suerte con el cobre, el salitre y cualquier probable mineral a extraer en esas tierras perdidas y secas. Las putas atendían clientes, paseándose con vasos y copas en las manos, mientras el piano desafinado sonaba fuerte, luchaba por hacerse escuchar contra las voces a diversos volúmenes de los hombres y las risas de las mujeres y también el tintineo de vasos, copas y el sonido metálico de cubiertos y cuchillos.

No conozco ese símbolo que me muestra, qué cosa más rara, dijo doña Chiara al ver el signo de los enemigos, dice. Yo la miré fijamente para tratar de leer más allá de sus labios, qué decía su espíritu silente, escondido tras el rostro ceniciento, arrugado y gris. Nos ofreció un precio especial, chiquillas todas buenas para el culeo, limpiecitas, el doctor las revisa cada semana, dijo luego doña Chiara, dice, pero nosotros, luego de agradecer la oferta — no crean que no pensamos tomarla, un par de niñas nos hacían ojitos y nosotros casi nos envalentonamos—, nos retiramos para reunirnos con el resto de la patrulla, todos de regreso en la hostería Finestra, donde el Jabalí nos sirvió carne de chancho ahumada con madera y hojas de palto, y regada con pipeño fuerte.

Allí expusimos frente al resto el resultado de las pesquisas de los grupos. Nadie tuvo suerte, no encontraron nuestros compañeros a testigos que hablaran sobre los perseguidos, no se les vio en Santa Cecilia, dijeron. Espanto pensaba que alguien mentía, los crucificados eran gesto elocuente del obvio cruce de los perseguidos por Santa Cecilia, necesitaban suministros, agua, descanso para las bestias, además de los problemas de herraje que demostraban las huellas analizadas por nuestro guía. Antes de retirarnos a dormir vino a avisarnos uno de los peones del Jabalí Finestra (el mismo muchacho flaco y huesudo que se encargó, a nuestra llegada, de las bestias) que una mujer quería hablar con nosotros. El capitán Ormazábal le dijo que la hiciera pasar. Un par de minutos más tarde entró al galpón —que hacía las veces de comedor— una mujer robusta y joven, con una compañera que guiaba del brazo cubierta entera con una túnica azulada. Caminaba lento, apoyando el brazo izquierdo en un bastón.

Espanto la observó en silencio, como si quisiera ver a través de la túnica el cuerpo de la desconocida. Alcanzábamos a intuir la delgadez extrema, incluso bajo el engaño de pliegues y caídas de la tela que la protegía de las miradas ajenas. El capitán Ormazábal acomodó una silla y le preguntó a las mujeres si deseaban comer. La mujer robusta se identificó con el nombre de Graciela y respondió que no, que acababan de cenar, la señora Dika necesitaba hablar con nosotros para revelarnos la incógnita que seguíamos. Sí, tomó el relevo a las palabras de Graciela la señora Dika, me levanté con duro esfuerzo para hablar con ustedes y ver con mis ojos —¿con qué más podría mirar?, dijo— al señor que los guía y acompaña en este pasaje terrible y final por el desierto, dijo doña Dika, dice. A quienes buscan están refugiados en la cabaña de don Gabriel García, cinco kilómetros al este de Santa Cecilia, desviando la ruta por una pendiente hacia el norte, trescientos metros de zigzagueo y altibajos en el camino. Una ranchita de tablas podridas, con chanchería y una torre de madera coronada por una veleta de un Quijote cabalgando. Don Gabriel García, dijo doña Dika, recibió un pago para darles techo, comida y agua a los dos rezagados del grupo de Carmona. Uno de ellos está herido y el otro se quedó a cuidarlo y acompañarlo, cuando se reencuentren con el piño principal, ojalá pasada la frontera de Bolivia, cordillera adentro. Doña Dika, pronunciadas sus palabras, se quitó la capucha y luego la capa que cubría su cuerpo. Su cuerpo: una piel apagada de vida pegada a los huesos, y llagas supurantes en rostro, brazos y cuello, muchachos, dice. Raquítica como no vi antes ni he vuelto a ver, carajo, ni mis compañeros de la patrulla tampoco, según expresaron luego del encuentro, pellejo transparente pegado a la calavera, a la prominencia de la mandíbula.

La propia Dika quiso sacarnos de encima el velo de tensión evidente que provocaba su cuerpo. "La enfermedad sin nombre", pronunció, así bauticé a mi padecimiento, que nadie más sufre. Si desean saber cómo me llegó la enfermedad, creo que es culpa de mi oficio, la prostitución, que ejercí de niña y dejé por no tener energía suficiente para atender clientes, también por el temor a contagiar "la enfermedad sin nombre", dijo doña Dika, y comenzó a toser, dice. No podía dejar de mirar las llagas purulentas, parecían en rápido y vivo desarrollo, expandiéndose desde su centro hacia el resto de la piel sana. Soy de origen gitano, mis abuelos vivían en la frontera de Francia con España, de allí se movían por los pueblos y ciudades cercanas haciendo música, comerciando con todo tipo de cosas, fabricando enseres de cobre para vender, continuó hablando doña Dika, dice.

En esos ires y venires terminaron arriba de un barco hacia este continente. El barco pasó a través del Cabo de Hornos, donde —cuenta mi padre, que era un niño de doce años— existió serio peligro de naufragio, cayó un mástil que hirió a varios hombres y animales, otros cayeron al agua y no se los pudo rescatar. Ellos llegaron a Valparaíso y tras un periplo de años por el país pasaron las fronteras y terminaron aquí, en esta tierra de nadie que los chilenos han sentido suya desde siempre, como todo lo que se les ocurre poseer. Esta guerra le hace bien al pueblo de ustedes, es una sacudida para que entiendan qué provocan sus decisiones, sus actos. La mujer se quedó callada, como si le faltaran las fuerzas.

La mirábamos como a esa gente del circo que tiene alguna deformidad. Parecía un esqueleto en vida, los huesos cubiertos por un remedo de piel cuasi muerta, las heridas en carne viva, amarilla como pasta aliñada con especias, atrayentes pese a la repulsión natural que provocaban en el observador. El capitán Ormazábal quiso saber por qué doña Dika nos entregaba esa información tan valiosa. Ella respondió, sin vacilar, que tenía una última esperanza para combatir "la enfermedad sin nombre". Las cartas y la posición de las estrellas en el cielo le revelaron que un hombre-brujo, el nigromante del desierto, iba a pasar por Santa Cecilia y ese hombre tocado por fuerzas desconocidas —podían ser fuerzas sacras o malditas— tal vez encontrara la alquimia para liberarla de la maldición, una maldición, aseguró doña Dika, provocada por la lujuria, por los excesos de la carne, por el delito, por cruzar los límites de la naturaleza en el propio cuerpo.

Espanto la observaba en silencio, a la vez que limpiaba su pipa usando utensilios fabricados por él mismo: alambres manoseados, pequeños jirones que introducía en la tubería de madera ayudándose con una herramienta de metal puntiagudo. Las miradas se dirigieron hacia Espanto. Él continuaba manipulando su pipa, recta, larga y delgada, despreocupado de los pares de ojos posados sobre su rostro y sus manos. La respuesta de Espanto fue levantar la cabeza y, mirando a doña Dika, asentir. Movió la cabeza atrás y adelante, se llevó la boquilla de la pipa hacia los labios, encendió una delgada cerilla con una vela que tenía frente a sí, el palillo en llama viva sobre la cazoleta, sus mejillas chuparon y desde el hornillo surgió una llamarada rápida, evidencia de que el tabaco ya estaba quemando, muchachos. Esa noche, una vez terminada la reunión clandestina, Espanto acompañó a doña Dika y a Graciela a la casa de putas de Chiara Citati sin asistencia de algún miembro de la patrulla aunque el capitán Ormazábal ofreció a cualquiera de nosotros como ayudante, dice.

Los soldados nos quedamos allí, en el comedor, escuchando las órdenes del capitán y también las sugerencias de los más avezados, dice. Se coordinaba el asalto a la casa de Gabriel García y la captura de los rezagados. Era importante este punto, muchachos, Ormazábal hizo hincapié en agarrar con vida a ambos; solo en condiciones críticas o si llegaba a peligrar la vida de un integrante de la patrulla podríamos disparar a matar.

El capitán quiso que descansáramos y durmiéramos algunas horas antes de salir hacia la cacería del enemigo. Nadie se va a mover de allí, los necesito con energía y fuerza, lo que se avecina es uno de los momentos críticos de la misión, dijo el capitán. Partimos hacia nuestras respectivas habitaciones para cumplir con la orden del capitán, quien organizó la partida a las cuatro de la madrugada en punto, la idea era caer sobre el enemigo de sorpresa, antes del alba, sin necesidad de matar a nadie. El capitán nos exigió descanso y calma, dice.

En la pieza, Jacinto Burgos nos convenció a mí, al pije Aristía y a Carrasco (uno de los soldados que se nos unió en Grito del Diablo) para acompañarlo a putas, dice. Aristía fue el más entusiasta y quien terminó de convencernos. El acuerdo era regresar a más tardar a las dos de la madrugada.

Nos dirigimos al lenocinio de doña Chiara Citati, donde suponíamos que en alguna habitación o en una de las ranchas instaladas en el patio, en ese momento, Espanto intentaba curar "la enfermedad sin nombre" padecida por doña Dika. Pedimos una botella de pisco puro y nos hicimos acompañar por cinco damas, algunas más jóvenes que las otras, todas sonrientes y cariñosas. Burgos y Carrasco vaciaron la botella de pisco en los primeros quince minutos. Pidieron una segunda y también un jarro de chicha para "endulzar el hocico", aseguraron. Doña Chiara Citati advirtió a la mesa que la chicha había fermentado en óptimas condiciones y estaba fresca, chispeante y más fuerte de lo habitual. Probamos con el pije Aristía la chicha y comprobamos que doña Chiara tenía razón. Media hora después la voz de Jacinto Burgos atronaba en el puterío y las putas ya no reían con cada ocurrencia de nuestro compañero; se mostraban cautas, intercambiaban miradas entre ellas, observaban a Burgos y a Carrasco tragar las jarras de chicha y los vasos de pisco en silencio, asustadas por la velocidad con que tomaban. No éramos, por supuesto, los únicos clientes. Pirquineros, baquianos, gauchos, maleantes, compadritos tomaban y conversaban con las chiquillas, dice.

Y una chiquilla fue el problema, o el origen del problema, dice.

Una vietnamita de diecisiete años llamada Lan Nguyet apareció a eso de las doce de la noche, con un vestido rojo ajustado al cuerpo delgado, pero no por eso plano: pechos erectos y del tamaño de pomelos maduros; cachetes del culo redondos, generosos, enjundiosos también. Se bamboleaban esas nalgas musicales e invitaban a pensar en placeres prohibidos, poco cristianos. Burgos, al verla, como un acto reflejo empujado por la belleza y los rasgos exóticos de la muchacha, agarró la botella de pisco y bebió el resto del contenido de un sorbo persistente y continuo. Luego se puso de pie para abordar a Lan Nguyet, pero Lan Nguyet conversaba ya con un hombre grueso, en cuya frente se notaba la presión del sombrero perenne protegiéndolo del sol en largas marchas por la pampa y el desierto, al cuidado de cabezas de ganado para comerciar con ellas: era un baquiano, notamos por sus ropas, también porque le entregó a Lan Nguyet un adelanto en monedas de plata y una pepita pequeña de oro (¿quién más que un comerciante de vacunos maneja tanto dinero?). Lan Nguyet llamó a doña Chiara Citati para entregarle el pago. La señora Citati se acercó a ellos y al recibir las monedas y la pepita opaca sonrió y ordenó que dispusieran un pieza más grande, más cómoda, más limpia, con tinaja de agua caliente y llevaran una jarra de vino dulce para el cliente.

Jacinto Burgos interrumpió la conversación, agarró a Lan Nguyet de la muñeca —presionó con fuerza esa muñeca delgada— y dijo que él iba a tomar los servicios de la joven puta antes que cualquier otro fulano.

La señora Citati le ordenó soltar a la muchacha, elegir otra o esperar, Lan Nguyet ya tenía cliente, quien pagó por adelantado, señor, aquí no aceptamos estas formas de trato, ni con las señoritas ni con el personal, caballero, le dijo Citati a Burgos, dice. Los hechos siguientes ocurrieron de forma atropellada, tan rápidos y caóticos fueron, que apenas alcanzamos a tener consciencia de nuestra propia reacción: Jacinto Burgos golpeó con fuerza el rostro de Chiara Citati, conectando su frente con la nariz de la cabrona. El contacto provocó una fugaz explosión de sangre. La mujer cayó a piso, inconsciente, y frente al desconcierto del resto, Burgos continuó su arremetida con agilidad sorprendente para alguien que tenía en el cuerpo tamaña cantidad de trago: previendo un posible ataque del baquiano, Burgos sacó su puñal y repetidas veces acuchilló el vientre del hombre.

Otros clientes se pusieron de pie y sacaron pistolas, apuntando a Burgos. Nosotros alcanzamos a defenderlo, disparando antes. Los gritos de mujeres, quebrazón de vidrios y detonaciones de pólvora y metal sordo. Lan Nguyet cayó desangrada con heridas de bala en el pecho y en el rostro. Salimos disparando, cubriéndonos las espaldas. El capitán Ormazábal y el resto de la tropa escucharon el altercado, se levantaron y salieron a la calle con fusiles y pistolas. Apenas tuvimos tiempo para explicaciones, nos dirigimos raudos a la pesebrera para ensillar a las bestias. Salimos a trote rápido, algunos sin llevar puesto el uniforme.

Nadie se preguntó quién faltaba, aunque el único que no estaba con nosotros era Espanto: nos esperaba nuestro guía en las afueras de Santa Cecilia, enfundado en su capote negro, con su sombrero, como si supiera que íbamos a salir del pueblo antes de lo esperado. Ha muerto doña Dika, "la enfermedad sin nombre" quiso llevársela, y su doncella, Graciela, falleció también, ambas víctimas indeseadas del altercado, dijo Espanto, y luego nos aconsejó atrincherarnos en una caballeriza derruida, en las afueras del pueblo, donde esperaríamos a los pobladores que desearan venganza.

Nos van a perseguir, dijo Espanto, dice, es la única certeza que tenemos en este momento, no es recomendable cabalgar a esta hora, con enemigos pisándonos los talones. Espanto, por supuesto, tenía razón. Camuflados en la caballeriza abandonada nos enfrentamos a quince jinetes, todos armados con carabinas. Gracias a la oscuridad nocturna y a nuestro inesperado escondite, los hombres montados, provenientes de Santa Cecilia, ni siquiera pudieron responder al sostenido fuego que abrimos contra ellos, hasta matarlos a todos. Los moribundos que permanecían con vida en el suelo, fueron ultimados con cuchillo en la garganta. El capitán dio la orden de amontonar los cadáveres a un costado del camino y luego terminar de ponerse los uniformes a aquellos que todavía estaban a medio vestir. Mientras los muchachos se calzaban la chaqueta e incluso algunos las botas, el capitán tuvo una dura discusión con Jacinto Burgos. A gritos, el capitán encaró a Burgos, zamarreándolo de las solapas, le dio fuertes cachetadas. ¡Usted acaba de poner en riesgo esta misión, so carajo, por culear con una china, usted no sabe lo que es la obediencia, usted no entiende qué es la patria, usted piensa con la pichula, por las recrestas, tonto huevón! ¡Debería cortarle la penca ahora mismo y dársela de comer a los chanchos, frente a usted, por la chucha madre!, gritó el capitán. Jacinto Burgos agachó la cabeza y se puso a llorar. Lagrimeaba en silencio, con ahogos de niño mal portado. ¡Quién de nosotros se iba a imaginar a Burgos llorando como cabro chico, arrepentido el huevón por el exabrupto con las putas! Ni siquiera le salió la cacha, imagínense dejar esa cagada por las puras, muchachos, dice.

Luego de acarrear los cadáveres enemigos fuera del camino, el capitán Ormazábal nos dio las indicaciones para el inminente ataque a la cabaña donde se escondían los rezagados, que nos llevarían, esperábamos —así fue, muchachos, pero a qué precio, me he preguntado hasta hoy, sin descanso, día tras día—, al encuentro del grupo de bandoleros que masacró a nuestros compañeros. En una improvisada fogata, Mañungo Romero preparó café cargado para quienes asistimos con Burgos al lenocinio de la Citati.

Burgos y Carrasco, que eran los que más tomaron, pronto se recobraron y, repuestos, pudieron montar sin ayuda. Estábamos encaminados una hora antes de los planes iniciales del capitán. El desierto todavía no se enseñoreaba del paisaje aledaño a Santa Cecilia. La abundancia de canchones permitía cierta exuberancia de arbustos, árboles, vegetación, como si no estuviéramos en pleno desierto.

El frío de la madrugada terminó la tarea del café, y pronto Burgos y Carrasco marchaban a la vanguardia, junto al capitán Ormazábal y al gringo Graham. Antes de enfilar por el camino que llevaba a la cabaña de Gabriel García, nos dividimos en dos grupos: el primero, comandado por el capitán, avanzaría directo hacia la entrada de la cabaña. El segundo, dirigido por Espanto, rodearía el terreno para sorprender por la espalda. Yo iba en el grupo de Espanto, temeroso por lo que se avecinaba, intuía mi muerte próxima, una oquedad en el pecho la anunciaba, dice.

Arruinaron los perros el ataque inesperado, la sorpresa que evitaría un muerto, con sus ladridos profundos alertaron al enemigo, dice.

Percibieron los cuatro perros que custodiaban la cabaña de Gabriel García la presencia, el trote pesado, de la patrulla a caballo acechando, dice. Se lanzaron en ataque hacia el grupo dirigido por el capitán Ormazábal. Nosotros ya estábamos adentrándonos hacia el fondo del terreno, guiados por Espanto. Escuchamos de lejos los ladridos y el relincho de los caballos. Contaron más tarde nuestros camaradas que los caballos se asustaron, corcovearon y levantaron las patas delanteras. Cayeron a piso el propio capitán y Carrasco. Espanto nos ordenó apurar la marcha. Huasqueamos a las bestias y aceleramos el paso —un trayecto en forma de medialuna que Espanto seguía por improvisación, entre plantaciones de maíz, hortaliza y maleza—. Pronto escuchamos disparos.

El cielo todavía no clareaba y una bruma condensada y compacta despegaba y se extendía a la altura de la cabeza de un jinete montado. Tronaron nuevas descargas a lo lejos, no sabíamos quién disparaba. Unos gritos ininteligibles, nuevos disparos y al instante aullidos de perro moribundo. Cuatro disparos secos, como si la explosión de pólvora y metal se apagara instantánea, de golpe; seguidos de los cuatro disparos, nuevos aullidos doloridos de perro y voceo de hombres. Llegamos, guiados por Espanto, a un terreno pelado, con un pozo de agua en construcción y un cuartucho de tablas raídas, dice. Más allá, el olor a mierda del cagadero, protegido de miradas ajenas por ramas secas de palma —sepa Dios dónde estaban las palmas de las cuales salieron las ramas secas, pensé en ese momento, muchachos—.

Espanto, en silencio y con movimientos leves y ágiles de la mano, nos ordenó bajar de los caballos, callar y preparar sables y corvos. Entramos por un ventanal semiabierto en una pared posterior de la cabaña. Olor fuerte a pichí, a gato, a mierda de perro, a comida podrida, a tierra húmeda. Se me vino una arcada casi incontrolable, censurada por puro temor a desobedecer el silencio ordenado por Espanto. Pisamos tierra húmeda allí dentro, nuestras botas, que venían manchadas con barro y agua, se hundieron algunos centímetros en la mezcolanza hedionda. Un anciano y dos siluetas que aún no distinguíamos con claridad disparaban hacia el exterior de la cabaña. No estaba iluminada, pero en la chimenea leños en brasas y rescoldos producían leve lumbre que nos allanó el camino. Espanto, moviéndose cual reptil, se arrastró hasta espaldas del anciano, extrajo su corvo y lo degolló, grácil y veloz y de inmediato volvió a la penumbra, impidiendo que los otros que disparaban a nuestros compañeros hacia afuera alcanzaran a comprender qué había sucedido recién allí, en el interior de la cabaña. Estupefactos al ver el cadáver desangrado del viejo, solo atinaron a soltar sus fusiles cuando sintieron en la nuca el cañón de nuestros Comblain. Espanto dio un grito para prevenir al capitán Ormazábal sobre la captura: ¡Los tenemos, capitán!, dijo. Nuestros compañeros entraron y peinaron la cabaña y las inmediaciones. Los prisioneros eran un hombre, de aproximados treinta años, con cabellos desgreñados, crecida barba sucia, y una mujer joven, de veinte años a lo más, pensé al mirarla —me dije en la privacidad de los pensamientos: es una cabrita, no tiene ni dieciocho años, un poquito más—, piel tostada por el sol del desierto, hermosa, como si poseyera una belleza aindiada, salvaje, una forma de hermosura rabiosa, muchachos, no sé si me explico o si tiene sentido lo que les digo, dice.

De los nuestros, también hubo muertos, dice: Carrasco, el cabo Godoy, Germán Urzúa, este último acribillado con un balazo certero que atravesó el ojo izquierdo y voló parte del cráneo, triste espectáculo la muerte del cabro ese, tan tranquilo, tan quitado de bulla, oiga, muy cristiano, rezaba todas las noches con el rosario de caoba que le regaló su madre, para cuidarlo era, eso le dijo la vieja, llévese el rosario de la familia, mi huachito, para que el Tatita Dios me lo cuide allá en el norte, nos contaba Urzúa las pocas veces que se animaba a confidenciarnos su pasado, su intimidad de hijo huacho, de cabro bien portado, dice. Pero el pobre Urzúa no iba a ser el último de la patrulla en irse del mundo, aunque, pienso ahora, el que menos merecía quedarse en el desierto era él, ese niñato tendría que haber regresado a la capital, casarse con una chiquilla buena y sana como él; hijos, pues, un trabajo decente, una casita. Pero la guerra dijo otra cosa. La sangre y los cuchillos que usan los hombres salvajes, entregados a la cacería de su hermano: ellos hablaron, muchachos, el filo fatal del cuchillo, la sangre que mana de la carne del hombre, el destino irremediable una vez cumplido el hito de la violencia habló, dijo: No hay regreso, Urzúa no vuelve a los brazos de su madre, no volverá a probar el sexo de hembra alguna, nunca otro coito, dijo la guerra de los hombres, dice y después baja la cabeza, como atontado o agobiado por una imagen fatal, pandemónium de ángeles y demonios desgarrándose en carne viva, tal vez.

Discutimos dónde interrogar a los prisioneros, dice. No podía ser en la misma cabaña del viejo García, el pueblo entero sabía que estábamos allí; cargábamos con muertes en Santa Cecilia, querrían cobrárnoslas. Subimos a nuestros muertos en sus caballos, a los prisioneros los amarramos con soga en las muñecas y abandonamos los límites del pueblo a trote rápido. Los secuestrados iban a pie, amarrados con gruesa y áspera cuerda desde el cuello. Tenían que esforzarse para seguir el ritmo de las bestias. El hombre tropezó y se arrastró por la tierra algunos metros, hasta que Jacinto Burgos se detuvo para que el prisionero pudiera pararse otra vez. El amanecer nos encontró a varios kilómetros de la cabaña. Quebramos el camino siguiendo a Espanto a través de un sendero que pronto reveló antiguas piedras que lo flanqueaban. El sol despuntaba y el clima se volvía turbulento. Corrían ventoleras que se levantaban del suelo como olas formadas por algún artilugio oscuro e indescifrable de la naturaleza, que chocaban contra las formaciones rocosas, dice.

Era un pueblo abandonado donde el tiempo se había enseñoreado de los muros de adobe, carcomidos por inclemencias del sol y del viento y de las lluvias, también por la mano del hombre, dice. Entre las construcciones todavía en pie, destacaba una antigua iglesia de piedra y adobe. Conservaba la cruz en lo alto de la torre, tallada en piedra, también quedaban los portones de roble, ajados, astillados, carcomidos, pero aún cumpliendo la función de darle encierro y privacidad al templo.

El capitán Ormazábal ordenó levantar campamento afuera de la iglesia. El pije Aristía y yo tuvimos que llevar a los prisioneros adentro. Tupidas telarañas, vitrales quebrados, escaños derruidos. La imagen de Cristo se conservaba en condiciones óptimas, todavía colgaba a altura, sobre el altar, como si flotara en vigilante actitud. El amanecer se colaba por cada intersticio de muros y techos. Luces que parecían artificiales en ese espacio muerto, muchachos. Cortamos las amarras de las sogas largas a ambos prisioneros y con golpes de rebenque los hicimos entrar. Pobre al primer huevón que trate de arrancarse, dijo el pije Aristía. Ninguno intentó correr ni desviarse. Caminaron cabizbajos, recibieron los rebencazos en silencio, apenas quejidos sordos, como si intuyeran que les quedaba poco tiempo para vivir, entregados a su suerte maldita, dice.

Espanto ordenó desarmar escaños para construir mesas sobre las cuales atar a los cautivos, dice. Desclavamos, cortamos tablas, clavamos, trabajando rápido, muchachos, piensen en la presencia de Espanto a sus espaldas, esos ojos sin vida, ventanas hacia un infierno privado y sórdido, digo, muchachos, que a través de aquellos ojos de negrura absoluta éramos escrutados, vigilados, estábamos en un juicio mínimo pero final. Cuando terminamos de construir aquellos mesones anchos, Espanto nos hizo ubicarlos en el centro del presbiterio, y luego, con palabras que llegaron a parecer dulces, ordenó a los cautivos desnudarse y tenderse, en posición decúbito dorsal, mirando hacia los techos desahuciados del templo, donde anidaban cuervos y buitres y otra clase de rapiña voladora nunca avistada antes por ojo humano. Cuando los prisioneros clavaron sus ojos en el techo, las aves malignas y carroñeras comenzaron a crocitar, como si celebraran de antemano la orgía que pronto les brindarían aquellos que los observaban.

El pije Aristía y yo nos dedicamos a atar de las extremidades a los desnudos, forzando al máximo las sogas por indicación de Espanto. Hombre y mujer, prisioneros, no dejaban de mirar a Espanto mientras esto sucedía. Jacinto Burgos despedazó el altar y el ambón con certeros y rabiosos golpes de hacha. Esa madera astillada fue encendida para una gran fogata que llenó el interior de la capilla con humo y el aroma asfixiante de roble y coigüe y laurel quemado. A través de los vitrales resquebrajados, las bocanadas de vapor fermentado salían hacia el exterior, aliviando el aire que respirábamos. Preparó Espanto en las marmitas y cuencos recolectados pócimas con agua, sobre las cuales vertió polvillos, ramas y semillas sacados desde su morral de cuero. Listos los menjunjes, trasladamos las improvisadas cazuelas al fuego, sobre rejas metálicas que hacían las veces de parrilla, dice.

Espanto nos ordenó a todos salir del templo, dice.

No habló por segunda vez. Nos dio la espalda y empezó a aligerarse de su vestimenta. Primero, el sombrero, después el capote y una tela con la cual se cubría el torso completo, parecida a un poncho en su forma. No alcanzamos a ver más porque nos retiramos, cerrando los portones de la iglesia y asegurándolos con una viga, para que nadie entrara durante el interrogatorio, como ordenó el capitán Ormazábal cuando salimos.

A metros de la entrada, sobre los vestigios de una plazoleta de piedra, se levantó el campamento. Graham peló y echó a cocer papas y Mañungo Romero cazó un aguilucho, que puso a asar atravesado por su propio sable, dispuesto como un travesaño sobre dos palos. Yo levanté la mirada y comprendí, en los rostros de mis compañeros, que ninguno quería hablar. El cielo estaba despejado, sin asomo de nubes por ninguna parte; en esa inmensidad, el sol parecía ensancharse, difuminando sus contornos para mimetizarse con la bóveda que lo contenía. ¿Qué diablos hay allá arriba?, me pregunté, absorto en esa totalidad que no alcanzaba a presionarnos contra la tierra. No, señor, eran otras las cosas que nos empujaban hacia abajo, contra nuestros propios pies, actos que hemos cometido, pecados, asesinatos, crímenes, máculas, iniquidades, abyecciones, no solo actos, pensamientos también, la mente produce miseria, deseamos a la mujer del prójimo, codiciamos sus bienes, queremos la peste sobre nuestros hermanos, ensuciamos alma y cuerpo culeando con putas, robamos, muchachos, y Dios nos va a castigar, por palabra y obra; pero escúchenme, otra vez estoy yéndome por las ramas, de nuevo pierdo mi relato, justo cuando nos acercamos al momento más importante —aullidos como pinchos en la carne del alma, así vuelvo a sentirlos, estremecimiento a cualquier hora, sin intuirlo, no hay aviso para predisponerse al horror, dice—.

Almorzamos y tomamos siesta con relativa calma, dice. El propio capitán Ormazábal hizo la primera guardia, apostado en lo que alguna vez fue el segundo piso de una robusta construcción en piedra, a cuarenta metros aproximados de donde estábamos nosotros. Romero y Graham fueron hasta allá y se quedaron la guardia completa con el capitán. A mí se me vino a la cabeza aquella charla escuchada, a escondidas, en el salón de doña Paula, entre mis compañeros y Espanto. Inventé una excusa para salir a caminar y me acerqué, con el máximo sigilo posible, hasta la derruida construcción donde funcionaba la guardia. Creí no haber sido descubierto, porque ninguno de mis camaradas salió a enfrentarme para pedirme explicaciones. Desde mi escondite, en el primer piso, oí con claridad cómo el gringo y Mañungo hablaban con mi capitán. Escuché de nuevo la palabra "aguafuerte", un regalo por el sacrificio mayor que estábamos haciendo, le explicaban, no para todos, claro que no, la revelación era para quienes estaban en posición de entender. De nuevo el mismo temor atacó mi espinazo, muchachos, otra vez el frío en la espalda, como si las palabras clandestinas relacionadas con aquello que mis amigos llamaban "aguafuerte" conjuraran algo prohibido, un horror inclasificable y procedente de tiempos sin memoria. Me devolví al campamento e hice el menor ruido posible, dice.

Durante esas horas de descanso siguió saliendo humo desde el interior del templo. Espanto no se asomó ni para beber. El primer grito lo escuchamos cuando caía el ocaso sobre el desierto y el cielo parecía apagarse con compresas frías de oscuridad. No supimos si fue grito de hombre o mujer, era tan grave como agudo, parecido a dos voces a coro, pero gritos de dolor como esos no podían coordinarse, era entonces un solo grito, mutilado y cercenado en varias capas de agonía, resonó con fuerza, amplificado por la oquedad de la capilla, todos levantamos la vista; a todos, comprendimos en ese momento, nos recorrió el espinazo una gélida clase de aversión ominosa, muchachos, no necesitamos decirlo para comprender que nos atacó la misma sensación, los ojos fueron capaces de expresarlo con su intensidad y el gesto. Un segundo grito sonó en la quietud de la incipiente noche, y aunque también era un grito doble, era más grave que agudo, muchachos.

Los gritos no se detuvieron. No hay forma de explicarlos, de transmitírselos a ustedes, ni siquiera es posible imitar esa alteración de estertores. Los miembros de la patrulla comenzamos a inquietarnos, salvo Romero y Graham. Ellos se encontraban a distancia nuestra, fumaban y apuraban pisco de una cantimplora que se pasaban. Basta, mierda, dije yo, me puse de pie, agarré mi fusil y miré a mis compañeros. Esto que está pasando no es cristiano, les dije, qué le está haciendo a esa gente, por Dios, y luego avancé hacia el templo, dispuesto a entrar y a hacer lo necesario para detener aquella obscenidad. Romero se cruzó en mi camino. No, niño, me dijo, hay que dejar trabajar al hombre, para eso vino, para eso está aquí. Quédese tranquilo, camine, si es que no quiere escuchar, pero allí no va a entrar hasta que el hombre salga. Yo no estaba dispuesto a obedecer. Ustedes me conocen muy bien, yo soy gallo tranquilo, pero cuando me huevean o no me gusta lo que está pasando golpeo la mesa, levanto la voz, entro nomás. Me quedé en silencio, mirando fijo a Mañungo Romero, mi amigo, mi compadre Mañungo, que aquella noche todavía azulada —no se oscurecía por completo— me desafiaba. Tuvo que acercarse el pije Aristía para poner paños fríos, venga para acá, compadre, no armemos una pelea a combos innecesaria, no a esta altura de la misión, estamos flaqueando porque estamos cansados y lejos del frente, ahora no corresponde insubordinarnos, dijo el pije y yo preferí hacerle caso. Me fui a sentar junto al fuego, que era avivado por los esfuerzos del capitán Ormazábal, quien lanzaba restos de puertas, mesas, sillas, también esqueletos de espinos e incluso ramas de sauce del desierto arrancadas tal vez décadas atrás, toda esa madera múltiple nos daba calor y lumbre en la hora abyecta, abyecta porque Espanto provocó en aquellos cuerpos tormentos que nadie va a poder conocer jamás, salvo el alma de cada pereciente torturado, dice.

A medianoche ya no hubo más gritos y entonces se abrieron los portones del templo y emergió de allí Espanto, exhausto como nunca antes lo vi ni lo volví a ver, cubierto por su capote y bajo aquella prenda estaba desnudo, su piel pálida y sudorosa era visible gracias al firmamento brillante de estrellas y al cielo abierto, como si lo que estaba arriba, sobre nuestras coronillas, fuera la boca en grito de Dios lamentándose por haber permitido la existencia de una criatura así, dice.

Pensé, al verlo, que no existía un único sol ni una sola luna ni esas estrellas, sino millones de esos astros y satélites, nacientes y muertos en el amanecer y el ocaso, una y otra vez, no el giro de la Tierra, sino el escenario de un teatro imposible, donde hay hombres que cambian y reponen el sol y la luna y las estrellas cada día para que nosotros, ustedes y yo y los muchachos que perecieron en esa guerra y en todas las guerras, nos levantemos al grito del gallo y nos acostemos cuando se ciernen las tinieblas, lunas y soles y estrellas individuales para cada cristiano, muchachos, escuchen las ocurrencias que aparecían en mi cabeza afiebrada aquella noche, dice. Espanto avanzó hasta la fogata y antes de llegar tuvo que ser auxiliado por Romero y Graham, quienes lo alcanzaron a agarrar de los sobacos para que no se fuera de bruces al suelo, y luego lo acomodaron junto al fuego, frente a mí. Miré aquella noche a través de las llamas a Espanto; las infinitas chispas se mimetizaron con las constelaciones del cielo y de pronto me pareció ver a Espanto contra el firmamento, su rostro blanco en absoluto contraste con la oscuridad y la brillantez de las estrellas, rajaba el cielo para asomarse a la tierra luego de matar a Dios y quería jactarse de ese horror cósmico, de ese acto imposible, quería decirnos que él era el asesino de Dios, del Hijo, del Espíritu Santo, y ahora gobernaba sobre nuestros destinos, sobre el devenir del mundo, sobre cada uno de nuestros corazones, muchachos. ¡Por Dios, mi cabeza ya no daba para más a esas alturas del viaje! ¡Me estaba volviendo loco, y todavía me faltaba tanto, tanto por ver y padecer, tanto dolor y envilecimiento quedaba aún en el camino, en el futuro, en los días por venir!, dice.

El portal de la capilla quedó abierto. Expulsaba, como un hocico de criatura moribunda, toda clase de vapores, aromas, hediondeces irreconocibles, en atípica mezcolanza, humos grises y azulados. Durante varios minutos nadie se atrevió a entrar allí. El capitán Ormazábal se acercó con rapidez a Espanto, le preguntó qué había sucedido adentro, si la información fue obtenida, si los cautivos hablaron. Espanto movió la cabeza, afirmando. Sí, dijo después, sé dónde están. Al pronunciar estas palabras, Espanto bajó la cabeza y la acomodó entre sus rodillas. Romero miró a Graham y luego le acercaron un cazo con agua fresca a Espanto, él bebió a grandes sorbos, chorritos le cayeron por la comisura de los labios, así de desesperada era su sed, dice.

No aguanté más, me puse de pie, dice, y me encaminé hacia la iglesia. Espanto me miró de reojo, pero no dijo nada. Mañungo Romero y el gringo Graham también me miraron, pero tampoco hablaron ni intentaron detenerme. El capitán Ormazábal dijo no entre, no vaya allá, Sanhueza, pero no obedecí porque no me estaba dando órdenes, dejaba en mis manos la decisión de entrar al templo, como un consejo entre amigos. Qué va a hacer, compadre, me preguntó Gilberto Aristía. No vaya a hacer una huevada de la que se arrepienta para siempre, me dijo, yo no quise escucharlo y seguí mi avance hacia la capilla.

Mi amigo Aristía, el más leal y bondadoso de los amigos que jamás he tenido, muchachos, quiso aliviarme de la experiencia de atestiguar el suplicio de los prisioneros y por eso entró conmigo, a mis espaldas, siguiéndome de cerca, como si quisiera custodiarme, dice.

En el presbiterio aún quedaban vivos vestigios de la fogata, dice. Algunos leños, que antes fueron partes del templo, ardían y restallaban con crujidos. Esas mismas llamas iluminaban la bóveda, también algunos rincones elevados antes no advertidos se podían ver gracias a la incandescencia, muchachos. Mientras caminaba rumbo a las mesas de suplicio, sentí una fuerza invisible que me arrastraba. No tengo forma de explicar qué era, o si era mi propia consciencia o mi cuerpo que me llevaban hacia allá. Producto de la iluminación irregular, el rostro de Cristo crucificado parecía cambiar de semblante. A veces me miraba y otras miraba hacia la salida, buscando con sus ojos de caoba a Espanto, dice.

Cuerpo humano ya no era lo que estaba sobre esos catres infernales, dice.

Lo que antes fue carne, músculo, pelo, se había transformado en cuero pegado al esqueleto. Calaveras momificadas, cáscara de piel seca. En el pecho se distinguía sin problemas cada costilla y, a la altura del cuello, la columna, así como los huesos de la pelvis. No había sexo ni pechos, sino costras chamuscadas. Al ver los cuerpos martirizados, el pije Aristía no fue capaz de aguantar el vómito, que le vino de golpe. No les voy a mentir, muchachos: a mí me pareció un espectáculo soberbio, me sentía hipnotizado por aquellos muñecos desde los cuales todavía se elevaban nimios vapores, dice. Hasta que uno comenzó a temblar, casi con disimulo, así de frágil fue, y luego vino la tos, apenas una exhalación, dejar ir el aire para intentar inhalar otra vez, y al final el movimiento de la mano, dice. Grité y caí de espaldas, presa del susto más abominable que he sentido nunca, el salto de terror del hombre que lee concentrado la Biblia y que es interrumpido de sopetón, mientras él sigue en las antiguas tierras de Oriente Medio, en África, a orillas del Nilo, en los interminables desiertos donde el pueblo de Dios se ha perdido para encontrarse, así sentí la reacción de esa cosa inanimada que alguna vez fue hombre. Porque fue el hombre, no la mujer —ya estaba muerta— quien intentó asir mi mano y rogarme, quiso pedir el fin de su suplicio (repetido como el eco entre las gargantas de la montaña a partir de un grito).

Repuesto ya del malestar, el pije Aristía me ayudó a ponerme de pie. Juntos nos acercamos, con lentitud, hacia la criatura. Queríamos cerciorarnos de que no hubiera sido un movimiento imaginado. Las dos lonjas de cuero seco, alguna vez boca, trataban de pronunciar algo. Acerqué el oído. "Espanto", pronunció débilmente, "aguafuerte", agregó, esta última palabra en decreciente sonido, hasta que fue apagándose. Saqué mi pistola, la cargué, amartillé, puse la boca del cañón sobre la frente y presioné el gatillo, dice.

Tendrán que disculparme por el silencio involuntario, amigos míos, dice. Recuerdos tan densos vuelven a reconstruirse cuando son expresados, cuando son relatados, muchachos. La palabra sonora, en boca del testigo, arma otra vez las piezas del rompecabezas. Pero si quiero sacarme al demonio de encima, tengo que llegar al final, tengo que saber concluir mi parte en ese viaje, tengo que volver a ubicar cada trozo de la maldición en su lugar, dice.

Esa noche me ofrecí a hacer la guardia, dice. Mis compañeros, incluido Espanto, estaban más exhaustos que nunca. Todos durmieron hasta pasado el amanecer. Ni siquiera la luz quemante y excesiva del sol los despertó. Yo tampoco me animé a despertar a nadie para que me reemplazara, no estaba en condiciones de conciliar el sueño, seguía oyendo los gritos destemplados de las víctimas de Espanto, cerraba los ojos y veía los cuerpos secos y chupados, como si nuestro guía hubiera succionado hasta el último vestigio de existencia y vitalidad de aquellas criaturas. Durante la noche, apliqué los conocimientos entregados durante el viaje por el propio Espanto. Ubiqué en el cielo las constelaciones, por si llegaba a perderme en los días por venir —y créanme que me sentía perdido o intuía que en cualquier momento mi situación se iba a ir a la cresta—; distinguí a Casiopea, a Tauro, a la Osa Menor. Dije: En noches venideras volveré mis pasos por el desierto y seguiré a estas criaturas magníficas, cuidarán mi regreso al mar, y después volveré al

Matadero. Prometí —¿a quién, a Dios?— beneficiar vacunos de nuevo, perfeccionar mi oficio, manejar el cuchillo como ningún matarife antes. Esas niñerías me ayudaron a atravesar aquella noche iluminada por las estrellas pero oscura dentro de mí, una oscuridad quemante y refulgente, como fuego negro, como llamas pesadas y lentas que en la quietud de la noche no son posibles de ver, solo se siente su abrasión en la piel interior, dice.

Al regresar desde el puesto de guardia al campamento, noté a mis compañeros con notable disposición al viaje, dice. Repartieron charqui en cantidad y el café se hizo tres veces, las tres renovando la carga para no beberlo aguachento. El pije Aristía seguía durmiendo, cubierta la cabeza con una manta para protegerse del sol, no tuvo él mismo la precaución de taparse, sino Burgos, el más activo de la patrulla a esa hora.

Deje al futrecito descansar, anoche estaba mareado, volvió a vomitar, me aclaró Jacinto. Sobre una improvisada mesa levantada con cacharros y tablones en desuso, Espanto, el capitán Ormazábal, Mañungo Romero y Graham revisaban un mapa. Era Espanto quien trazaba líneas y marcaba puntos con un lápiz grafito. El resto observaba y comentaba, muchachos, posaba dedos en algún lugar, Espanto miraba serio y después decía algo, yo no alcanzaba a escuchar, desde donde estaba todo me parecía ajeno, y me pregunté por qué nadie compartía mi temor, por qué Espanto no estaba encadenado para que no volviera a poner sus manos ni a practicar su sórdida taumaturgia sobre la gente, por qué nadie se preguntaba con qué arte impúdico Espanto manipuló aquellos cuerpos momificados en vida. No, a la patrulla solo le importaba dar alcance a los saqueadores, por eso se concentraban en el mapa. Noté, sí, otra clase de entusiasmo en el capitán Ormazábal, una emoción construida con ansiedad e ilusión; su forma de mirar a Espanto, a Romero y a Graham había cambiado, pensé. Me acerqué y pregunté cuáles serían los pasos siguientes. El capitán Ormazábal me respondió con los ojos encendidos. Se han refugiado en la cordillera, en el límite de la frontera con Argentina, a unos dos mil metros de altura, me dijo don Roberto, dice.

Allí es el punto de encuentro con los que capturamos, tal vez llegará más gente, esperarán aproximadamente un mes antes de partir otra vez, hacia destino incierto. ¿Quiénes son estos fulanos, a quiénes vamos dando caza?, pregunté. ¿Son desertores de qué ejército, son acaso cuatreros? Espanto me miró serio, muchachos, el resto bajó la cabeza. No estamos frente a cualquier ladrón o salteador de caminos, me respondió Espanto. Gente peligrosa, gente preparada. ¿Y no es mejor dar por perdida el agua? ¿Tiene sentido este riesgo tan grande?, pregunté, sorprendido por cómo se estaban dando los hechos. El capitán Ormazábal se acercó rápido, como si un asunto urgente lo apurara a pararse frente a mí, y me miró sin pestañear. ¿Quiere desafiar a la autoridad militar, Sanhueza?, me preguntó tan cerca que sentí la saliva salpicando en mi cara. Jamás, mi capitán, respondí. ¿Y qué se le encomendó, entonces, so carajo? Me pareció una actitud impropia del capitán, hombre educado y decente, caballero en todo momento, incluso en las situaciones más críticas de las batallas que combatí a sus órdenes. Dar con quienes robaron el agua y asesinaron a los compañeros, dije yo. Entonces, respondió a mis palabras, mierda, entonces, el huevón, entonces, entonces, pronunció, movido por una rabia innecesaria y desmedida.

El resto de la patrulla observaba el intercambio, en silencio siempre, salvo Espanto, quien continuaba de cabeza en el mapa. Mi amigo Aristía se despertó, alertado por los gritos del capitán. Disculpe, mi capitán, le dije a Ormazábal, en ningún momento quise que me entendiera mal, mi compromiso es grande con usted, con mis compañeros, con los caídos, con la patria, mi capitán, pronuncié, nervioso y temblando —no me di cuenta de que temblaba; después, recordando aquel momento, entendí que temblaba de forma casi imperceptible—, por favor, discúlpeme. Ormazábal se quedó algunos segundos en la misma posición, creo yo para intimidarme, para hacerme entender que nadie estaba en pie de discutir nada, y luego volvió al mapa, con el resto de la patrulla, para seguir planificando el ascenso a la cordillera, dice.

El resto del día, Espanto y el capitán Ormazábal, secundados por Graham y Romero, se dedicaron a pensar en la continuidad del viaje, dice. Nosotros, con Aristía y Burgos, nos dedicamos a descansar, mientras cuidábamos el punto de guardia. Yo sabía que Jacinto Burgos no era de fiar, intuía que Espanto, o tal vez el propio capitán, con la información fresca luego de la tortura a los capturados, le habían ofrecido recompensa, por eso nos dedicamos a hablar cualquier cosa, yo cociné el rancho de almuerzo, dormimos, estuvimos echados a la sombra de un viejo sauce crecido en el centro de la construcción de adobe y piedra donde nos apostamos a vigilar la posible llegada de intrusos, muchachos. Pensé, pero no le dije a nadie, que la palabra "aguafuerte", escuchada dos veces, era una clave para un intercambio o alguna clase de transacción inimaginada aún. Dos horas antes del ocaso Burgos se levantó y se fue. Dijo que necesitaba estirar las piernas recorriendo las ruinas del pueblo. Una vez solos, aproveché para decirle al pije Aristía que pasaba algo raro en la patrulla. ¿Era el capitán Ormazábal un hombre impulsivo y violento? Nunca, respondió el pije. ¿Un hombre común y corriente, como él, permitiría la aberración que Espanto hizo con los cautivos? Comprendimos que no manejábamos la misma información que nuestros compañeros, actuaban movidos por afanes distintos a las órdenes originales. No sabíamos qué hacer, a quién recurrir, tampoco queríamos desertar, esa era una decisión de cobardes, y nosotros, jóvenes muy distintos uno del otro, pero valientes, no estábamos dispuestos a mancharnos con esa ignominia. Decidimos creer que el desgaste de la misión nos tenía a todos —incluidos nosotros— la cabeza enturbiada; las muertes, las cosas vistas durante esas semanas de errancia por el desierto y la montaña, el peligro en que vivíamos cada metro que avanzábamos bajo sol y camanchaca, todo eso no nos dejaba pensar ni actuar con claridad, muchachos, dice.

Estábamos equivocados, dice.

Tarde descubrimos cuán lejos estábamos de la verdad. Frente al tardío reconocimiento de la situación, me arrepentí de no haberle contado al pije en aquel momento las conversaciones secretas entre el capitán, Romero y Graham.

Después de los hechos ocurridos en la capilla del pueblo abandonado —nunca nos enteramos del nombre de ese lugar olvidado por Dios y borrado de la memoria de los hombres— la relación mía y del pije con el resto de la patrulla cambió por completo, dice. Respirábamos, intuíamos, sentíamos en el centro de nuestros pechos jóvenes la transformación del trato que recibíamos del capitán, de Burgos, de Graham y Romero. Ellos se permitían reír con comentarios inesperados y hablar en voz baja, pero nunca compartían esa actitud hacia nosotros. Espanto, por su parte, cabalgaba siempre a la vanguardia, atento a las más leves variaciones del entorno. Parecía aguzar vista y oído, en actitud de sospecha hacia el paisaje. Todo lo ocurrido alrededor despertaba su interés. Cualquier sonido o punto indefinido en el entorno captaba su atención y lo llevaba a tomar notas extensas en su libreta. Era como si desarrollara un diálogo privado con la naturaleza agreste del desierto y con su fauna randera.

El siguiente paso de avanzada fue el salar de Quisquiro, un mar blanco que invitaba, como la voz de un musa maligna, a zambullirse en sus arenas prístinas, cual espejos del cielo azul profundo que nos vigilaba en nuestro peregrinaje. El capitán Ormazábal se volvía más sañudo a medida que elevábamos el terreno y nos acercábamos a la cordillera. Cualquier minucia lo sacaba de quicio, reclamaba por la cocción de los ranchos, gastaba la ira recolectando ramas para la fogata. Yo no me atrevía a revelar lo que sabía. Algo me paralizaba cuando me proponía contarle a Aristía. Esa noche vivaqueamos a metros del salar. Espanto, cual explorador del mundo conocido y por conocer, se dedicó a recoger muestras de arena y sal, perdiéndose a lo lejos como un espejismo avistado en la agonía de una sed absoluta y final. Con el pije Aristía procuramos comportarnos como siempre, tratando de no levantar sospechas en el resto. Noté creciente ansiedad en Mañungo Romero, quien hacía, por decisión propia, doble turno de guardia. También se encargó de los avances de vanguardia, a veces perdiéndose adelante por dos o tres horas, para regresar con noticias del camino, siempre con su caballo exhausto.

Era el único de la patrulla rasa que exponía más de la cuenta su agitación y zozobra.

Tres días después de acampar junto al salar llegamos a un paso a los pies de la cordillera. Un puente antiguo, de tablas pútridas e irregulares como boca desdentada de anciano, salvaba el cruce de una profunda garganta rocosa, desde la cual parecían escucharse lamentos mezclados con el viento, torpes chiflidos, voces similares a las extraídas por Espanto de los cautivos. Antes de cruzar, dos sombras a caballo emergieron desde un tupido bosque de algarrobos. Levantamos nuestros Comblain yo, Aristía y Jacinto Burgos. Las sombras se adelantaron a través del puente, para cruzarlo con lentitud. Bajen las armas, ordenó el capitán Ormazábal. Quiénes son estos fulanos, preguntó a viva voz Jacinto Burgos. La garganta de piedra milenaria devolvió un eco amplificado y multiplicado. Obedezca, carajo, dijo con voz más firme aún Ormazábal. Primero bajamos los fusiles yo y Aristía. Estábamos en la retaguardia, atrás de Romero, Graham y Burgos. Lideraban el grupo el capitán y Espanto. Burgos se quedó en silencio, con el fusil en alto, hasta que obedeció y lo bajó. Pronto vimos a los dos que cruzaron el puente. Eran un hombre y una mujer. Ambos vestían con cueros de vaca y llamas cocidos, cual túnicas. Sus botas eran similares. El hombre tenía largo cabello desgreñado, la barba hasta el pecho, un rifle colgado, cruzado en la espalda, era moreno, sus rasgos no alcanzaban a distinguirse con claridad. La mujer llevaba el pelo anudado y su rostro, de facciones achinadas, estaba curtido por el sol. Distinguí sendos cuchillos envainados, colgando de ambas monturas. Los jinetes se detuvieron frente a Espanto y al capitán. Está enterado, pronunció Espanto. ¿Quién más?, dijo la mujer. Espanto giró sin mover a su caballo y le hizo un gesto a Romero y a Graham. Después los jinetes pasaron entre el capitán y Espanto. Ninguno se sorprendió ni tampoco hizo ademán de detener el avance de los desconocidos. Los jinetes observaron a la patrulla, escrutando cada rostro con siniestra tensión. La tensión, muchachos, la tensión era provocada por los ojos fijos en cada uno de nosotros. El hombre y la mujer flanquearon a izquierda y derecha a Jacinto Burgos, quien se llevó la mano a la empuñadura del sable. Creo no haberlo visto antes tan nervioso, lejos de su ánimo y su carácter habituales, muchachos. La mujer se quedó junto a Burgos, sin quitarle la mirada de encima, mientras el hombre se acercó a Aristía y a mí. Sentí su hediondez de inmediato, una pestilencia turbia y pesada. El pije Aristía se llevó una manga a las narices.

El hombre cruzó lento entre nosotros, observándonos. Luego dio la vuelta por detrás de mí y regresó junto a Espanto y a Ormazábal, lo mismo la mujer que vigilaba a Burgos, dice.

Esos tres ¿no, entonces?, preguntó la mujer, dice.

La patrulla se giró para mirarnos a Burgos, al pije Aristía y a mí.

No, respondió Espanto.

Al escuchar la respuesta, Burgos sacó su sable y la hoja se elevó, brillando con los últimos vestigios del sol vespertino. Aquí nadie me va a decir dónde ir o dónde no ir, conchas de su madre. Los movimientos siguientes fueron rápidos y nos dejaron a Aristía y a mí paralizados. Romero sacó su pistola, amartilló ágilmente y disparó. El proyectil atravesó el cráneo de Jacinto Burgos. Su caballo se encabritó, levantando con violencia las patas delanteras. Esto provocó desorden en el grupo, que tuvo que moverse en ese espacio reducido que precedía al puente. Yo tenía cargada mi escopeta. En ningún momento dejé de seguir, de reojo, a Espanto. Aprovechando el caos tras la muerte de Burgos, apunté y disparé a la cabeza de Espanto. Él no vio venir el ataque, pero sus reflejos le salvaron la vida. Alcanzó a mover las bridas de su caballo. La bala le reventó la oreja derecha. Graham apuntó su fusil hacia mí, pero el disparo contra Espanto, ocurrido en el segundo previo a su disparo, asustó al caballo y la bala me descerrajó la rodilla izquierda, muchachos. A esa altura del enfrentamiento, las bestias coceaban y chocaban entre sí, desesperadas y asustadas por la amplificación del ruido producida allí, a los pies de esa abrupta depresión que nos separaba de la cordillera y del bosque de algarrobos.

341

El cadáver de Burgos quedó colgando de la montura como un muñeco de trapo. Su caballo recibió los disparos que efectuaron contra nosotros. El pije Aristía disparó con puntería certera al caballo del capitán Ormazábal en una de las patas delanteras. Sin control, el animal se resbaló y cayó al abismo arrastrando a su jinete. Esto nos permitió escapar de nuestros atacantes. Cabalgamos no recuerdo cuánto tiempo, hasta que mi caballo empezó a bajar la intensidad y descubrí que la misma bala que me reventó la rodilla siguió curso hasta el vientre del animal. No sé si por nervios o adrenalina, pero hasta ese momento no sentí dolor. La pernera del pantalón estaba empapada de mi sangre. Nos detuvimos a algunos kilómetros del salar de Quisquiro. Allí, protegidos por una elevación de rocas desnudas, el pije Aristía sacrificó a mi caballo y revisó la herida en mi pierna. Yo también miré. Era un amasijo de carne, huesos y sangre coagulada. El dolor empezaba a sentirse en toda la extremidad. Se asemejaba a muchas estocadas de cuchillos, todas a la vez punzando la carne viva. ¿Quieren saber lo que siente un bicho nuestro durante el beneficio? Supongo que algo así, dice. Entendí que iba a perder la pierna en ese momento. El pije Aristía vació sobre la herida la última botella de pisco que guardaba, y después, luego de hacer jirones con su propia camisa, envolvió la rodilla.

Viajamos rumbo al noroeste en un solo caballo, dice. Recuerdo de esta última parte del periplo solo los tintes del desierto y del cielo, esto a medida que iba perdiendo el conocimiento. Agua también recuerdo, en los labios, dada a beber por el pije Aristía.

Espanto me visitó en la pesadilla del mundo del dolor, dice. En lugar de la oreja derecha, una perfecta cicatriz y la ausencia absoluta de carne y cartílago. Tenía el pelo anudado y vestía una túnica blanca, como su propio cuerpo. Caminaba a pie pelado, sobre el salar, daba la ilusión de un santo capaz de pisar agua profunda sin hundirse. Yo estaba desnudo y no tenía señal alguna de herida ni cicatriz en la rodilla. El mundo es indescifrable, me dijo. El mundo ha sido creado por Dios, pero Dios no quiere el control de nosotros. Nosotros nos movemos a nuestro libre arbitrio en el devenir de los días. Podemos matar y podemos ayudar al prójimo y a él no le importa. No existe el amor en el corazón de Dios, tampoco existe el odio, la culpa ni nada que se asemeje a un sentimiento humano. La composición moral de los seres humanos les compete a ellos y a nadie más. Son, a ojos de Dios, otro de los fenómenos físicos que hay en el universo. Otro: las estrellas. Otro: los planetas. Otro: la condición inmaterial de los espíritus. Cristo es el Hijo y Dios el Padre y el Espíritu Santo es el vínculo concreto que los une. Hijo y padre es decir herencia. El vínculo entre padre e hijo, tal como lo entiende el mundo, Cristo lo aprendió de los hombres. Esperó, en el padecimiento de la cruz, la mano del Padre, pero el Padre no sabía qué debía hacer. La venida al mundo material fue una elección de Cristo Dios por curiosidad, como la curiosidad que llevó a la mujer primera a consumir la manzana tentada por la serpiente. La venida de Cristo a la tierra de los hombres fue un error de modulación en las prioridades celestiales. Como el disco que salta en un gramófono del mundo. Es el desbarajuste nimio que la letra de imprenta ha grabado sobre el papel en el libro, una consonante borrosa que compromete la comprensión total de la obra. Una vez en manos de los hombres, Cristo estuvo echado a su suerte. Una vez nacido de la madre, Cristo Jesús ya no tenía forma de comunicarse con el Padre. Comprendió que iba a ser, irremediable como irremediable es siempre y para siempre el destino de los hombres, víctima de la humanidad, dijo Espanto y después guardó silencio en el espacio líquido de mis sueños de agonía, dice.

Cuando abrí los ojos sentí la pierna pero ya no estaba allí, dice. Tenía solo la mitad, arriba de la rodilla, donde fue amputada. El dolor se intensificaba con el despertar. No entendía por qué diablos dolía algo inexistente. Me palpé las mejillas y el mentón, donde me había crecido barba, lo mismo el cabello, cuyos rizos estaban ensortijados y apelmazados. El muñón ya cicatrizaba sin problemas y la herida estaba limpia y bien protegida con esparadrapo, muchachos. El dolor en la pierna, entonces, se hizo más misterioso, una carga siniestra, tal vez hechicería de Espanto, pensé. Estaba tendido en un camastro de madera, al interior de una construcción de adobe, los techos tenían vigas a la vista, paja, tablas. A través de un hueco irregular en el muro, entraba un sol que parecía artificial por su potencia. Ahora empezamos a conocer la luz de mentira, la misma que nos permite vernos hasta tarde, muchachos. En aquellos años no era posible tal cosa. Solo lumbre de la fogata, del carbón, de las lámparas de aceite, de las velas. Escuchaba a lo lejos el zumbido constante y tranquilizador de llamas y alpacas. Sentí la garganta seca y el cuerpo débil, sin fuerzas. Se me pasó por la cabeza que jamás iba a volver a caminar. ¿Dónde cresta estaba? Al fondo del espacio donde me encontraba alcanzaba a ver otros camastros, un largo mesón, una amplia chimenea sobre la cual se calentaba una tetera y un cazo ennegrecido y abollado. Intenté moverme, pero el dolor se hizo más grande, irradiaba punciones desde el chongo de la pierna, también me dolía la espalda, los brazos, los hombros. El esfuerzo me hizo perder el conocimiento.

Desperté con el rostro del pije Aristía sobre mí. Estaba sentado cerca del camastro, la silla lo dejaba a la misma altura de mi cabeza. Fumaba un cigarrillo cuyo penetrante olor me llevó a los días junto al regimiento, antes de las batallas, después de ellas, los compañeros sacaban sus tabaqueras y prendían pipas o enrolaban pitillos más o menos gruesos, entregados a ese placer privado que era como un trofeo después de cobrarse las vidas del enemigo.

El cojo Sanhueza, dijo Aristía, usted es más duro que la roca del desierto, amigo, luego expulsó una bocanada de humo que avanzó compacta, como si flotara en el aire un elemento sólido. Qué pasó, le pregunté al pije. ¿Qué pasó?, respondió. Casi se me muere arriba del caballo, eso pasó, dijo Aristía y luego, tras volver a fumar, me contó todo lo que ocurrió hasta encontrar a los pastores de llamas y alpacas, don Evaristo Chuñe y doña Aurora Quilpatay, a quienes pienso como ángeles custodios, muchachos, sí, entiendo que todo esto pueda parecerles torcido, torcido por el estado mental, anímico y físico en el que me encontraba, pero estábamos, a esas alturas —antes de encontrarnos a los pastores en el camino—, perdidos sin esperanza en el desierto, desde el pie hasta los gemelos mi pierna estaba gangrenada, esa parte de la extremidad ya estaba muerta, el hedor era de los diablos, me contó Aristía, tuvo que envolverla en su propia casaca para aplacar la hediondez y soportar el resto del camino.

En algún momento creyó el pije ver, a lo lejos, como formas espectrales contra la lejana montaña, a Espanto y dos jinetes —no supo si Romero y Graham— seguirnos. Se preguntaba, más tarde, mientras tomábamos un caldo de ave engalanado con pimientos y ají, si esa lejana persecución (que duró varios días) fue una alucinación o en realidad teníamos a nuestros antiguos compañeros de armas pisándonos los talones. Tras pensar en todo esto, le dije a Gilberto que, si Espanto hubiera querido darnos alcance, lo habría hecho.

El pije no respondió, se quedó en silencio, sorbió una cucharada humeante de caldo preparado con sémola, cebolla en cantidad, dientes de ajo, una exquisita y exuberante gallina deshilachada con delicadeza, también se nos dio a probar la cresta, hecha una salsa gelatinosa y robustecida con pimentones rojos, ay, por Dios, qué recuerdos de aquellos caldos, el mejor remedio posible para mi pierna enferma, para nuestros espíritus heridos, las heridas eran morales y emotivas, muchachos, traicionados por nuestros propios compañeros, por el capitán a quien debíamos obediencia —¡y la ejercimos con el máximo respeto, hasta que ya no fue posible!—, incluso nos pusimos a las órdenes de Espanto, ese demiurgo sádico que pretendía llevarnos a la muerte, eso fue nuestro menoscabo, mierda, la traición, porque no existe mayor pecado entre los hombres que traicionar al amigo, al hermano, al compañero, dice.

Partimos desde el refugio de los pastores una madrugada fría y despejada, dice. Las constelaciones parecían collerearle el cielo al sol, que desplegaba sus primeras luces detrás de la cordillera, como garras afirmando esa piedra sempiterna. Enfilamos rumbo al oeste, yo sobre un mulo que trocamos por mi fusil Comblain; ya no iba a rezarle más al fulano ese, ya no tendría su protección en la guerra en desarrollo, de la cual no teníamos noticias, los pastores apenas conocían el conflicto, aunque veían seguido, a lo lejos casi siempre, movimiento de batallones, y en una ocasión dieron abrevo y alimento a una columna completa de caballería boliviana, los hombres sacrificaron novillos, de los cuales se alimentaron y dejaron no poca carne para los pastores, ese era el nexo que tenían con la guerra, para fortuna de ellos el frente estaba lejos todavía, dice.

Al principio se me hacía difícil montar, dice. El resto de pierna ausente todavía parecía estar allí, incluso sobre el estribo, contra el cuerpo del caballo, ayudándome a afirmar. Para caminar usaba una muleta fabricada por el pije Aristía, aún no tenía la pata de palo, esa me la puse aquí, la hizo el viejo Montero, antiguo carpintero, ustedes no alcanzaron a conocerlo, un veterano muy habiloso, maestro como ya no existen. Los primeros días fueron lentos, no me acostumbraba a mi nueva condición, muchachos, me caí del mulo muchas veces, al bajarme por el lado izquierdo, suponiendo en su lugar todavía el trozo gangrenado y arrancado con sierra, lento y con dificultad, intervención que hizo el propio pije. Teníamos agua en cantidad gracias a un canchón que abastecía a los pastores, nos permitieron llenar pequeñas pipas que cargábamos en cada una de nuestras bestias, estos implementos también fueron parte del trueque, donde el dinero en monedas de oro y plata que llevaba el pije Aristía —colgado de una bolsita de tela que jamás se sacó del cuello— nos salvó la vida, gracias a ese capital pudimos obtener todo lo que nos faltaba para emprender el regreso hacia la costa. Por supuesto, ya no llevábamos nuestros uniformes de soldado, sino ropas fabricadas con cuero y tela. Parecíamos dos extraños y siniestros forajidos echados a la suerte de Dios en esa nada árida, uno de ellos deforme sobre un mulo fornido. Volvíamos a surcar otra vez el desierto, plano y estéril, regado con algunas formaciones en altura, pura roca perfilada por la marea metálica del tiempo y por las manos de Dios, muchachos. Nos acercábamos lento al oeste y al mar, siempre a través del caliche, colorado tono de nuestras desventuras y tragedias. Notábamos cómo el clima cambiaba de forma casi imperceptible, el calor no se modificaba, pero había una brisa eléctrica, con un leve sabor salino; también parecíamos volver a ser los de antes, los soldados que pelearon en tres batallas antes de sumarse a ese viaje desquiciado y maligno, guiados por un diablo blanco, embrujados todos salvo nosotros y los muertos, muchachos, dice.

Encontramos a los soldados olvidados una semana más tarde, dice. Tenían una ruquita armada junto a un canchón, protegido del resto del desierto por un par de sauces y varios tamarugos. Los árboles, a lo lejos, camuflaban los cueros y trozos de tablas que armaron como vivienda. Eran cinco y ya no recuerdo sus nombres ni tampoco los apellidos. Gracias a ellos supimos del desastre de Tarapacá. La noticia nos dejó turbados, no comprendíamos los alcances de esa derrota brutal para el Ejército nuestro. ¿Quería decir que la guerra estaba perdida? No, me respondió el pije Aristía, la guerra no se pierde por una batalla, Sanhueza. Uno de los soldados olvidados intervino. Dijo que el desastre de Tarapacá no fue una batalla, fue una masacre, como si el enemigo aplastara cucarachas, o moscas reventadas a golpe de cuero. A uno de ellos le cercenaron los ojos de un sablazo, usaba una venda varias veces girada sobre la cabeza. ¿Cuánto tiempo pasó desde aquella batalla maldita?, pregunté. No recordaban, no tenían registro del tiempo, relojes, brújulas, armas tampoco, todo se lo devoró el desierto durante la errancia para salvar con vida. Acechaban como gatos desde las alturas, dijo el ciego, se produjo fuego cruzado, salían los batallones nuestros y el enemigo nos iba liquidando. Facilito, desde arriba nos disparaban con metralla y cañón. Nos preguntábamos para qué nos mandaron a esa ratonera. Fueron perseguidos por semanas, dice. Se escondían en los pocos desniveles y rocas que ofrecía la pampa calichera. Estuvieron a punto de morir de sed. El canchón donde se establecieron les pareció un espejismo infantil, como aquellas ilustraciones de viejos libros vistos y disfrutados en la lejana niñez. Pero no se equivocaban, no era una alucinación colectiva, los árboles estaban allí, y al centro, un canchón con bordes irregulares, lleno de agua tibia y pura. Estaba el ciego, estaba el manco —el brazo amputado más arriba del codo por proyectil de cañón—, estaba el mudo —nunca más volvió a hablar después de Tarapacá—, estaban los dos muchachos sanos, los que guiaron a sus compañeros hasta el lugar donde vivían. De su condición de soldados ya no quedaba nada. Aguzando la vista, un hombre atento podía descubrir en pantalones y camisas lo que alguna vez fue uniforme. La ropa desgarrada, maloliente, los pelos apelmazados, los dientes amarillos; en aquellos ermitaños no era posible encontrar militares. Las cabezas apestadas de piojos, sarna en la piel agrietada, ojos enfermizos, cuya pátina vidriosa era común a todos aquellos jóvenes perdidos, incluso a aquel que había perdido los ojos. Podía percibirse en él algo torcido, algo endiablado, expresado todo esto en su voz quebradiza, en sus movimientos nerviosos y equívocos, dice.

El mudo descubrió el fusil Comblain que cargaba el pije Aristía, dice. Ese fue el nudo que, desatado, nos permitió a ambos grupos comprender que veníamos de allí mismo, del Ejército de Chile, ahora ellos y nosotros perdidos, mutilados, al borde de la locura, muchachos, aunque la diferencia era esencial; nosotros deseábamos alejarnos del huracán, ellos se adentraban y querían ser arrastrados, despedazados, ansiosos de tocar el abismo. ¿Cómo sobrevivieron todo ese tiempo a pura agua?, preguntamos.

Con carne, respondió el ciego. Se habían alimentado con el cadáver de un compañero herido, al cual cargaron desde la batalla, en su mayoría los dos que quedaban sanos, turnándose cada uno con el mudo mientras avanzaban por el desierto, zigzagueando el camino para perder al enemigo. No recuerdan cuánto les tomó encontrarse con el pequeño oasis donde decidieron levantar campamento. El herido se llamaba Ávila y la bala le perforó el abdomen, a la altura del riñón izquierdo. Resistió varios días tras asentarse en el campamento. Los sanos salieron a buscar alimento, pero no encontraron nada. Divisaron a los lejos una alpaca, la persiguieron horas, pero al final la silueta se perdió desierto adentro, mimetizándose con el horizonte, del cual se elevaban curvas transparentes de irradiación. Al regreso, los compañeros observaban el cadáver todavía fresco de Ávila. Dijeron que había alucinado y hablado en lenguas antes de quedarse quieto, con los ojos saltones mirando al cielo y los labios separados. Nadie rezó por él ni lo lloraron ni se pronunciaron sentidos recuerdos del finado. El hambre acaparaba toda la atención de los sobrevivientes, como un dios famélico y omnipresente en su ausencia. No tuvieron necesidad de acordar lo que harían, todos pensaban en eso, sin excepción.

Desnudaron a Ávila y encendieron fuego. El más hábil con el cuchillo (uno de los sanos) limpió el área de la herida, extirpando toda la carne gangrenada. Lo escalparon y después le arrancaron con un corte limpio y certero los genitales, desde la base del escroto hasta la piel de la pelvis. En pecho y espalda Ávila era lampiño. Luego fue desollado y la piel puesta a secar al sol —pasó a formar parte de la ruca donde vivían. Lo trocearon y limpiaron con profusa agua las partes y los intestinos, para no enfermar. Lo cocieron al calor de las brasas y llamaradas de la fogata encendida a plena luz del día. Aparecieron moscas no sabían de dónde; jotes y buitres sobrevolaron el campamento y ellos intentaron darles caza a balazos (les quedaba una pistola y pocas municiones). Lograron espantarlos, pero al rato esas aves del diablo volvieron a aparecer, acechando la comida. Quedaron trozos de Ávila sin comer, por supuesto, aunque usaron todo lo posible. El ciego, en un acto extraño y sádico, pinchó los ojos con su cuchillo y, luego de tostarlos a prudente altura del fuego, se los llevó a la boca y los reventó de una mascada. La materia viscosa, me contó, dice, le dio más trabajo del que esperaba. Estuvo varios minutos jugando con ellos entre dientes, lengua y paladar, intentando descomponerlos, pero el sabor inaudito, delicioso, en sus palabras, dice, le impedía tragar. Devoraron tres cuartos de Ávila, el torso ofreció la carne más blanda y órganos sabrosos, como los pulmones y el corazón. Chuparon los huesos de las costillas y de la columna extrajeron la médula espinal, que, según aseguraron, les dio nuevos bríos. El manco vació el contenido de la cabeza en un cacharro de metal que abollaron para aquella oportunidad, es decir, cocinar caldos y menjunjes ojalá enjundiosos. Caldo de cabeza, lo llamaron, y el principal componente fue el cerebro de Ávila, aliñado con la poca sal que guardaba cada uno en sus equipajes. Pronto el calor y el sol, con su luminosidad furiosa, convirtieron los huesos del difunto en limpias piezas óseas, que fueron utilizadas para fabricar armas cortopunzantes y estacas.

Una semana aproximada después de alimentarse de Ávila, encontraron un pequeño salar, ubicado a tres kilómetros sureste. Cargaron las mochilas y regresaron al campamento y salieron a buscar animales para volver a comer carne y ojalá conservar en sal lo que sobrara. No pudieron dar caza a dos llamas ni a un caballo perdido —con montura y alforjas—, pero encontraron a dos compañeros, que al igual que ellos, salvaron con vida de la brutal batalla de Tarapacá e intentaban hacer contacto con el grueso del Ejército. Los soldados olvidados les aseguraron a los rezagados que ellos estaban establecidos en un campamento donde el Regimiento Buin se había reagrupado. Al llegar a la ruca, les golpearon la cabeza con la culata de la pistola y procedieron, una vez inconscientes ambas víctimas, a rebanarles la garganta y, con rapidez, a desollar los cuerpos, trocearlos y limpiarlos. Conservaron las extremidades en sal, ocho generosas piezas de alimento para los tiempos aciagos de escasez, dice.

¿Por qué a nosotros no nos mataron para devorarnos?, dice. Porque estábamos en buenas condiciones de salud, alerta, lúcidos, armados, nos mantuvimos a prudente distancia, mientras uno abrevaba a las bestias, el otro vigilaba y viceversa, muchachos, por supuesto aquellos desarrapados ponían a cualquiera en alerta. Pienso que bajaron las defensas porque compartimos con ellos parte del café (también negociado con los pastores de llamas) que traíamos. A la lumbre de la fogata nocturna, ambos lotes revelamos nuestros pasados recientes, provocados por la guerra y la nada desértica.

Fue ahí cuando nos explicaron cómo llegaron al canibalismo. ¿No deseaban regresar a establecer contacto con el Ejército, para luego volver a casa? Después de la guerra no hay casa, dijo el ciego. La guerra es como un pozo de mierda sin fin, un hoyo que se traga todo. No hay que estar muerto para renunciar a vivir, dijo. La guerra chupa la vida y el deseo de habitar el mundo. El desierto, como ustedes saben o pueden ver ahora, no es parte del mundo. El desierto es el revés del mundo, la parte que no se ve, el lado malo. Nosotros estamos atrapados aquí y sabemos que será inútil escapar. Ya estamos malditos. Ya estamos jodidos. El desierto nos jodió y nada puede devolvernos lo que este páramo seco nos quitó. Yo creo que al final el desierto se va a transformar en la totalidad del mundo. No va a haber mundo bueno y mundo malo. Solo vamos a poder vivir en el mundo malo, pero nosotros ya sabremos dominar el lado malo del mundo. Vendrán a nuestro reino, al reino de los ciegos y mancos, de los mudos y castrados, al reino de la carne podrida y de los buitres y jotes. En la noche aullarán los chacales y, como nosotros, ustedes tendrán que alimentarse de sus hermanos e hijos, dijo el ciego y después se calló y nadie volvió a hablar, dice.

Reemprendimos el camino a Hospicio y Pisagua, dice, donde el Ejército chileno ya tenía una base establecida, con servicio de telégrafo y tren. Fuimos conducidos hasta la oficina del coronel Alfonso Astudillo, en cuya puerta estaban grabadas, en plata, las iniciales A.A. Astudillo era un hombre grueso, con partidura al lado, fino bigotillo y ojos negros, redondos, inquisitivos en su persistente forma de mirar a los interlocutores, se notaba su preocupación en el vestir y en la presentación personal. Un fulano impeque, pero poco agraciado por la mano del Señor. Pensé que el coronel podría ser matarife si el destino lo hubiera parido aquí en Franklin, a orillas de nuestro Matadero, muchachos. Nos presentábamos frente a Astudillo porque el capitán Ormazábal nos informó, a la patrulla, antes de partir de Dolores, que él respondía frente al coronel, y si la misión llegaba a término sin la jefatura del propio Ormazábal, teníamos que rendir cuentas a su superior.

Explicamos, entonces, no solo el motivo de nuestras vestimentas que nada tenían que ver con los viejos uniformes perdidos en la misión, sino cómo fue el periplo de la patrulla por el desierto, las distintas situaciones ocurridas y dónde y cómo terminó todo. Tras escuchar con atención y en silencio, el coronel Astudillo mandó a su secretario a redactar dos cartas breves, una para mí y otra para Aristía, en las cuales se nos exigía guardar absoluto silencio sobre nuestra experiencia al mando de Ormazábal, tampoco podíamos revelarle a nadie, ni siquiera a nuestras familias, la existencia del señor Espanto. ¿Qué piensan ustedes que hicimos?, dice. Por supuesto, firmamos, era el precio del boleto que nos iba a sacar del desierto, para siempre, en mi caso, si es que Dios sigue teniendo piedad conmigo y no me manda a morir allá para terminar de pagar mis pecados, muchachos. Nadie se acordaba a esas alturas del robo del agua ni de la masacre a los soldados que llevaban acopio hacia Grito del Diablo. Nadie quería tampoco acordarse de los muertos pudriéndose, devorados por la carroña en pleno Tarapacá.

El Ejército preparaba la invasión a tierras peruanas, las tropas entrenaban y eran trasladadas hacia el norte. Astudillo nos ofreció partir a la mañana siguiente, en uno de los dos vapores que esperaban para zarpar hacia Valparaíso con heridos y noticias para las autoridades en la capital. Esa noche alojamos en una amplia construcción de madera destinada para el descanso de los soldados. Dormimos sin sobresaltos y agradecidos de la comodidad de los sencillos y humildes catres, comodidad y calma olvidadas tiempo atrás. Al día siguiente nos embarcamos de madrugada y partimos hacia Valparaíso a eso de las nueve de la mañana. Hacía buen clima, corría una brisa fría y efervescente, quisimos viajar en cubierta para aprovechar el contacto con el mar. En el hospital instalado en Hospicio me entregaron muletas, que pronto me acostumbré a llevar. Echaba en falta, sin embargo, mi pierna, la posibilidad de desplazarme libre y sin cargas, muchachos. Con el pije Aristía hablamos solo nimiedades, nos reíamos de recuerdos inocuos, nos quedábamos mirando a las gaviotas y el salto de las toninas, agradecidos de poder ver otra vez los milagros que ofrece el mar al hombre de espíritu libre. Evitamos mencionar a cualquier miembro de la patrulla, dice.

En Valparaíso nos presentamos al cantón. Se nos asignó una paga extra por la participación en la expedición secreta y pasamos a ser veteranos. Nos anotamos en un hotel en el viejo Almendral, no recuerdo cómo se llamaba, sí que era una casona antigua, en excelentes condiciones, propiedad de un matrimonio de inmigrantes gallegos, ambos amables y solícitos, muchachos. Nos quedamos en una habitación con dos catres de bronce, separados por los respectivos veladores. El pije salió esa noche a tomar, yo no quise ir con él. Me costaba moverme con las muletas, todavía no me acostumbraba bien a la amputación de la pierna, digamos que ya no sentía dolor físico, pero la pierna ausente se manifestaba como un anhelo, como una revuelta y pesada melancolía. Era lo que me había cobrado la guerra por participar en ella, por conocerla. Después de cenar un caldo con panas, papas y camote, me acosté y concilié el sueño de inmediato. Fue como entrar a un espacio clausurado pero antes bien conocido. Volví a soñar con aquella playa donde tuve mis primeros escarceos eróticos. ¡No eran eróticos, por la cresta, sexuales eran, no hablemos aquí con mariconadas, por la chucha! Otra vez caminaba en pelotas, paralelo al horizonte. Todas las sensaciones estaban vivas, vivas como yo los siento aquí, muchachos, vivas como el aliento cargado de chicha de Cisternas, vivas como la mano gruesa de Mardones, pelando con su cuchillo el corcho que pide siempre para matar la ansiedad. En sentido contrario se acercaba la silueta de una mujer. A esta la conozco, pensé, quién más puede ser, ella es, la misma mujer de tez morena que me había visitado dos veces antes en sueños. Escuché, a mi derecha, el relincho de un caballo. Por primera vez en todos los sueños ocurridos en aquella playa existía actividad en ese sector del paisaje. Precedía al sotobosque una duna lisa y ocre, desde allí descendió un potro negro, comandado por un jinete con atuendo negro también. Contra la luz tibia y suave que recortaba la duna, aquella aparición se me figuró como un centauro negro, muchachos, una criatura venida desde un mito arrancado de cuajo de la lengua de los hombres, una maldición que había cobrado vida para acecharlos y traerles peste e infortunio. El centauro era Espanto, por supuesto, montado en su caballo azabache. Su vestimenta no tenía imperfección. El capote y el sombrero de ala ancha, negros, llegaban a brillar con sobrio espesor. Espanto avanzó, duna abajo, y se detuvo un par de metros antes de llegar a mí. Se quedó observándome con exasperada calma en su rostro serio, ausente toda expresión. La mujer se acercó, tenía el mismo cuerpo, pero en lugar de facciones había piel, solo piel, muchachos, piel plana, sin ojos ni sinuosidad, ausencia de boca, nariz, pómulos. Sentí el estómago pelado, sin órganos adentro, pura cáscara. Fue un vacío repentino, sensación de eterna caída en un abismo oscuro e insonoro.

Concha de mi madre, el infierno está en todas partes, no se acaba, no tiene fisura ni ley, pensé.

Una fuerza invisible e inevitable me obligaba a tomar posición de rodillas. Allí estaba de nuevo la misma mata de vellos, oscura, hirsuta, puro misterio y calentura. Metí la cabeza entre los pelos y busqué, pero no encontré nada. Bajo los vellos del pubis solo había piel, erizada por el frío o los nervios, pero no estaba la abertura grácil y pegajosa que tanto me gustó en los sueños anteriores, muchachos. Imaginé que estaba castrado, que nunca más iba a poder culear, que se terminaba para mí el placer carnal, la feliz aventura del coito con la hembra deseada, por la chucha. La resaca de las olas me mojaba, conservaba la pierna izquierda completa y disfrutaba del efecto del agua sobre ella, dice.

Desperté agitado, empapado en sudor por todas partes, hasta el culo y las bolas estaban mojadas. Me levanté y alivié las carnes con el agua fresca que tenía en la jarra y en la jofaina. Me vestí y salí a caminar por las calles del Almendral, para mi alivio, el espacio plano del puerto. Avancé hacia el barrio de los muelles, donde el espacio cambiaba de manera abrupta. Fuerte olor a pescado impregnaba el ambiente y la brisa del mar parecía pegar con más fuerza, la piel picaba otra vez, como en alta mar. Largos y anchos tarros con fogatas ofrecían fuego a pescadores, estibadores y marinos. Hombres borrachos dormían en las veredas, acompañados por perros y cubiertos por diarios y mantas apolilladas. Me metí en un bar amplio, ruidoso y desordenado. Me senté en una mesa fondeada, atrás, cerca de la salida hacia un patio interior, desde el cual provenían risas femeninas y subidas carcajadas de hombres. Me atendió una mujer rechoncha y amable. Pedí una caña de aguardiente. ¿Nada para comer, mijo? Nada, gracias. La mujer se retiró y, gracias a la bulla y al ambiente ajetreado en rededor, pude abstraerme y olvidarme de todo. Mientras enrolaba un cigarro, un hombre de tupida barba y pelo desordenado se sentó en mi mesa. Yo no tenía ánimos para discutir, tampoco confiaba en mi habilidad para defenderme porque la pierna ausente me provocaba inseguridad.

No vengo a molestarlo, dijo el hombre, muchachos. Lo protegía del frío un abrigo grueso y largo, de amplias solapas. Yo soy la voz del destructor, yo vengo a propagar la palabra del descendiente de Caín, del segundo hijo de Dios. No entendí de qué me estaba hablando. Y le dije: "Perdóneme, usted me confunde con alguien más".

Lo conoce usted como Espanto, me dijo. Yo soy el profeta de ese nuevo redentor que usa las tinieblas como herramienta para liberar al mundo, dijo.

Clavé la mirada en esos ojos negros, ojos muertos, muchachos.

El hombre continuó hablándome. Dijo, dice: En algún lugar recóndito del mundo existe la morada de Dios. Está custodiada por lobos hambrientos y perros salvajes. Hienas y mandriles también protegen al Señor. Él exige de nosotros sangre derramada y la cabeza del prójimo como ofrenda. El derramamiento de sangre es un acto sagrado porque la sangre obtenida con cuchillo es inmarcesible. La guerra es el gran gesto que el hombre puede regalarle a Dios. Hay inmortalidad en la Tierra, destinada, por cierto, a aquellos que perpetúen la lucha contra sus hermanos. El reino que ustedes habitan está fundado en la desobediencia y la traición. El hombre y la mujer traicionaron a Dios. El hijo del hombre tuvo celos de su hermano y lo asesinó. "Clama la sangre de tu hermano y su grito me llega desde la tierra". La tierra quiso responder a la sangre derramada y para ellos hizo brotar de sus entrañas un elixir a fin de hablar en sus mismos términos: líquido puro y vivo, fuerza de la naturaleza, saliva de Dios.

He aquí, entonces, agua para dotar de vigor a los hombres, sangre transparente y divina, eso dijo el profeta, muchachos, dice, hablaba a viva voz, moviendo los labios, amparado en la bulla ambiente, pero el recuerdo que guardo de aquella noche aciaga y final es que aquel apóstol del señor Espanto hablaba directo a mi cabeza, sin mediación del aire ni de los músculos para expresarse. En la guerra todo es personal, Sanhueza, me dijo, dice, la mutilación de los cuerpos, los hijos de Dios que se alimentan de la carne de su hermano muerto. El asesinato es personal, Luis. La guerra la hace cada hombre y gracias a ello el mundo sigue siendo mundo, gira, se incendia y estalla la encarnizada lucha entre los hijos de Dios que aman y odian a la vez. Gracias a la guerra, la sangre y el dolor, me dijo, la vida se perpetuará hasta el final de los tiempos, dice.

Gracias a él las vidas de los hombres y mujeres que habitan el reino del exilio divino podrán perpetuarse y llegarán a beber aguafuerte, pronunció el profeta, muchachos, dice, y después ya no vuelve a hablar.

AGRADECIMIENTOS

Para los editores e impulsores de este libro, Juan Manuel Silva Barandica, Nicolás Cornejo y Josefina Alemparte. Sin sus lecturas atentas y desafiantes el libro nunca habría llegado a puerto.

A Felipe Gana, quien leyó el primer manuscrito terminado y me dio valiosas opiniones.

Por diversos motivos y aportes: Álvaro Bisama, Pablo Toro, Luis Valenzuela, José Miguel Martínez e Iván de los Ríos (el verdadero señor Espanto).

Por último, a las personas más importantes de mi vida: Matilda Soto, Fermín Soto y María Paz Gatica.